THE COLLECTED STORIES

最后一刻的巨变

GRACE PALEY

[美] 格蕾丝·佩雷 著

姚瑶 译

湖南文艺出版社

目录

i   两只耳朵，三份好运

I
人的小小烦恼（1959）

003   再见，好运
020   一个女人，年轻而衰老
039   淡粉色的烤肉
051   最洪亮的声音
062   竞赛
076   生活中的一种乐趣
102   不可更改的直径
125   漫长快乐的人生中两则伤心简短的故事
149   猿形毕露
176   漂浮的真相

II
最后一刻的巨变（1974）

- 195　渴望
- 199　债务
- 203　距离
- 219　下午的菲丝
- 241　曲调阴沉
- 246　活着
- 250　来吧，你们这些艺术之子
- 261　树上的菲丝
- 292　撒母耳
- 296　负重之人
- 303　最后一刻的巨变
- 328　政治事务
- 332　东北操场
- 336　小姑娘
- 345　与父亲的谈话
- 354　移民故事
- 360　长跑选手

III

当天晚些时候（1985）

- 389　爱
- 394　绝迹语言里的空想家
- 424　在花园里
- 430　拉维尼亚：一个古老的故事
- 437　朋友们
- 457　当时，或一个玩笑的历史
- 460　焦虑
- 465　在这个国家，但使用着别国的语言，我的姨妈拒绝嫁给那个人人都希望她嫁的男人
- 467　母亲
- 469　鲁西和伊迪
- 481　一个男人向我讲述了他一生的故事
- 483　听故事的人
- 496　这是我的玩具发明家朋友乔治的故事
- 498　扎格罗斯基说
- 526　倾听

两只耳朵，三份好运

在一九五四年或是一九五五年，我决定写个故事。我已经写了些不错的段落，里面有些一流的句子，但我既不知该如何将男男女女们写成文字，也无法在那些零散的碎笔中找到故事。从孩提时代起，我就一直在写诗。我最为浓厚的阅读乐趣都集中在诗歌上。

但在一九五四年或是一九五五年，我必须得用某种全新的方式，来讲述生活在那个年代的男人与女人。有些知识正创造出真实可感的压力，或许就压在我胸口正中——或许就在心脏的右侧。我开始承受小说家的痛苦：听着！我得告诉你一些事情！我只是不知道怎样用诗歌来表达。其他写作者不费吹灰之力就能搞明白，而我呢，似乎始终是凭借着一只耳朵的天赋吟唱，也就是负责文学的那只耳朵。

于是最初的两份小运气出现了。我病了，几周以来，孩子们只能在"格林威治课后之家"一直待到晚饭时间，但我还没病到不能坐在客厅里的桌前终日书写或打字。我开始写《再见，好运》这个故事，意想不到的是，我竟然给写完了。写了那么多。接着是《竞赛》。几个月后，我完成了《一个女人，年轻而衰老》。数年后回想，我明白，我找到了自己的另一只耳朵。突然间，写这些故事使得那只耳朵能够恪尽职守，能够记起街头语言，记起夹杂着俄语和意第绪语口音的故乡的语言，那是我早期的人物耳熟能详的语言，也是我唯一讲的语言。两只耳朵，一只倾听文学，一只倾听故乡，对作家而言大有用处。

我把这三篇小说投向浩瀚的出版世界时，事情进展不太顺利。

我一直在阅读当时的小说，二十世纪五十年代的小说，无论是传统的、先锋的，还是之后的垮掉派，都属于男人。我以前就是个彻头彻尾的男孩子（许多小女孩儿读了《汤姆·索亚历险记》，知道她们发现了那个真正的、男孩的自己，这句话我是从这个意义上来说的），我早已确信，我可能不会去写意义重大的严肃的东西。作为成年女性，我别无选择。日常生活、厨房生活、育儿生活都被一股脑地交到了我手里，这是我的责任，也是好运的开端，尽管我对此一无所知。

在我们暗无天日的地下公寓，在黑漆漆的一天，一个父亲猛地坐进宽大的椅子里，等着领他的两个孩子回家，那两个孩子是我孩子的朋友。就在带孩子离开前，他看向了我。他说他的前妻，也就是孩子们的母亲，我的朋友蒂比，要他读读我写的故事。我很可能说的是：哦，你别放在心上。但他确实放在心上了。两星期后，他又来接孩子们。这一次，他坐在了厨房的桌边（在房间里边充当待客的桌子）。他问我是否可以再写七篇小说，和他读过的那三篇类似就行。他说他要出版这本书，将由双日出版社出版。他叫肯·麦考密克，是个编辑，因此可以说这样的话，并且一定能实现。当然了，出售短篇小说并非一桩充满希望的生意。他建议我接下来写一部长篇小说。（我试了好几年。我失败了。）

好吧，那就是运气，不是吗？我说这个并非要贬低这些故事。我勤勤恳恳地写下它们，尽我所能地写得真挚出色。但其他人也是一样，虽然他们并不总能签到合约。

我说那次碰面与出版是小小的运气，并非因为这些事不具有压倒性的影响力。它们当然改变了我的人生。说是小小的运气，只是就它们仅为私事以及仅带来私人乐趣而言。

至于巨大的幸运，那必然事关政治运动，事关你洗盘子时发生在你身上的历史，事关男人们为他们的儿子、我们的儿子所筹谋的战争。

我是个在运动早期进行写作的女人，那时，忧虑怨恨的小水滴和高贵的愤怒正隐秘、缓慢地汇聚成女性运动的第二股浪潮。我并不知道我的小水滴在这滔天巨浪中占有一席之地，并有所用处。其他人，比如鲁斯·赫斯伯格，她在一九四八年写了《亚当的肋骨》，还有蒂莉·奥尔森，在二十世纪四十年代和五十年代，她一直在写小说，比我更清醒，也承受了更多。这伟大的浪潮将在半个世纪后抵达高潮，让男人气急败坏，焦虑不安，但在激烈的碰撞中多少有些进步。

每一位在那个时代写作的女性都不得不在女性主义的浪潮中游泳。无论她怎么想，哪怕是英勇地逆流而上，那也是得到了这一浪潮的支持——浮力，喧哗，盐度。

自从写了《人的小小烦恼》，我就经常离开家。作为和平主义者和女权主义者，我通过政治工作有了巨大收获。在战争期间，我带着政治任务游历越南，也去了瑞典、俄国、中美洲，看见了中国、智利，并在会议上进行了汇报。因此，在《最后一刻的巨变》和《当天晚些时候》这两本书中，与我同在的一些人不得不和我分享这些旅程。当然了，有些人仍旧很年轻，他们出生于二十世纪七十和八十年代。

其中许多人依然是我的好伙伴，构成了我巨大的好运。有我孩童时期的邻居，有我孩子们小时候的邻居，在儿童的公园或是大人的五角大楼边发生的示威中，在生机勃勃的邻近街区反对海湾战争的游行中，在与我们自身及他人的激烈对抗中，我们保持了对文学和世界的兴趣与积极性，现如今，我们正携手老去。

I

人的小小烦恼

（1959）

再见，好运

在那些圈子里，我很受欢迎，罗茜姨妈说。那时我也没多瘦，只是要更文静一些。等回过头再看，莉莉，千万别惊讶——改变才是上帝的真理。在这一点上，无人能够幸免。只有一个人，那就是你妈妈，她是个例外，她压根儿就没有意识到自己的屁股已变得那么大了，冲着金丝雀的耳朵一唱就是三十年。有谁在听啊？爸爸在店里。你和西摩，满脑子只有你们自己的小心思。于是她就在一尘不染的厨房里等待一句赞美，并且想着——可怜的罗茜……

可怜的罗茜！要是我那妹妹能有更多生机，就会知道我的心可是一所关于情感的大学，在我的紧身胸衣和我本人之间有着无数的知识，而她的全部婚姻生活不过是个幼儿园。

现如今，随便什么时候你都能在某个旅馆里找到我，无论是城里还是郊区。谁还需要一间公寓来居住啊，就好像一个女仆手里拿着防尘布，是为了用来打喷嚏吗？我和那些餐厅服务员相处愉快，比在家里有意思多了，形形色色的人，每个人都有自己的理由……

而我的理由,莉莉,是我在很久以前就对女工头说过的:"太太,如果我不能坐在窗边的话,我就没法坐下了。""要是你不能坐下,姑娘,"她礼貌地说,"就去街角站着吧。"我因为穿着前卫,就这么被解雇了。

至于下一份工作,我应征了一则广告,上面说:"优雅的年轻女子,中等收入,文化机构。"我搭电车去了那地方,第二大道俄罗斯艺术剧院,这里只上演最好的意第绪语[1]剧目。他们正好需要一个像我这样的售票员,对大众友好,但对骗子严苛。面试我的人是经理,一看就是一副经理的样子。

他马上就说:"罗茜·利伯,你的体型相当好。"

"世上就是有各式各样的人,克里姆伯格先生。"

"别误解我的意思,小姑娘,"他说,"我很感激,我很感激。一个年轻女孩要是没胸没屁股,她的血液就会忙着去温暖脚趾和手指,这样一来就没有时间输送到最需要它的地方。"

每个人都喜欢听好话,所以我对他说:"只要别越轨,克里姆伯格先生,我们一定可以谈妥的。"

我们确实谈妥了:每周九美金,每晚一杯茶,每周一

---

[1] 意第绪语,犹太人使用的国际标准语。本书以下凡出现注释,若无特别说明,均为译注。

张免费的戏票给妈妈，无论何时，我只要想去看排练都能去。

我的第一笔九美金就攥在经理的手中。正要递给我时，克里姆伯格先生对我说："罗茜，这里有一位了不起的绅士，是这个知名剧院的一员，他想见你，你棕色的大眼睛给他留下了深刻的印象。"

那个人是谁，莉莉？听我说，在我的眼前是瓦罗嘉·夫拉什金，被当时的人们称为"第二大道上的瓦伦蒂诺[1]"。我看了他一眼，然后对自己说：这个犹太男孩是在哪里长这么高大的呢？"就在基辅郊区。"他告诉我。

怎么会？"妈妈一直奶我到六岁。我是村子里唯一这么健康的男孩。"

"我的上帝啊，夫拉什金，六岁！她一定都被啃成碎麦片了，可怜的女人。"

"我妈妈很漂亮。"他说，"她有双星星般的眼眸。"

他有一种独特的表达方式，能让人热泪盈眶。

这次引见后，夫拉什金对克里姆伯格说："将如此迷人的年轻人藏在笼中究竟是谁的责任？"

"可售票员就是在那里卖票的。"

"那么，戴维，到那里面去，去卖上半个小时的票。关

---

[1] 应指鲁道夫·瓦伦蒂诺（1895—1926），默片时代的著名男星。

于这个姑娘和这家公司的未来，我心里有了些想法。去吧，戴维，做个好小子。至于你，利伯小姐，拜托了，我提议我们去范伯格的店里喝杯茶。排练还很漫长。我很乐意同一个友善的人共度一段安静的幕间休息时间。"

于是他就带我去了那儿，范伯格的店，找了个靠近角落的地方，那里挤满了匈牙利人，人声鼎沸。里屋有一张专门为他准备的桌子。女主人在桌布上绣了"夫拉什金在此用餐"几个字。因为口渴，我们一言不发地喝完了第一杯茶，而后我才终于想起要说什么。

"夫拉什金先生，几周前我看到过您，甚至在这里工作前我就见过您，在《海鸥》那出戏里。相信我，如果我是那个小姑娘的话，我一眼都不会看那个年轻的布尔乔亚。戏里完全可以没有他。契诃夫怎么能把他和您放在同一出戏里呢，我实在无法理解。"

"你喜欢我？"他问道，拉过我的手亲切地拍了拍。"很好，很好，年轻人依旧喜欢我……所以，你也喜欢剧场是不是？很好。而你，罗茜，你知道你有一双多漂亮的手吗？摸起来那么温暖，皮肤那么好，告诉我，你为什么要在脖子上系一圈丝巾？这么做只会将你那年轻的喉咙给藏起来。现在已经不是旧时代了，我的孩子，不需要活在羞耻之中。"

"谁羞耻了？"我说着摘下方巾，可还是很快将手伸向之前方巾所在的位置,因为真相是,那确实是旧时代,我仍旧自然而然地有着羞耻之心。

"再来点儿茶吗,亲爱的?"

"不用了,谢谢,我已经是个俄国茶壶了。"

"多尔夫曼!"他像个国王一样喊道,"给这孩子来一杯加了新鲜冰块的汽水。"

接下来的几周,我拥有了深入了解他本人的特权——同样也有机会看到他在专业领域的表现。那时是秋天,剧院里的人来来去去,络绎不绝。排练永无止境。《海鸥》彻底砸锅后,《伊斯坦布尔来的推销员》上演,大获成功。

小姐们都疯了。首演之夜,在第一幕中间,一位女士——要么是个寡妇,要么就是丈夫过劳——开始鼓掌并且唱了出来:"喂,喂,夫拉什金。"很快人声鼎沸,喧哗不已,演员们不得不中止演出。夫拉什金上前一步。表面上看简直不是夫拉什金……而是有着一头乌黑秀发的年轻人,双脚躁动不安,充满活力,嘴巴也很俊俏。戏剧结束时,已是半个世纪过去了,他又走了出来,是个满头华发的哲人,是个只从书本了解生活的学生,双手如丝绸般光滑……我潸然泪下,思索着我究竟是谁——什么都不是——而这样一个男人却会将兴趣盎然的目光投向我。

随后我涨了点薪水,全靠他为我美言几句,同时还得到每天晚上的五十美分外快。我可以和表兄弟以及其他一些一心想当演员的朴素小孩，一起参与某一幕群戏，从台上望向他每个晚上都能看见的上百张苍白的面孔，等着他的情绪感染他们，令他们捧腹，或因悲伤而垂下头颅。

悲伤的时刻来了，我同妈妈告别，亲了亲她。夫拉什金帮我在剧院旁边弄到了合适的房间，好让我更自由。这样我那位杰出的朋友也能有个地方避开嘈杂的后台更衣室。她哭了又哭。"这是另一种生活方式，妈妈。"我说道，"再说了，我这是因为爱情。"

"你！你，什么都不是，只是奶酪片上一个腐烂的洞，你是在告诉我什么是人生吗？"她激动地尖叫起来。

太侮辱人了，我从她身旁走开了。但我本性就好——你知道胖子都是这样——友善，我心里想着，可怜的妈妈……确实，比起我来，她对人生有更多的想法。她嫁给了不喜欢的人，一个病恹恹的男人，他的精神早就被上帝吞食了。他从不洗澡。他身上奇臭无比。他的牙齿东倒西歪，头发也都掉光了。他的身体越来越小，一点点枯萎，直到他走了。再见，好运。妈妈只有在去楼梯下面的邮箱里取电费账单时才会想起他。为了纪念他，也是为了尊重人类，我决定为爱而活。

别笑，你这个无知的姑娘。

你以为这对我来说容易吗？我不得不给妈妈点东西才行。露西正和你爸爸一起存钱，为了买亚麻布和几对刀叉。

我要是想养活自己，就得在早上做按件记酬的工作。所以我就做花儿。每天午饭前，我的桌子上都会长出一整个花园。

这就是我的独立，亲爱的莉莉，盛放着，只不过没有根，花瓣也只是纸。

与此同时，克里姆伯格也在追求我。毫无疑问是留意到了夫拉什金的成功，他想，啊哈，芝麻开门……公司里的其他人也是一样。那些年里追求我的人有这些：克里姆伯格，我提到过；卡尔·齐默，头戴假发扮演年轻人；查理·菲尔，一个基督徒，因为意外而陷入困境，能做出漂亮背景的人。"他的中间名应该是颜色。"夫拉什金说，总是那么切中要害。

我之所以要说这些，是为了告诉你，你这个年老体肥的姨妈并不是因为孤独而疯了。在那热闹的几年里，我拥有很多有趣的朋友，他们因为我的年轻而赞美我，而我又是位一流的倾听者。

女演员们——拉塞尔、玛雅和艾斯特·利奥波德——只对明天感兴趣。追逐她们的都是有钱人、导演以及整个零售女装中心；她们的过去是针垫，未来狭如针眼。

那一天最终还是来了，我无法再说出悦耳的话。我说："夫拉什金，我听一个说三道四的家伙说你有妻子、孩子，有完整的家庭。"

"确实是这样,我不说瞎话。我也不找借口。"

"问题不是这个。那是一位怎样的女士?这么问让我受伤,可是,就告诉我吧,夫拉什金……一个男人的生活是我无法看清楚的。"

"小姑娘,我已经跟你说过一百次了,这个小小的房间是我困顿精神的修道院。我正处于极度痛苦的人生中途,在这里,我来到你纯洁的避难所,让自己焕然一新。"

"哦,夫拉什金,认真的,认真的,那位女士是谁?"

"罗茜,她是个很不错的中产阶级女人,对我的孩子来说是个很好的母亲。我有三个孩子,全都是女孩儿。她是个很好的厨师,年轻时很漂亮,但现在早已韶华不再。你看到了吧,我多么坦诚。亲爱的,我将灵魂都托付给了你。"

几个月后,在俄罗斯艺术家俱乐部的新年舞会上,我见到了夫拉什金太太,那是一位将满头黑发绾成一个低髻的女人,非常直率,而且高高在上。她坐在一张小桌子边,只要有人驻足片刻同她说话,她就会低声同他们交谈。她的意第绪语说得很棒,字字珠玑。我看着她。她注意到了我,就像她注意到任何人,态度如圣诞节的早晨一样冰冷。随后她便累了。夫拉什金叫来一辆出租车,而后我就没再见到她。可怜的女人,她根本不知道我是和她站在同一舞台上的。对她的角色来说,我是毒药,而她却一无所知。

后来，还是那天晚上，在我的门前，我对夫拉什金说："绝对没有下一次。这不是为了我。这一切让我恶心。我不是破坏别人家庭的第三者。"

"姑娘，"他说，"别犯傻了。"

"不，不，再见，好运。"我说，"我是发自内心的。"

我休了一周的假，和妈妈在一起，扫干净所有的壁橱，刷洗了墙壁，直到墙上的颜色不复存在。她非常感激我，但她苦难的人生还是让她说："现在我们看到结局了。如果你非要像个懒汉那么活着，那到头来就会变成疯子。"

几天后，我又回到自己的日常生活中。当我们再度碰面，我和夫拉什金，我们只说你好和再见。之后，有那么几年都很悲伤，我们相互点头，仿佛是在说："是的，是的，我知道你是谁。"

与此同时，全新的策略出现了。你妈妈和外祖母带来了许多男孩子。你爸爸有个兄弟，你甚至没见过他。鲁本。一个严肃认真的家伙，他的理想主义止步于他的帽子和外套。"罗茜，我要给你提供一个广阔的全新的自由的快乐的非同寻常的人生。""怎么提供？""和我一起，我们可以开垦巴勒斯坦的沙漠，缔造一个国家。那将是我们犹太人的明日家园。""啊哈，鲁本，那我明日再去好了。""罗茜！"鲁本说，"我们需要你这样强壮的女人，既是农夫，又是母亲。""别骗我，鲁本，你需要的是运货的马匹。如此一来你就得有更多钱才行。""我不喜欢你的态度，罗茜。""要是这样的话，一往无前吧。再见。"

另一个家伙：扬克尔·格斯汀，规律锻炼，穿得很酷，容易冲动。在那段日子里——在我看来宛如昨日——最年轻的女孩们穿着印有"密歇根，战斗溪"的短裤。对他来说，那不过是几秒钟之内的事情。作为一个犹太男孩，他是在哪里实践的呢？如今我猜要容易得多了吧，莉莉？我的上帝啊，我是在问你话——太敏感了，太敏感了……

那么，我不说你也肯定明白了，亲爱的，无论你做什么，人生都不会止步不前。它只是小坐片刻，大梦一场。

就在我对所有这些愚蠢的年轻人说"不，不，不"的时候，夫拉什金去了欧洲，在旅行中度过了好几个季节……莫斯科、布拉格、伦敦，甚至柏林——那里已经是个悲哀之地。回来后他写了本书，如今你还能从图书馆拿到那本书，《海外犹太演员》。如果有一天你对我那寂寥的年月有足够的兴趣，就可以看看这本书。不，不，书里没有提到我。毕竟，我算什么？

书出版的时候我在街上叫住了他，表示祝贺。但我不是个会说谎的人，也同样指出了书中有许多部分都很自恋——甚至是评论家对那些语句也有所指摘。

"评论是最廉价的。"夫拉什金回应了我，"那些评论家都是些什么人？告诉我，他们搞创作吗？更不消说，"他继续道,"在莎士比亚那些伟大的英国历史戏剧里,有这样一行,说的是:'自恋并不是如此可鄙的罪恶,我的君主,如同自我忽视亦然。'当今的时代,在弗洛伊德的道德追随者中也会出现这样的观点……罗茜,你在听吗?是你问了这个问题。顺便说一句,你看上去相当不错。为什么没有结婚戒指呢?"

我噙着泪水从这场对话中离开了。但这次在街上的交谈却打开了通往更多交流的幸福之路。关于许许多多的事情……比如说,目光极为短浅的经理不再给他任何年轻男子的角色。真是傻瓜啊。最年轻的男人对人生要了如指掌到何种程度才能像他那般天真呢?

"罗茜,罗茜,"有一天他对我说,"我看见时间在你那玫瑰一般的脸上走过,你一定三十岁了。"

"那指针一定走慢了,夫拉什金。上周四我就已三十四岁了。"

"真的吗?罗茜,我很担心你。我一直想要跟你聊聊。你正在失去你的时间。你明白我说的吗?一个女人不应该失去自己的时间。"

"喂,夫拉什金,如果你是我的朋友,那就告诉我什么是时间?"

他没有回答这个问题,只是惊讶地望着我。我们兴致盎然地走着,但没了从前的速度。我们来到我在九十四街的新住所。墙上还挂着同样的画,全都是夫拉什金,唯一不同的是,现在一切都刷上了红色和黑色,这色调现在很流行,屋里的装饰也都是新的。

几年前,那家很不错的公司里有另一成员也写了一本书,是个女演员,她的英文学得特别地道,去了上城区——玛雅·高加索,在那本书里,她说了一些和夫拉什金有关的事情。比方说,他做了她十一年之久的情人。写下这些,她丝毫也不脸红。她对他本人、他的妻子和孩子,甚至是其他在这件事上有所感触的人都没有丝毫尊重。

现在,莉莉,别惊讶。这就叫作人生的真相。一个男演员的灵魂肯定很像一颗钻石。越是多面,他的大名也就越是闪耀。亲爱的,毫无疑问你会爱上并嫁给某个男人,会有一双儿女,在累死之前你会永远快乐。除此之外呢,一个像我们这样的人根本没必要去了解。但是一个像瓦罗嘉·夫拉什金这样的伟大艺术家……为了在舞台上有所作为,他必须得不断练习。如今我明白了,对他而言,人生就是一场排练。

而我自己呢,当我在《公公》这出戏里看见他时——一个老男人和一个可爱的年轻女孩儿坠入爱河,那是他儿子的妻子,那女孩儿由拉塞尔·梅塞尔扮演——我泪如雨下。他对这个女孩儿说了什么,他是怎样呢喃出那些甜言蜜语,他的脸上是怎样涌现全部炽烈的感情……莉莉,所有这些经验都是他与我一同体验过的。每一个词都一模一样。你能想象我有多自豪。

所以故事也缓缓地流向了结局。

我是最先从妈妈的脸上看出来的,那时间腐烂的字迹,爬满了她的面庞,横穿她的额头——连小孩子都能读出来——它在说衰老,衰老,衰老。但是,亲眼看见这些现实划过夫拉什金完美的表情,让我的心备受困扰。

起初是公司瓦解了。剧院终结了。艾斯特·利奥波德老死了。克里姆伯格心脏病发作了。玛雅去百老汇了。拉塞尔也把她的名字改成了罗斯林,成了电影里的大热的喜剧角色。夫拉什金本人呢,无处可去,退休了。报纸上说:"一位无与伦比的演员,他将撰写自己的回忆录,并在人丁兴旺、孙辈诸多的家庭怀抱里度过晚年,在妻子溺爱的眼中,他是珍宝。"

这就是新闻。

我们为他举办了一场荣誉晚宴。就在这场晚宴上,我对他说,我觉得是最后一次这么说:"再见了,我亲爱的朋友,我人生的主题,现在我们要分离了。"我对自己则说得更决绝:彻底结束了。这是你寂寞的床。在人们眼里,你肥胖,且年过五十。这是你自己一手造成的。经由这张寂寞的床,你终将落入一张不那么寂寞的床,被百万白骨簇拥。

那么接下来呢？莉莉，猜猜看。

上星期，我在池塘里洗内衣，忽然接到了一通电话。"不好意思打扰了，这里是从前和俄罗斯艺术剧院有关系的那位罗茜·利伯吗？"

"正是。"

"好的，好的，你怎么样，罗茜？我是夫拉什金。"

"夫拉什金！瓦罗嘉·夫拉什金？"

"如假包换。你过得怎样，罗茜？"

"还活着，谢谢你，夫拉什金。"

"一切都好吧？真的吗，罗茜？你身体还好吗？你还在工作吗？"

"我的健康嘛，考虑到它必须负担的体重，显然是一等的。我回到了最开始的地方，已经有些年头了，做新潮的服装。"

"很有意思啊。"

"听着，夫拉什金，跟我说实话，你到底在想什么？"

"想什么？罗茜，我正在找一个老朋友，一个热心肠的旧日同伴，共同度过更为愉快的日子。我的情况呢，顺便提一下，已经变了。我退休了，如你所知。同时我也是个自由人了。"

"什么？你这是什么意思？"

"夫拉什金太太同我离婚了。"

"发生了什么？你开始酗酒了，还是抑郁了？"

"她是因为通奸和我离婚的。"

"但是，夫拉什金，你得原谅我。别生气，只是你在我身上花了差不多有十七八年的时间，即便是我，所有这些胡说八道——这些白日的梦和夜间的梦——大部分都是为了单独交谈的乐趣。"

"我向她说明了这一切。我亲爱的。我说了，我的时代过去了，我的血液已经同骨头一样干涸。事实是，罗茜，她根本不习惯有个男人整天都在左右，大声朗读报纸上属于我们那个时代的有趣事件，等待早餐，等待午饭。所以从早到晚，她变得越来越不满。到了夜里，一个怒气冲冲的老女人给我提供晚饭。过去五十年里的经验告诉她，我的汤里要放胡椒。当然了，剧院里出了个犹大，每天都在念叨'夫拉什金，夫拉什金，夫拉什金……'，当我满心都萦绕着他的笑容时，他却在持续不断地在我的妻子心中种下毒果。"

"对一个如此轻快的故事而言，夫拉什金，这是个多么愚蠢的结局啊。你有什么计划？"

"首先，我能邀请你共进晚餐然后去剧院吗——当然是上城区剧院？在这之后……我们是老朋友。我有的是钱可以花。你的心之所向是什么？其他人都如同草芥，时间的北风已经割下了他们的心脏。而你呢，在我内心重新浮现起的唯有友善。一个女人应当怎样对待一个男人，你就是怎样对待我的。罗茜，你是否觉得，像我们这样的一对老朋友，完全可以在这个世界的丰盛物质中斩获些许好时光？"

我的回答，莉莉，一分钟就说完了。"没错，没错，来吧。"我说，"打电话订个房间吧，我们聊聊。"

于是那天晚上他就来了，那一周的每一晚他都来了，我们聊了他漫长的人生。即便生命行将终结，他也仍旧是个迷人的男子。还有，也像所有男人一样，即便大限将至，也要试图全身而退。

"听我说，罗茜，"前几天他解释说，"你能明白吗，我已经同我的妻子结婚快半个世纪了。有什么好处呢？看看这痛苦吧。我越琢磨婚姻这件事，就越觉得它真是蠢透了。"

"瓦罗嘉·夫拉什金，"我直截了当地告诉他，"毫无疑问，在我还年轻时，许多个夜晚我曾温暖你冰冷的后背。你承认的，我不是没提出要求。只是我心太软了。但是现在，夫拉什金，你是个自由人了。你怎么能开口要我和你一起上火车，一起待在陌生的酒店里，置身于那么多美国人之中，却不是身为你的妻子？要点脸吧。"

所以现在，亲爱的莉莉，用你年轻的嘴巴将这个故事告诉给你的妈妈。我说的话她一个字都不想听。她只会尖叫着,"我会晕倒的,我会晕倒的"。告诉她,我终究会拥有一个丈夫,正如每个人都知道的,在故事结束前,每个女人都至少会拥有一个丈夫。

我的上帝啊,我已经迟了。吻我一下吧。不管怎么说,我是看着你从一粒普通的种子长大成人的。所以,在我结婚的这一天,给我两句祝福吧。漫长而快乐的一生。许多年的爱。抱抱你的妈妈,代罗茜姨妈转告她,再见,好运。

一个女人,年轻而衰老

外婆很年轻的时候就生了我妈妈,之后又生了其他孩子,无论男孩女孩,都是妈妈给起的名字。这和爱不爱的没多少关系,外婆说,但她从来不会有话直说。她的脑袋里全是天马行空的想象,整天都在看新闻报道,整晚都在叹息,外公想要接近她,只能通过那种特殊的媒介。

那只是最基本的麻烦。身边全是弟弟妹妹,这让我妈妈很沮丧,他们没有一个人比她的脾气更好。有种理论认为,战争、欺骗、破碎的家庭,现代生活里不可收拾的一切都是大气中暴力的一部分。面对麻烦,妈妈放声尖叫。

她发誓说,要是有个属于自己的男人,她就不再尖叫了,但所有的舅舅和姨妈,无论独居还是成家的,全都吵个不停。

我外公不止是吵,他还打人,也就是说——打这个家的成员。妈妈生命里的每一天都在被他打。要是有人敢打我,我肯定会把他打翻在地。

外婆把所有的零钱都存下来给了我们。我的约翰逊舅舅在精神病院里。其他人都在这里，莉兹姨妈十七岁，可我妈妈同她说话时好像完全当她是个成年人。

就在前几天，我妈妈对她说，她渴望男人，一个真正的男人，她厌倦了在这样一个充满该死的阳具象征的世界里，抚养两个女孩儿。莉兹说是的，她明白那是怎样的，时间白白过去，你所需要的是在裙摆处有一只强壮而温柔的手。这个牲口棚的声响效果里需要这种。

他们已对我说了数百次，我的爸爸是个极为出色的拉丁人。为人处世相当机敏，也很有趣，特别上进。他们深深相爱，无法自拔，直到乔安娜和我消除了他们之间的一切。妈妈不想让我觉得我被排斥，但她也不想觉得她自己被排斥，所以便说我太吵了，每天晚上都在哭。然后乔安娜整天整夜地索要乳头，成了扫兴的最后一击。

"……一个妻子，"他说，"在孩子降临之前是备受宠爱的女主人，孩子出生后呢……"他用法语没说完的话就那么悬在半空，但只要听到他说"孩子们"，我就会朝他丢玩具，揣测着他有意的冷落。他又改口用"姑娘们"，但我立刻就发现他这种逃避的小伎俩。我们用噪声和玩具不断侵扰他，但我们的爱成了他的重负，这是妈妈的想法。有一天，他没有回家来吃晚饭。

妈妈一边看法国《世界报》一边等他，但直到夜深他也没有回来同她做爱。第二天的早饭和午饭，他也没出现。事实是，他现在人在哪儿？在抵抗运动里被杀了，妈妈说。

关于这个问题，两周后，一张明信片告诉了她答案，而且每当大家谈及此事时，它也仍然在告诉我们："过去五年我一直为法兰西而孤独。现在，我余生都一定会为你而孤独。"

"你被骗了，妈妈。"一天准备晚餐时我说道。

"被骗了？"她低声咕哝，"你说话比我还奇怪。你什么都不懂，那时你都还没出生呢。你很清楚，抛开不幸，我要再找一个法国人……哦，约瑟芬，"她继续说道，差一点就要破音了，"哦，约瑟芬，对这个可悲的国家里那些可恨的人来说，我就是他们的笑料，一个真正的笑话。但在那边，他们了解我。他们只会觉得我是按捺不住要去见他们。即使我的法语语法很破，什么都不好，但我发誓我能写出莎士比亚的东西。"

我绝望地转过身，觉得自己很想哭。

"别笑，"她说，"总有一天我会乘着法国航空的飞机消失，和一个像你们爸爸一样英俊的卷发法国人一起，让你们大吃一惊。哦，你该有多爱你的爸爸啊。一个正在长大成人的女孩身边经常出现那样一个男人。你会感谢我的。"

"无论如何都谢谢你，亲爱的妈妈。"我回答，"但是，你把你的喜好留在心里就好。等我和莉兹姨妈一样大时，我觉得自己可能会喜欢美国士兵，或者海军陆战队的大兵。我已经喜欢一些军人了，尤其是布朗斯达下士。"

"那就是你心目中的男人吗？"妈妈问道，粗暴而不屑。

随后她重新考虑布朗斯达下士："好吧，或许你是对的。那些看上去很有力量的长靴……非常有男子气概。"

"哦？"

"我知道，我知道。我像艺术家，有时候会同时抱有两种观点。我发现莉兹在和他约会，所以对他的看法会好一点儿。看看莉兹，你就能看见你爸爸曾经看见的女孩。就像我一样。完美的举止。美妙的肌肉线条。她可以拥有任何她想要的男人。"

"她已经有了她想要的男人。"

就在这时，外婆进来了，这位"银行家"为我们存下了四点六五美金，非常自豪。"哟呵，真是太暖和了。"她满足地叹了口气，"好了，给你们。现在可以吃顿好饭了，玛尔维娜，我求你了，稍微努力点。乔西，快跑去拿个牛油果，还有，玛尔维娜，拜托用黄油的时候可别小气。还有，亲爱的乔西，外面真是太暖和了，你妈妈不会介意的。你已经快成为年轻小姐了，想不想来一口冰啤？"

这不就是所谓的尊重吗？为了回应这种恭维，虽然很不喜欢嘶嘶作响的泡沫，我还是喝了半杯啤酒。我们烧烤、蒸煮、切片，将菜剁碎，真是完美的一餐。我负责做菜，妈妈负责调酱汁。我们用另一段更美味的时光和令人垂涎的记忆赞美她，她心花怒放，结果把某种酱汁给做多了。我们便用它来吃了椒盐饼干点心，还配了冰牛奶咖啡。在我洗盘子的时候，乔安娜坐在外婆腿上，把自己在夏令营里每天八小时的经历事无巨细地讲给她听。她是我们所有人眼中漂亮的小女孩。

"女人，"外婆赞许道，"一直都是我人生的全部快乐与安慰。从一开始我就疼爱所有仰着干净的面庞、竖耳倾听的小女孩……"

"男人就和女人不同了。"乔安娜说。这是整个故事中她说的唯一一件事情。

"确实，"外婆回应道，"给我找麻烦的总是男人。男人和男孩……我大概不懂他们。但总会不断地想起他们，一个接一个，约翰逊、雷维尔、德拉蒙德……别忘了，他们都是从哪儿来的，还不是从我这里吗？但他们所有人，所有所有所有人，都走了，无论是身体还是心灵，都远远离开了。"

"啊，外婆，"我说，想要安慰她，"要知道他们的脾气可差劲了。我一点儿也不想念他们。"

外婆的表情有些凄惨。"每个人的儿子都是这副德行，"她解释说，"先是发脾气，然后离开。"

这番对话之后,她在伤心难过中坐着。乔安娜蜷缩在脚边的坐垫旁,抱着它睡着了。妈妈从钢琴凳里拿出上周的《世界报》,看一篇报道让自己平心静气。事情讲的是一个普罗旺斯的农民强奸了自己的侄女,并且杀死了他的母亲,之后开心地过了三十八年,迈入了受人敬重的老年,直到爱管闲事的人完美地逮住了他。在我刷碗的时候,她将这篇报道用我们缺乏独创性的母语翻译出来,说给我们听。

夜晚悄然降临,我们的交流终因门铃响起而重新启动,这门铃声充满了积极的意味。是莉兹,她还带来了布朗斯达下士。我们派乔安娜出去买啤酒和软饮,舞会当即开始。他配合地同每个人都跳了舞。我飞快地溜回自己的房间,一丝不苟地在大大的嘴巴上涂上厚厚的口红,扣上像大眼白眼睛的胸罩,好让他明白我比乔安娜年纪大。

他对我说:"你是蜜桃,你是奶油,总有一天你会出落成姑娘。你是仙境里的爱丽丝。"

"我已经是姑娘了,下士。"

"嗯哼。"他说着捏了一把我的左臀。

莉兹拿来潘趣酒,又拿出乐芝饼干,下士跟我跳舞的时候,她都在跟妈妈和乔安娜跳。她很乐意看见他如此受欢迎。忽然间,她意识到他是唯一在场的男士。夜晚抵达高潮时,他说:"你叫我布朗尼就行。"

之后我们唱了空军的歌曲，一直玩到凌晨两点钟。外婆说，自她当年经历的战争岁月起，这些歌就没多少变化。"虽然士兵们更年轻了，"她说，"孩子，你看起来像是仍需妈妈操心的年纪。"

"没什么好为我担心的，我有的是机会。事实上，我一直都在晋升。一直都是。"他说着冲莉兹眨了眨眼。"我挺好的……对了，"他又继续说道，"你们能不能收留我一下？我不介意打地铺。"

"打地铺？"妈妈劝说他，"你疯了吗？你可是共和国的士兵。我的上帝啊！我们有张小床。你知道的……一张行军床。把它支起来，美美地睡一觉，下士。"

"哦，上帝……"外婆打了个哈欠，"说到床……玛尔维娜，你爸爸现在应该到家了。我该回去了。"

布朗尼殷勤地决定送莉兹和外婆回家。等他回来时，妈妈和乔安娜已用她们孤独的双臂相互搂抱着陷入了梦乡。

我悄悄地看帘布后的他把自己从上到下擦拭干净，非常用力，完全不考虑皮肤。很快，他发着光的裸体整个钻进了床单。

我脱掉鞋子，踮着脚尖去了厨房。我给他倒了一杯冰啤，径直走到他面前，在他旁边坐下。"我这儿有美味的啤酒，布朗尼。走了那么久的路，我猜你可能觉得热了。"

"哎呀，谢谢你，爱丽丝宫殿的布丁和馅饼，我正热得受不了了呢。你真贴心。"

他坐了起来，一口把啤酒喝下肚。我看着他，目光一直滑向他的肚脐眼。他把空杯子放在地板上，冲我咧嘴笑了。他开玩笑似的冲我脸上打了个嗝，于是我不得不说实话了。"哦，布朗尼，"我说道，"我好爱你。"我拦腰抱住他，将脸颊贴在他金色的胸毛上。

"嘿，布丁，放轻松。我也很喜欢你。你是个洋娃娃。"

随后我就直直地吻了他的嘴唇。

"约瑟芬，到底是谁教你这个的？"

"我自己教自己。我用手腕练习，你看见没？"

"约瑟芬！"他又说道，"约瑟芬，你是个骗子。你就是个骗子！"

他的感情热烈起来。他也拥抱了我，吻了我的嘴唇。

"那么，"我开起玩笑，"又是谁教你的呢？莉兹？"

"闭嘴。"他说道，他越是爱我就越是不允许交谈的发生。

我躺在他边上，吃惊于一个男人会因为感觉而这样变化。他爱我，这让我狂喜。

为了向他表明我懂他的意思，我呢喃道："布朗尼，你想要什么？布朗尼，你想要做那件事吗？"

结果呢！他一下就从床上跳开，拍着裹在肩膀上的床单哀叹。

"哦，基督啊！"他说，"我会被捕的。我会被宪兵揪住，在监狱里度过余生。"他看向我："天啊，快点扣上你的衣服。你妈妈马上就醒了。"

"布朗尼，怎么了？"

"你还是个孩子，你只想着自己开心。你不明白吗？这种事会毁掉我的人生。"

"可是，布朗尼……"

"我会有麻烦的！会被降级。你只是个小孩子。对你来说只是个玩笑。一个人可以和像你这样的小孩子结婚，但把手放在你的肩膀上就是犯罪。可真是好笑啊，哈——哈——哈。"

"哦，布朗尼，我真心愿意嫁给你。"

他坐在小床边，把我拉近他的膝盖。"哇，你可真是个好笑的孩子啊。你真有那么喜欢我吗？"

"我爱你。我会成为最好的妻子，布朗尼……你知道是我在照顾这个家吗？我妈妈根本不工作，她把所有时间都花在惦记爸爸上。我才是那个每天给乔安娜梳头的人。我给她熨裙子。我甚至可以为你生个孩子，布朗尼。我知道该怎么……"

"不！哦不。别让任何人有机会让你做这种事。在你十八岁之前都不行。你应当像个洋娃娃一样干净地待着，至少在十八岁之前都不能让人碰你。"

"布朗尼,你在军营里不会感到孤单吗?我的意思是,如果莉兹不在你身边,我不在你身边……你不觉得我身材很好吗?"

"哦,我猜……"他笑起来,温柔地将手探进我的衣服里。"当然棒极了,何况还没有发育完呢。"

我无法压抑欲望,再次吻上了他还在说话的双唇,撞上了他的牙齿。"哦,布朗尼,我会照顾你的。"

"好吧,好吧。"他说着亲切地推开了我,"好吧,现在听我说,在生米煮成熟饭前快去睡吧。去睡吧,你是个乖孩子。睡得饱饱的。你还没有见过这个世界有多大呢。连我这样的男人也会感到惊讶。"

"但我的想法已经很坚定了。"

"去睡吧,去睡吧。"他说着,但仍旧握着我的手,轻轻拍打。"你现在看起来和莉兹差不多。"

"哦,可我是不同的。我很清楚自己想要什么。"

"去睡吧,小姑娘。"他最后说了一遍。我拉过他的手,亲吻了每一个棕色的指尖,而后跑回自己的房间,脱掉所有的衣服,和我孤独的灵魂一样赤裸。我睡着了。

第二天是星期六,我心情很好。整个周末,妈妈都在巴黎之家咖啡馆做女招待,爸爸消失后她就向那里的服务员学会了说法语。她很幸运，因为她真的很喜欢自己的工作；她为顾客、咖啡和咖啡馆里的装饰而疯狂，只有回家后才凄凄惨惨的。

十点钟，我把早餐拿到门廊上给她。乔安娜陪她去搭巴士。"给下士热点冻香肠。"她在不远处喊道。

我希望他已醒了，这样我们就能建立更深厚的爱情，但莉兹已走进我们家下陷的门槛。"我过来给布朗尼弄点早餐。"她急匆匆地说。

"哦？"我天真地盯着她的眼睛，"我觉得这件事应该由我来做，莉兹姨妈，因为我们很可能要结婚了。你不觉得应该让我准备早餐吗？"

"什么？说慢点，约瑟芬。"

"你听见我说什么了，莉兹姨妈。"

她穿着紧身少女裙，猛地跌坐在楼梯上。"连我都觉得自己年纪太小了，还不到结婚的时候，圣诞节过后我都已经十七岁了。他真向你求婚了吗？"

"我们讨论过了。"我说道，说的也都是实话。"我爱上他了，莉兹。"泪水模糊了我的视线。

"哦，爱……我从你这么大到现在，已经爱过十二次了。"

"我不会这样的，我认定布朗尼了。我会去找份工作，等他服完兵役就送他去读大学……他很聪明。"

"哦,聪明……人人都很聪明。"

"不,他们才不聪明呢。"

她离开后,我亲吻了布朗尼的两只眼睛,像睡美人里的桥段。他伸了个懒腰,在熊熊燃烧的饥饿之火中醒来。

"早餐,早餐,早餐。"他咆哮着。

我喂饱了他。他说道:"哇哦,大家真得笑了,我竟偷到人家摇篮里去了。"

"别这么觉得,我给人们留下的印象都特别好,布朗尼。有很多比你年长的男人也都对我有兴趣。"

"哈——哈。"这是他的评论。

我不许他这样笑,并用一些亲吻让他清醒。我们拥有了一个愉快的早晨。

"布朗尼,"我午餐的时候说,"我打算告诉妈妈我们要结婚了。"

"她自己的麻烦还不够多吗?"

"不,不,"我说,"她心里只有爱情。她为爱疯狂。"

"好吧,再想想,小可爱。要知道,我可能会被送去某个危险的地方,被疯狂的当地人打翻在地。你每天都能读到这种事情。不管怎么说,暂时拥有一份真正的秘密婚约,难道不是很有意思吗?怎么样?"

"我不觉得有意思。"我说,想起从莉兹那里听说的一切男人投机取巧的把戏。他们有时会在表面上善意地奉献自我，睡觉，醒来，真真假假地过三十个日夜，只为了片刻的欢愉。"秘密婚约！也许有人会同意这种计划，但绝对不是我。"

很快，我就知道他是喜欢我的。他走过桌子，摆弄了我在家里做的卷发一会儿，向我低声说道："他们一定会笑我，但我喜欢你。"

很快，我又不确定他是否喜欢我。他看了看自己的手表，问了那个问题："莉兹到底在哪儿？"

我得去采购，用天真懵懂的样子同当地的商人周旋，这是我周六最主要的工作。我一路都在小跑。

采购并没有花多少时间，但是当我嘎吱上楼梯进到客厅时，我听到了某段对话的重要尾声。布朗尼正在说："这都是你的错，莉兹。"

"我不应该那么大意的。"她说，"我猜和小孩子胡闹让你得到了某些乐趣吧。"

"哦不是的，你根本不明白……"

"我没办法说我想要明白。"

"该死的，"布朗尼说道，"你根本不听别人说什么。我觉得你太糟糕了。"

"真的吗？"她转身打算离开，一把将纱门打开，迎面看到我，她紫色布鞋的鞋跟踩在了我的脚背上。

"告诉你妈妈我们会的。"布朗尼看到我后，提高了声音,"她太糟糕了,那个莉兹,该死的。今晚就告诉你妈妈。"

在这个时间过得飞快的午后,我尽我所能让布朗尼更加友善。我坐在他腿上,他则喝着啤酒挠我痒痒。我哈哈大笑。很快我就懂了这游戏怎么玩,最好还要有花样,于是我尖叫着从他身上跑开,再让他在一个舒适的地方捉住我,要么是起居室的沙发,要么是我的卧室。

"你很不错。"他说,"真的。我为你疯狂,约瑟芬。你实在太有趣了。"

那天晚上九点一刻,妈妈回家后,我给她做了冰茶,然后把她堵在厨房里,锁上了门。"我想和你说点事儿,是关于我和布朗斯达下士的。先别说话,妈妈。我们要结婚了。"

"什么?"她开口道,"结婚?"她尖叫起来。"你疯了吗?你没有雇佣证书,不能找工作。你这个年纪连雇佣证书都拿不到。你还是个孩子。你是在跟我开玩笑吗?你是我的小鱼儿。你还不到十四岁啊。"

"我已经决定了,我们可以等到下个月,那时候我就十四岁了。然后,我们就可以结婚了。"

"不可以,我的上帝啊!没人十四岁就结婚,没人,没人这么干。这样的人我一个都不认识。"

"哦,妈妈,有人十四岁就结婚的,你在报纸上经常看见。最糟糕的情况也不过是会上报而已。"

"可我不知道你跟他有这么多交往。他不是莉兹的男友吗？那可不好，从她那里把他抢走。这可是非常卑鄙的诡计。你是个小偷。女人应当相互支持。你从没学过这些吗？"

"她根本不想结婚，可是我想。而且对布朗尼来说，结婚是很必要的。他是个生活作风干净的男孩。休假结束后，他不想回到军营跟随军工作的妇女和别人的老婆们混。你得欣赏他这一点，妈妈——这是一种美好的品质。"

"你还是个孩子。"她瓮声瓮气地说，"你是我滑溜溜的小鱼儿。"

布朗尼提前十分钟打开了厨房的球型门把手。

"哦，进来吧。"我说道，有些犯恶心。

"怎么样了？都解决了吗？你怎么说，玛尔维娜？"

"我说去他的吧，下士！莉兹有什么不好？你俩在一起多般配。你们看上去就像是夏日夜空里的双子星。现在我才明白，我没那么喜欢你的长相。你的父母是谁？我都没怎么听你提起他们。我只知道你在阿尔卡特拉斯岛有个叔叔。你的牙齿长得很难看。我还以为军队是很在意这方面的。在我看来，你可没那么有魅力。"

"没必要人身攻击，玛尔维娜。"

"可她还是个孩子。万一她怀孕了，把身体全都弄坏了呢?这里可不是印度。你有没有读到过,那些印度幼女新娘的体内都发生了什么?"

"哦,他很温柔,妈妈。"

"什么?"她说道,理解成最坏的情况发生了。

这场讨论持续了差不多两个小时。我们喝了一整壶覆盆子冲泡饮料,那是为第二天乔安娜十二岁的生日准备的。我们都没钱,也找不到外婆。

过了一会儿,莉兹出现了,恰好是在午夜之前。她身旁是个中尉,她说他叫西德,并介绍给了大家认识。

不过莉兹并没有将他介绍给布朗尼,因为她一再表示,军官和士兵不应当混在一起。这位中尉握住妈妈的手问候时,我看得出他很震惊。很显然他出汗了,汗水顺着后背流出长痕,也在他华达呢制的夏日制服里的腋窝中聚积。

妈妈正在愠怒之中,意兴阑珊,这的确会使某些男人慌乱。她正谨慎地思考着我固执的决定,以及我的人生中怎会有如此刺激的源头。

"我是属于法国的。"她对他低声说,"在巴黎、马赛那样的地方,男人喜欢女人,他们不会追求小姑娘。"

"我对这种法国气质很有同感,我确实喜欢真正的女人。"他期待地说。

"光是有同感还不够。"她的嗓音提高到符合她天生性情的程度,"我需要的是共情。这些年来,我都不曾感受过来自真正朋友的这种共情。"

"哦是的,我也能够感受到那种共情。"他完全陷入了自己的内心,说出的话别人几乎听不到……"我喜欢有些生活阅历的女人,孕育过孩子,感受过分娩的疼痛,了解心爱之人死亡的滋味……"

"……还了解爱情。"她悲伤地补充道,"一个英俊的年轻男人能有这种想法真是不寻常。"

"这不过是我自己的特殊偏好。"

莉兹、布朗尼和我向他借了一美元。当他坐在那里还陷在岁月静好般的恍惚中时,我们溜达出去买冰淇淋。我们带上了乔安娜,以表达喝光她生日派对饮料的歉意。当我们带着一瓶黑莓苏打回来时,没看到一个人。"我开始觉得自己像个拉皮条的。"莉兹说。

就这样,妈妈最终点了头。她的道德败坏转变得如此之快,甚至给我们钱去测梅毒。她给希尔马医生打了电话,告诉他用针的时候温柔一点。

"那可是我的小姑娘,医生。是你亲手从我身体里接生出来的小乔西。她实在是太任性了。哦,医生,还记得我和查尔斯吗?她是个粗鲁的小顾客,就像我一样。"

鉴于检测结果,我们无法结婚,这是法律规定的,虽然布朗尼不信。外婆基于她的年龄优势总显得淡定达观,她说那些到处播种的放荡的年轻人经常在萌芽阶段就被掐掉了,而现代科学很快就会把我们团结起来。哈——哈——哈,回想起这些,我大笑起来。

妈妈从没有注意到。这件事在她那里迅速过去了,因为她自己的生活里有很多大事要处理。当被懊悔及盘尼西林浸透的布朗尼回军营时,她给了他一大罐酸味糖球和一罐核桃朗姆口味的烟草。

而后她就一心忙着自己的事情去了。妈妈没有经历我和布朗尼之间的幻灭,她和中尉结婚了。

我们都很满意,所有人都是,虽然大家都知道她一直都没有和爸爸离婚。

结婚证书上,与她并排的名字是小西德尼·拉瓦列,美国海军中尉。头发更卷的上一代拉瓦列家族是从魁北克来到密歇根的,所以西德尼还会用妈妈最喜爱的那门语言说几句派得上用场的成语。

我收到过来自布朗尼的一张卡片。卡片上是密苏里州乔普林城的鸟瞰图。上面写着:"嗨,孩子,振作起来,爱你的布朗尼。P.S. 身体好多了。"

生活在泄气的岔道上,我很乐于听到隔壁房间里持续不断的欢声笑语。我以前喜欢拥抱布朗尼的身体,但要说我更想要他,而不是希望得到普通人的成功,连我自己也不相信。

乔安娜搬到了我的房间，她能一直磨牙到天亮，可我还是很感激她的陪伴。因为我已经订过婚了，所以她特别尊重我。她才是真正可爱的小女孩。

淡粉色的烤肉

迎接他的是淡淡的绿色，是坚果树上星星点点的嫩芽。饱餐一顿后，彼得大步走进花园。他一脚踢开恼人的橡果，向两个年轻姑娘展露出灿烂的笑容。

那是个玫瑰般充满魅力的男人，三十上下。安娜看着他跨过黄水仙。他也进入了朱迪的眼帘。她立即充满渴望地喊道："爸爸在那儿！"

好吧，那就是他的角色。他张着嘴巴，被美景所迷惑。绞缠的饰品、卷发与光彩熠熠的面庞都是阴谋，弄得他心烦意乱。一年前他就看得清清楚楚，安娜已经开始进入枯萎的年岁了，正如他即将步入男人的巅峰时刻：衔着烟斗，穿着粗花呢套装，一个情人的典范，让男人为之震惊，让女人为之停留。

朱迪此刻正跨过椅背，投入他的怀抱。"哦，彼得，亲爱的，"她喃喃低语，"我竟然不知道你会来看我们。"

"上帝啊，你都长这么大了，小家伙。你的牙齿去哪儿了？"他问道。他紧紧拥抱她，那是属于他的五十磅重担。"很好，朱迪，我很高兴你仍然有着小猫咪那样好奇的鼻子,还有小猫咪那样柔软的白色毛发。"

"我才没有。"她咯咯地笑起来。

"哦,你有。"他说罢将她放在自己充满弹性的腿上,却紧紧握住一只光滑的"前爪"。"但你最好还是把爪子收起来,不然我就立刻把你扔进哈德逊河里。"

"呀,彼得。"朱迪说道,"可别这么说。"

彼得话锋一转,转向了安娜:"你看上去很不错,你知道吗?"

"谢谢,"她礼貌地回答道,"你也是。"

"看看我,这些天我可真是个户外滑雪专家。"

她允许了三十秒钟的沉默,在这沉默之中他转过身,像夏日的鸟儿一样唱起来:"我们围着五月柱[1]跳舞,五月柱,五月柱。"

"好吧,你是什么时候过来的?"他问道。

"差不多一周以前。"

"你从来都没打过电话。"

"不,我打了,彼得。我至少给你打了二十七通电话。可你永远不在家。小彼得肯定在什么地方坠入爱河呢,我这么对自己说。"

"那是什么东西,"他和着旋律唱道,"所谓的爱?"

---

[1] 五月柱是欧洲民间节日里常见的木制高柱,人们时常围着此柱跳舞。

"彼得，我希望你能帮我一个忙。"她再度开口，"彼得，这个周末你能照顾一下朱迪吗？我们才刚刚搬到这个新地方，我有很多事情要忙。我不想让她在我这里添乱。彼得？"

"啊，所以你才打电话的。"

"哦，上帝啊，"安娜说，"我打电话是想让你成为我的爱人，是真的。那才是真正的原因。"

"好吧，好吧，别这么苦大仇深的，安娜。"他向前伸出一条俊美的手臂，"好聚好散。我当然会照顾她了。我很喜欢她。她是我的孩子。"

"苦大仇深？"她反问。

彼得叹了口气。他将手心翻转朝上，仿佛是在确认是否下了雨。安娜很了解他，主旋律与编舞。阳光正好的春日午后从他的指缝间流逝。天空为证，他仰头凝视，尽可能留住这个午后。他垂下手臂，让剩下的时光溜走了。

"好了，"他说，"我们走吧。我想看看你的房子。我有很多点子。你应该看看我的起居室，安娜。要是你东西都没个着落的话，我说不定会帮你做室内设计。来吧。我去把梯子从地下室拿出来。我可以搬动几个衣箱。我非常痴迷于体力活儿。你总是想方设法逃离属于你自己的生活，是不是？让我们摆脱孩子。我不是你的敌人。"

"那谁是？"她问道。

"别唠叨了,安娜。我就是那么个意思。我会找个人来照管朱迪。别多嘴。"他开始在礼拜日的闲逛者中搜寻熟悉的面庞。"嘿,你。"最终他冲一个身上贴着两个姑娘的老朋友喊道,"嘿,就是你,眼神茫然的家伙,过来。"

"不可以是你那些蠢蛋朋友。"安娜愤怒地低声抱怨。

三双穿着软底鞋的脚朝彼得走来。他们送来了愉快的问候,还有一袋杏干。彼得同其中一个女孩聊起来。他轻轻拍了拍她假小子一样的头发。"好吧,好吧,宝贝,你真是大变样了。你肯定过了个相当美妙的冬天。"

"哦,是的,谢谢你。"她承认。

"那么,出份朋友的力吧,你愿意吗?那边的是朱迪。还记得吗?她小时候可是发疯似的喜欢你呢。怎么样?照管她一两个小时怎么样?"

"当然没问题,彼得,我很乐意。我今天不太忙。朱迪!她很可爱。我为她疯狂才是。"

"安娜,"彼得介绍道,"这是路易。在你工作的那一年她可是个真正的朋友。是她帮我解决了朱迪的问题。她很了不起,解了燃眉之急。"

"你是安娜。"路易亲切地说,"哦,我觉得朱迪很可爱。我们都疯狂喜欢彼此。你有一个超级聪明的宝宝。她真的很聪明。"

"谢谢。"安娜说。

朱迪已经跑去和卖冰淇淋的小贩说话了，回来的时候她舔着酸橙味冰棍。"你得给他十美分。"她说，"他竟然都不记得我了，不愿意相信我。"

忽然间她看到了路易。"哦！"她尖叫起来，"是路易。路易，路易，路易！"她们捏住彼此的脸蛋，像爱斯基摩人一样相互摩挲鼻子，像"亲吻天使"一样忽闪着睫毛。路易骄傲地环顾左右："哎呀，这孩子没忘记我。这可如何是好呢？"

彼得从口袋里摸出一些零钱。路易说道："别搞笑了。这事儿交给我就行了。"

"好吧，姑娘，"彼得说，"你们俩继续。随便挥霍。去外面吃晚饭。好好享受。保持联系。"

"我猜她们真的很熟悉彼此。"安娜说着同她们挥手再见，显然有些消沉。

"好了！"彼得说，"要是你想干活儿，那就干活儿吧。"

他一手挽起安娜的手臂，另一只胳膊肘在乱七八糟挤作一团的男人和男孩们当中劈出一条路来。"走了，走了，走了。"他说道，"别挡路，伙计们。"

不到五分钟，安娜就打开了新公寓的大门，那是间漂亮的城市出租屋，配有一把崭新的钥匙。

前厅很宽敞，可铺着镶木地板的玄关却被纸箱子堆得无处落脚。彼得一动不动地站在原地，吹起了口哨，是贝多芬第五交响曲里的十二个小节。"妈咪，"他快乐地呻吟道，"让我活着！"

一连串的房间及通往房间的门，双层玻璃门、硬橡木门、狭窄的衣柜门，一屋子的房间都由延伸出去的走廊连接起来。"哦，安娜，这公寓真是太大了……谁付的钱？"

"反正不是你，别担心。"

"重点不是这个，玛丽和约瑟夫！"他冲一盏树枝状的吊灯挥舞手臂，"那个，安娜，我很开心看到自己的朋友像这样安定下来。你肯定觉得我是在开玩笑。"

"是我在开玩笑。"安娜说道。

"得了吧，你最近到底在忙些什么？你看起来相当了不得，就像一只野心勃勃的小鸡。做事酷一点，生活温暖些，你明白的……"

"别做梦了，彼得。"她不耐烦地说。可是他脱掉身上的衣服，只剩下背心，开始往唱片柜里摆放唱片。他停下手里的动作说："我把百叶窗给拉起来怎么样？"她的态度随即缓和下来，流露出一点友好："彼得，你才真的看起来完美无缺。你看起来就是——很——健康。"

"我把自己照顾得很好，安娜。这就是原因所在。蔬菜，高蛋白食物。我已经不再是从前的夜猫子了。葡萄柚，阳光，哦阳光，那可是我现在最最亲爱的。"

"你向来都把自己照顾得很好，彼得。"

"不是的，安娜，不是一回事。"他停下动作，坐在一箱窗帘上。"我的意思是这种照顾不是自我中心的，不是自私自利的，不是像我从前的那副德行。现在它有了真正的哲学基础。别认为这只关乎身体。看着我，你看到了什么？"

安娜看到了一个肉食者，一个品酒师，随后他看起来又像一头肉猪，像淡粉色的烤肉。

"彼得，彼得，爱撒谎的人儿。"安娜说。

"哦不是的，我不是那个意思。你知道你看到了什么吗？是一个肉体结构。你知道让我如梦初醒的时刻是在何时吗？差不多是两年前，就在我们，在你和我分手的时候。我去了爷爷家，有一次领着他去浴室——你还记得他吧，安娜，那个老混蛋，就是那个疯了的家伙，他不想死……我靠在门上，他就坐在马桶上，注意力全都集中在自己的肠子里。只是为了找点话聊——我认为这样能帮他放松，便说：'波普？波普，要是有机会重新再来一遍，你会做什么不同的事情呢？有没有什么真正新鲜的？'

"他立刻就回答了我。'彼得，'他说，'在我人生中那该死的每一天，我都要去健身房；去他妈的工作，去他妈的女人。彼得，我会好好锻炼身体，好到上帝他老人家自己都不知道该怎样把这具躯体撕裂。看着我，彼得，'他说,'过去的十五年里我一直是个可恶的混蛋。为什么呢?我会告诉你为什么。这个结构,这个……这个东西'——他用力去掐自己的肚子和膝盖——'这个我'——他一拳从侧面打在自己的下巴上——'这得保持运作。原因就是,彼得,这是灵魂的居所。到头来,长寿就是奖赏,是力量,是美。'"

"哦,彼得!"安娜问,"你现在有工作吗?"

"天哪,"彼得答道,"你也有相同的小小动力。我当然工作了,不然你觉得我靠什么生活?你还是每周白白拿你的八美元五十美分救济吗?"

"数字是没错。"

"好吧,好吧。那听我说。我在吃一种复合维生素,每一百片要花我十二美元八十美分。每年对身体的基本维护和修复要五十美元。"

"那个老家伙去世了吗?"

"我的妈啊!去世了!他当然去世了!"

"很抱歉。他也没有那么坏。他很喜欢朱迪。"

"无论好坏,安娜,他已经度过了属于他自己的时间,他已经活得够久了,够教育下一代了。顺便说一句,我觉得你连一盎司赘肉都没长。"

"谢谢。"

"孩子看起来也很棒。你确实把她照顾得很好。你一直都是个好妈妈。我敢打赌你肯定给她烤各种各样的东西吃。"

"有时候吧。"她说。

"让她自由自在地长大吧。"彼得说,"我打赌你会的。让她爱自己的身体。"

"让她……"安娜有些失落地说。

"去工作,去工作,那里罢工委员会在偷懒。"彼得唱起来,"梯子在地下室吗?"

"不,不,在厨房的储物柜里。特别高的那个柜子。"

彼得随后拉起百叶窗,装上窗帘。他把书分别归置到空着的书架上。朱迪有个书桌,他把第二层的抽屉给装上了。虽然所有家具还没有安装完成,但已经有架子可以放朱迪的玩具了。他一边工作一边吹起口哨,做起这些来毫不费力。

之后他将碎垃圾扫到厨房的角落,在炉子上煮了一壶咖啡。"喝咖啡吗?"他招呼道,"马上就好。"安娜同意了。他固定住了厨房的推拉门,正好看见安娜在给客厅里的钟上发条,而客厅里宽阔的窗户正是他亲自盖上的。"忙啊,忙啊。"他念叨着。

就像一个优秀而快乐的男人要不断精进自己的优势,他吻了她。她并没有从他身边走开。她就停留在他的右臂当中,脸庞紧紧依偎着他的肩膀,闭上了眼睛。他抬起她的下巴好看清楚她，评估自己有多少机会。她无法睁开眼。他认真地搜寻了一番，在她的脸上并没有看见责备。

她头晕目眩，身体发沉，这是安娜充满激情的确定信号，要是他能记得的话。"我们要不要跳舞？"他温柔地询问，一个老套的笑话。作为一个耐心的爱人，他小心地解开她漂亮裙子上的十六粒小纽扣，在朱迪的房间朱迪的床上当即要了她，一句话也没有说。事后，凭借这已经确定的关系，他用亲吻奖励了她。不过他很快就穿好衣服，因为他有义务用自己的人生故事提醒她一切都是转瞬即逝的。

"小彼得，"安娜说着将床单和毯子拉到下巴，"去一下厨房。我觉得咖啡肯定全都溢出来了。"

他又重新煮了一壶，而后回来帮她扣上那数不尽的小纽扣。"我说，安娜，这裙子可真是疯狂。肯定得要十美分。"

"二十五美分。"她说。

"你知道的，要是你没那么易怒的话，我们可以时不时共度一些相当美妙的好时光。"

"你是真心觉得很美妙吗，小彼得？"

"哦，简直就是最美妙的时刻。"他说着温柔地亲吻她，"你知道的，我喜欢你头发现在的样子。"

"我每周都会做头发。"

"嘿，说说付钱的事儿吧，宝贝儿。真是奇迹。怎么了，怎么了？那正是我想要知道的。那台一流的电视机是从哪儿来的？还有那个超棒的书桌？说吧，有人赞助你是不是？"

"是我丈夫。"安娜回答。

彼得猛然坐直了，眉头紧蹙，一览无余的脑门儿上浮现出痛苦的线条。为了消化这个黑暗的真相,他咬紧牙关,说道:"上帝呀,安娜!这么做真是糟透了。"

"可我觉得很棒。"

"哦,安娜,那不是重点。你应该先说出来的。他在哪儿?他的妻子同别人发生关系的时候,那个混蛋人在哪儿?"

"他在罗切斯特。我就是在那里遇见他的。他是个很可爱的人。他正在转移自己的生意,需要些时间。彼得,拜托了。过几天他就会过来了。"

"你可真是了不起,安娜。天哪,你太了不起了。你摆了摆屁股,同时耍了他和我。你本可以拒绝我的。不——不好意思,小彼得——不要这样。我可没那么饥渴。你为什么要这么做?报复?卑鄙?为什么啊?"

他扣上夹克衫,在纸箱子和新椅子间走来走去,寻找一份报纸或者包装盒。他什么东西都没带走。他停在门厅的穿衣镜前捋了捋头发。"就这样了!"他说着慢吞吞地朝门口走去。

"你要去哪儿，彼得？"安娜提高音量问，声音越过门厅，一个放吵闹的孩子和遗忘的雨伞的地方。"等一下，彼得。我向上帝发誓，听我说，我这么做全是因为爱。"

他驻足望着她，就那么冷冰冰地看着她。

安娜哭起来："是真的，彼得，我这么做全是因为爱。"

"爱？"他问道，"真的吗？"他露出了微笑。他很窘迫，但也很开心。"好吧！"他说道。他用十只手指向她飞吻。

"哦，安娜，晚安吧。"他说，"你是个好孩子。真的，我真心祝福你，祝福你一切都好，全都是最好的。"

他神采奕奕的面庞瞬间出现在春日傍晚的门口。走在街上，置身于平和的陌生人之中，他来了一个倒立。他胸有成竹，轻松而无动于衷，一路向东侧手翻，翻向了黑夜的源头。

最洪亮的声音

有这么一个地方，上菜架隆隆作响，门摔得砰砰响，餐盘碎裂；每一扇窗都是一个妈妈的嘴巴，恳求整条街消停下来，恳求孩子们去别的什么地方滑冰，或者回家。而我的声音是其中最洪亮的。

你瞧，妈妈仍旧和我一样中气十足，而杂货商站起来同她说话。"阿布拉莫维茨太太，"他说，"人不应当惧怕自己的孩子。"

"啊，比亚力克先生，"妈妈回应道，"要是你对她或者她爸爸说'嘘'，他们会说'坟墓里自然安静'。"

"从科尼岛到墓地，"我爸爸说，"是同一条地铁线，都是同样的票价。"

我当时就在泡菜桶边，正用小拇指在盐水里搅出小小的漩涡。我停手片刻，高声道："金宝牌番茄浓汤。金宝牌蔬菜牛肉浓汤。金宝牌苏——格——兰浓汤……"

"安静点。"杂货商说，"标签都要被震下来了。"

"拜托了，雪莉，稍微安静一点。"妈妈拜托我。

在那个地方，整条街都在抱怨：安静点！安静点！即便如此，也还是无法将我内心欢乐的大合唱偷走半分。

街角处有一栋红砖建筑，早已饱经风霜。每天早上，孩子们都在那栋楼前站成两列，队伍必须排得笔直。他们并不是在受辱，而是在等待。

我通常也在他们之中，而且排在第一个，因为我的姓是以字母 A 开头的。

一个寒冷的早上，班长拍了拍我的肩膀。"去 409 教室，雪莉·阿布拉莫维茨。"他说。我便遵照指示去做了。我飞快地迈开步子，沿着一段下行楼梯来到了 409 教室，那里是六年级学生的。我不得不一动不动地等在课桌边，直到他们的老师希尔顿先生有时间说话。

过了五分钟，他说："雪莉？"

"什么？"我小声说。

他说："天啊！天啊！雪莉·阿布拉莫维茨！他们告诉我你有一副特别洪亮清晰的好嗓子，朗读的时候表情也非常丰富。是真的吗？"

"哦，是的。"我小声说。

"这样的话，千万别犯傻；总有一天我有可能成为你的老师。大声点，大声点。"

"是的。"我喊道。

"这还差不多。"他说，"现在嘛，雪莉，你能用发带把头发绑起来吗，或者找个发夹？太乱了。"

"好的！"我大叫。

"好了，好了，平静一下。"他说着转向了学生们，"孩子们，保持安静。翻到第三十九页。一直读到第五十二页。读完以后，再读一遍。"他又一次看向我："现在，雪莉，你知道，我想，圣诞节应该快到了。我们正在准备一出很棒的戏。大部分角色都已经分配出去了。但我还需要一个大嗓门儿的孩子，得很有耐力才行。你明白什么是耐力吗？你懂的对不对？聪明的孩子。你知道的，我昨天在晨读上听到你读《耶和华是我的牧者》，印象深刻。真是完美的演讲。你的老师乔丹太太对你评价颇高。现在听我说，雪莉·阿布拉莫维茨，要是你愿意参加演出，扮演这个角色，那就跟着我读：'我发誓比从前更加努力用功。'"

我看向天空，当即说道："哦，我发誓。"我亲吻了小拇指，望向上帝。

"那可是演员的生活，亲爱的。"他解释道，"就像一个军人的生活，面对他的上级从来不行动迟缓和不服从，演员对导演也是一样。所有事情都不例外。"他说："毫无疑问一切都由你自己决定。"

那天下午，整栋楼里，孩子们都在教室窗户下给火鸡拔毛，刷洗一捆捆的玉米。再见了感恩节。第二天早上，有个班长从办公室里拿来了红色和绿色的纸。我们把纸叠成新的形状，挂在墙上，贴在门上。

老师们也越来越开心。他们的脑海里全都萦绕着来自童年的钟声。我最好的朋友艾维喜欢恶作剧，但她没有因为讲悄悄话被处罚。我们学会了《神圣夜》，没有一处出错。"多棒啊！"实习老师格莱斯小姐说，"想一想，你们中有些人是不说这种语言的。"我们又学会了《闪亮之屋》和《听！天使的使者》。这些歌唱起来一点也不难为情，所以我们也完全不觉得尴尬。

哦，可是我妈妈听说这一切后，对爸爸说："米沙，你不知道这里都发生了什么。克雷默是票务委员会的领导。"

"谁？"爸爸问道，"克雷默？哦是的，一个积极的女人。"

"积极？积极是得有理由的。听我说，"她忧愁地说，"看到邻居们在圣诞节唱歌会让我惊讶。"

爸爸不知道该说些什么才好。下定决心后，他才说："你是在美国！克拉拉，是你想要来到这里的。在巴勒斯坦，阿拉伯人会把你生吞活剥了的。在欧洲有大屠杀。阿根廷全都是印第安人。而在这里，你得到了圣诞节……好笑不，哈？"

"很好笑，米沙。你现在是怎么回事？如果是很久以前，我们为了逃离专制统治来到一个崭新的国度，结果却落入了一场缓慢进行的大屠杀，我们的孩子学会了千万句谎言，还好笑吗？天哪，米沙，你的理想主义已经消失无踪了。"

"你的幽默感也是。"

"我从来就没有幽默感，但你曾经是那么有理想。"

"我还是那个米沙·阿布拉莫维茨，我一点儿也没变。不信就问问别人。"

"只消问我就行了。"妈妈说，她好像已经平和下来，"我有答案。"

与此同时，邻居们也得想想该说些什么才行。

马蒂的爸爸说："你知道，他有一个非常重要的角色，我的男孩。"

"我的孩子也是。"瑟菲尔德先生说。

"我家儿子反正不行！"克里格太太说，"我告诉他不行。答案是不行。当我说不行，就是不行。"

拉比的妻子说："真是令人作呕。"但是没人听她说话。在上帝伟大智慧的窄小天空下，她戴了一顶金色的波浪卷假发，还泛着草莓的粉色。

每一天都吵吵闹闹，一惊一乍。我则是个得力助手。希尔顿先生说："我该怎样和你相处呢，雪莉？"

他说："你的爸爸妈妈真应该每天晚上都跪下来，感谢上帝赐给他们一个像你这样的孩子。"

他还说："和你一起工作真的非常愉快，我亲爱的，亲爱的孩子。"

有时候他说:"上帝保佑,我把脚本给弄到哪里去了?雪莉!雪莉!快找出来。"

然后我就会小声说:"就在这里,希尔顿先生。"

他疲惫的时候,也时不时会喊道:"雪莉,我真是太累了,没力气对着那帮小家伙大喊大叫了。你能去告诉伊拉·普什科夫,在李斯特第二次指出那颗星星之前,就先别过来了,好吗?"

于是我便大吼道:"伊拉·普什科夫,你怎么回事啊?笨蛋!希尔顿先生已经跟你说过五次了,在李斯特第二次指出那颗星星之前,就先别过来了。"

"天哪,克拉拉,"我爸爸说,"她一直在那里待到六点钟,都在做些什么呀,她连盘子都不能往桌上端一下。"

"圣诞节。"妈妈冷冰冰地回答。

"哟!哟!"爸爸说,"圣诞节。有什么坏处呢?总而言之,历史会给所有人上一课。我们通过阅读得知,这是一个从异教徒时代就已经有的节日,蜡烛,灯光,甚至光明节[1]。所以我们知道这并不完全是基督徒的节日。如果他们认为这是一个私有的节日,那他们就是愚昧无知的,而不是什么爱国主义。属于历史的自然也属于全人类。你们想

---

[1] 光明节,也称献殿节,犹太教节日,纪念公元前165年重献耶路撒冷圣殿,于每年11月或12月举行,为期8天。

回到中世纪吗?用一把二手剃刀削掉你们的脑袋会比较好吗?学会畅所欲言伤害到了雪莉吗?答案都是否定的。所以,或许有一天,她的生活将无须囿于厨房与商店。她又不是个傻瓜。"

我真心诚意地谢谢你,爸爸,因为你的好意。我虽然很傻,但绝不是个傻瓜。时至今日也是如此。

那天晚上爸爸亲吻了我,对我的事业怀有莫大兴趣。他说:"雪莉,明天是你的大日子。恭喜你。"

"省省吧。"妈妈说,随后她关上了所有窗户,以免扁桃体发炎。

早晨下起了雪。一个友善的市政机构特意为我们装扮了街角的一棵树。为了躲开它阴冷的影子,邻居们绕道走了三个街区去买面包。屠夫拉下百叶窗,让彩灯不要照到他的鸡肉上。哦,我可不会这样。在去学校的路上,我用两只手向它投去了宽容的吻。可怜的东西,在埃及也曾是陌生者。

我径直走进礼堂,从目不转睛盯着我的孩子们身旁走过。"去呀,雪莉!"班长们鼓励道。有四个男孩作为小道具管理员和舞台管理员已经开始工作了,就他们的年纪来说个头都不小。

希尔顿先生紧张极了。他甚至不怎么开心。无论开口说什么,他最后都会将脸转向一边,满脸悲伤。他重重地在第一排中间落座,让我去帮格莱斯小姐的忙。我照做了,不过她觉得我的嗓门儿实在太大了,所以对我说:"别卖弄!"

我们还没准备好,父母们却早早来了。他们想给别人留下好印象。透过好几码长的幕布,我偷偷向观众席张望,看到了面色尴尬的妈妈。

伊拉、莱斯特和梅耶尔都拿到了格莱斯小姐给他们的胡须。她几乎忘了在金属线上串上小星星,不过我提醒了她。我咳了几声清清喉咙。格莱斯小姐环顾四周,看到所有人都穿上了戏服,站成一排,等待自己扮演的角色登场。她低声道:"好了……"随后:

杰基·瑟菲尔德,一年级最漂亮的男孩子,他用瘦得皮包骨的胳膊肘分开幕布,用高亢的嗓音唱道:

亲爱的父母

我们欢聚一堂

按时送上圣诞演出

我们的表演

是一个故事

是一出童话剧

唱罢他就消失了。

我的声音瞬间从舞台侧面爆发出来，震撼了伊拉、莱斯特和梅耶尔，他们就是在等我开口，但还是震惊了。

"我记得，我记得，我出生的那栋房子……"

格莱斯小姐猛地拉起幕布，好戏开场。那栋房子——旧旧的干草棚，西莉亚·科恩布鲁就躺在里面，和她最喜欢的洋娃娃辛迪·卢一起躺在干草里。伊拉、莱斯特和梅耶尔从舞台两侧慢慢朝她走去，时而指向移动的星星，时而走到辛迪·卢的前面。

那是个很长很长的故事，而且是个悲伤的故事。我认真地逐字逐句地大声宣告我孤单的童年，与此同时小艾迪·布劳恩斯坦漫游向舞台后方，带着他的牧羊人拐杖下了台，去寻找羊群。我再次拾起了寂寞，完全不被人理解，除了一些人人都讨厌的女人。艾迪年纪太小了，马蒂·格罗夫取代了他的位置，他穿上了爸爸的祈祷披肩。我宣布了十二个朋友，一半的男孩子都是四年级的，绕着马蒂围了个圈，在我嗓音高昂的时候，他就站在一个橙色的板条箱上。我的声音悲伤而洪亮，我高声颂扬了爱、上帝和人类，可是，由于艾比·司多科那可怕的阴谋诡计，我们忽然间来到了最最有名的那个时刻。马蒂，等在十字架脚下，我替他发声。他绝望地看向观众。我呻吟道："我的上帝，我的上帝，你为何要放弃我？"由酋长组成的军队抓住了可怜的马蒂，把他钉起来处死，但他看上去自由了，再一次转向观众,在空中伸开手臂,表达绝望和终结。我用最尖锐的声音喃喃自语:"剩下的只有寂静,然而,就像这个房间里的每个人,这个城市里的每个人——这个世界上的每个人——现在全都明白了,我将拥有不朽的生命。"

那天晚上,科恩布鲁太太造访了我们的厨房,来喝了一杯茶。

"处女怎么样了?"爸爸神色关切地询问。

"作为一个有女儿的父亲,你嘴巴真干净,阿布拉莫维茨。"

"来吧,"爸爸友好地说,"来点柠檬,会让你的个性甜蜜一点。"

他们用意第绪语争辩了一会儿,然后又落入了俄语和波兰语的泥淖。接下来我听明白的就是爸爸说的话,他说:"话虽这么说,但这确实是一桩美妙轶事,你不得不承认,这次演出给我们介绍了不同文化的信仰。"

"好吧,是这样。"科恩布鲁太太说,"只是……你知道查理·特纳吧——西莉亚班上的那个可爱男孩儿——还有其他几个人?他们只得到了不起眼的小角色,有的人干脆没分到角色。我看他们心情都不怎么好。不管怎么说,这都是他们的宗教。"

"啊,"妈妈解释道,"希尔顿先生能怎么办呢?他们声音太小了;再说了,他们为什么非得抱怨呢?他们从生下来就对英语这门语言了然于胸。他们金发碧眼，如同天使。你把他们应当参与表演这件事想得太严重了吧？圣诞节……所有的东西……他们全都应有尽有。"

我一直在听啊听，直到什么也听不见。我太困了，只得爬下床，跪在地上。我用双手搭出一个小教堂的形状，说道："听，哦，以色列。"而后我用意第绪语高声念诵："拜托了，晚安，晚安，嘘。"爸爸说道："安静下来。"他猛地关上了厨房的门。

我很开心。我瞬间就睡着了。我为每个人都祈祷了：我正在说话的家人、远方的表亲、路人，以及所有孤单的基督徒。我希望自己的声音能够被听到。我的声音显然是最洪亮的。

竞赛

起得早或是晚，从来都没关系，日子总是离我而去。夏天或冬天，树木有或者没有阴荫，都无所谓，我从未在中午之前吃过脆米饼。

我很有野心，但对我来说这需要从长计议。我有着隐秘的远大抱负，但达成目标需要半辈子的时间。与此同时，我眼观六路，格外注重穿戴。

我对军队里负责做检查的精神病医生说：是的，我喜欢女孩儿。这是实话。不是我姐姐那种女孩儿——那是皮条客的梦想。而是要么纤细柔嫩要么极其丰满的女孩儿，她们的内核都是深棕色的，被岁月涂染。更不是我妈妈，她本应待在弗洛伊德的案例里。我很有幽默感。

我的上一个女孩儿是犹太人，犹太女孩儿通常都很暖心，关心食物摄取和就业能力。她们不喜欢你过分努力，这我明白，直到你被迷住，然后焦头烂额，这个杂种！

她体型中等，穿12号衣服，就像一个带把手的陶壶——是可以抓在手心的。我去了库伯联盟学院或者华盛顿欧文高中的某个艺术活动，在室外碰到了她，当时正在下雨。她没有伞，我有，所以我就同她一起回了家，是回了我的家。她在我家逗留了几个小时，打着哈欠，昏昏欲睡。雨水落在窗外的臭椿树上，风把老式窗户上的百叶晃得嘎吱直响。我花了点时间煮咖啡，切了一盎司重的蛋糕。我从不强迫，只是等待，她真的非常孤单。

我们度过了几周非常美妙的时光。她会从任何可能的地方弄到肉卷和贝果面包。星期天她则从布鲁克林带一只鸡来烤。她觉得我太瘦了。我确实很瘦，但姑娘们都很喜欢。毕竟她们独特的天赋就是让你暖和，要是你胖的话，她们一眼就能看出你永远也不需要她们。

春天来临，她说："我们这是要去哪儿啊？"就是这几个字！现在我可以说我曾经碰到过这种态度了。似乎对于绝大多数女人来说，好饭好菜和人人可得的乐趣就已经太多了。

七月份，太阳专注于发光发热，她又说："弗雷迪，要是我们哪儿也不去的话，我就再也不来了。"我们曾在那些大风呼啸的星期天沿着海岸开车，她妈妈肯定都告诉过她该说些什么。她是用那种被判下狱的口吻说的。

九月一个周五的晚上，我从一个不太走运的派对回来。派对上没有一张熟悉的面孔，也没有出众的姑娘。和属于其他男人的光彩夺目的女人不咸不淡地交谈几句后，我感觉很糟糕，便回家来了。

有人坐在扶手椅上,正在看《艺术资讯》,满是把四十年活成了八十年的荷兰人。是多萝西,身旁还放着过夜用的东西。她站起来迎接我。我几乎看不清她的脸,不过她先煮了茶,把我的些许热情蒸发进了这个氤氲的夜晚。

"听着,弗雷迪,"她说,"我跟妈妈说我要去华盛顿的列奥娜家里过两天,我也和列奥娜串通好了。大家都会帮我遮掩。"她边说边倒茶,还做了些带坚果的蛋挞,原料来自弗拉特布什大街上某家神秘的面包店——所有这些都是为了改变一个男人的口味,经由这个过程,才能让对话继续推进。

"不,听着,弗雷迪,你没有认真对待自己,所以你也没有办法处理别的事情——工作、感情——认真的,弗雷迪,你根本没在听。你肯定要笑,可你真的是很野蛮。你是依靠神经末梢在生活。要是你旁边有个收音机,你就会听音乐;要是你旁边有个冰箱,你就会填饱肚子;要是有个姑娘距离你十英尺以内,你就会脱光她的衣服,然后上她,像串一串肉。"

"好了,多迪[1],别这么形象,"我说,"每个男人都是自己的烤肉架。"

多迷人的女孩儿!说上一些下流话,她就会立刻委身

---

[1] 多萝西的昵称。

于我，痛苦地红着脸，庆幸于东河将自己和妈妈分割开来。可怜的姑娘，她热衷于此。

她一直在付出。到了星期天晚上，我已经终结了半打对话，从说教的根源上掐灭了其中的道德评判。到了星期天晚上，我已经说了我爱你多迪，说了两次。到了星期一早上，我意识到自己做出了重要的承诺，我也不介意承认自己因此没有在周五工作，反正我本来也不太想去。

我对女人的印象是，她们的初衷都是好的，但最终都会被贪婪的传统拖向无法自拔的深渊。当多迪发现我决定不去做那份工作时（什么工作？就是个工作，就是这样），她采取了行动。她把我的那本《一九八四》给还了回来，还夹了一张纸条，说我可以留下她妈妈借给我的那六只玻璃酒杯。

好吧，我确实很想念她，毕竟你可不是每天都能碰到这么开放又这么善良的姑娘。而且她还不傻。我得说她拥有农民的智慧。不是读过很多书的那种。她的头发又长又黑。我总是能从整洁可爱或尚有挽救余地的混乱发型中看到这一点，直到那个周末。

真是令人震惊。

我想念她。而且她走以后，我的运气确实不怎么样。没什么钱，姑娘们又是凭直觉行事。有一个已婚的漂亮小姑娘，她的丈夫在邮局的包裹寄送处混日子，可她的心并不在丈夫那里。姐夫给了我一点工作,就是写一些空话连篇的文件,他是个有模有样的管理员,家庭聚会的时候总是把钞票甩得啪啪响。事情终于有了起色。

得益于我的夸夸其谈,某个周末,我被送去了"峭壁荒野",那是一家高级的娱乐场所,一个明星云集的天堂,带一千一百英亩大的高尔夫球场。从那儿回来以后,我筋疲力尽,但又羞涩谦逊,而她就在那里,在我的起居室里。她气喘吁吁,软语温存,耍着时髦的花招儿,她渴望在一件有限的事情中体验无限,那就是爱。

"哦,多迪,"我说着伸出接纳的双臂,"见到你总是很开心。"

她当然做了解释:"真的,我不是为这个而来,弗雷迪。我是来和你谈谈的。我们有个很牛的机会,可以真正赚上一笔,只要你能认认真真地听我说半个小时。你是那么聪明,应该投身于某项事业。上帝啊,你可以在乡下生活。我的意思是,你哪怕还是继续一个人生活,也可以在体面的街道上拥有一处体面的居所,而不是住在这个垃圾场。"

我吻了吻她的鼻尖,说:"要是你非得这么严肃的话,多迪,我们就出去走走吧。来吧,穿上外套,跟我说说怎么赚钱。"

她照做了。我们散步去了公园,在零星飘落的秋叶中走了一个小时。"现在,别笑,弗雷迪。"她对我说,"有一份意第绪语报纸《朝晖》举办了一场竞赛:新闻里的犹太人。他们每天都会在报纸上放一张照片和两段描述。你得说出这三个人都是谁,还得附加和他们有关的资料,当天晚上就得把答案寄给报社。这个竞猜至少要办三个月。"

"新闻里有一百个犹太人?"我感叹,"多么宽容的国度啊!那么,多迪,这个有用的消息会让你得到什么?"

"头等奖,五千美金,还有去以色列旅游。在回来的路上还能在最大的三个西欧国家的首都各停留两天。"

"很不错。"我说,"所以,重点是什么呢?去揭开那些死人的面纱?"

"弗雷迪,你为什么非得这么看事情呢?他们只是为自己感到自豪,犹太人为这个国家做出了许多贡献,他们想让各地的犹太人都为此感到自豪。你难道不自豪吗?"

"我只为自豪的王冠感到悲哀。"

"我不在乎你怎么想。重点是,我们认识某个人,他呢,认识报纸上的那些人——他每周会写一篇特别的文章——我们和他不是很熟,但我们的姓氏很相似。所以机会很大,只要我们真的那么做。看看你是多么聪明,弗雷迪。我自己办不到,弗雷迪,你得帮我。这是我无论如何都要做的事情。多迪·沃瑟曼一旦下定决心,没有办不成的事儿。"

此前我从未注意到她个性里如此顽固的一面。我本人丝毫不具备这种特质。每个工作日下班后的晚上，她都会屏息凝神，靠在我的书桌上，穿着我的哈里斯牌毛料夹克取暖，把袖子都磨损了。门外的某处，一股不停摇晃的铜线将她妈妈的消息通过电话从布鲁克林传过来。

越过她的肩膀，我有时能隐约看到一个有报道价值的犹太人，或者完整地看到一个犹太混血儿的形象。这类细节无伤大雅。他们很高兴能够选中这个人，并感到自豪。

我们为此工作的时间越长，多迪就越是骄傲。她满面红光，从难以辨认的文字当中昂起头，念诵她自己的翻译："一位满头华发的绅士，非常值得敬重；是内阁成员的密友；是几位总统的真正友人；经常能在公园看见他，就坐在长椅上。"

"伯纳德·巴鲁克！"我脱口而出。

紧接着是比较困难的一个："对美国洲际贸易的简化有所贡献；他的创造价值百万，是在去年完成的。他还有时间陪伴自己的四个女儿，分别是黛博拉、苏珊、朱迪斯和南希。"

思索答案的时候，我点了根烟，吞下一杯热蛋奶酒。多迪鼓励我，给我力量和支持。我盯着炉子，盯着天花板，盯着暴躁的百叶窗，随后平静地说："查伊姆·帕奇——他是个桥梁建筑师。"我不会忘记任何一个名字，无论这个名字是用什么字体写出来的。

"真不可思议,弗雷迪。我甚至都不知道还有在这种领域有所建树的犹太人。"

事实上,要找出与这些夸张的描述相符合的名字,有时要花上一个多小时。因为耗时太久,我不禁咕咕哝哝地抱怨起来:"好了,我们又找出了一个。把他放到第二辆小货车里去。"

多迪沮丧地说:"我只能相信你是在开玩笑。"

好吧,为什么你会觉得她喜欢我呢?你们这些小小的精神分析师,现在立马说出来,齐声高唱:"因为她是个受虐者,而你是个施虐狂。"

不是的。我对她非常好。她给我的所有爱意我全都回应了。是我保持了我们之间的所有约会,是我在每周五给她打电话,提醒星期六的约会。我只要有了钱就会给她买花,有一次买过耳环,还有一次是黑色胸衣,我是在报纸上看见的广告,它有一些缝制巧妙的空隙可以让空气流通。我还留着这件内衣呢。她从来不敢带回家去。

但我是绝对不会让任何女人把我给吃了的。

我可怜的老妈妈去世时始终对我放心不下。当时我还在军队里,但是我明明白白地听懂了她的遗言:"把弗雷迪介绍给埃莉诺·法布斯坦。"想想这个女人的神经质,竟然让她把我作为了遗嘱附件。她把我姐姐留给了那个广告经理，那个留着平头的烹饪专家。她把爸爸留给了满怀同情的阿姨们，至于我呢，她的珍宝，她存放在心中冷柜里最值钱的一块肉，竟然留给了埃莉诺·法布斯坦。

事实上，是多迪自己说："你是那么在乎我，别人不是，我从没有和如你一般的人在一起过，弗雷迪。你总是在那里。我知道，如果我感到孤独或绝望，我要做的就是给你打电话，你就会放下手头的任何事情，来市中心见我。别觉得我毫不感激。"

但确凿的真相是，我并没有做太多。姐夫本可以让我过上养尊处优的生活，可是他假定我在某种程度上是编写华丽文件的专家，实属罕见，所以可以自力更生。因此我才能将我的才智、能量和注意力集中在新闻里的犹太人身上——《朝晖》，前一天夜里印制出来的早报。

现在，我们终于进行到最后一个谜题。多迪真心认定我们能赢。我也快被她说服了。我们喝了热巧克力和螺丝起子[1]，幻想着六周以后的事情。

我们赢了。

周中的一天早上，我在九点钟接到一通电话。"该起床啦，弗雷德里克·P.希姆斯。你看，你无论尝试做什么，都能做到。"

---

[1] 螺丝起子，由伏特加或金酒加青柠汁、柠檬、西柚或柑橘类果汁调制的鸡尾酒。

她中午就下了班，同我见面，在乡村咖啡馆的室外吃午饭，笑容洋溢，分外骄傲。我们吃得很好，而我必须得洗耳恭听后面的消息——其中有一部分我已经料想到了。

比赛是以她一个人的名义参加的。当然她妈妈也分了一杯羹。她帮多迪做了翻译，因为多迪其实不太懂意第绪语（更不用说她妈妈对自己晚年生活是否有保障的担忧）；很有必要，她们连夜开会，做了决定，给她们年迈的莉莎姨妈寄了些钱过去，她是在欧洲永久封锁前的九十分钟逃出来的，如今人在多伦多，和一群陌生人在一起，已经基本神志不清。

去以色列和其他三个欧洲首都的旅程是双人游，必须得是夫妻才行。如果我们的材料不包括能够证明我们是合法夫妻的文件，那她就得独自前去。在我表达出内心堆积如山的想法之前，她"哦"地尖叫了一声说，她妈妈正等在罗德＆泰勒百货商场门口。她就这么走了。

我抽了一口包着硬皮的烟斗，思索起自己的处境。

与此同时，在这座城市的另一处，车轮滚滚，新闻呼之欲出，第二天，结果就在《朝晖》的头版头条刊登出来，从右到左横亘整版：

！奖获曼瑟沃·迪多

案答有所道知孩女林克鲁布

头条下方的整齐方框里,多迪和我正在吃午餐,这张照片让我想起了昨天吃米布丁时有一刹那明亮的闪光,当时我正沉浸在自己卑微希望的破灭之中。

我给多迪寄了一张明信片。上面写着:"我不干了。"

最后的安排非常复杂,因为以色列政府勉强才同意美元钞票进入,而这才是成就一场伟大旅行的关键。一进入那个世界性的地域,人们都期待美元放弃作为美国玩具的享乐主义角色,开始它作为一项工具的长老会人生。

承载着这种消息的信件在两周之内陆续从国外寄来,还包括多迪的照片:在一个以色列集体农场面露微笑,极富同情心地靠在哭墙[1]上,虚情假意地站在一个橘子园里。

我打算在一个代理机构里做上几个月固定的工作,把下列文案附在长相正直的家伙的照片上:

这是比尔·弗拉雷。他可以接受你大量的红标肥料订单。他熟悉中西部。他了解你的需求。叫他比尔,现在就

---

[1] 哭墙,又称西墙,是耶路撒冷旧城古代犹太国第二圣殿护墙的一段,也是第二圣殿护墙的仅存遗址,长约50米,高约18米,由大石块筑成。犹太教把该墙看作是第一圣地,教徒至该墙必须哀哭,以表示对古神庙的哀悼并期待其恢复。千百年来,流落在世界各个角落的犹太人回到圣城耶路撒冷时,都会来到这面石墙前低声祷告,哭诉流亡之苦,所以被称为"哭墙"。

打给他。

我整洁利落,棕色眼睛,人畜无害,时刻警觉,因同事的小伎俩而恼怒,浑身正气,青云直上。

那些小腿瘦弱的女孩们也被拖拉机带去了纽约,她们也同样青云直上,经历男性贪婪的洗礼,进入"妓女天堂",私有财产的宫殿。

而我为自己的梦想而努力。多迪花了点钱去看了比萨斜塔,搭了贡多拉船。她决定在伦敦至少逗留两周,因为在那里她仿佛是回了家。因此,所有奖金估计悉数留在了外国人手中,他们会用这笔钱来让自己获益。

雾气朦胧的一天,隆隆的雾角响彻曼哈顿岛,提醒了我原本打算置之不理的海外电报:"伊丽莎白女王周三下午四点抵达"。这一整天,我成功地将这条消息抛到脑后,随随便便地和几个金发女郎周旋了一番,然后回家了。于是我就寂寞了,整晚都非常寂寞,我试着给一个几周前在滑雪小屋遇到的运动员姑娘写信……我想着要不要叫些朋友过来,然而难以启齿的真相却是,我的生活当中没有女人。我没有可以叫来的人。

我出门去买晚报。看报。听广播。又出去买早报。喝了啤酒。读了早报,等待早晨的到来。

第二天以及之后的日子我都没有再去工作。没有多迪的音讯。她一定是被悔恨纠缠。可怜的姑娘。

我最终还是给她写了一封信。写得非常铿锵有力。

我亲爱的多萝西:

在考虑我们俩的关系时,我想起了这段关系所走过的季节,想起了闪烁其上的夏日阳光,还有它曾穿过的冬日风雪。我仍旧找不出是什么理由让你做出这般昧着良心的举动。我意识到是你妈妈给你树立了丑陋的榜样,怂恿了你,以及在她之前的所有妈妈。一言以蔽之,你就是个妓女。我所付出的爱与情谊似乎远远不够。你想要什么呢?你给我的是情感沼泽,让我沉溺其中,因为我的拒绝,你才计划了这么孤注一掷的报复。

我全心全意地帮助了你,用我对那些在我们的信仰中,曾触到让媒体快乐的神经的个体的记忆。

所以你究竟想要什么呢?

结婚?

啊,就是这个!一个爸爸妈妈其乐融融的家庭。在快乐的家庭日常里,你可以用夹子把头发夹起来,在眼角涂抹面霜……我不确定这些是否适合弗雷德。

我二十九岁,不再年轻。我身边所有刚毕业的男生都把他们的弓形腿贴在成功之梯上。多迪·沃瑟曼,多迪·沃瑟曼,我能对你说些什么呢?要是你觉得我太严厉了，那就直面现实，你根本就没有勇气面对我。

我们一起共度过许多好时光。我们还能重现那些时光。现在有个重要的机会，可以更加以人性为基础，重新开始。你对待人生鼠目寸光，而你无法让我和你一样。做个决定吧，多迪·沃瑟曼。

满怀回忆中的情感，
F.

P.S. 这是你最后的机会。

两周后我收到了一张一百美金的钞票。

又过了一周，我在门口发现一个包装精致的皮革公文包，是意大利手工缝制的，还附带一盒幻灯片和投影仪，都是些很有意思的图片，展示了欧洲和北非的风光。

再后来呢，就什么都没有了。

生活中的一种乐趣

有一年圣诞节,丈夫给了我一把扫帚。这种行为大错特错。没人能说服我这么做是善意的表现。

"我不希望我在军队的时候你什么圣诞礼物也没有。"他说,"弗吉尼亚,请看看这个,这把扫帚还附带一个特别好的簸箕。就挂在一根棍子上。看看啊,好不好?你是瞎了还是斜视了?"

"谢谢你,朋友。"我说。我确实一直想要一个那样的簸箕。那簸箕不错。丈夫并不是在廉价的地下商店或者一月份大减价时购买的。

尽管如此,且不说它的质量,对一个你打算永不相见的女人来说,对一个和你有了孩子,甚至在这个无论醉酒或清醒,所有人都必须早起的时刻,你抬头不见低头见的女人来说,这礼物可真是吝啬至极。

我问他是否能等上半个小时左右再去部队,因为我得去趟杂货店。我不愿意把孩子单独留在充斥着煤气和电流的三室公寓里。恶毒的话语可能点燃烈火。老家伙可能想对孩子们动手动脚。

"下不为例。"他说,"但是你最好想出我不在的时候该怎么办。"

"你真是个弱智的人。"我说,"好几年前你就该被福利机构收留了。"我砰的一声摔上了门。我不想看见他收拾内衣,熨烫衬衫。

然而我就待在门前的台阶上,哪儿也没去,因为拉夫特里太太在那儿,绞着双手,眼里噙着泪水,就好像她垄断了所有的好消息。

"拉夫特里太太!"我说着拥抱了她,"别哭。"她靠在了我身上,因为我体格健壮。"别哭,拉夫特里太太,拜托了!"我说。

"你就是这样,弗吉尼亚。总是看到事情丑陋的一面。'把晾的衣服收进来。下雨了!'这就是你。送菜的升降机坏掉时,你准是第一个知道的。"

"哦,好了,不是那样的。真不是的。"我说,"我这人的个性和你说的恰恰相反。"

"你看到卡伦太太了吗?"她问道,完全没在意我说什么。

"在哪儿?"

"弗吉尼亚!"她震惊地说,"她刚刚去世。整栋房子里的人都知道。他们给她穿上了白衣,像个新娘子,你从没见过这么美的人。她肯定有八十岁了。她丈夫的骄傲。"

"我跟她顶多算是认识而已;她一个孩子都没有。"我说。

"好吧,这我不关心。现在,弗吉尼亚,你现在按我说的做,到楼下去,像这样说——听我说——你就说'卡伦先生,我听说你的妻子去世了。我很遗憾'。然后问问他近来可好。然后你就应当到屋子的角落去看看她。她就穿着惠特森 & 韦德的衣服。然后等他们送她去教堂的时候,你也应当跟过去。"

"那不是我的教堂。"我说。

"那不是理由,弗吉尼亚。你就像这样走上去。"她说着同我分开,做了一个抬腿的舞蹈动作。"走上门前巨大的台阶,走进教堂。那里很漂亮。你会情不自禁地跪下,跪上一分钟都嫌不够。然后去到右边。然后走上另一端楼梯。然后你就会来到一扇巨大的橡木门前,在你的头上方是巨大的拱顶,然后呢,"她说道,深深地吸了口气,这对她很有好处,"然后就慢慢拧开球型把手,打开门,你会亲眼看见,我们的圣母掌管一切。那么美。那么美。那么美。"

我叹了口气,抱怨了两句,好消解心头挥之不去的苦闷。在我这个年纪,手上的金属指环就像关节炎一样令人痛苦。

"你这个无病呻吟的家伙。"拉夫特里太太愣愣地盯着我的嘴巴,说道。

"我不是。"我反驳。我闻到她身上有一股味道，是特别廉价的酒精味。

丈夫从门里丢出一分钱在门口，把我的注意力从拉夫特里太太身上挪开。他把玻璃门弄得嘎嘎直响，确保我能看到他。他两边的肩膀上都扛着硕大的粗呢包。他是从哪里弄到这么多的世俗财产？包里都装了什么？大洋彼岸我祖母的鹅毛？或者是所有专业尿布服务商的尿片？直到今天，真相仍旧笼罩在谜团之中。

"你到底在干吗，弗吉尼亚？"他说着把包裹全都卸在我脚边。"用你的后腿站在这里把你的事情告诉所有人？军队从不给人固定的时间，上帝啊，他们不是开玩笑的。"他又接着说："不好意思。"这是对拉夫特里太太说的。他用两只胳膊圈住我，仿佛我们很恩爱，他的身体也紧紧贴住我的身体，因此我才能最后一次去感受他，也才能体味到自己的失去。随后他以一种很残忍的方式吻了我，差点撕裂我的嘴唇。他眨了眨眼，说道："到此为止。"他就这样纵身跃入了未来，粗呢包里全都是破衣服。

他将我置于非常尴尬的境地，我差点就晕倒在那个老寡妇面前，但愿她很快将这件事忘掉。"他就是个老家伙。"拉夫特里太太说，"他是有了更好的人选，还是暂时离开，弗吉尼亚？"

"哦，显然是抛弃了我。"我说罢坐在台阶上，下巴抵着宽大的膝盖。

"要是这样的话,马上去告诉福利机构。"她说,"他是个混蛋,竟然在快到圣诞的时候离开你。告诉警察。"她说,"他们会高高兴兴地给小孩子提供玩具。别忘了让杂货商知道这件事。他不会在你的预付款上太严苛。"

她看到悲伤在我的脸上无限蔓延。拉夫特里太太还不算太坏。她说:"放眼四周,找找安慰,亲爱的。"她那紧张不安的手指指向了街对面蹲着吃午饭的卡车司机,他们都靠在装载平台上。她挥了挥手,将所有在路上走来走去寻找体面餐馆的男人囊括进来。就连在鱼市帐篷外游荡的六个码头工人,她都没有排除在外。"要是他们的肺和肚子没有被繁重的工作给压垮,他们就会消失在这个世界上的某处。不要绝望,弗吉尼亚。我从来没听说过有哪个男人能够和你走一辈子。"

十天后,吉拉德问道:"爸爸在哪儿?"

"别问我问题,我就不会向你撒谎。"我并不希望孩子们知道真相。无论是眼下还是过去,孩子都需要有父亲。

"爸爸在哪儿?"一周后吉拉德又问。

"他去参军了。"我说。

"他给我做双层床去了。"菲利普说。

"真相可能会给你自由。"我说。

而后我拿着铅笔和便签本坐下来,给自己打气。无论我怎么样添油加醋或者删繁就简，真相都是，我的丈夫留给我十四美金就走了，而房租还没有付。事出紧急，他声明自己对此很抱歉，但我的想法是，他眼不见心不烦。"这座城市是不会让你饿死的。"他说，"总之，你是这里的半个居民。你一直尽心工作。没有你的话，这里的人就完蛋了。谁来纳税？谁来保持街道清洁？不可能是军队。像我这样的男人不会无家可归。"

我直接把吉拉德送到了拉夫特里太太那儿，也是为了问福利机构的地址。她写给了我，还用左手写下了一个注解："可怜的吉拉德，他再也不是像我的约翰那样的小男孩了。"

谁问她了？

新年过后，我造访了福利机构。我马上就发现他们是专门为应付骗子成立的。你要是实话实说，就会让他们扫兴。你要是太过诚实，他们可能会拒绝处理你的事情。

他们先是问了一些比较合理的问题。他们问了我丈夫去哪里参军，可我并不知道。他们查询了他的信息。"他不在美国军队里。"他们说。"试试巴西军队。"我建议。

他们丝毫没有开玩笑的意思，也没有一丝漫不经心的样子，他们真的试了。"哦，不，"他们说，"不对。他不在巴西的军队里。"

"不在？"我说，"太奇怪了！那他肯定是在墨西哥海军。"

从法律上来讲,他们必须得联系一下他的兄弟们。他们给他的一个兄弟写了信,他在全国卡车工会里拥有高级身份,在加利福尼亚还坐拥一栋公寓楼。他们要他在泽西的两个兄弟帮帮我,可是这些兄弟全都拖家带口的。他们有理由哈哈大笑。随后他们又写信给托马斯,是年纪最大也最明智的一个人(他们全都年复一年辛苦工作,就是为了供他读大学,直到他可以用自己的智慧来还债)。他当即就寄来了十美金,说:"真是个杂种!我会时不时寄点东西来的,吉妮,但是,不管做什么,你都别告诉给当局。"我当然不会说了。很快他们就开始猜测他们是比我更好的人,我之所以遇到麻烦全都是自找的,然后他们就愈加喜欢我了。

可他们一直没有把我的冰箱修好。每一次打去电话,我都会耐着性子说:"牛奶都酸了……"我说:"腌牛肉都变质了。"法兰商店的公用电话亭充斥着啤酒的臭味,第六次坐在那里时,我膝头还坐着小宝宝,巴比[1]拿着美国小旗子敲打着玻璃门。我冲着秘书冷酷的耳朵哭喊道:"我为了假期买的真正的黄油,全都坏了……"他们说:"你最好多花一点钱来修。"

---

1 芭芭拉的昵称。

于是我在屋子里等着给某个男人出价，吉拉德则扒着浴室门顶端荡来荡去，他这么做只是为了让自己平静下来，却让我笑了出来，甚至有点恍惚。他还把天花板上的墙皮弄下来一点。拉夫特里太太看了一眼说："教训一下这只小猴子，他中毒了才好。"

但吉拉德是我的儿子，我才是裁判。对未来而言，这是一件很糟糕的事情，虽然我还没法确切说出到底怎么糟糕。

这种感觉来自我一直在思考的对这件事和其他事情的先见之明，来自我每天涂上口红时的观察，我的脸扭曲得快要死了，是约翰·拉夫特里从泽西来救了我。

星期四的时候，约翰·拉夫特里搭了出租来看望他妈妈。整栋房子里的人都知道这件事。还没吃早饭，她就已激动不已。她用少女的腔调大声歌唱，只有面对盛大的场合时她才会换上这副嗓子。她把洗好的衣服晾在外面，红着脸回忆她的约翰曾经是个多么出众的男孩。"问问周围的姐妹们，"她冲着敞开的厨房窗户说，"她们永远也忘不了约翰。"

在这个特别的夜晚，吃过晚饭后，拉夫特里太太对她的儿子说："约翰，为什么你不同你的老朋友弗吉尼亚打招呼呢？她最近很倒霉，整个人都很消沉。"

"是吗，妈妈？"他问道，马上就爬了两层楼来叩响了我的房门。

"哦,约翰。"我一看见他就开了口。他手拿帽子,穿着白色上衣,打着蓝色条纹领带,白白净净,一副主日学校的学生模样。"你好啊!"

"欢迎光临,约翰!"我说道,"快坐。快进来。还好吗?你看上去真不错。确实不错。告诉我,这段时间以来你都过得怎么样,约翰?"

"我过得怎么样?"他若有所思地反问。为了合理地回答问题,他描述了和玛格丽特共度至今的生活、婚姻、工作还有孩子。

可我却没有什么好消息可以告诉他。既然他已经将话题抛到了我面前,我火烧眉毛的每一天都冒着羞愧的青烟,甚至找不出半个小时的好光景。

"当然了,"他说,"你的孩子们真的很可爱,长相很有辨识度,弗吉尼亚。漂亮的外表向来都是值得感激的。"

"感激?"我说道,"我没有必要感激任何人任何事,我只能感激傻了吧唧的自己在二十六岁就有了四个孩子,被抛弃,穷困潦倒,无心打扮。换个男人来也是同样受困,但我本可以做得更好。"

"别对自己这么残忍,吉妮。"他说,"孩子们是上帝的礼物。"

"你在神学问题上还是很了不起,是不是?你特别清楚孩子们是从哪儿来的。"

他当然知道。他本就红扑扑的脸颊涨得更红了。约翰·拉夫特里在克制体内怒火的时候就会呈现出这样的脸色,从小到大都是如此。

不过他随后的话就没那么不可理喻了。我给他倒上了刚煮好的茶水,告诉他我的丈夫过去有多喜欢我,因为我是个特别热烈的人。他听罢环顾四周,看见这段生活究竟有多么一成不变,一眼便能看到老。在明白这一点后,他试图将目光从我脸上移开,这让我有些痛恨他。他的模样已经改变了。他换了惯抽的烟,这曾是我们的共同点。他扔掉了两双我亲手编织的袜子。"如果说这个世界上有什么东西是我特别讨厌的,那一定是海军蓝。"他说。哦,我原本是可以给它们改色的。我可以为他做任何事情,只要他那时不因抱歉而不敢开口要求。

"过去那些日子里,你都是个漂亮的孩子。"约翰说道,提起了那些星期六的夜晚,"一个野性又漂亮的孩子。"

"啊。"我回应了一下,觉得恶心。无论那时候是什么样子,我都是走在成为今天这个自己的路上。"我太幼稚了。要是我有个像自己一样的孩子,我得把她扇成斗鸡眼才行。"

就在下个星期四,约翰送给我一个很好看的收音机,也能播唱片。"好好享受生活。"他说。这让福利机构着实有些无语。我们一张唱片也没有，但是调查员看到我的负担减轻了，并且在笔记本里胡乱地写了十二页相关内容。

到了第三个星期四，他给琳达和巴比带来了一个可以走路的娃娃（二十四英寸高），附带一张题了字的卡片。"给两个洋娃娃的一个小娃娃。"他也在他妈妈那里小酌了几杯，这让他很想跳舞。"啦啦啦，"他唱了起来，厨房的椅子生硬地震颤起来。"啦啦啦，让你自己去……"

"你得付出一点。"他唱着，"享受一点……"他说："弗吉尼亚，我能邀你跳这支舞吗？"

"嘘，我们好不容易才把他们哄睡着。拜托了，把收音机给关了。安静点。一点声音都别有，约翰·拉夫特里。"

"让我来刷碗吧，弗吉尼亚。"

"别傻了，你是我的客人，"我说，"我仍旧把你当作客人看待。"

"我想为你做些什么，弗吉尼亚。"

"告诉我，我是最美丽动人的尤物。"我说着把整条小臂都浸在了洗涤剂里。

他没有回应。"我在工作上有很多麻烦。"这就是他所说的全部。而后我听到他推开了椅背。他起身来到我背后，圈住了我的腰，亲吻我的脸颊。他把我转过去面对他，握住我的双手。他说："一个老朋友胜过红宝石。"他望向我的眼睛，努力变得真诚，而这吸引了我。他在我的嘴唇上落下了一记飞快而甜蜜的吻。

"坐下来吧,弗吉尼亚。"他说罢跪在我面前,脑袋搁在我的腿上。我被他的主动搅乱了心智。而后他抬起头来望着我,仿佛是在提议一辈子的婚姻,他提出——因为他已经喝醉了——将他不朽的灵魂置于危险之中,好让我获得慰藉。

起初我说"谢谢你",而后我说"不"。

我为他难过,但他是真诚的。他是他所在教会的"父亲俱乐部"的领导,活跃在一切做慈善、帮助孤儿之类的世俗团体当中。我很清楚,万一他逗留到很晚,同我做爱,肯定不会做得毫无痕迹,他终究要付出代价,毁掉自己漫长的人生。而责任只会在我。

所以我说了不。

而且巴比睡觉特别浅。我觉得她肯定会醒过来,游荡出房间,看见自己的妈妈和新朋友约翰在厨房的桌子上摔跤,约翰的短裤退到膝盖处。这种画面会影响孩子的一生。

我说了不。

这座屋子里的人都爱管闲事。这一夜我得说不。

可约翰还是在第四个星期四如约造访。这一次他带来了玛格丽特的女儿们不要的旧裙子,有蝉翼纱的晚礼裙和平常穿的棉纤衣服。他温柔地赞美了芭芭拉和琳达,碧蓝的眼珠转个不停,证明他有好几打没说出来的"哦"

和"啊"。

就连菲利普也缴械投降,他认为上帝给了他固定数量的打招呼次数,所以最好等到最后审判的时候再使用,可他竟然靠在约翰的身上,问他:"为什么不把你的儿子们带来和我玩儿?我都没有人可以一起玩。"(菲利普这个小骗子。这栋公寓楼里至少有七十一个孩子,从毫无血色的白皮肤到棕皮肤,有说英语的也有叽里咕噜说西班牙语的,有诸多粗糙又坚强的男孩子,要么是独行侠的血腥拍档,要么就凑在一起,俨然一幅超级小老鼠里的画面。如果一个男孩想要朋友,他可以从邻居当中随便挑一个。)

还有,吉拉德向来是个冷冰冰的家伙,他处在孤独的绝望之中。有时候他会看着镜子说:"我的脸为什么会这么丑?我的鼻子真好笑。好多人都不喜欢我。"他也是个骗子。吉拉德和他爸爸长得如出一辙。他看起来就像是杂志里的广告页。他完全可以成为一个儿童模特,赚很多钱。他是我的第一个孩子,要是他觉得自己丑,那我才该觉得自己丑。

约翰说:"看到一个男孩子这么忧郁我真受不了⋯⋯学校里的修女们都怎么说?"

"他根本不在意她们说的话。你从她们嘴里问不出什么来。"

"我的二儿子也是这样子。"约翰说,"对什么都提不起兴趣。啊，真希望我没有那么多工作上的事情要头疼。那我就会拎着吉拉德的领子，让他好好看看周围的世界。我真希望能让他去泽西，去那些广阔的地方玩耍。"

"为什么不呢？"我说。

"为什么？弗吉尼亚，我很惊讶你竟然不明白为什么。你很清楚我不能带着你的孩子出去，让他们碰上我的孩子。"

我的肋骨涌起一阵强烈的疼痛。

"我妈妈很搞笑，弗吉尼亚，"他觉得自己得继续这个话题，"我不知道，我猜她很乐意让玛格丽特不痛快。她说：'你已经长大了，是不是，约翰？''是的，妈妈。'我说。'老实点，约翰。'她说，'那个丈夫可能会回来，把你撕碎。你是个天主教徒，约翰。'但是我弄明白了。她很乐意知道我就在这栋楼里。我发誓，弗吉尼亚，她真心祝我好运。"

"我也真心祝你好运，约翰。"我说。我们喝了最后一杯啤酒，确保可以睡个安稳觉。"晚安，弗吉尼亚。"他说着将围巾绕了个圈，整齐地垫在下巴下面。"别担心。我会想想该拿吉拉德怎么办的。"

我回到小房间，和女儿们共享一张大床。这是我第一次毫无障碍地陷入睡梦之中。我唯一要担心的就是琳达、芭芭拉和菲利普。为吉拉德操心的事情被约翰接手过去，这让我如释重负。

约翰是真心的。千真万确。他给了吉拉德很多关怀，把他不肯示人的伤感一扫而空。他给他报了名，让他加入一群狂热的童子军，每周去一次布朗克斯，释放过剩的精力。他给了他一套初级的拼装模型。有时候，在他的家人听不到的时候，他会衷心为吉拉德祷告。

星期天，维罗妮卡修女用她那来自另一个世界的甜美嗓音说："他并没有变得更糟。他甚至可能变好了一些。你怎么样呢，弗吉尼亚？"她说着将手放在了我的手上。我身边的每个人都表现出对一切了然于胸的样子。

"还可以。"我说。

"那就该轮到菲利普了，"约翰说，"要是吉拉德真的在进步。"

"你真应该去做个社工，约翰。"

"很多人都注意到了我这方面的潜质。"约翰说。

"你妈妈总是一副为你疯狂的模样，那她为什么不能稍微振作一点，送你去读大学呢？就像我们为托马斯做的那样。"

"那个，弗吉尼亚，公平一点。她是个可怜的老妇人。我爸爸赚不了什么钱。她得让我挣钱才行，我完全可以告诉你，弗吉尼亚，对此我一点也没有不好意思。看看托马斯。他还在上学。把他扔在丛林里他就会被吞没。他从来没有触碰过真实的生活。现在呢，我有一个大家庭，一个属于我自己的家，在建筑行业中拥有一席之地。有件事我得告诉你，那位可怜的老妇人非常抱歉。有一天我说（哦，是在好几年前了）我可能会同你结婚。她拿刀刺了自己。这是事实。伤口顶多也就八分之一英寸深吧。你从来没见过那样沾满血污的礼拜日。还有一件事——其实对她来说，你比玛格丽特更适合当她的儿媳。"

"和我结婚？"我问道。

"这个嘛，是的……啊——我一直都很喜欢你，不然的话……你觉得我为什么要每个周四晚上坐在这个厨房的阴影里？老天啊，这里唯一温暖的东西就是茶杯了。是的长官，我确实想要和你结婚，弗吉尼亚。"

"不开玩笑，约翰？真的吗？"知道这件事感觉很好。知道你在年轻时曾被渴求过，哪怕晚点知道也好过永远不知道。

我并没有告诉约翰，我是永远也不会同他结婚的，这就是真相。一遇到爱眨眼的丈夫，他就成为了我唯一的兴趣所在。我和约翰还有其他人在一起过的时候狂放不羁，可我却将所有的狂热都转向了他，心中没有丝毫犹豫。

事到如今，面对现实吧，要是我的丈夫没有在生活中让步，那就是我的错。就像他们说的，都是我咎由自取。我用一首歌来迎接晨曦。我同每个人打招呼，除了房东。

问问这个街区里的人，来的或走的——甚至包括那些面色阴郁的西班牙人——他们看到我也得微笑。

哪怕是为了自己的便利，在生活方式和金钱方面他也应当做得更好。我很开心，但我现在明白了这样不对。幸福对一个女人而言并不是什么坏事。虽然她会越来越肥胖，日渐衰老，但她可以躺下来，触碰一大堆男人和孩子，可以在愉悦中离开这个世界。男人就不同了，他们必须得拥有金钱，或者得有名望，或者就得让这个街区的每一个人都仰望敬重他们。

一个女人清点自己的孩子，表现得趾高气扬，就好像是她创造了生命，可男人必须在这个世界上有所作为。我很清楚，男人绝不会被"开心就够了"这种想法给糊弄。

"有趣的家伙。"约翰说，猜测我的思绪飘向了何方，"是什么阻止了他呢？他又不是任何人的玩物。他身上有些很滑稽的地方，弗吉尼亚，要是你不介意我这么说的话。他并没有那么高高在上，可他已准备好了，准备俯视我们所有人。"

"他很聪明的，约翰。你不明白。他喜欢玩填字游戏，我真的经常对他说，与其在这儿弄这些，不如去参加节目《六十四美金问答秀》。为什么不去呢？可他却哈哈大笑。你知道他说什么吗？他说：'要是你觉得我聪明的话，那就证明你蠢得可以。'"

"有趣的家伙。"约翰说,"把压在胸口的话全都说出来。"他说道:"一吐为快,弗吉尼亚,这是唯一能够抹杀痛苦的方式。"

总的来说,我很愿意效劳。尽管我还无法完成如此残酷的谈话。这就好像试图回到噩梦那干燥的嘴巴里,回想起我人生中最后一个快乐的日子:三月里某一个周中,当时我对丈夫说,我就要有琳达了。那时候芭芭拉刚五个月大。男孩儿们分别是三岁和四岁。我必须告诉他。那一天有着各种各样的开心事儿,是最后一个那样的日子。

过了一会儿他说:"哦,你让我倒胃口,你也太他妈壮也太他妈肥了。你看着就像一座该死的褐沙石房屋;你在我面前都成了个方块儿了。"

"好吧,你今晚要去哪儿?"我问。

"我怎么知道?"他说,"你的大屁股霸占了整张该死的床。"他说:"根本就没我睡的地儿。"他买了个睡袋,睡在了地板上。

我不敢相信。每一天对我来说都是崭新的。我不敢相信他对我竟然这样反感,我分明还很年轻,他的朋友们也都很喜欢我。

可事实就是如此,他明显变得很反感我,不再是我的朋友。"你满脑子就只有生孩子。这地方臭得像军事训练基地里那些男人的房间。这他妈的就是个小便池。"那些年里，他始终是有理的那个人。"那孩子一个人吃的就比我们五个人加在一起多。"他说。"给我少吃点，你这个胖哑铃。"他对菲利普说。

之后他又开始找邻居的碴。"让那个叽叽喳喳的老家伙从这儿滚出去，"他说，"要是她再过来絮叨一次'我那做建筑行业的儿子'，我就把她碾碎了喂猫。"

他又转向了施皮尔福格尔，那个收银员，是他相交最久的一个朋友，他只有节假日的时候才会来，而且从不跟我说话（他很害羞，有些单身汉是这样）。"那个王八蛋，别跟我提那些友谊不友谊的废话，他就惦记着你的屁股。那就是我需要的——属于他的大便制造机，用光了这个公寓里所有空气。"

再之后，就没有什么人可以迁怒了。只有我们两个人了，光明正大地面对彼此。

"好了，弗吉尼亚，"他说，"我们之间已经结束了。我眼前有一堵黑墙。我到底要干什么？我只有这么一辈子好活。难道只能躺下来等死吗？我不知道还能干什么。我就跟你直话直说吧，弗吉尼亚，要是我留在原地，你什么也做不了，你会恨我的……"

"我现在就已经恨你了。"我说，"所以爱干什么就干什么去吧。"

"这地方简直要把我逼疯了。"他嘟哝着，"我在这里根本不知道该干什么好。我想给你个礼物，某样东西。"

"我跟你说了，爱干什么就干什么去，给我买个捕鼠夹抓耗子。"

他就是在那时候去的家用电器商店，买回了新的扫帚和高级簸箕。

"一个新扫帚会扫得干净点。"他说。"我得从这儿离开。"他这样说，"我要疯了。"然后，他开始收拾那些桶状帆布包。我去食品杂货店，但是被拉夫特里太太给绊住了，告诉我她觉得无比美丽的东西——死亡——然后他吻了我，就去什么地方参加什么军队去了。

我并没有把这些告诉约翰，因为我觉得，要说出一个男人曾经这样对待一个女人，会让这个女人看起来很糟糕。他会开始用另一个男人的眼睛来看她，把她看作易受攻击的目标，浑身都是缺陷。总而言之，我不得不依赖约翰。丈夫的所有朋友现在都与我形同陌路，虽然我从前总对他们说："欢迎光临，和在自己家一样。"

在这栋楼里，那些有家室的男人看起来也都非常奸猾，就好像他们每个人都抛弃过我似的。尽管在楼梯上遇见我，他们都会把最重的杂货袋拎起来，帮忙把琳达的推车搬下去，但他们从没有问过我哪怕一个值得回答的问题。

除此之外，吉拉德和菲利普教了姑娘们一个星期里的日子：星期一，星期二，星期三，星期四，星期五。他们每周等着约翰来一次,在走廊的灯下,半睡半醒,就像日光下的小虫子,坐在他们小小的椅子里,椅子上用金色颜料标记了他们的名字,是我婆婆送给他们的出生礼物。八点一刻,约翰如约而至,给他们读个故事,赠出一些亲吻,把他们塞回床上。

在一个约翰该来的日子,孩子的尖叫声快要把我的耳膜给震碎了;下雨的整个下午,哥哥不断地冲弟弟举起手,姑娘们已经准备好上法院去争夺梅琳达·李的所有权,那个二十四英寸高的会走路的娃娃,但在这之后的晚上,门铃响了三次,每一次向我问候的都不是约翰。

我实在没脸给拉夫特里太太打电话,而她是那么吝啬于敲我的门,给我一个解释。

接下来的星期四他也没有来。吉拉德沮丧地说:"约翰肯定是逃跑了。"

约翰缺席两周,音信全无,我不得不放弃了他。我不知道该怎么告诉孩子们:关于对错,关于善良和卑劣,关于男人和女人。我对这一切了如指掌,随时准备教给他们。可我又觉得,不应该让他们回避错误与真相。谁知道呢?他们或许会在这世上的某处结交到真正的朋友,比我交过的所有朋友都更真。所以我只是把他们送回了床上,坐在厨房,哭了出来。

在喝第三杯啤酒的间隙,我思索着下一步该怎么办,我找到了答案，就是去参加《一夜暴富》这个节目。我从玩具箱里拿了些纸和铅笔，列下我所有的麻烦，为了获得参与资格，必须得这么做。等这份清单完成了，上帝但凡有时间看一眼，也肯定会为之流泪。我看着这份清单，胸中的酸楚开始膨胀。看起来，适者生存需要对生活的兴趣，无论好坏或奇特。

在这种情况下最常出现的情形是，你已计划着自我拯救，消息却从相反的方向涌来。门铃响起，两声短两声长——是约翰。

我的第一反应是叫醒孩子们，让他们开心。"别！别！"他说，"别给你自己惹麻烦。弗吉尼亚，我真的累趴了。"他说："累趴了。我的工作真他妈让人头疼。太多了。工作一整天不说，晚上也满脑子都是工作的事儿，到最后功劳又是谁的呢？"

"弗吉尼亚，"他说，"我不知道我还能不能再来了。一直以来我都想告诉你。我真的不知道。这都算是什么？要是我问你的话，你能回答我吗？我真的完全搞不清楚状况。"

我开始泡茶，触碰到他的手指时，我发觉它们很冰冷。我没有说话，试图从这个男人的角度来看待这件事，我觉得他得搭一趟公交、一趟电车，接着再一趟地铁来见我；到了凌晨一点，再搭同样的地铁、电车和公交返回家中。

对他来说，永远不再见我们轻而易举。我想到了自己的人生，我为孩子们考虑良多。要是有选择的话，我会选择生活中有他存在。

"那是什么？"他问，指向了我仔细列出的麻烦清单。"在写信？"

"哦，不是，"我说，"是给《一夜暴富》的，我想上这个节目。"

"弗吉尼亚，看在上帝的分儿上，"他瞟了那东西一眼说，"你根本就没有什么不幸。他们会把你嘲笑到不想待在演播室的。那些参赛者是真的在受苦。"

"你确定吗，约翰？"我问。

"在我看来毫无疑问，"约翰说，"你真的看过那节目吗？我的意思是，除了这个——人的小小烦恼——之外。"他冲着我的清单满不在乎地挥动一只手，"他们非常痛苦。他们就生活在风暴的最前线，他们的人生被上帝降予的灾难冲刷得体无完肤。哦，弗吉尼亚。"

"你确定吗，约翰？"

"看在上帝的分儿上……"

我很失落，将那份清单放在一边。如果事情变得更糟，那我还是可以让它发挥点作用的。

既然这件事情落定了，我便采用了较早的一个决定。我把他那杯滚烫的茶推到一边，坐到了他腿上，挤在他坚硬的皮带搭扣和桌子之间。我搂住他的脖子，说："你怎么会如此冰冷呢，约翰？"他有一张善良的脸，也知道如何表现出震惊的样子。他说："哦，弗吉尼亚，我正变得暖和。"我们哈哈大笑。

那天晚上，约翰成了我的情人。

拉夫特里太太有时候会因为私自弄来的廉价酒而变傻还犯恶心。她总是指望约翰来看她。"尊重一下你的母亲，到底怎么回事，约翰？"她抱怨道，"尊重。尊重。"

"亲爱的弗吉尼亚，"她说，"你永远也不会像玛格丽特那样把约翰带到泽西去。我真希望他是同你结了婚。"

"那时候你可不怎么喜欢我。"

"那都是骗人的。"她说。我很清楚她是个伪君子，不过这世上的其他人也不过同她半斤八两。

让我觉得惊奇的是，这件事似乎并没有让约翰愧疚，我本以为会。我仍旧难以相信，一个每年圣诞节都要寄出"十诫"贺卡的男人竟然这么容易就宽衣解带了。

当然了，我们得万分小心，谨防吵醒孩子或者惊动邻居，有谁能远远地对别人的激情感同身受呢？很快这种快乐就能激怒他们。我们同样也得非常小心我们自己，万一我丈夫回来了，发现孩子们都在学校里，日子过得比从前轻松，我竟然振作起来，重新开始，他绝对不会原谅我——这种生活中的吵吵闹闹对一个男人来说实在太棘手了。

我们有两年半没有见过他了。尽管人们都给了建议，但我还是不想让警察、情报人员、私人侦探或者别的什么人去追踪他，把他找回来。我很清楚，他要是真想永远离开，一定会写信告诉我。事实上，我并不知道哪天晚上，或者什么时候，他可能就会出现。有时，在午夜时分，我跌跌撞撞地穿梭于轰轰烈烈的梦境，醒来后，仿佛能看见他温柔地归来。

他用老旧的钥匙开门进来，目光如炬地看着我，说："嗯，你看起来老多了，弗吉尼亚。""你也是。"我说，虽然他并未改变分毫。

孩子们在房间里睡得到处都是，所以他只能在厨房坐定。我帮他解开领带，给了他一块冷三明治。他轻轻敲打我的后背，注意力全都集中在回弹上。我围着他打转，仿佛他是根五月柱，我一面走来走去一面亲吻他。

"我不太喜欢军队。"他说，"下次我可能会加入商船队伍。"

"什么军队？"我问。

"到处都是一样的。"他说。

"并不意外。"我说。

"我把袖扣弄丢了，该死的。"他说着跳到地上找了起来。我也跪了下来，可我知道，在他的人生当中从来就没有过袖扣。但我还是会为他做很多很多的事。

"这次你终于不是站着的了。"他说着哈哈大笑起来，"哦是的，我抓住你了。"我还没完全在那块波点的油地毡上找到舒服的姿势，他就扑到了我身上。事实是，我们是那么快乐，全然忘记了避孕。

不可更改的直径

八月里的一天，在一个安静的小郊区，到处都是汽车和停车用的空地，我，查尔斯·C.查理，遇到一个名叫辛迪的女孩。那天下午，有许多辛迪在树林里散步，但我的辛迪却是个如假包换的城里姑娘，有一头毫不卷曲的金发（发丝直直地垂下来）。当我遇见她时，她已离开树林，在她爸爸的阁楼里躺着，无所事事。她在一张行军床上小憩，脑袋下面没有枕头，抽着烟，烟头直直地冲上，宛如一只梦幻的烟囱。烟灰轻飘飘地落向胸口，那是刚刚发育起来的胸部，被涤纶和埃及棉覆盖着，等待着人们的关注。

我刚安装好了个空调，季末促销打了八折的那种。这就是我的谋生方式。我给有毒的厨房和暴躁的卧室带去舒适。那些曾试过单靠穿堂风活着的人都对我心怀感激。

一楼的空调系统正在运转，稳定完美。楼上呢，在还没完工的低矮天花板下，在八月这一天的中心，就躺着那位辛迪。她的额头汗涔涔的，嘴唇在吐纳之间微微张开。她紧张且流着汗的脸，除了眼周外几乎没有化妆，但显然精心护理过，脸颊是洗过的，眉毛是刷过的，这张脸积存了够用一辈子的维他命，是银行里现金闪亮的女儿。

"你不热吗？"我问。

"要沸腾了。"她说。

"为什么待在这儿？"我像个热心肠似的询问。

"那是我的事。"她说。

"啊，得了吧，小姑娘，"我说，"别这么冲。"

"跟你有关系吗？"她反问我。

我拿过她的烟，用大拇指和食指掐灭了。她看着我，看看我究竟是个什么样的人，不是什么普通的社团男孩，是个打发五分钟的完美人选。

"你叫什么名字？"她问道。

"查尔斯。"我回答。

"这是你的生意吗？你是老板吗？"

"我是。"我说。

"听着，查尔斯，你在上高中的时候，确切地知道自己究竟喜欢什么吗？"

"知道，"我说，"喜欢姑娘们。"

她侧过身，这样我们就能真正面对面地讨论这件事。我不再直视她。她笑了。"查尔斯，我差不多快毕业了，却还无法决定大学要学什么。我什么都不想做。我不知道该干什么。"她说，"你觉得我该做什么呢？"

我给了她一个认真的回答，充满智慧："首先，不要听凭别人摆布。他们以为自己是在开谁的玩笑？大部分人如果没有个一百万年都不会知道自己想成为什么样的人。他们只是随波逐流而已。"

她挑起一侧的金色眉毛，说："你是这么认为的，查尔斯？你确定吗？听着，你多大了？"

"三十二。"我说得很快，如同热带地区的夜晚，稍纵即逝。"三十二。"我又重复了一遍让自己安心，因为我减去了在军队里虚度的三年时光，还减去了生命之初的两年，因为我对那两年没有任何该死的印象。

"你看起来年纪更大一些。"

"三十二岁还不够老吗？是不是太老了？"

"哦，不是的，查尔斯，我不喜欢小毛孩。我是说他们大多无聊透顶。他们对任何事情都没有值得一听的评论，还都觉得自己全世界最了不起。他们甚至连舞都跳得不怎么样。"

她躺了回去，双臂在行军床两侧摇摆。她盯着天花板。"要是你想了解什么事情，"她说，"他们甚至不了解该如何接吻。"

紧接着，我，查尔斯·C.查理在她的鼻尖上轻轻吻了一下，我发誓，确实是半开玩笑的一吻。

对此她回应道："你不会结婚了吧？"

"没有。"我说，"你呢？"

"哦，查尔斯，"她说，"我怎么可能结婚呢？我都还没毕业呢。"

"你肯定是个中学生。"我说着舔了舔嘴唇。

"哦，查尔斯，"她说，"我就是那个意思。如果你是个像迈克、萨利或者其他人那样的小家伙，你肯定会疯的。无论何时，只要他们一吻我，我都会觉得他们的人生将从此改变。说真的，查尔斯，他们会无法呼吸，会打喷嚏——就在你刚兴致勃勃的时候。他们会半途停下来，跟你说个黄段子。"

"想想看啊！"我说，"要不要试试超过十六岁的男人？"

"别说出来呀，"她说道，语气很平静，也很愉快，"不管怎样，说话得很小声。事实上，得是耳语。要是我爸爸回到家，听见我提到接吻什么的，非得杀了我们俩不可。"

我哈哈大笑，内心那隐隐的喜悦开始蠢蠢欲动，完全漏听了她的意思。

我观察到的是，这个辛迪的一切行事方式都是初出茅庐，毫无经验的。她的身体部位，露在外面的或者包裹起来的，都是用来展示的。所有属于孩子和老人的超出常轨的骨头全都扎根在这女孩儿身上，分外和谐。

我又递给她一支烟，然后站起来，躲开屋顶上的椽子，沿着床边来回踱步。她高高举起这支新的香烟，定睛凝视。烟灰掉落下来，如同小小的羽毛般曼妙。我俯身向前，找到最舒服的位置，将那些烟灰全部吹开。

我想要祈求神圣的指引，让我能够与我们这个时代最伟大的精神复兴保持一致。可我在这种落叶般短暂的对话当中总是笨嘴拙舌，我自问，我自己，作为上帝创造的生命，在这星辰之下，是否有权躲避某件事，某件真实发生的事，继而从一段经历、一次小小的偶然中抽身离去？

我掐灭了她的烟，然后像个没天赋的人一样开了口，没再走来走去。"你怎么想，辛迪，听着，和我约会的话你会不好同家人交代吗？我很愿意与你一起度过一个漫长而美妙的夜晚。或者我们也可以去游泳、跳舞，我不知道。但是我不希望你有任何麻烦。要是我问问你妈妈的话会有什么帮助吗？你觉得她会让你去吗？"

"要是有这么一天就好了。"她说，"没人告诉我能跟谁出去。没人。我正好有件新泳衣，查尔斯。我很愿意去。"

"我打赌你穿那件泳衣肯定像个马铃薯袋子。"

"哦，查理，别开玩笑。"

"好吧。"我说，"但是别叫我查理。查理是我的姓。查尔斯才是我的名字。中间还有个字母C，查尔斯·C.查理才是我。"

"好吧。"她说，"我的名字呢，是辛迪。"

"我知道。"我说。

随后我同她道别，而她几乎要被汗水淹死了，仍旧忧愁，抽着那另一根烟，心不在焉地盯着一条横梁，上面挂着个老旧的娃娃屋，有四间楼上卧室的娃娃屋。

屋外，我冲整栋房子敬了个欢快的礼，从嘈杂的房间到扩建的阁楼。我跳上三轮摩托车，一路向前，穿过布满悬铃木的庞大县城，继续我幸运的华丽差事。

接下来的星期六早上，清晨四点，我把辛迪送去了她有八个房间和两个半浴室的房子。格雷厄姆太太正等在那里。她连看都没看我一眼。她放声哭泣，抽动鼻子，随后止住了哭声："辛迪，太迟了。爸爸去了警局。我们很担心你出事。他去见了警官。"随后她顿了顿，模样很是凄凉。在她眼前的是她培养了数年的挚友，是让她更年轻的知己，但她却被决然地抛弃了。我很抱歉。我觉得辛迪应当给她弄点冷饮喝。我想说："别担心，格雷厄姆太太。我可没让这孩子怀孕。"

可辛迪却爆发了。"我真是恶心死这些废话了。"她吼道，"我真是不想任凭你们摆布了，真是恶心死了，彻头彻尾的恶心。每次我只要回家晚一点儿，你们就会叫警察。这已经是第三次了，第三次了。我真的烦死你和爸爸了。我恨这地方。我讨厌住在这儿。我去年就告诉过你了。我受够了这里。这个地方还有那些做作的列车都让我恶心，没有巴士，我又不能开车。我讨厌周围的孩子。他们全都是蠢货。你们天天跟在我屁股后面。我恨你们两个人。真希望我能在中国。"她重重跺了三次脚，然后跑回了自己的房间。

她用这种方式避开了自己的父亲，他咆哮着从我身边走过，而我还站在门口。我正在宽慰格雷厄姆太太："你知道青春期是比较麻烦的一个时期……"我的话被他打断了。他回过头看了一眼，发现确实是我，便气势汹汹地冲着我的脸说："你这个狗娘养的，你们到底去哪里了？"

"没什么可担心的，格雷厄姆先生。我们只是乘船出游了。"

"你最好给警察打电话，告诉他们辛迪已经回家了，埃尔文。"格雷厄姆太太说。

"去的哪里？"他问，"格林威治村？"

"不不，"我条理分明地说，"我带辛迪去了波茨伯格，是个游乐场，在海湾的另一边。乘船要两小时。船上有舞会。我们错过了一班船，所以得多等两小时，然后我们又错过了列车。"

"这班船是直接去波茨伯格的？"

"哦是的。"我回答。

"埃尔文，"格雷厄姆太太说，"拜托了，快给警察打电话。不然他们会满镇子跑的。"

"好的，好的。"他说，"辛迪·安妮在哪儿？"

"可能睡了。"格雷厄姆太太说,"拜托了,埃尔文。"

"好吧,好吧。"他说,"你也上楼去,埃莉。上去,别争执。上楼去,去睡觉。我要和……不知道叫什么名字的先生谈一下。现在就上去,埃莉,别等我发脾气。"

"现在,你!"他说着转向了我,"我们去书房。"他用厚实的肩膀指了指,我走在他的前头。

在清晨四点的薄雾中,我很难看清他的样子,但我基本看清了轮廓。他是个大块头的家伙,比我大上几岁,也比我有钱有地位,并且有足够的社会关系和支持他的团体。而他现在唯一能做的就是在自己的客厅里像个公牛似的吼叫,衣服都要裂开了。

"你清楚得很,小家伙,"他说着身体友好地向前倾,"要是你不离我的孩子远一点——应该说,要是我再看见你和她在一起——我就会把这个膝盖抬起来——"他把膝盖对着我,"让你尝尝这滋味。"

"我干什么了我?"

"你什么也没干,也什么都别想干。滚远点儿……听着,"他说得很直接,以男人同男人说话的方式,"她有什么好的?她只是个孩子。她甚至根本不知道轻重。"

我倒想看看他是否真相信自己说的话。他的脸很放松,目光相当真挚,我不得不对自己说,没错,他确实相信自己的话。

"格雷厄姆先生，"我说，"我是在这个家门口接上辛迪的。你的妻子见了我。我并没有干什么偷偷摸摸的勾当。"

"别跟我扯那些废话。"他说。

"嗯，好吧，格雷厄姆先生。"我说，"我可不想惹上什么麻烦。你想让我怎么做？"

"我想让你别靠近这个地方。"

我假装要考虑一下。但我的目的很清晰。至少在天亮前我得睡上两小时。"我会对你说什么呢，格雷厄姆先生。我可不想惹上什么麻烦。我肯定不会再见辛迪了。但是有些事情我们必须得做——是为了她好。其实我……"

"其实你个屁，"他说，"什么事？"

"我只需要一张小纸条就行，三两句话简单解释下这一切。我不想让她觉得我恨她。你得对这个年纪的孩子格外注意。他们非常敏感。我很愿意给她写几句话。"

"好吧，"他说，"这主意不错，查理。你就把这件小事儿给办了，在我看来，我们可以把这当作是个结束。我很清楚外面都是什么情况，伙计。很冷。你累了，我不怪你。但这个孩子有自己的家人来照看。我还要跟你说另一件事。我是那种父亲，如果有必要的话，就算把她打得屁滚尿流我也不会惭愧，打得《妇女家庭期刊》都哭得冒泡，我才不在乎呢。好吗？"他问道，站起身来做总结，"一切都确定了吗？"

"我真是要累死了。"他用仁慈的语气说。随后,对我这个陌生的路人,他最后一次低吼道:"但你最好别再打这一带的主意。"

"好吧,再见。"我说道,满怀期望地想从他的人生中消失,"可别被羊毛避孕套给骗了。"然而当他跑出来找我算账时,我已经离开了。

两天后,我正平静地坐在小办公室里。一棵濒死的梧桐树为它带来了荫蔽。我面前有三份签了合同货到付款的单子,但凡没那么懒散的话,我肯定已经出去赚了不少。我正在读一本叫"中世纪人"的小书,看得入迷,因为我对作为个体的人很感兴趣。这是一种爱好。(我本应该是个心理学家。我很有天赋。)我也正吃着一块"英雄"三明治,头上是个写着"阿里空调"的金制招牌。上至空气稀薄的高山,下至长满灯芯草的河谷,阿里[1]去往每一处为人修建的家园。

电话发出喑哑的嗡鸣。是辛迪,我愉快地同她打招呼,她却哭了起来。她说了三遍:"哦,对不起,哦,对不起,哦,对不起。"

---

1 前两句用诗人威廉·阿灵厄姆《仙子》中的诗句。作者以 Giry(空气稀薄)与 Aeri(阿里)为音近而做相应变换。

"我也很抱歉，亲爱的，"我思索着该如何安慰她，"但是你也明白，这么做也算合情合理。你爸爸确实为你计划了一个很不错的未来。"

"不是的，查尔斯，不是这件事。你不知道发生了什么。查尔斯，太可怕了。全都是我的错，他要把你送进监狱。可是他快把我搞崩溃了……全都是我的错，查尔斯。他疯了，他是认真的。"

在玻璃窗映照出的苍白影像里，我脸变得更白了。"好吧。"我说，"别再哭了。跟我说实话。"

"哦，查尔斯……"她啜嚅着，随后描述了前一天晚上发生的事情。就是这么回事。我完完整整地从辛迪嘴巴里把事情弄清楚了。

"辛迪，"格雷厄姆先生说，"我不希望你和那样的男人到处瞎晃——那么大年纪，都能给你当爹了。"

"哦，看在上帝的分儿上，爸爸，他人很好，是个超棒的舞伴。"

"我不喜欢，辛迪。一点都不喜欢。我甚至不喜欢你同他跳舞。你对人对事还有许多不明白的地方，辛迪。我不喜欢你同他跳舞。我无法接受那个年纪的男人搂着一个像你这样的十几岁少女。你知道我希望给你最好的，辛迪·安妮。我希望你拥有充实而成功的一生。别说什么保持你们之间的友谊，即便像你声明的那样，你们的关系很纯洁，令人愉快，那也不行。我希望你去学校，和你的同龄人一起度过美妙时光，和他们一起跳舞，而且，你知道的，你可能会陷入爱情，或者别的什么……我不傻，也不瞎。你知道的，我也曾经年轻过。"

"哦，爸爸，你依然年轻，看在上帝的分儿上。"

"希望如此，辛迪。可我想告诉你的是，亲爱的，我已经要求这个叫查尔斯的男人远离你，给你写一封得体的信，他同意了，因为，不管怎么说，你是个漂亮姑娘，人们可能经不起诱惑做出他们原本并不想做的事，哪怕他们是大好人。"

"你让他远离我？"

"是的。"

"他同意了？"

"是的，他同意了。"

"他有说他可能被引诱了吗？"

"这个……"

"他有说他可能被引诱了吗？"

"这个嘛，事实上，他说他……"

"他就那么同意了？他甚至都没生气吗？他甚至都不想再见我一面？"

"他会给你写信，亲爱的。"

"他会给我写信？他说了他会给我写信？就这些？他以为我是谁？一个白痴？一个蠢货？一个来自西大街的小傻瓜？他逃到哪儿去了？那个邋遢的胖子……他觉得我是什么人？他甚至都不想再见我一面？他要给我写信？"

"辛迪！"

"就这些？这就是他想从我身上得到的？他要给我写封信？爸爸……爸爸……"

"辛迪！昨天晚上发生了什么？"

"你为什么非要打听我的事儿？你自己没什么事儿可关注吗？我只不过是找了五分钟的乐子。可你为什么总是阴魂不散地打听我的事儿？"

"辛迪，你是和那个男人发生关系了吗？"

"你为什么就不能让我自己待五分钟？就没有别人在别的地方需要你去看看吗？你到底想从我这儿得到什么？"

"辛迪，"他握紧拳头，"辛迪！马上回答我。你们发生关系了吗？"

"别吼了。我又没聋。"

"辛迪，你和那个男人发生关系了吗？回答！"

"让我一个人待着。"她哭喊，"让我一个人待着。"

"你现在马上回答我。"他喊道。

"我会回答你的，满意了吧，"她说，"我没有乱搞。我没有干傻事。是你问我的。我没有干傻事。我到了楼上，救生艇在那儿，我就躺在救生艇下面，然后我就和查尔斯做了。"

"你们做什么了？"爸爸喘着粗气问。

"我弄坏了我的蓝裙子。"她尖叫道，"而你蠢到这都看不出来。"

"你的蓝裙子？"他问道，压低呼吸声，想听清楚答案，"辛迪·安妮，为什么？"

"因为我想这么干。我想。"

"什么？"他迷惑地问。

"我想，爸爸。"她说。

"哦我的上帝！"他说道，"我的上帝，我的上帝，我都做了什么？"

半小时后，格雷厄姆太太从克里斯克洛斯购物中心满载而归。辛迪正在厨房里哭泣，电视房里格雷厄姆先生坐在红色的皮革沙发上，闭着眼睛，苍白的嘴唇微微嗫嚅："这是法律上的强奸……这是拐带未成年人……"

辛迪，我小小的朋友，懒洋洋地沿着法庭通道走过来，鲜红的嘴唇绽开灿烂的笑容，仿佛和全法院的人都是朋友。她微微扭动身体，好表达自己的意图：她真的是个未成年的小娼妇，我并没有什么责任。可是没人相信她。很显然，她唯一的身份是某个露营少女的女儿，晒得有点黑。

还有——从哲学上说，并且严格地说——我已经认命了，都是注定的。好吧，好吧，好吧，我对全世界说，同时我看向内心，克服了监禁带来的焦虑。身处斯巴达式的环境一段时间来揭示自我，如果这暗示了什么，那么我愿意接受这个真相，他这一神秘之举可能是为了创造奇迹（我知道，尼赫鲁[1]是在监狱中完成了自己大部分著作）。不要假设我身上有什么特别的宗教信仰。我从未被灌输过有关祂究竟是什么样的观念：体格，体形，或者高智商。

先不说能不能适应眼下的情况，母亲的突然出现令我万分尴尬，她从家里出发时就被当地媒体一路追着。她坐在法庭能允许的离我最近的地方，只要一有机会就咕咕哝哝"她就是个荡妇"或者"你就是个白痴"。只要允许我们两个人对话，她就会说："你变成了一个多么放荡的印度人啊，查尔斯。"

她是在开玩笑吗？她觉得骄傲吗？她有什么好在意的呢？我，查尔斯·C.查理，气喘吁吁，心惊胆战，我不再是那个躺在她左边乳头下憋着气的小婴儿。我不再是那个每天晚上在工厂大门口等着她的男孩儿。我甚至不再是那

---

[1] 指贾瓦哈拉尔·尼赫鲁，印度开国总理，也是印度在位时间最长的总理。他是印度独立运动的参与人，主张印度要从大英帝国独立，同时更是不结盟运动的创始人。他活跃于第二次世界大战后的国际政治舞台上，经常被人称呼为博学尼赫鲁，在印度更被尊称为伟大的学者。

个给她寄印着意大利教堂的拼图的应征士兵。

"你的儿子是个怎样的人?"我那愚蠢的律师问道。她瞥了他一眼,她的胖脸是沉默的共鸣板。"我说,查理太太,你儿子是个怎样的人?"

游离片刻后,她答道:"我对自己的儿子们全都了解有限。他们让我惊讶。"随后她两片嘴唇碰在一起,双手相握,对这个话题再无任何话好说。

我的法律顾问,一个无名小卒,试图营造出一种家庭性的精神失常,以证明在这种环境下我不太可能身心健康。"这显然是个很奇怪的名字,结合他的姓氏来看,查尔斯·C.查理,查理太太。这种名字是怎么来的?"

"你的名字是什么,先生?"我母亲礼貌地询问。

他咧开嘴笑了,像个小男孩一样。他回答:"爱德华·约翰逊,夫人。"

"哈!哈!哈!"我妈妈笑起来。

轮到我时,他问:"你是不是爱上了年轻的格雷厄姆小姐,那位卖弄风情的年轻女士,所以你才失去了理智?是不是?"

"说实话,"我回答,"在肉体的结合当中是有爱存在的。在西方文学里,结合是指爱的行为。"

"确实,"他说,显然没动脑子。"所以你爱格雷厄姆小姐,是不是?"说到此处,他指向了她坐的地方。她今天一早才洗过头发。她穿着中式的金色吊带裙，裙边有小小的开口，很可能是为了露出自己棕色的小腿肚。她甜美浑圆的臀部坐在法庭坚硬的长椅上。

"我想是的。"我说。

最后，被害人方面的律师有个提问我的机会。他很早就认识辛迪，在她还是小不点儿的时候就认识，虽然她现在也还是个孩子，他自己是这么说的，这些是他的原话。他几近哽咽。他的脑袋上没有一根头发。这是一种描述，而非即兴评论。这描述可不适用于我，因为我体毛多得令人厌烦。

即便事到如今，时间已经有了多种维度，可我还是不明白他的一系列问题，也不明白我自己那没头脑的律师的一系列问题。我已承认有罪。我并不反对受罚。我们的开心，就其结果而言，有着犯罪的那一面。他们仍讨论了一阵。我意识到他们是受过训练的，在学校里的那些年要求他们深思熟虑。像这样的男人必须趁着此时此刻捞一把，不然就得永远睡去。

"好吧，"他开始了，挤出一滴眼泪。"查尔斯·C.查理，刚刚你告诉我们，当时你是爱着那个小姑娘的，可是之前以及之后却并不爱她，从那以后也没再爱上过她？"

"我没有理由撒谎。"我说，"我在上帝的手中。"

"谁？"法官吼道。

随后他们全都凑在一起叽叽咕咕的，想搞清楚对这种卑劣使用上帝之名的行径该怎么办。当然了，他们不可能说我们不在上帝手中，据他们所了解，我们确实在那。

格雷厄姆先生的律师又炯炯有神地转回到我这里。"查理先生，你当时是爱辛迪·格雷厄姆的吗？"

"我爱。"我说。

"可你现在不爱她了？"他问。

"我还没有想过。"我说。

"你会同她结婚吗？"他问，并将脑袋转向了陪审团。他这人很狡诈。

"她还是个孩子。"我说，"我怎么可能同她结婚呢？婚姻需要各种各样的责任。可她对此没有丝毫准备。再说了，还有年龄差异……差距太大了。现实点。"我恳请他糊涂的脑袋清醒点。

"你不会和她结婚？"他问道，提高了声音，仿佛正要取得成功。

"不会，先生。"

"强迫对方发生性关系就很好，生活里好好珍惜她却不怎么好？"

"这个嘛，"我镇定自若，拒绝回应他的歇斯底里，也避开提到任何名字，"事实上就是半斤八两。"

"所以你，一个成熟的男人，一个成年人，你擅自做主,很清楚在这个年轻女孩、这个还在长大的孩子,辛西娅·安妮·格雷厄姆,她的面前会有怎样的危险,却还是那样做了。你自作主张地认定她已经准备好毁坏自己的童贞,只为满足你那自私肮脏的欲望。"

在那小小的玩笑后,我拒不开口。因为辛迪将一直生活在这样一群人之中,我太沉默了,即使是现在,我也因为自尊心受伤而屏息。

这些人劫后余生,爬上生活的淤泥海滩,他们认定我是第一个这样做的人。可我不是。我并不是一个有创意或善于创新的人,我从宇宙中获取灵感,我在任何领域都不是第一人。事实上,在这个事件里,我顶多是第五个或者第六个。我说这个并不是为了贬低辛迪。一个人总要有个开始的地方。格雷厄姆先生为何对真相如此困惑?遍地的美食家都是先大量进食,而后才能拥有品尝味道的诀窍。我之前也见过这样的事,在五六年之内,一个美丽而特别的女人,她或许会嫁给某个有所建树的城里人,然后对他失去那一点兴趣。反对我的人里没有人比我年长十多岁,可他们的记忆力都很短暂(如果不是时刻保持同年轻人的接触,我的记忆力也不会持久)。

我兀自想着,整个法庭都在等待一个真实的答案。辛迪狂哭不止,尖叫道:"放过他吧,你们放过他。如果是我太放荡,那也不是他的错。如果你们还不闭嘴的话,我就告诉全世界我到底有多放荡。是我让他这么做的，是我让他做的……"

通过我狭窄的视野，我能看到整个法庭似乎缩成了一个颤抖的水手结。辛迪的父母搞不明白她，两个文职雇员把她轰了出去。对方的律师们凑在一起交头接耳，随后又与法官沟通。有两个报社记者从一群失控的人中挤到了另一群中。我母亲抓住这个混乱的时刻对我说道："查尔斯，他们全都是蠢蛋。"

受雇的负责人们点了点头。法官要求肃静，之后便是休庭。我的律师和两个警察把我带去别的房间，房间内镶嵌着棕色木板，有一张董事会议用的桃花心木桌子，周围摆着一圈董事会议用的椅子。"你没有给出一个明智的答案。"我的律师抱怨道，"现在听我说。看在上帝的分儿上，你就老老实实地坐着，把嘴闭起来。我会去同格雷厄姆夫妇谈谈。"

除了一些无聊的监视，我独处了一个半小时。在那段时间里，我重新审视了一番辛迪和她的所有同谋，还有真相的意义。在我妈妈出现的时候，我已然同"伟大的生命之圆"相切，而我是其中一条不可更改的直径。她本有时间去买一些小麦芽、胡萝卜和没有打农药的苹果。她的健康状况需要这些简单的主食。格雷厄姆先生和太太紧随其后，还有我那脏兮兮的小辛迪。格雷厄姆太太一直忙着把一些黑色的眼妆从脏兮兮的脸上抹掉。格雷厄姆先生在回答或者提问时都相当明智，从不绕弯子。他说："没什么，查尔斯，没什么。我们已经决定撤回起诉。你将和辛迪结婚。"

"什么？"我没明白。

"你已经听见我说的了……我反对。我认为像你这种小流氓就应该进监狱。以我的经济实力，可以让你烂在监狱里。我见过糟糕的家伙，但都没你这么糟糕。你利用了一个他妈的傻孩子。你和辛迪下周结婚。同时你得待在我们家里，查尔斯。辛迪已经错过够多的学校课程，今年对她来说格外重要。我得告诉你一件事，你最好诚实点，查理，不然我就会用菜刀把你的脑袋瓜子给砍碎。"

"哎呀……"我开了口。

我母亲尖叫起来。"查尔斯，"她说，"儿子，考虑一下。要是你进监狱的话，我会怎么样？她那么漂亮。你也不再年轻。我会怎么样？儿子……"她絮絮叨叨。

接着她转向格雷厄姆太太："年纪大了可真是太艰难了，还要用这种方式依赖别人。希望你有的保险数量足够多。"

格雷厄姆太太拍了拍她的肩膀。

我母亲将这个举动看作是明确的邀请。"若你真的开始考虑这些，完全就是庸人自扰。我总是说，在他们还年轻的时候，就让他们尽情享受。你明白的，"她说着，双眼朦胧，陷入了拥挤的往事中，"至少它会给你一些值得回望的记忆。"

格雷厄姆太太挪开了手，因恐惧而涨红了脸。

"你不想和我结婚吗？"辛迪问道，眼泪再度砸下来。

"亲爱的……"我说。

"那就这样确定了。"格雷厄姆先生说，"我会在附近找个不错的房子。暂时先不要孩子，查理，她得先完成学业。至于你，"他说到了实质问题，"事实是，你有一桩公平的交易。我想要我的会计仔细看看账册。如果账目正如我所期待的，那你就会在这六个月里变得很成功。你将会成为本县最大的空调出口商。你是真他妈的懒啊，你都还没有明白过来，在一个像我们这样的团体里你自己能有多大潜力。"

"我希望能抽根烟。"我说。

"这里不能抽烟。"我的律师说，他刚刚将我的整个人生推向了巨大的成功。

通过这种方式，我安抚了相关负责人，并和辛迪生活在了一起。

通过岳父的机构，我获得了食品冷柜及冰箱的优先特许经营权。有个男人做了这桩生意三十年之久，他原本梦想着得到这个特许经营权，作为在美国厨房里不断劳动的奖励，可我就这么从他眼皮底下夺走了这项特权，你还能想象出比这更不道德的事情吗？如果有人给我递上第一块石头，我是不会羞于将它投出去的。但是投向谁好呢？

和辛迪共同生活有诸多乐趣。她从自己栖身的那代人身上获得了许多关键知识。重中之重是，她总是对未来充满向往。我自己的看法是，她会在六七年之内成长为卓越非凡的女性。我希望她好运，到那时我们将形同陌路。

漫长快乐的人生中两则伤心简短的故事

1. 二手男孩抚养人

两个丈夫,因鸡蛋而沮丧。

"我也不喜欢它们那样,"我说,"你们自己做吧。"他们齐整地叹了口气。一个男人是立维德[1],另一个是帕立德[2]。

"这里没什么喝的,是不是?"立维德问。

"从没见过有喝的,"帕立德说,"别东张西望,这房子真是干得要死。"帕立德推开了鸡蛋,他很痛苦,并且感到恶心。

立维德说:"也不尽然,那里不是喝的吗?啤酒?"他如此期待着。

"什么都没有。"帕立德说,他已翻过食品储藏室、壁橱和冰箱,找一件白衬衫。

"你他妈说得真对。"我说。我扣上浅蓝色防尘外衣最

---

[1] 此处以肤色代指名字,livid 为青紫的。
[2] pallid 意味苍白的。

上面的扣子,伸手去找厨房桌子下面的棕色纸口袋,里面塞着刺绣,祈祷"上帝保佑我们的家"。

我正在刺完这个箴言,为了保佑我的孩子们,他们也同样是立维德的孩子。确实,几个月之前,立维德从一个遥远的地方——非洲某块曾属于英国的平原——亲切地给帕立德写了信:"我真的觉得他们是很不错的男孩子,你明白的。我也很爱他们,但菲丝[1]是他们的妈妈,现在菲丝是你的妻子。我离得太远了。如果你愿意将他们视如己出,老家伙,就这么办吧。"

"为什么不呢,谢谢你。"帕立德深受感动,回复了他,寄的是航空邮件。随后他恳求男孩们,没事的时候尽可以在自己的房间里玩耍。他用尽全力表现得友善。

此刻,我们讨论着时间如何从我们身上流逝,我绣着依偎在云朵阴影下和挪威枫树边的农场庄园,就在金色字母的下方。

"哈哈。"立维德笑道,把咖啡滴在了他的睡裤上。"你永远也猜不到我碰见了谁,菲丝。"

"谁?"我问道。

"在绿色雄鸡商场,我碰到了你从前的男朋友克利福德。他看起来不错。有件事必须得说,"他又同帕立德说,

---

[1] faith,意味信念。

"她把自己的男人们照顾得很好。"

"确实。"帕立德说。

"他怎么样?"我冷冰冰地问,"他在做什么?我有两年没见过他了。"

"哦,你永远也猜不到。他正打算结婚。一个人见人爱的女孩子。她同他在一起。小小的脚指头,小巧浑圆的屁股,小小的肚子——她肯定是二十二岁,但看上去只有十七岁。长长的金色辫子顺着后背垂下来。一个人见人爱的女孩子。短粗的鼻子,厚实小巧的下嘴唇。她的眼睛简直像铅笔画出来的。肩膀像舞者一样下沉……纤细的脖子。哦,人见人爱,人见人爱。"

"你显然太注意她了。"帕立德说。

"我视网膜运转正常。"立维德说。接着,他又继续说了下去:"最好小心点,菲丝。你会惊讶的,可爱小巧的年轻少女们正遍地破壳而出。那些朝气十足的女学生啊,个个黑眼珠骨碌碌转个不停。我希望你这回是真的安稳下来了。对我来说,无论堤坝下面是什么[1],那都是另一个国度;然而,从历史的角度来说,你始终都是我生活中一个重要的人。所以我才觉得有必要提醒你。我必须得提醒你。小心点,甜心!"他俯身向前,刺耳地低声说着,这让我剧烈

---

[1] 俚语,意指已回想不起的事情。

地腹痛起来。

"这究竟是怎么回事啊?"帕立德无辜地说,"首要的是,她安顿下来了……然后呢,她仍旧是个充满魅力的女人。看看她啊。"

"哦没错,"立维德说,"看看哪,一个充满魅力的女人。有时候非常了不起。"

为了向这个慷慨的评论致敬,我们沉默了几秒。

随后立维德说:"没错,非常了不起,可我只是想要提醒你,菲<u>丝</u>。"

他最终还是把鸡蛋推到一边,又记起了克利福德。那是包裹在谜团里的神秘人物……"我不明白他为什么要结婚。"

"我不知道,那只会将一个男人束缚住。"我说。

"然而,"帕立德正经地说,"如果没有结婚的话我会是怎样呢?陷入闪光的回忆里——一个基佬。"他自问自答。

这一刻,男孩们走了进来:偷马贼理查德和神枪手通托。

"爸爸!"他们喊道。他们去摸立维德,挠他痒痒,解开他睡衣上面的扣子,冲他胸口那几根灰色的毛吹口哨,弄得他胸口通红。他们扯他的耳朵,倒着摩挲他的胡子。

"好了,好了,"他提醒他们,"怎么样,小伙子们,都还好吗?你们看起来不错。很结实。成绩怎么样?"他问道。他梦想着他们才从伊顿公学放假回来。

"我不去学校,"通托说,"我去公园。"

"我特别愿意听到孩子们读书。"立维德说。

"我,我能读书,爸爸,"理查德说,"我有一本一百页厚的书。"

"很好,很好,"立维德说,"去拿来。"

我烧了一壶新鲜的咖啡,洗了杯子,麻烦帕立德去开了一罐黏糊糊的达姆森李子酱。很快,立维德就发现理查德根本读不出个所以然,于是系上裤腰带,靠近炉边的我。"菲丝,"他责备我,"那孩子七岁了,大字不识一个。"

"八岁。"我说。

"没错。"帕立德说。他刚想起肥皂柜,在里面乱翻了一通,想找点啤酒。"如果他们真的是我的儿子,就像他们每天在日常生活里那样真,我会把他们送到附近比较好的某个教区学校,那里会教认字,读圣巴多罗麦、圣伯纳德还有圣约瑟夫的故事。"

立维德脸色绛紫,喘起粗气来,说:"除非我死了。他妈的[1]。""考虑到孩子们,"他说道,"我说过的,没错,你可以把孩子们当作是你亲生的,但要是我听说他们靠近那座教堂哪怕一英寸,我非捅你不可,你这混蛋。在我十四

---

[1] 原文为法语。

岁的时候，我拥有了正确决策的能力，昂首挺胸地走出了那骗人的洞窟。你这狗娘养的，我一点儿也不在乎近来这事有多流行，在礼拜日的圆顶下面你看起来有多仁慈……狗屎！虚伪。腐败。穴居人。白痴。蠢货。"

回忆起童年和家庭，可怜的立维德在座位上扭动起来。帕立德听着，头偏向一侧，忧虑一点点地聚上眉头。

"你知道的，"他慢吞吞地说，"我们这些反传统的人……我们这些思想自由的人……我们这些当代共济会成员……我们这些唯心主义者……我们这些空想家……我们从未远离我们紧张焦虑的老妈妈，远离教堂。她也从未远离我们。

"无论我们身在何处，无论那声音多么微弱，我们都能听见她每小时敲响的钟声，响彻村落，回荡城中，将玛利亚狂热的事迹送进我们文明开化的大脑。每一个整点，我们都会惊讶，因记起那些为我们而做的事情。**为我们。**"

立维德痛苦地发着牢骚。"那些狗杂种，哦哦哦，那些卑鄙、该死的狗杂种。我们必须得把十九世纪再来一遍吗？好吧，"他吼道，"面对我们所有人，我准备好了。那个纽曼[1]！"他转向我寻求支持。

---

[1] 疑指约翰·亨利·纽曼，英国神学家、作家，十九世纪英国国教内部牛津运动的重要推动者。

"你知道的,"我说,对这个话题我从来就没什么特别的兴趣,"那就是你的小小岩浆。"

帕立德凝视的目光越过他灵魂那紫色的拱形窗口,温柔地说:"尽管许久之前我就已经把上帝弄丢了,可我本人从未丢失过信仰。"

"你他妈的到底在说什么啊,你这蠢货。"立维德咆哮起来。

"我从未失去过对充满智慧的基督教的热爱,也没失去对世界的热爱。每当夜晚入眠,我都不自觉地去祷告。起床的时候也会如此。并不是向上帝,而是向脱胎自童年时代的完整记忆。我写下的第一句话是:什么是圣礼?菲丝,你是否已然忘了你那年迈的祖父缓慢而庄重地念出的祈祷文?那将永远萦绕在你耳畔。"

"你在开玩笑吗?"被拖入他们的争执让我很生气。"祈祷文?对于祈祷文我知道些什么呢?谁死了?你完全清楚我的观点。我信仰的是犹太人的大流散,不仅当作是一个事实,而且是一种教义。从技术层面上来讲,我反对以色列。在我有生之年,他们竟然决定成立一个国家,这让我失望透顶。我信仰犹太人的大流散。总而言之,他们才是被选中的人。别笑。他们真的是。可一旦缩进沙漠里某个逼仄的角落,他们就和其他人没什么不同了:法国人、意大利人,那些世俗的民族。犹太人只有一个希望——保持做世界事务的地下室里的残余物——不,我是别的意思——我们是文明脚指头里的碎片,是良知泯灭的受害者。"

我的突然爆发让立维德和帕立德怔住了,因为我鲜少在任何重要问题上发表自己的看法,我只会身体力行去践行自己的命运,这个命运就是成为人类荒唐的奴仆,直到生命终结。

我继续说:"我听说他们现在根本都不像犹太人了。就是一群没有时间读书的农民。"

"他们是我们的同胞。"帕立德控诉说,鼻孔张大,收紧下巴。"他们正在遭受最严重的攻击。现在不是批判他们的时候。"

我又开始刺绣了。我叹了口气,针头此刻已深深穿进云朵之中,云朵呈现出珍珠般的灰色,已经是傍晚了。"我只是想试着说他们并非是地理意义上的他们,而是历史意义上的。他们不应当占据空间,而应当在时间中延续。"

他们万分悲痛地望着我,于是我决定考虑这个话题的方方面面。我说:"所有那些麻烦,基督或许都有——既然你们提起来了——因为他知道自己将得到整个世界,可他忘记了耶路撒冷。"

"你同我们结婚的时候,"帕立德谴责我,"你难道没忘记耶路撒冷吗?"

"我什么都不曾忘记,"我说,"不管怎么说,你知道吗？我刚刚读到，英格兰已经破产了。这个国家已经被分期付款的票据塞满了。"

立维德给帕立德点火的手在颤抖。"胡说八道，"他说，"不是真的。胡说八道。大不列颠岛是英联邦重拳出击的手臂上攥得紧紧的小拳头。"

"真的就是真的。"我笑着说。

"好吧，"我说，"既然平静下来了，你们觉得今天还能工作吗？你们俩谁能工作？"

"哦我亲爱的，我少说有一年没见过你和孩子们了。今天早上在这儿真是又开心又舒服。"立维德说。

"是的，不是吗？"惊讶的东道主帕立德说，"还有，今天是星期六。"

"你是怎么找到这些男孩的？"我问立维德这位祖先。

"美国人，美国人，惹是生非，无法控制。但是你看起来很好，菲丝。胖乎乎的，但是很女人，很好。"

"非常好。"帕立德愉快地说。

"可是这些小男孩，菲丝，他们不应该开始做些什么事情吗？只是把塑料排成一排，这太傻了，真的。"

"他们太小了。"帕立德道歉，这位二手男孩抚养人。

"你们两个最好现在去干活儿，"我建议，同时把傍晚一样珍珠灰的线给打上了结。"请先把盘子放进水槽里。拜托了。鸡蛋的事儿我很抱歉。"

立维德打了个哈欠，伸了个懒腰，斜睨了一眼钟，叹了口气，说："星期六或随便哪天，哎呀，我的时间都不是我自己的。四十五分钟之内我得去市中心，我有个约会。"

"我也是，"帕立德说，"我和你一起坐地铁。"

"我要打车去。"立维德说。

"我和你拼车。"帕立德说。

他们去了浴室，在那里友好地共享物品——剃须用具、盥洗台、淋浴间，诸如此类。

我铺了床，把铝合金的幼儿床推到一边。等到傍晚，立维德会见到一个酒店房间。我洗了碗，组织了一下这贪婪的一天：早晨看恐龙，下午逛公园，之间是花生黄油，到了最后，作为我们忍耐了一整周豆子的回馈，一块高贵的烤肋排肉搭配着洋葱、饺子和粉色苹果酱。

"菲丝，我现在要走了。"立维德在走廊上喊道。我把购物单放在一边，去把男孩们召集起来，他们正满屋子晃荡，在找罗宾汉。"去和你们的父亲说再见。"我小声说。

"哪一个？"他们问。

"真正的父亲。"我说。理查德跑向了立维德。他们很男人地握了握手。帕立德拥抱通托，通托因为太喜欢他了，所以亲了他十一次。

"现在要再见了，菲丝。"立维德说，"你要是想要什么东西就给我打电话，什么都行，我亲爱的。"他吻了吻我的脸颊，温暖得体。帕立德郑重其事地吻了我的耳后，非常郑重。

"再见。"我同他们告别。

我必须得承认，他们终于干净整洁了，还略微有些性感。三十岁出头，他们光彩夺目，这一天的大事等在他们前头。夜深人静，寻欢作乐与不省人事就更在前头了。再见了，我说，玩得开心。再见，他们又说了一遍，骄傲地上了路，而那路就不是我要关心的了。

2. 童年主题

在家里的某个周六，也是每个周六，理查德都会画八乘十一的棍子人的肖像方阵，他们全都挥舞着手臂。通托手里举着塑料马，并给它起名为通托，因为它的眼睛被涂成了蓝色，就像他自己的眼睛一样。我修改了去年那条裙子的褶边，让它看起来符合今年的时髦标准，在仲春时节显得时尚又似曾相识。陌生人会喃喃自语："看看她，是不是太惊艳了？她的设计师是谁？"

克利福德在淋浴头下冲洗身体，嘴里哼着一首俄罗斯民谣。他在冷水的刺激下，嗓音直线飙到了高音 C，紧随其后的便是肉体上的折磨。最终，经过四次热水和三次冷水的洗礼,他强壮、快乐地走进了起居室,像是一阵冒着热气的粒子流。他的脸圆而红润,脑袋上光秃秃的,没有一根头发。那该用什么来阻挡雨水和洗澡水顺着他的脸庞可笑地流下来呢?当然是厚重的向下倾斜的黑眉毛。眉毛下面,他的眼睛圆溜溜、黑漆漆的,充满了惊奇。这个克利福德,我亲密的朋友,非常纯真。他连一只苍蝇都不忍伤害,还是个素食主义者。

同往常一样,看见我们他很高兴。他潮湿的身体上裹着一条巨大的日光浴毛巾。"看那个人!"他叫喊,让毛巾掉落下来。他站定片刻,眼睛闪闪发亮,心情愉悦。理查德和通托瞥了他一眼。"把你自己盖上,看在上帝的分儿上,克利福德。"我说。

"放轻松,菲丝。"他煞有介事地说,"世界已经变了。"事实上,得不得体并不能让他尴尬,对他没什么用。他从橡胶树后面左右张望,想找到自己堆放裤子的地方。等他再次出现,按扣也扣上了,纽扣也系上了。他说:"醒醒,醒醒。大家都在这儿没精打采的,干吗呢?"他戳了戳理查德的肚子:"还算有点儿肌肉,小伙子。醒醒。"

理查德说:"我想画画,克利福德。"

"你什么时候都能画。我并不总是在这儿。明天画,里奇。来吧——打我,小伙子。快来……上啊,打我。你最好快点开始,里奇,'因为我马上就要真的打你一拳了。我在这儿,准备好了没!'"

"我在这儿。"通托说着丢掉了手里的小马,照着克利福德肾脏的位置重重来了一拳。

"谁干的?"克利福德问,"哪个男孩儿干的?"

"我,我。"通托上上下下地蹦着说,"我把你打疼了吗?"

"差点儿杀了我,是的先生,你把我打疼了,现在我要回击了。"他情绪激动,"我要挠你痒,没错。"他将通托高高举过脑袋,像扔一次性用品一样把他扔在了填满充气泡沫的沙发座上。

理查德踮着脚尖,轻轻举起泰迪熊,越过沙发靠背,往克利福德头上砸了三次。

"哦,我要被杀死了。"克利福德尖叫道,"他们全都在追杀我。他们非常粗鲁。"理查德踢了他的小腿。"就是这样!"克利福德说,"使出全力!使出全力!小伙子们!用力!用力!"

通托径直朝他的眼睛里吐了口水。克利福德擦了擦脸蛋,而后做了个假动作,躲开了又一次要砸向他低垂脑袋的泰迪熊。通托跳到了他背上,揪住了他的耳朵。"哎哟!"克利福德疼得叫起来。

理查德在书架上找到一管橡胶胶水,朝着克利福德毛茸茸的胸口喷去。

"我很野蛮。"理查德说,"我可是,我可是很野蛮的。"

"我也是。"通托说,"我是整个公园里最野蛮的男孩子。"他使劲拽克利福德的耳朵:"我要骑着你走。我是骑着大象的男孩。"

"他是头懒骆驼。"理查德尖叫,"伙计们,我想你们该去工作了。"

"假装我是阿拉伯精灵。"通托高声呼号,"跑起来,克利福德。"

"我,我,我。"理查德一屁股坐在地板上,说道,"这是我。我是一条毒蛇。"他说着就爬向了克利福德的脚,"我是一条毒蛇。"他说着将自己的下巴搭在了克利福德的脚背上。"我是一条可怕的毒蛇。"他非常笃定。而后他像他所扮演的蝰蛇一样昂起头,在一阵连绵不断的嘶嘶声后,用自己刚长出不久的门牙,咬了可怜的克利福德的骨头,咬在他的阿喀琉斯之踵上,那是他最为脆弱的左脚踝。

"哦不,哦不。"克利福德呻吟起来,所有的关节都齐齐缩了起来。

"妈咪,妈咪,妈咪。"理查德喊起来,因为克利福德十二英石[1]的重量砸在了他身上。

"哦,是我。"通托尖叫,这个被自己的坐骑甩出去的

---

[1] 英石,不列颠群岛使用的英制质量单位之一,亦被英联邦国家普遍采用。许多北欧国家在采用公制之前也使用英石作为质量单位。1英石等于14磅,约等于6.35千克。

驭象男孩儿，头卡在了桌子腿中间。

他也是我摸到的第一个人。我把他抱到腿上。"妈咪。"他啜泣着，"我的头好疼。真希望能到你身体里去。"理查德躺在地上，像地板中间一条变形的蛇，没有呼吸，没有眼泪，怒气冲冲。

好吧，克利福德呢？他得把伤痛的自己拉起到一把扶手椅里，瘫在那儿，用流血的舌头口齿不清地说着话，舌头是他自己咬破的。"菲丝，菲丝，蓄电池，蓄电池！"

撞伤了，也流泪了，孩子们同意上床睡觉。他们忘了提出现在睡还太早。他们忘了索要自己的小熊。他们并肩躺下，紧紧握住彼此的大拇指。这里有那种神话或传奇故事当中所描绘的手足之爱。

我又回到起居室，克利福德还坐在那里，他皮肤受伤的地方呈圆锥状，活像占星师的帽子。就是在那个地方，宇宙的能量汇集。静止的太阳，行星摇摆所产生的令人窒息的空气，让他恢复，它们以其非凡的艺术，像阿司匹林般有效。

"我们得严肃地谈谈。"他说，"我真的没办法带上这些孩子。我的意思是，菲丝，你心里很清楚，我已经试过一遍又一遍了。可你已对他们做了些事情，用某种方式僵化了他们的天性。此时此地的我们，拥有一段绝对了不起的时间，满地打滚儿，自由地制造各种噪声，看看发生了什么——和其他时候一样，有人受伤了。我的意思是，我真的受伤了。我们本应该全都放松下来。放松。一切都应该轻松自在的。我们的身体应当完全放松。没人应当受伤，菲丝。"

"你的意思是你们所有人受伤都是我的错？"

"毫无疑问，菲丝，你是根源。"

"根源？"我反问。

"非常糟糕。"他说。

我又给了他一次机会。"非常糟糕？"我重复。

"哦我的上帝！糟糕透顶！"他说。

因此，接下来的是——一份有关动机和悲伤的概述，人生至今：

诚然，每一个周一到周五——因为工作上很成功——我的存在很炽热；我是颗恒星；无论是谁，只要是能够被我温暖的人，我都可能会施恩。在那高速移动的大气中，寻常大小的虐待，如陨石般被完全摧毁。我以我小小的热力学方式发着光，毫发无损。

然而，星期六早上，在我自己家里，我要面对名为无可争议的介入的社会学法则。因为我养大了这些孩子，一手打字，挣钱养家。我独自将他们抚养长大，不需要任何父亲在浴室当中让他们打成一片，就像其他所有在操场上的小男孩那样。笑。我正被险恶的管理者逼迫进那个可耻的契约，同波希米亚之间的契约，就好像它还存在似的。我坚定于此，虽然友好的亲戚们在侵害我们，但他们提供滑雪裤、钢琴课、牛仔竞技比赛的门票。与此同时，我还养育着理查德和通托，教他们保持干净，在童年这个主题上保持开放的心灵。事实上，我们是从大厅的厕所里奋起的，在救世军的纸盒子里拾荒，寻觅内衣和袜子。独自承担这一切是我的刚愎自用，除了他们的父亲和克劳迪娅·洛温斯蒂住在芝加哥的那年，她震惊于他在五岁生日的时候只送来自行车。随后是一整年的煤气和用电、房租和电话账单。有一天，她根据模模糊糊的真相把他抓了个现行，她可真是个了不起的角色，在一桶肥皂泡沫前态度强硬，真相也就自然显露了。如今他在另一片大陆的黄金海岸，为那种守护秘密的文明的存活而心醉。厨房里戏剧性上演的庭审是不用他操心了。

但我还是又给了克利福德一次机会重说，继续做我的朋友。我说："糟糕透顶？我把他们养得很糟糕？"

这一次他的回答没有犹豫，因为他忙着把自己的衣服从房间的各个角落里收集起来。

空气从我两片正在坍塌的肺叶中过滤出去。水面上升，泡沫浮现，我可能会因急性肺炎而死去——一种我从未听说过的疾病——要是我的手没抓住一个玻璃烟灰缸，完全不是我会选的物件，砸了出去。

克利福德双手双膝着地，趴着找他周五落在扶手椅下面的袜子。他背对着我，脑袋正合适被射击。如果我不曾被泪水蒙住双眼，他就会像一个十足的白痴那样去世，而不是仅耳垂受伤。

但克利福德还算是个温柔的人，是个性格甜蜜的伴侣。所有见血的事情都会吓呆他。他紧张，发抖。他跪着等待死亡的再一次暗示，那位来自满是憎恨的冥河的治安官。

"你不应该对一个女人说那样的话。"我小声说，"你这该死的蠢蛋，傻瓜。你就是不能对一个女人说出那样的话。把你自己给洗干净了，白痴，你就要流血而死了。"

我丢下他一个人待着，让他在气管的附近缠上止血带，或者在这场即将来临的、全球性的大战中，按照近日的急救实施计划自我治疗。

我蹑手蹑脚地进了卧室，去看看孩子们。他们已经睡着了。我给他们盖好被子，亲了亲通托，我的宝贝，还有"理查德，你真是个大男孩啊"，我说。我也吻了他。我坐在地板上，用脸颊去轻摩着理查德碎石状的羊毛毯子，直到他们沉睡中那甜甜的呼吸让我平静下来。

——

几个小时后，理查德和通托醒了过来，挖鼻孔，打喷嚏，发了通起床气，然后心情大好。他们很赞赏我用创可贴创造出来的井字游戏，这是为了给他们的伤口加冕。理查德喝了汤，通托吃了火腿。他们都没问起克利福德，因为他有钥匙，总是自己开门，进进出出。

那把钥匙安静地躺在橡胶树脚下的泥土里。我感到一切都结束了。我并不想将这把钥匙交给任何人。

"还饿吗，小伙子们？"我问道。

"不，长官。"通托说，"我已经饱到这儿了。"他在眼睛处比画着。

"我要告诉你的是，"我以惊人的信念说出来，"到楼下玩儿去。"

"别推我，小姐。"理查德说。

我从房前的窗户望出去。下面有四架飞机，全副武装，莱斯特·斯图克普夫正等着对手。我心无挂碍地将这份机密信息泄露给了理查德。"就他一个人吗？"理查德问。

"是的。"我说。

"好吧。好吧。"理查德沮丧地盯着我，"只是，菲丝，记住，我马上就下去，是因为我喜欢，而不是因为你让我这么做。"

"好的，这是自然。"我说。

"别算上我。"通托说。

"哦，别傻了，你也得下去，通托。下面很好，而且阳光充足。把爸爸寄给你的新枪带上。去吧，通托。"

"不，长官，我讨厌理查德，我讨厌莱斯特。我讨厌那些枪。它们是小宝宝玩的枪。他觉得我是个小宝宝。你最好给他寄张照片。"

"哦，通托——"

"他认为我会吮自己的大拇指。他认为我会尿床。所以他才会给我寄小宝宝玩的枪。"

"不，不是的，亲爱的。你不是小宝宝。所有人都知道你是个大男孩了。"

"他才不是大男孩。"理查德说，"他就是会吮自己的大拇指，他也确实会尿床。"

"理查德，"我制止他，"理查德，要是你没什么好话说，就闭上你的臭嘴。那些话对通托没有帮助，只会不断提醒他。"

"再见了。"理查德说，拒绝讨论，但架势很足，一副长子派头。有时候他真的很难缠，可他从不懒惰。四十五秒后，他就从一楼喊道："只要他不尿在我的床上，我有什么可在乎的？"

通托没听见他的话。他正在刷牙，有时候他会孜孜不倦地一天刷七次牙，希望牙齿能因此松动。我觉得这些乳牙已在松动。

我在客厅给自己煮了杯热咖啡。在扶手椅里我享受着轻松的时刻，装有黑咖啡的白色马克杯上面标着"MAMA"，我把烟灰弹进理查德做的一个陶瓷容器里。我看向明亮的方形窗口，看着涌入的天光，问了自己一个愚蠢的问题：让女人躺下去崇拜的男人究竟是什么呢？

就在打出问号的当口，通托轻手轻脚地过来了。他穿着袜子，鬼鬼祟祟的。他说："我得冲理查德喊点什么，妈妈。"

"别把身子探出窗户，通托。拜托了，那样会让我紧张。"

"我得跟他说点事。"

"不可以。"

"哦可以。"他说，"真的很重要，菲丝。我真得跟他说。"

我怎么可能同意呢？万一他掉下去了，所有人都会认为是我疏于照管，我肯定是在厨房喝啤酒，或者在紧闭的房门后，坐在梳妆台旁涂眼霜。再说了，我也会永远失去至亲。我的祖母一生都在为某个五岁时死于耳痛的孩子伤怀。其他所有的孩子，在他们到了依靠市政养老金和联邦福利度日的年纪后，聚集在她临终的床前抱怨着，他们听见九十一岁的她兀自嗫嚅："哦，哦，阿提娜，稍微呼吸一下，试着呼吸，我的小宝贝。"

我满含热泪地说："好了，通托，我会抱着你。你可以把你必须告诉理查德的话告诉给他。"

他身体向前，探入空中，我紧紧抓住他鼓鼓的小膝盖。

"里奇，"他呼喊，"里奇，嘿，里奇！"理查德抬起头，好像是护住了自己的眼睛，寻找声音的来源。"里奇，嘿，听着，我正在玩你的新生日礼物，陆军要塞和里面全部的士兵。"

随后他猛地将窗户关上，仿佛对玻璃的脆弱全然不知，又猛地冲进浴室，再一次刷起牙齿，庆祝自己大获全胜。在刷牙和漱口之间，传来他的歌声。"我敢打赌他肯定气疯了，"他压低音调，"他自找的，他这个讨厌鬼。"

"你也一样。"我生气地吼他。我明明在为祖母的丧子之痛而唏嘘，可他却冲着他哥哥出言不逊。"你真是太讨厌了。"

"现在听我说。我想让你从这儿出去，下楼去玩。我需要自己待上十分钟。安东尼，要是你还杵在这儿的话，我可能会杀了你。"

他再次出现了，闻起来像圣诞节那天的薄荷味棒棒糖。他单脚站着，抬头看着我的眼睛，说："好吧，菲丝，那就杀了我吧。"

我不得不马上坐下来，这样他才能相信我和他个头差不多，不再挑衅我。

"拜托了，"我柔声说，"和你哥哥出去玩。我得好好想想事情，通托。"

"我不想去。我没有必要去任何我不想去的地方。"他说，"我就想和你一起待在这里。"

"哦，拜托了，通托，我得打扫房子。你又帮不上一点忙，也不能好好玩游戏或者别的什么。"

"我不管，"他说，"我就想和你一起待在这里。我就想待在你旁边。"

"好吧，通托，好吧。我要和你说，去你自己的房间里待几分钟，亲爱的，去吧。"

"不。"他说着爬上了我的膝头，"我想当个小宝宝，每分钟都待在你身边。"

"哦，通托，"我说，"拜托了，通托。"我打算挣脱开他，可他用胳膊搂住我的脖子，蜷缩着赖在我腿上，大拇指含在嘴巴里，做我的小宝宝。

"哦，通托。"我说道，无比绝望地想要独处哪怕一分钟。"你为什么就不能去和理查德一起玩呢？会很开心啊。"

"不要，"他说，"就算理查德走开了我也不在乎，克利福德也一样。他们想干什么就去干什么。我才不在乎呢。我是永远也不会离开的。我要永远待在你旁边，菲丝。"

"哦，通托。"我说。他从嘴巴里抽出大拇指，摊开双手，手指全都张开，从胸口处抱住我。"我爱你，妈妈。"他说。

"爱，"我说，"哦爱，通托，我知道。"

我抱住他，轻轻摇晃他。我温柔地抱着他，闭上双眼，依偎在他黑色的小脑袋上。太阳沿着自己的运行轨迹，从市中心办公楼的水塔间探出头，瞬间用明亮、耀眼的光线笼罩了我。阳光穿过我儿子短粗的手指，一条接一条地将我的心照亮了，像是那身穿黑白相间衣服的国王，被阿尔卡特拉斯岛的监狱永远埋葬。

猿形毕露

毫无疑问，站在 1434 号楼门廊最顶端的是艾迪·泰特尔鲍姆，一个年轻人，下巴暗沉，专横跋扈，身体亟待维修。他正用巧克力冰棒棍抠蛀牙上的洞。他扭动塞在耳朵里的棉花。他嗅来嗅去，低声嘟囔，咽下痰液，因为他的"排水管"很不舒服。但他一点也不在乎。在非物理层面，他仅涉猎人类的非人行径至及膝深；他已经和父亲的受罚雅各[1]——伊奇克·哈布法特——和解；他接受了自己在这如郁特里罗[2]笔下的砖砌街道中的处境，这地方向东西延伸，在阳光下显得扁平，有好几处千级台阶。每级台阶上都可能是他认识的人。但现在，他们都还没有名字。

现在来看看这些天在他脚边嗡嗡闹个不停的小孩们。这就是他们干的事，他们涌进这峡谷般的通道，直面他易怒的性格，在他周围吵闹。有时候，艾迪用一根长而弯的线引导他们，他们会跟着它在街道跑上跑下，绕过街角，

---

[1] 雅各，《旧约圣经》中的以撒之子，以"一碗红豆汤"向哥哥以扫换取了长子名份。后改名为以色列，是以色列人的祖先。
[2] 郁特里罗，法国风景画家，以画城市街景闻名。

再回到1434号。

艰难岁月里，艾迪用烟斗通条给孩子们做大象、狗、兔子和尾巴长长的老鼠。"你们也可以这样做个不错的擦屁股的东西。"他和孩子们说，逗他们笑，却让所有母亲都因此讨厌他。好吧，他当时是个吊儿郎当的穷混蛋，在星期六、星期天、夏天和节假日工作，就在他爸爸的宠物店，没有合同。但以孩子们的小聪明看，他是个泡泡糖傻瓜，因为泡泡糖能锻炼下巴肌肉。他从来不担心自己的牙齿，但认可假牙，在这个问题上，他认可所有的假体。

到最后，人类也许终将剥下自己的皮肤（艾迪说的），用上耐用的塑料，到那时，种族问题就解决了。人可以选择任何他喜欢的肤色，也可以是半透明的，只要肠子的形状和颜色能做得时髦点。艾迪有很多超前的信息，他并不对此感到惊讶，因为他讨论的是不可避免的未来；但他所有的同伴，无论规矩或特立独行，聪慧或多愁善感，全都噙着泪水，竖起耳朵。

艾迪也警告他们小心间谍，他们会透过窗户窥探，要不就像街上的石头一样乱蹦，从所有未经批准的权利看，那都是些孩子。格蒂尼斯基太太，主要监测新鲜油灰黏度的间谍，每天早晨坐在一个橙色箱子上，眼睛盯着1434号楼的大门。还有格林太太，十一月主要监督共和党选举——一年中的其他时间她就在不临街的家门口等着，手哆嗦着，头转向一边，再转向另一边。

"打网球，有人一起吗？"卡尔·克洛普问，他是管理员的儿子。

"别烦她了。"艾迪说，无所事事地消磨着时间。

接着有一天，老克洛普，那个管理员，从地下室上来，用瓶盖的哗啦声轰走面前的小孩们。他站在比艾迪低五级的台阶上，倚着扫帚，准备同艾迪交谈。

"怎么回事，孩子？"克洛普问道，"你的朋友们呢？"

"在厨房桌子底下，"艾迪回答，"他们喝杏汁喝了个够。"

"继续说，艾迪，给你个机会，谁是把纸巾扔在走廊上的混蛋？"

"我不知道。格蒂尼斯基感冒好几个月了。"

"啊，她，你和她，一个装卷心菜汤的老茶壶，有什么矛盾？你总是对她评头论足。"

二楼漆黑的窗前，一个微弱的声音用《为你，我的祖国》的调子唱道：

格蒂尼斯基太太是个间谍

FBI抓她个现行

明天她就要死去——

岂不是大快人心？

"听听这个，克洛普，"艾迪说，"在这地方没人有隐私，你发现没？听我说，克洛普，在这个国家的乡村，每个狗娘养的家伙都有个车库用来修理东西。正因为这样，绝妙的主意、天才的发明都是从乡下诞生的。我们到底为什么不能和其他人一样以超凡的思想创造呢？"

可以这么说，现在艾迪只是在帮克洛普的忙，明智地交谈，和权威保持好关系。艾迪本可以就在那时那刻结束话题，可是那会儿他正在心里发明蟑螂分离器，这种仪器只会杀死从沥青裂缝移民去人类玉米片里的蟑螂。如果构想得当，精心制造，所有其他的蟑螂将会被分离开，弄坏木板条，繁殖并最终接过整个国会区。为什么不呢？

"别那么蠢，"克洛普先生说，"保密。"这让艾迪眼神呆滞、胡子拉碴的脸上露出了邪恶的笑容。"你要隐私干什么？插进女孩子里？"

没有回应。

克洛普把话题转了回来。"所以事情就是这样，他们就是这样超过我们的，那些农民。你知道点什么？为什么有些人弄不明白呢？稍微多教育下自己的孩子啊，特别是在夏天，不行吗？城镇才是纳税最多的那个。说到底，你整天站在门廊上到底在干什么？为什么我每次抬头看，无论早中晚，卡尔都在米查伊洛维奇面前晃来晃去？得了吧，从那该死的门廊上下来，你这泰特尔鲍姆家的东西，"他大喊，"蠢货们。纸巾得放进口袋里。"克洛普用扫帚轻轻打了一下艾迪。他转过身，皱眉，沉思起来。"走开，小乞丐。"他对两个游手好闲的小家伙嘟囔，他们可能只有四岁。

尽管如此，克洛普是个天性严肃的人，一个认真的人。三天后，他把1436号的车库钥匙给了艾迪。那里是转角处，战略位置很重要。

"用来发明创造，"克洛普说，"我们是什么，难道是动物吗？"他继续说起，能和科学研究产生关联让他觉得很荣幸。那么多男孩在外面闲逛，到处流浪、流浪、流浪。他的儿子卡尔看起来很糟糕，和施姆尔没日没夜地在门廊下打扑克，施姆尔就是那个拉比[1]的儿子，带着无檐便帽[2]的扬基佬。因此，克洛普求艾迪去劝劝卡尔，去按照他的思路做点事情，坚持到底。他真的很喜欢科学，克洛普先生说，只是需要一点点鼓励，毕竟他没有母亲。

"好的，好的，"艾迪很乐意，"他可以帮我想想登月用的火箭。"

---

1 拉比，犹太教经师或神职人员。
2 无檐便帽，多为犹太男子或天主教主教所戴。

"月球?"克洛普先生问。他从地下室的窗口向外看,看到一块正午的天空。

就在艾迪那双可以创造奇迹的眼睛正前方,可供他使用的是一个水槽,有电、煤气出口和各种管道。对任何实验室来说还能需要哪些基础设备?你觉得高等研究所,或者所有那些上锁的放着回旋加速器的小房子,刚起步时会比这更厉害吗?根据人类的神话、传说还有民间故事,一切事物最开始时都是潮湿、渺小又全副武装的橡树,生长于孤独之中。

艾迪的第一个任务就是完善蟑螂分离器。增加了百分之六的成本后,他在当地厨房的挡板处都布了些低压电线,一经放回,挡板立刻融入了黏糊糊的环境之中,没给油毡下的蟑螂留下什么暗示。它们会电死那些照达尔文的理论不该活下来的顽固的傻瓜。

这项工作没什么新意。艾迪将是第一个承认这些事的人,承认他整个夏天都在想着乡村、奶牛,也在想带刺的电线,也仅仅只是把回忆起的知识用在了身边特定的环境中。

"这个夏天到底变成了什么鬼样子啊,"卡尔说着,从实验室电线上掸掉一只小虫,"我是说,我们也得找点乐子,艾迪。怎么样?我是说,如果我们这儿是个俱乐部,就能收集各式各样的主意了。"

"人人都想找乐子。"艾迪说。

"我不是说真正的乐子,"卡尔说,"我们能开个科学俱乐部。但只有你和我——不,我受够这些胡扯了。找些新人加入。成立一个组织,艾迪。"

"为什么不呢?"艾迪说,急着想投身事业之中。

"好呀。我已经想了几个名字。那个……'先驱们'如何,你懂我意思没?"

"太蠢了。"

"我想到了一个好笑的……像小卡片上的那些。'不凡思想者'怎么样?"

"很好笑。"

卡尔没有坚持。"行吧。但我们得多找些新成员。"

"两个。"艾迪说,他思考着,轻笑了一声。

"呃,好吧,但是,艾迪,那女生呢?我是说,毕竟,女人很早就拥有选举权了。她们也是医生,而且……还有居里夫人呢!我们还有其他人选。"

"拜托,卡尔,消停点。我们还有十三英里的电线要铺。我要去搞清楚一些事。"

卡尔根本停不下来。他说他喜欢有女孩子围着他。女孩们让他变成一个快乐的阳光男孩。有她们在,特别是丽塔·尼斯科夫和斯黛拉·罗森茨威格,他就能想出绝妙的俏皮话。

卡尔很想继续说,他举例说起施皮茨家的双胞胎,说她们的胸那么大可是屁股却像男孩。难道艾迪没见过她们在西摩街泳池里靠自己密不透风的奶子就能漂浮起来吗?

还有亲爱的小斯黛拉·罗森茨威格,虽然还在念高中三年级,却像瓦萨学院[1]的学生。和她跳舞时,你会有种被针刺的感觉,因为她虽然小,但非常尖锐。

午饭之前,艾迪显然被欲望的浪潮拍倒了。为了自救,他冷冷地说:"不,不。不能有女孩。她们可以在星期六晚上过来跳会儿舞,玩一玩,帮忙修复这地方。但工作日这里不能有女孩。"

不过,他承诺,为维持卡尔和施皮茨双胞胎之间公开的联系,他将招募她们的兄弟阿诺德。这是一个幸运的、安静的选择。阿诺德需要一个角落来画画。他宣称日光终会消失,北极光的神话也会随之消失。他在那个黑暗的地下室里创立了一个绘画流派"破光者",他们现在仍在东二十九街的一间阁楼里一起工作,头顶两个二十五瓦的灯泡。

在卡尔的推荐下,施姆尔·克莱因加入进来,他很会出老千,但艾迪说这里不能打牌。施姆尔长了一张看起来

---

[1] 瓦萨学院,全美最早授予女性本科学位的学院,也是东海岸最负盛名的文理学院之一,属于著名的"小常春藤"。

自由自在的脸。他放学后真的会去做书[1]吗？不，不，他说，谣言越传越离谱儿，真相却很简单。

施姆尔是生活的记者，正如艾迪是知识的熟练工。当被问及未来，他会猜测自己注定是助学金多到绊脚，背负着大量的奖学金，用自己潜力的一小部分在广告业找到一份轻松的工作。

好吧，还有其他人选，当然了，是那些得知附近的妓院已建成后四处张望、寻找入会方式的人。艾迪大笑，道出这个被个人主动性填满的市场，更不必说处女的道德底线是如何堕落的了。

组织一个俱乐部花了艾迪不少时间。所有下午和周末的时间都花在公共需求上。男孩们要求艾迪组织公开会议，这样俱乐部的实际安排就能得到女孩家长们的赞赏。艾迪于是说起了"宇宙的分散和物质守恒"。卡尔鼓掌两次，陷入无政府的狂热中。克洛普先生听了很受震撼，问能为他们做些什么，然后把他们的电费算进了格蒂尼斯基夫人的电表里。

艾迪也组织政治课程，因为在那个时代，一个人如果真是个人，他的灵魂就会被激情点燃。在这个四米宽六米

---

[1] 此处凑书的"书"指的是卡牌游戏"钓鱼"中，4张面值相同的牌组合起来成为"book"，姑且直译为"书"。

长的房间——艾迪和他爸爸的猴子伊奇克·哈布法特共享，他看到了灾难的轮廓改变了天空，而其他人甚至还没有闻到烟味。

"敌人是谁？"艾迪问，向他的俱乐部成员注射进一点历史性，"是海洋之子吗？特洛伊人？罗马人？萨拉逊人？匈奴人？俄罗斯人？非洲殖民地中发臭的无产阶级？性感的资本之主？"

通常艾迪不会回答。他让他们在可怜又愚蠢的织布机上编织这些宽泛的问题，他则溜进米查伊洛维奇的店里去喝芹菜汤力水。

艾迪和其他人介绍了蟑螂分离器的好处。通过这种方式，他们产生了兴趣，并有足够的礼貌来关注他的哲学方针——正如他向客户指出的那样：人类有责任尽可能少去干预自然，除了获取食物（生存），而那是种在原始森林中也会发生的重大悲剧。

阅读，思考不止于物理、化学科学范畴的物质，将他的作品从理想化的蟑螂分离器带向了半径十街区内靠接济生活的人用的电话拨号系统，最后再到著名的战争衰减器，这让所有实验室见习助理为之忙碌，却显现出了他自己孤单的毅力。

"艾迪，艾迪，你花太多时间了，"他爸爸说，"那我们该怎么办？"

"是你该怎么办。"艾迪说。

他怎么会忘记他在泰特尔鲍姆动物园的职责呢？在那个宠物店，三只还是四只满身木屑的杂种狗在橱窗里睡觉，一百加仑金鱼装在玻璃缸里，四只金丝雀在唱歌——都在等着他往食盆里撒下种子、碎肉和谷物饲料。可怜的伊奇克·哈布法特，这来自法国巴黎的猴子，轻咬着他的贝雷帽，也在等他。伊奇克长得像泰特尔鲍姆先生死于一九四〇、一九四一年犹太人大屠杀的叔叔。因此，它绝不会被卖掉。"太遗憾了。"一个外人评价道，因为当地某个意大利人曾愿意花四十五美金买下这只猴子。

陷入悲伤的泰特尔鲍姆先生排斥他的邻居，排斥人类，排斥生活，然后，他就像猫一样眯着眼睛，像鸟一样跳跃，像狗一样耷拉着眉毛。如一只鹦鹉，当艾迪晚间休息时，他唯一能说出并且反复讲的话是："艾迪，别忘了关门，不然我和鸟儿们会飞走的。"

"如果你有翅膀，爸爸，你就飞吧。"艾迪说。这就是艾迪的生活，年复一年，从孩提时代起就这样：铲狗屎，铲鸟食籽，看金鱼在来自远离中国的巨大玻璃缸里游弋、进食和死去。

一个七月的周一清早，阳光明媚，天气炎热，艾迪把男孩们叫到一起，布置侦察和绘图任务。卡尔对地下室了然于胸。但艾迪想要一份特殊的清单，列出所有的门和窗，确认它们损坏的情况。这个任务包括三栋建筑：1432号，1434号，1436号。艾迪要求他们写日志记录，以保证数据的可靠，并要求他们去统计有多少女士用了洗衣机，在什么时候用，在某个具体时间段的热水到底有多热。

"因为我们要和气体打交道了。气体会膨胀、压缩、扩张，甚至可以液化。要是在任何时候出现任何危险，我都会掌握好情况，负起责任。别表现得像个该死的傻瓜就行了。我答应你们，"他特意补充，"有很多乐子。"

他要求他们掌握一些使用工具的能力。卡尔，管道工、电工和修理工克洛普的儿子，是一个快乐、进取的老师。在洗衣机轰鸣的早晨，在卡尔的监督下，他们在地下室墙上钻了适配耐磨胶管的几乎看不见的洞。最初的一系列测试需要一个精细的管道网络。

"我是腔静脉和主动脉，"艾迪阐述道，"离开我的一切必须回到我这里。你们来当工程师。找出补给所有边远地区的最佳方法。"

说是"补给"，施姆尔指出，艾迪的意思实际上是"窒息"。

七月二十九日，他们准备妥当。早上八点十三分，第一次小范围、小规模的测试开始了。八点十二分，就在那一刻之前，地下室的一切事务都处理好了——垃圾从小筒转去大的，饱受失眠困扰的老奶奶们早早醒来，把要洗的东西扔进大盆里；穿泳裤的男孩推着婴儿车走进凉爽的早晨。一辆运煤车到了，换挡，倒车，停下，把黑色的卸货斜坡推到一扇被烟熏黑的地下室窗户上，开始咆哮。

克洛普先生的收音机很响。他正在工作，滚动罐子，在卡尔的帮助下把它们抬上地下室的木台阶；他和煤工争论着通行权；同时他也听着新闻。他想知道太阳是否还会像往常一样耀眼，有没有机会下雨，因为他的兄弟在泽西州种西红柿。

到了八点十三分，实验室里的闹钟响了起来。艾迪按下了一个玻璃咖啡壶底部的按钮，壶嘴中有两根管子，连接进墙中。细微的嘶嘶声响起，紧接着咖啡壶冒出蒸汽，玻璃沾上了雾气，接着又清晰起来。

四十秒后，克洛普先生叫了起来："天哪，是谁放屁？"两者的气味说到底没那么相似，艾迪这个负责人清楚，它至少应该更绿、更臭，更接近动物和花内含有的阻抑剂，但味道更冲。从送煤工人的风箱声和老妇人的高声叫嚷中，他立刻得知自己成功了。

艾迪满意地按下另一个按钮，这个按钮在施皮茨太太改装过的吸尘器上。这个逆向操作花了不到两分钟。玻璃又变模糊了，壶嘴塞住，精灵回来了。

艾迪清楚，男孩们要花很长时间才能从观察站和监视他们的人那里逃脱出来。在那一刹那，他的心沉了下去，就像人们在做了伟大的爱的举动之后一样。由于持续的孤寂，他一直有偏头痛。当卡尔带来激动人心的消息时，他悲伤地听着。生活的意义是什么？他想。

"上帝啊，太棒了，"卡尔尖叫，"创造历史！疯了！艾迪，艾迪，你是个谜！没有人知道发生了什么，在哪里、怎样做到的……"

"不过，"艾迪说，"你最好冷静一下，卡尔。"

"可是听着，艾迪，没有人能搞懂，"卡尔说，"那持续了多久？它在那个蠢肥婆格蒂尼斯基从我们的厕所出来前就结束了。她大声嚷嚷，拉起她的灯笼裤，放下她的裙子。我从门那儿看见的。这让我侧倒下去。她甚至都不应该用那个厕所。那是我们的厕所。"

"是啊。"艾迪说。

"等一下，等一下，你听。我爸爸一直在说：'耶稣在上，我是忘记开哪里的排气口了吗？耶稣在上，我做了什么呀？我把烟道弄坏了吗？告诉我，告诉我，给我个提示吧！'"

"你爸爸是个很好的老伙计。"艾迪冷冰冰地说。

"哦，我知道。"卡尔说。

"头脑极好。"阿诺德说，他刚刚走进来。

"看看我爸爸，"艾迪说，流露出暗淡和不安的眼神，"看看他啊，他坐在那个店里，胡子都不刮，也可能两周刮一次。有时候他一两个小时都不动。他鼻涕仍在流着,这样小鸟们会知道他活着。那个讨人厌的畜生,他曾是整个世界的历史专家,却经营着一家臭烘烘的动物园,照顾一只尿都尿不直的脏兮兮的猴子。"……密不透风的说话风格带来的痛苦和二手裤子让他喘不过气来。于是他笑了,让他们知道事实。"你知道,我爸爸结婚前特别缺钱,而且他非常尊重女性(我告诉你吧,他确实尊重女性),你知道他做了什么吗?他偷偷溜进布朗克斯动物园,上了一只黑猩猩。你很惊讶,是吗?听我说,他们把孩子运到法国去了。如果我父亲坦白,我们就发财了。我一想到这个就心痛。他会是有史以来最棒的混蛋。猪圈和马场都需要他。他们会从伊尔库茨克给他发电报,让他参与那些疯狂的异花授粉实验。他能对冬小麦做出什么事!这个吃鸡巴的傻逼和所有人说他去巴黎是去看自己的亲戚是否还活着。其实他是去接我的大哥伊奇克。他把它带回家了。为了激怒我妈妈和我。"

"呃……"卡尔说。

"所以就是这样,"施姆尔这落后一步的记者说,在艾迪旁边玩着,"所以你才这么聪明。因为要和一个奇怪的兄弟持续做比较……啊哈……"

"拜托,"阿诺德说,他的速写本在膝上摇摇欲坠,"拜托,艾迪,把你的手臂再像刚才那样举起来一下,就是你刚刚生气那会儿。这给了我一个灵感。"

"混蛋,"艾迪说,吐了一口痰在实验室地板上,"一帮混蛋。"

尽管如此,十九世纪关于进步发生于内部的观点是绝对正确的。因为艾迪的悲伤减少了,而且八月初是艰苦工作和欢乐的时节。这种来源不明的强效无毒气体仍然是个谜。男孩们保守着他们的秘密。外界有所怀疑。他们知道些什么。他们猛喝可乐,像无需抬起一角就赢下敌人所有的弹球的军团。

实验室星期六的夜晚是快乐的,回响着黑胶唱片的乐声,到处都是美丽女人。各种各样的搭讪冒险都被施姆尔记录在案……他把它们都记录下来了:一个晚上,克洛普先生是如何溜达来检查保险丝,然后如何发现了阿诺德在给丽塔·尼斯科夫画人体速写。她将一个蒸馏器举在一边的胸前面,给野心勃勃的阿诺德制造了技术层面的困难。"拿住了,拿住了,孩子。"克洛普嘟囔着,这对他来说完全是个误会。

另一晚,因为一勺掺在一夸脱半可乐里的朗姆酒,布兰奇·施皮茨脱掉了所有衣服,只穿着内裤和胸罩,然后决定随着《胡桃夹子进行曲》的曲调做仰卧起坐。"啊,布兰奇,"卡尔说,几乎因爱而感到恶心,"给我跳支肚皮舞,宝贝。""我不知道什么是肚皮舞,卡尔。"她说着,然后数到八，做了个深蹲。阿诺德用丽塔的短裙套住了她，裙子不知道为什么刚好在他手边。他把布兰奇拖到一个角落，然后扇了她一巴掌，给她穿好衣服，问她要收多少钱，干这种事亲戚也参与了吗；在她来得及回答前，阿诺德又扇了她一巴掌，把她带回了家，丽塔的短裙从她肩上滑落下来。这类事件会让邻居全体反对这个美好工作室干过的最激烈的那些事。丽塔的裙子，靠最底下的一个扣眼挂在地下室的铁栏杆上，随风飘动了两天都无人认领。施姆尔在自己的小书里发表见解，在玻璃吹成的洞穴里过起石器时代的生活。

艾迪不得不忍受施姆尔的喋喋不休。实际上，艾迪并没怎么参与这场庆祝活动，因为周六是他父亲的电影之夜。泰特尔鲍姆先生应该已经关了店门，但勒夫电影院的经理拒绝卖票给伊奇克。"我倒要看看，"泰特尔鲍姆先生说，"哪里写了猴子不准进入。""求你了，"经理说，"我今晚很忙。"伊奇克从没离开过人，因为它虽然是只聪明绝顶的猴子，但在人类的世界里它是个笨蛋。"哎呀，"泰特尔鲍姆先生说，"你知道养只猴子做宠物是什么感觉吗？那就像抚养一个白痴。不管发生什么你都会备受依赖，同时倍受拘束。"

"不管怎样，这里的事情都在逐渐走入正轨。"卡尔说。

和女孩儿们的不愉快（这件事最终导致尼斯科夫一家

向市中心搬了六个街区，去了没有人认识他们的地方）过去一周后，艾迪突然要求召开一个会议。三周后学校就要开学了，所以他决心要完成这个实验，以证明他的战争衰减器在各个国家都能畅销。

"别夸大其词，"施姆尔说，"我们现在有的只是一股特别臭的臭气。"

"无毒的臭气。"艾迪指出，"不管浓度多高，它都是无毒的。别忘了这点，克莱因，因为这就是它的美妙之处。一个不会杀人的战争工具。你想想看。"

"好吧，"施姆尔说，"我承认。所以呢？"

"施姆尔，你明明长了眼睛。上次做实验时人们都做了什么？他们窒息了吗？他们流眼泪了吗？有什么事发生吗？"

"我已经告诉过你了，艾迪。没有什么事发生。他们只会跑。他们疯了般地逃窜。他们捂住鼻子，他们把门撞破，有几个小孩爬上了运煤车的运货斜坡。每个人都发出尖叫然后逃跑。"

"那你爸爸呢，卡尔？"

"哦，上帝啊。我已经告诉过你了，肯定说了有二十遍了，他很快就跑了。然后他站在台阶上，捏着鼻子，想着该把责任推给谁。"

"这就是我想说的，朋友们。这就是蟑螂分离器蕴含的道理。听从自身感官的警告的平和之人，能从一代又一代的失败中存活下来。谁想要继承那些虱子的脱氧核糖核酸里可怜的毒性吗？有吗？我还没有研究出完整的政治策略，但我们在这儿的任务，总而言之，就是去完成这项科技研究。"

"好吧，那现在，那些橡胶管应该延伸到1432号、1434号、1436号——这三栋相连建筑——的一楼和二楼。不要挖到住转角的米查伊洛维奇那儿，因为它可能会渗进冰激淋桶、软糖和其他别的东西里去，我还没尝过所有的这些吃的。你们如果今天和明天都来干活儿，周四我们就能完成了。周五那天继续做实验，到中午我们应该就能拿到报告，知道我们目前进展如何。还有问题吗？卡尔，把工具拿上，由你负责了。我要去把该死的过滤器修好，然后看下马达怎么样。我们周五早上见。老时间——七点半。"

然后，艾迪飞快地赶回商店清理鸟笼，因为脑袋里那些激动人心的事情，他已经好几天都忘记清理了。伊奇克递给他一根香蕉。他收下了。伊奇克为他把皮剥好，然后又给自己拿了一根。伊奇克把香蕉皮扔进垃圾桶，为此艾迪亲了亲它傻乎乎的脸。它跳上艾迪的肩膀去逗弄小鸟。艾迪不喜欢它这样做，因为如果激怒了鸟儿，它们会让你得鹦鹉热（艾迪说的）。那是一种未经验证的假说，但很有道理；因为，你知道的，讨厌你的人会趁他们口腔黏膜最肿胀或喉咙里满是各种病菌时朝着你的脸打喷嚏。

"别这样，伊奇克。"艾迪温柔地说，把猴子从肩膀上放下来。伊奇克便用一只长长的手臂挂在艾迪的肩上，在他背后吃香蕉。"这才是我喜欢你干的事，"泰特尔鲍姆先生看向店里时说，"哪怕只有一小会儿。"

艾迪这份长长的暑假工已经接近尾声。他可以忍耐自己变得平和与快乐。

周五早上，卡尔、阿诺德还有施姆尔在门外等待。他们得到了一大堆泡泡糖和棒棒糖，这都是艾迪自己掏的钱。他们的职责是维持安静，有些小孩们可能会被吓坏。他们还拿了笔记本，按预期，每个男孩都应该分别为一栋楼写报告。

屋子里，艾迪在过滤器底部弹出了断奏。在这之后，一切都很简单了。人们如潮水般从三栋房子里涌出。楼上的租户不在其列，因为突发的骚乱，他们纷纷从窗户探出头来。由于控制得极好，他们只闻到了最轻微不过的味道，还以为这是从东面三个街区外的海鲜市场背面裂开的墙缝中飘来的正常清晨的气味。

之前说好了，艾迪要等其他男孩的报告送到了再离开实验室。当半小时后还没有人出现时，他有些困惑。这里连本可以读的书都没有。他只好让自己忙起来，去切断家用电器，用漏斗把剩余的粉末倒进纸质信封，这信封他一直放在屁股口袋里。突然他开始担心起所有人。伊茨·比特西·米查伊洛维奇将会发生什么事？这个人整天就坐在他爸爸的店外面，甩着悠悠球，给自己唱算不上是歌的歌。他实际上就是个该死的没救了的蠢货。施皮茨太太呢？她肯定会停下来穿上束腰，然后慢慢淡去，或许可能用一块洛可可风的桃花心木敲碎自己的头骨。年过四十后，人们心脏衰竭了该怎么办？那些萨斯坎德的小孩呢？他们那么狂野，那么莫名其妙，他们可能会跳进升降机的竖井里。

门打开的时候，艾迪正在擦水池，试图将他混乱的思绪连根拔除。两个警察走进来，把手放到他身上。艾迪抬起头，看到了他爸爸。他们的眼神交会，因为不可改变的痛苦停住了。就在那个瞬间（在这件事还有其他事过去之后，施姆尔说的），艾迪一头栽进了抑郁的深渊。这种绝望占据了他自己所有的注意力，持续了数年之久。

没人能再和他好好地交谈，告诉他这些消息了。他知道自己杀死了爸爸所有的动物吗？甚至包括三只海龟，该死的，还有仅剩的所有的鲦鱼，甚至所有的虫子也挣扎着死去——它们是鸟儿们周日的晚餐。小鸟们则死在干净的鸟笼底部。

伊奇克·哈布法特昏倒了，永远没法再醒来。它躺在艾迪的床上，睡在艾迪的新床垫上，盖着艾迪的毯子。"让

169

它死去吧，"泰特尔鲍姆先生说，"别和施派尔的那一大群贵宾犬一起。"

他摩挲着伊奇克瘦巴巴的肩膀，那痒痒的、毛茸茸的肩膀，然后哭着说："哈布法特，哈布法特，你是我的小小朋友。"

无论医生或其他什么人多亲切地叩响艾迪的心门，他都拒绝说"请进"。卡尔·克洛普大声呼喊，跋涉了很远的距离，搭郊区火车，经过附近的车站，一路来告诉艾迪，这都是他的主意，是他觉得看到老泰特尔鲍姆带着歇斯底里的伊奇克尖叫着跑来跑去会特别有意思。为了这幅景象可能带来的欢乐，卡尔把一根橡胶管接到了1436号楼地下室与宠物店后墙之间的一个通风口上。卡尔则在角落等待，确信他们最后一定会出来，狂奔的泰特尔鲍姆先生，大口喘息的伊奇克。"真是克洛普家的不幸，"克洛普说，"有这么个不正经的儿子。"

不到三周后，艾迪被送去由斯考特·塔利医生监护，他是"男孩之家"的主管。警察没收了施姆尔的笔记本，但只找到了描写脸庞的文学作品和青少年男孩的性爱好记录。警察还发现了一份艾迪计划给反活体解剖的出版社写的文章大纲，把他的冒险描述为一个气体耐受实验的自制项目。这份大纲被命名为"我面前不能有天竺鼠"。任何一个局外者都能判断出这是个疯狂的主意。

在"男孩之家",艾迪由一位白袍护工照料,他长着斗鸡眼,肌肉又大又僵硬,坚硬的犬齿压着他的下唇,鼻子断得很完美但接得很随意。他是吉姆·苏恩,他对艾迪很好。"因为他对我来说不是个麻烦,泰特尔鲍姆先生,他是个好孩子。他如果把眼睛睁得大大的,我就知道他是想去上厕所。他不可怕,泰特尔鲍姆先生,他只是现在没什么想说的,仅此而已。我见过很多这种案例了,你不用担心。"

泰特尔鲍姆先生自己也没有太多话想说,这让他觉得和艾迪之间有了联系。他每个周日过来,和艾迪一起在"男孩之家"后面花园的长椅上沉默地坐着;天气不好的时候他们就在客厅见面,那是个铺着编织地毯的赏心悦目的房间。他们面对面坐在舒服的椅子上,平静地坐一个小时,然后艾迪把眼睛睁得大大的,吉姆·苏恩于是说:"好了,我们走吧,伙计。睡觉不会伤害丛林之王。熊都会冬眠。"泰特尔鲍姆先生踮起脚尖,把艾迪抱在怀里。"宝贝,别太担心。"他说,然后回家了。

这种情况持续了两年。一个寒冷的冬日,泰特尔鲍姆先生感冒了,没法前来。"我爸爸到底在哪儿呢?"艾迪咆哮着问。

这件事是开始。随后,艾迪又说了些别的。这周结束前,艾迪说:"我受够胡椒了,吉姆。它们让我产生气体。"

一周后他说:"有什么新闻吗?长岛沉没了没?"

塔利医生从没预料过艾迪能康复。("他们一旦踏上这条路,就再也回不来了。"他曾对记者透露。)塔利医生从一个友好的竞争对手机构那里请来一位顾问,这让他最终能给艾迪完成了罗夏测验[1],让艾迪从原来的悲伤中重拾信心。

"让他承担点责任。"顾问建议道。他们曾这样做过一次,出于艾迪的背景,让他去"男孩之家动物园"。他被允许摸摸兔子,逗弄两只乌龟。那里有一头小鹿,被关在笼子里,病恹恹的。还有一只活泼的猴子,但艾迪连睫毛都没颤一下。那天晚上他吐了。"胡椒有什么好啊,吉姆?那个蠢货不会做饭吗?没有胡椒就不能做饭了?"

塔利医生说艾迪现在能帮忙了。只要有职位空缺,他就会单独负责照顾一只动物。"感谢上帝,"泰特尔鲍姆先生说,"傻动物会是好朋友。"

最终一个男孩痊愈了,被送回到妈妈身边,一个空余岗位出现了。塔利医生觉得这是个幸运的岗位,因为这个痊愈的男孩之前负责照顾动物园里最受欢迎的蛇。蛇受欢

---

[1] 罗夏墨迹测验,是非常著名的人格测验,也是少有的投射型人格测试。在临床心理学中广泛应用。通过向被试者呈现标准化的由墨渍偶然形成的模样刺激图版,让被试者自由地看并说出由此所联想到的东西,然后将这些反应用符号进行分类记录,加以分析,进而对被试人格的各种特征进行诊断。

迎，男孩因此也受欢迎。这种人气给男孩增添了不少自信，他于是成了"男孩议会"的副主席，他获得了朋友和跟班，他变得快乐起来，病好了，他回到了社会当中。

上班第一天，艾迪就证明了他的能力。他用左手拿着蛇，用右手清理了笼子。他立即有了众多仰慕者。

"等你回家之后，我能来做这个工作吗？"一个特别友善的小男孩问道，他只是有一点智力缺陷，但有些父亲出于羞耻，宁可在这儿花一大笔钱。"我哪儿也不去，孩子，"艾迪说，"我喜欢这里。"

某些下午，在享用饼干和牛奶后，艾迪会给他的蛇带一只小白鼠。他把老鼠扔进笼子，蛇如此受欢迎正是因为这个：它不会立刻吃掉老鼠。四点时，孩子们开始聚集。他们在看老鼠瑟缩在角落。他们在看懒洋洋的蛇等待着饥饿感来唤醒自己蜷曲的身体。它时不时会挺起身体，抬起头来，孩子们便开始粗重地呼吸。四点半到六点间的某一刻，蛇开始在笼子里漫无目的地爬行。男孩们为最终的时间打赌，赌注是几块巧克力蛋糕或一把葡萄干。突然（每个人都得全神贯注地看着），蛇不慌不忙地伸展开它长长的身体，张开嘴，吞下了吱吱叫个不停的老鼠。

艾迪没法反对，因为这确实是蛇的天性。但他拉下帽檐挡在眼前，然后转过身去。

一天吃晚餐时，吉姆·苏恩告诉他："猜我听说了什么。我听说你正重新找回你自己。真不错。"

"我自己?"艾迪问道。

一周后,艾迪递交了辞职信。他也发了一份给他爸爸。信上说:"谢谢你,塔利医生。我知道我是谁。我不是老鼠杀手。我是艾迪·泰特尔鲍姆,臭气弹之父;我因'对事业的执着'和'不顾结果的无畏'而闻名。别再烦我了。我没什么想说的。你真诚的艾迪。"

塔利医生写了一份报告,自豪地指出,他对艾迪·泰特尔鲍姆这个病例一向持悲观态度。面对这么多可能变好的希望,这个报告被认为非常了不起,许多同行久久记住了它。

在艾迪下定决心尽快发疯的时候,其他决定在别处产生了。比如说,泰特尔鲍姆先生决定死于悲伤和年迈——这两者常会重叠,且这会是所有泰特尔鲍姆家族的人的最终决定。施姆尔开始静下来思考,并被他父亲断绝了关系。

阿诺德逃去了东二十九街,他在那里花了大量金钱和精力建了一家裸体油画的妓院。

但是卡尔,克洛普之子,做了艾迪想做的事。他上了好几年学,去海军做了原子物理学家。如今在早晨八点零七分,卡尔驶入我们这时代的药物成瘾者的洪流,与那带着哔哔作响的信号的逆流搏斗。他还保有开朗的性格,出于他对这个世界的贡献,他刚刚获得了一个妻子——她因为太漂亮而被火箭女郎舞蹈团淘汰了。

战争衰减器经压缩后被装入瓶子，没什么威力了。它有时候被称为泰特尔鲍姆混合物，标签上的成分表被译成了西班牙语。这是当时最有效的杀虫剂之一。不幸的是，对喜林芋和家养老橡皮树来说，有时候这味道不太友好。

格蒂尼斯基太太依旧喜欢用蟑螂分离器保护自己的厨房。一个守旧的老太太，她蹲下身跪在地上去擦地板。她总期待着看到一只蟑螂被逮住，然后因为交流电而被自己的体液烤熟。她把蟑螂从墙上弹开，并笑起来，称赞艾迪。

漂浮的真相

我敲车门的那一天，车上的百叶窗全都放了下来。"你在哪儿，莱昂内尔？"我喊道，"是在这小东西里吗？"

"看在上帝的分儿上，安静点。"他说着，打开后门，"我的状况不大好。"

我用食指点着他。"你声音不对，查理。你是冒牌货。"

"进来坐下吧。"他说，"别脱帽子。衣服架没法用。"

我之前来过。座椅都铺着可洗的塑料格子布——很容易打理——脚下是家家户户都有的纤维垫。喜林芋属的绿植在优雅的混乱之中生长攀援，从后窗的窗台上垂落下去。

"你认为，你到底是怎么开车的，马龙？"

"好吧，宝贝儿，我并不常开。"他说，"不安全。"

他从车子前排的杂物箱里拿了个苹果给我。

"天然牙刷，"我出神地说，"你近来如何，艾迪？"

他叹了口气："从来没这么好过。"

他从前门跳出去，爬到后面。不过他不太擅长爬座位。"说真的，不超过今晚，我肯定会给你打电话。"他说着猛地拉开百叶窗，早晨从东方灼热地盯着我们苍白的脸庞。

他从前座后面的红木文件袋里找出纸笔。"我们言归正传。"他说,"你想做什么?"

"大家都想做什么?"

"让我来问问题,"他说,"你,你想要做什么?"

"哦……值得做的事吧。"我说,"好吧,有点意义……你明白我的意思……能帮上忙的什么事儿……做好事。"

"拜托了!"他怒气冲冲地说,"别浪费我时间。每个婊子养的都想做好事。"

"为什么不呢,那很好啊。"我说,"多好的社会趋势啊。在如此可怕的时代,这可真是了不起的消息。"

"是了不起的消息……"他用女孩儿般的高音尖锐地说,"别跟个白痴一样。所有时代都很可怕。要是活在百年战争[1]的时候,你肯定住在一个小农庄里。不管怎么说,你明不明白你是按小时付我钱的?我们开始吧。你能干什么?"

听到他说我要按小时给他付费,我有点惊讶。但是,就我所知,除了外表不谈,那些时间可能一点也不糟糕。

"我可以打字。我念了三个月商学院,我能打字。"

"别着急。"他说,"我这里有给新手的工作。我可以在

---

1 百年战争,指英国和法国以及后来加入的勃艮第,于1337—1453年间的战争,是世界最长的战争,断断续续进行了长达116年。

老年诊所里安排一个儿科医生。"

"要是你这么厉害,伙计,为什么你连个屋子都没有呢?"

"我只想随心所欲。"他说着似乎沉思起来。从外部看来,他是一张有中心的脸的镜像。他的眼睛是蓝色的,眼珠漆黑,不会变化。他无法用余光看见任何东西,如果有什么想要看的东西,他只能转动整个头部去盯着看。他有一头金发,正以可怕的速度褪色黯淡,但还没有完全变成灰发。他所有的性征都不重要,但这并没有阻止他在第一天工作后要求我:"给我一个抱抱吧,宝贝儿。"我一点儿也不介意,照做了,温柔地捏了捏他的屁股。在我看来,他会更喜欢这种方式。我并非想要放肆,只是想表现得友好罢了。

我从工装裤里掏出一块三明治,分了一半给他。"我需要的是汽油。"他暴躁地说,"我打算去接一个人,他邀请我去做笔生意。"电话随即响起,前座的他为此哈哈大笑起来。"多好的运气,爱德赛尔。"他开怀大笑,"我刚要停车你就找我。稍微等一下,等我搞定。"他搞出咕哝的噪声,就好像是为了停下笨重的车子而做出了巨大的努力,接着重新开始对话:"是今晚?不太确定行不行……我一整天都得出门……"

我对着后视镜挥动一张一美元的钞票。

"啊……九点四十五吧,这样我就有时间吃……不,没必要……不……好吧,要是你坚持的话,至少允许我去接你吧。我会在八点半的时候到……好极了……再次和你聊天很棒。再会。"

"这是一美元。"我说,"汽油。"

"很感谢。"他说。

他在戴了帽子的门童面前鸣响汽笛,八点半见到的所谓爱德赛尔先生是乔纳森·斯塔布菲尔德,但别试着去找他,因为他的信息并没有登记在电话簿上。乔纳森的眼睛如月亮一样苍白。他们开车到处转悠,带着小酒瓶,没有水,没有苏打,没有冰,也没什么话好说。缺乏交流让他们看起来像一对情侣。

"你有朋友吗?"乔纳森·斯塔布菲尔德问。

"有,是个女孩儿。"我的朋友说,他对活儿总是很上心。乔纳森·斯塔布菲尔德误解了。"啊哈!"他回答,"我自己也有个朋友,但是该死的家庭——你怎么看待家庭?"他试图给自己的全部人生找出意义。

"人类的家庭?哦,我很信奉这个。但是看看啊,爱德赛尔,我说的这个女孩儿并不是个性伴侣。她是工作上的朋友。她明艳动人、警觉、年轻、生机勃勃、聪明且满腔热忱。你会怎样去用她?"

"哦,小伙子。"乔纳森·斯塔布菲尔德惊讶地说,"颠倒的,在上面还是下面都可以,看她的选择。她说的任何方式都可以。"

"你还是误会了。我负责的是她的生意。"

"哦。"乔纳森·斯塔布菲尔德说。"哦,"他说,"这样的话,给我发一份简历来。"然后他就昏睡过去了。

"可是你并没有告诉他有关我的任何事情。"第二天下午我抱怨道。

"为什么非得说呢？他也没告诉我他自己的任何事啊。你真觉得他的真名是斯塔布菲尔德吗？你怎么回事啊？别急着把自己放在盘子上。你是什么——一只烤鸭,身上的一切都可以用一柄糟糕的餐具剔除吗？保持点神秘吧。为自己考虑考虑。让他们去猜你肚子里是不是塞满了东西。我就是这样才有今天的。"

他所有的想法都大错特错；我陷入了自己的回忆——小女孩的青春岁月——那一天我懂得了两点之间的最短距离是一个大圆圈。

"不管怎么说,你得用更简洁的句子来思考。"他这么建议我,虽然我一个字都还没说,但老奸巨猾、头脑灵光的理查德马上就抓住了重点：我的句法有问题。

"好吧,你现在要做的就是到什么地方待几天。家里也行。家里怎么样？去看看电影。我一点也不在乎你去哪儿。我会把简历搞定的。我已经锁定了爱德赛尔。他非常需要一个雇员。"

"我会按照你说的做。"我总得开始才行。我离开学校六周了,开始渐渐觉得根本没有人会雇佣自己。

我弯腰钻出车子,有个警察走到车门边,颇有权威地斜着眼。"听着,小胖脸,我星期二就告诉过你了,把这台灵车开到可笑的葬礼上去。"他是个校园警察,专混养老金的。安保部门必不可少。不然还能怎么面对未来呢?

"没油了。"我的伙伴像热汤一样轻声说。

"我这儿有一美元。"我说道,"再加点油。"

雨下了三天。第四天早上,我收到一封电报。"手机坏了。老地方见我。见爱德赛尔。和福莱恩一样,你被录取了。"

中午时我找到在赞美白壁轮胎[1]的他们(这就是不错的那部分时间)。我穿戴得当,他们也都穿戴体面。乔纳森·斯塔布菲尔德观察着我,他的眼睛曾经如月亮般苍白。他眨了眨眼,一滴眼泪顺着他光滑的面庞滚落下来。"我有泪导管阻塞症。"他解释说。

"我们去维拉马尔自助餐厅,那里好说话。"他骄傲地补充道,"这顿我请客。"

我们立刻前往,排成一列,由斯塔布菲尔德带领。在

---

[1] 白壁轮胎,也称为白色侧壁轮胎,指整个侧壁有条纹的白色橡胶轮胎。

餐厅里，我们恭敬地围着一个旋转调味台坐下来，以相互恭维开场。

"你看着相当年轻啊，"乔纳森·斯塔布菲尔德说，"我实在不敢相信时间就这么过去了。好好看看我。三十一岁的男人。在我的脑袋里，有珍珠港的准确记忆。我仍旧可以很清楚地看到……雪花斑斑点点地落在石头上……"

"雪花？"

"雪花。一片死寂，然后是铺天盖地的嗡嗡声，紧接着就是嘈杂声。然后整个世界陷入了灾难。"

"哦我的天！"

"你太年轻了。但我记得——日内瓦，雅尔塔，旧金山会议，很多人嘲笑艾奇逊[1]；那些时日是全世界的希望。在我心中恍如昨日。"

"真的吗？"

"你们如今的年轻人还能拥有怎样的记忆呢？你们只关心服饰和毒品。你们对历史毫无感觉；你们没有悲剧感。阿尔萨斯-洛林[2]是什么？你能告诉我吗，亲爱的？即便是没有硝烟的今日，它还在面对怎样的难题呢？你们根本不知

---

[1] 艾奇逊，曾任美国国务卿，制订了后来所谓的杜鲁门主义及马歇尔计划的主要方针。
[2] 阿尔萨斯-洛林，法国东部大区，包括今法国上莱茵、下莱茵和孚日、摩泽尔等省。在17世纪以前属于神圣罗马帝国，以说德语的居民为主，后成为哈布斯堡家族统治的领地，三十年战争后根据威斯特伐利亚和约割让给法国。

道。你们并不无辜，却很无知。"

"你说的没错。"我赞同。

"当然了。"他说，"你无法否认。真相会找到自己的水平面浮上来。"

"咖啡？"中间人罗德里克问道。

"我不要。"爱德赛尔说，"我要烤苹果、鲑鱼沙拉，或者再来点果冻。我在节食。"他拍了拍自己的肚子。"现在跟我说说你自己吧。我想多了解你一些。"

我甩了一下马尾辫，天然头油让辫子闪闪发亮。我说："我能说什么？"

"你可以和我说说你自己。你是谁，从哪儿来，对什么感兴趣，爱好是什么。你最喜欢的男朋友是哪一个，比方说。"

我告诉了他我是谁，我从哪儿来，我的兴趣爱好是什么。"不过我仍在等着真命天子从西方而来。"

"我们有许多共同点。"他沮丧地说，"我也在等着自己的真命天子。当然了，我是在转述。我的意思是真命天女。"

"你知道你穿得很漂亮，看上去像一朵玫瑰花。是的，玫瑰是一种象征。"他从我的下巴开始温柔触摸着我，直到那低胸露肩裙能到的最远端。

他看了看表，手表边沿的某个地方嵌着个气压计。"压力上升中；我得跑了。请帮我和我们的朋友说声抱歉。告诉他你被录用了，我要看简历。我得拿到简历，没有文件在我这儿可不成。"

他站了起来,视线缓缓扫过女洗手间、蒸汽柜台、快速出餐的桌子、巨大的咖啡桶,最后落在那些高大的门上,目光就放在用橡胶阻塞物固定的地方。

"但凡我目光所及,都属于我。"他自言自语。他冲着我发光的面庞和蔼一笑,随后扭动脚踝转过身去,听上去就像旧秩序正被颠覆,随即经旋转门消失在诸神的黄昏之中。

"哦,埃弗雷特,这人多有趣啊!"我说道。我们分食了鲑鱼沙拉,但是果冻让我想起店里售卖的便宜货。

"那么,你怎么看他?不坏吧。他是时代的弄潮儿。他这人特别会利用闲暇时间。这是简历。"他效率极高,一边用黄油涂抹坚硬的坚果面包卷,一边继续给我一些对我有用的指示。"分一下类。干得漂亮些……但是看上去必须得像你自己在家里弄的;你做的唯一一份。或许你应该犯点错。要是他认为你把这些简历贴满了城里各处,那你就完蛋了……看看吧。这是一天的工作量,我还真有点骄傲。"

我翻了翻,看了看。"那么,有三页,法定尺寸,你知道是三页吗?"

"嗯哼!"他很骄傲。

"哦,拜托了,这太荒唐了。要是他给其中任何证明人打电话,我该怎么办呢?"

"不，不，不。他想雇佣你。他为你疯狂；他想要成为你的朋友。只要他看见这些文件，他就会开心，感到自由。他甚至连看可能都不会看一眼。"

我又看了一遍简历，在过往经历里他只写了为数不多的几份工作。第一份工作是营销：

绿色之家：我用七种途径将绿色带到了公众面前，历时八个月，激动人心——所有途径的花费都极少：分发双色海报——不抄袭别人的创意。蛋壳上的绿色房子——白色背景。双色纸板火柴——原创。全体职员都有双色名片。绿色之家最终也刷成了绿色。在城市各处，人们最不会想到的地方（公园长椅、路灯柱等），用绿色油漆写下问题：什么是绿色？右下方是极小的一行用绿油漆写的回答：绿色之家就是绿色。

"绿色之家到底是什么玩意儿？"

"我哪知道。"他窃笑起来。

还有另一份工作；这个，在公关一栏的标题下：

费拉德尔菲亚：一个由法律及相关领域的专业人士所组成的团体，他们聘用我，将法律和其可能性输送给各地女性。我用五个月的时间周游全国，搭巴士、客货两用车、火车，也以格拉迪斯·汉德的名义搭飞机。九个月内，法律服务的用户增加了百分之十一。平均费用比去年增长了七点二美金。在七个州里，密集的法院日程表需要法规修订。费拉德尔菲亚将这些改善归功于我为他们所做的工作。

更有甚者：

厨房研究院：以厨房研究院新闻社的方针"水壶的呼唤"为指导，我们开创了一种可以让女性回归厨房的强迫性计划。"你离开的厨房可能是你的家"是我们使用的诸多标语之一。我们通过收音机和电视，也在男性出版物和报纸上的男性专版（运动、财经等）上刊登广告，要求男人每天晚上都在进门后问她们"在做什么吃的"，这样一来让女人留守厨房的呼声就会在各地高涨，对厨房的需求和渴望也会随之水涨船高。

最后，似乎这些东西都无足轻重，他打下了"更多信息"，并且列出：单身，二十三岁，本科毕业生。绿谷女子学院。附加课程：索邦大学，短篇小说写作与公共演讲。中学时曾是学生会主席。

"哦，看在上帝的分儿上，"我说，"最后那条实在太傻了。"

"或许在你看来傻，但要是他全都看了，就一定会看到最后一行，他会喜欢的。一个没脑子到在高中当学生会主席的女孩现在可能也还傻得晕头转向的，我是这么看的。"

"但是听着，"两天后我告诉他，"我并不是二十三岁。"

"你总会二十三岁的，总会的。"他信誓旦旦。

那天下午，我帮他浇了喜林芋。此刻我正站在通往未来的门槛上,有点小小的激动,结果就洒出了一点水,水沿着后座滴了下来,填满了垫子的缝隙。

"我的上帝,你总有本事让我生气。"他说着一把扯走我手里的洒水壶。"你就不能注意点自己手上的活计吗?"可怜的迪克,他本人就是一个叽叽喳喳不断发火的集合体。"你真是太他妈蠢了!"他尖叫道。他将渣滓倒在开口的烟灰缸里,泼出了窗外。"拿点东西来,拿点东西来。"他吼道。我下车冲到商店,买了一份报纸,帮着清理脏污。我明白过来,他只是试着在逆境之中给自己一个家。我回来的时候他正在讲电话:"你不可能过来了吧。地方真的很好!让我去接你。我想要结束交易。实在等得太久了……我是说百分之十……我就想要百分之十。一点也不过分吧。"

"什么生意?"我问。

"大生意。"他低声回答,"好的。"

电话再次响起。"爱德赛尔!"他眉开眼笑,"好久不见啊。好久没听到你的声音……当然了。"他说:"哈哈。'她能不能做速记?'宝贝儿,他想知道你能不能做速记!哈哈,爱德赛尔,她就是个速度恶魔。"

"我做不了。"我小声说。

他将硕大的鼻子扭向我,踢了一下我的小腿。

随后他挂断电话。"好了,"他说,"继续吧。他是你的了。好运。你会在早晨的邮件里收到我的账单。"

好吧，我就是这样得到了第一份工作。我进入了商业世界，全副武装。我默默观察，贪婪聆听。每周五天，每天早上九点我推开沉重的橡木大门，门上有个招牌，用花体字写着斯塔布菲尔德。我的铅笔头始终保持锋利，我在早上读早报，下午读晚报，以防出现什么和时事相关的问题。

他确实很渴望有个雇员，反正我来了以后他看着挺开心的。他妈妈经常打电话来请他务必去吃午餐或者喝鸡尾酒。他爸爸呢，偶尔会打电话来，但从不留姓名。他则吩咐我每隔一段时间就说他出城办事去了。他给了我办公室钥匙，每当他要离开三两天的时候，我就全权负责。

我原本计划这份工作至少要干上一年，学会办公室里的工作流程，磨炼耐性。

但一个星期一上午的十点，门开了，一个头发微微泛着驼色的金发女郎出现了，她身上穿着起皱的羊毛衫。"斯塔布菲尔德先生刚刚雇佣了我，"她说，"用的是西联汇款。"她把半张马尼拉纸拍到我面前。"我是在布朗克斯维尔遇见他的，就在毕业日的最后一天。"她说着环顾四周，办公室里有淡紫色的墙壁和军绿色的文件柜。"我可喜欢有两个女孩儿的办公室了。"她说道，想要成为我的朋友。"他什么样？他会给遣散费吗？"

她的身后跟着进来一张桌子，还有一个来自贝尔电话公司的长岛男孩。我没有同任何人说一句话，只是把我的

《时代周刊》收好，摊开《纽约先驱报》。我重新削了铅笔，继续在需要划线的地方划线。

"有很多文书工作吗？"塞丽娜问道，她的样子很像从前的我，但更酷一点。我无话可说。

乔纳森·斯塔布菲尔德从里面的办公室里探出嘴巴来："认识一下彼此，姑娘们。你们正好同龄。"

这个讯息让我有些不安。

"你并不知道我多大了，"我说，"算了，你需要她做什么工作？我正在工作。我按照你的要求把工作完成得很好。这简直是故意打我耳光。真的。"

"我们正在一场经济腾飞之中，看在上帝的分儿上。"乔纳森·斯塔布菲尔德说，"别那么感情用事。再说了，我觉得我们可以招些大学生。"

"可是并没有那么多工作可以匀出去。"我鼓足勇气说，"根本就无事可做。"

"这是我的公司，不是吗？"他语带挑衅，"只要我愿意，就算雇四十个人来无所事事也可以。什么都不干。"

我看着乔纳森·斯塔布菲尔德，一个流着眼泪的男人——只是因为他的泪腺不大好——一个无论怎样真理都站在他那边的男人。

"这里有的是地方给每个人。"他说。但他是不会重新考虑的。或许他从一开始就没有真的喜欢过我。

我从来没有因为私事用过办公室的电话,所以必须得等到五点钟,我才能去电话亭给我的职业顾问打电话。

"好了,宝贝儿,"他说道,告诉了我他的位置,"我不知道你想讨论什么,你已经欠我十五美金了。"

穿过市镇的车流实在太拥堵,等我找到他的时候天都黑了。我买了一块烤得很生的牛肉三明治配凉拌菜丝,像包礼物一样包起来,还套了两根绿色的橡皮筋,可他无情地嘲笑了我:"这些天我只去外面吃;我讨厌在杯盘狼藉里走来走去。"我们把三明治给了一个路过的孩子,他马上撕掉包在外面的铝箔,把三明治丢到了路边的阴沟里。他将铝箔纸整整齐齐地叠好,揣进了口袋里。

萨姆自然是打开了车里的加热器,调暗了灯光。"哦我的天,"我说,"现在这里真不错。那些是什么——番红花?"

"没错。"他说,"当然了。番红花。能在秋天把它们养起来还挺让人骄傲的。"

"真不错!"我又说了一遍。

"好吧,"他说,"你在想什么?工作怎么样?"

"什么工作?你管那个叫工作?"

"你可真是个人物。"他说道,是在责怪我。"不然你还想做什么——推广脊髓灰质炎疫苗?"

"那又怎么样呢?那才不是世界上最可怕的事儿呢。"

他用瞪着眼睛的一望,抓起了我全部的希望。"从那儿走了你要去哪里呢？我告诉你吧。我把你送到爱德赛尔那儿去，我为他折腾那些简历折腾了三天，这是因为我相信爱德赛尔会大有作为，任何跟他在同一条船上的人都能跟着一起飞黄腾达。相信我，你现在做的事情，对于一个渴望扬帆远航的年轻人来说是相当不错的经验，非常难得。"

"啊，没错。"他稍稍转过身，想看看我有没有听进去，并且颇具哲学性地继续说，"啊，没错——你还可以做到更多。现在，如果你确实很真诚，你可以脱掉鞋子，站在某个街角，举着标语'他为我而死'。"他停住了。我不做评论，因为我在等待那个关键的暗示，那会让我知道自己正在去往何方，万一就是那里呢。"否则的话，"他充满希望地提议，"像我一样，远离人类的居所。"

我的心陷入了恐慌。

他感到自己确实扯远了。我们向后靠在玫瑰色的装饰物上，默不作声地抽烟。笨拙的沉默一段接着一段。最终，他转过来，做了个和平常表情不一样的鬼脸，扬起眉毛。"啊，有什么用呢，宝贝儿？"

"多真实啊。"我说。我欠他东西，在到期时，我付给了他一些东西。之后便是安息日[1]。"都凌晨了，莫顿。"我

---

[1] 安息日，犹太教的主要节日之一，是犹太历每周的第七日，也就是星期六。犹太人谨守安息日为圣日，不许工作。

说,"晚安。"

他陪着我走到车尾。

"我没疯。"我说道,同他握了握手,便踏上了自己的路。

我径直走向未来,但放弃经验对我来说有点难。抵达地铁入口前,我转身看了最后一眼。他站在车前,前后打量着街道。目之所及,没有一个行人,甚至连我也看不到。

而后他便撒了尿。他撒尿的时候并不像那些小男孩,企图洒遍一整片大陆,他尿得像个男人,尿成了一个小水坑。

"晚安!"我喊道,想要吓他一跳。他完全没听到我的声音,而是盯着他从排水沟里冲出来的脏兮兮的垃圾,那些沟渠穿过倾斜的管道,通往大海。他扣紧皮带,躬身耸肩抵御寒冷。一旦离开了人类的居所,你就能明白他有一个特殊问题。要是他停的位置合适,他就会去公园里解决。其他时候他就得利用昏暗的单行道,帮这个有些晕机的地球保持水平衡。

我摸了摸好几个口袋,找出了十五美分。我顺着地铁台阶往下走,忽然间听到了他的喊叫声。毫不夸张地说,我觉得他是在叫我……"嘿,美女!"他言之凿凿,"你自己就是个该死的昼行动物。"

II

最后一刻的巨变
（1974）

渴望

我在街上看见了前夫。当时我正坐在新图书馆门前的台阶上。

哈啰，我的生命，我说。我们曾经共度二十七年的婚姻生活，所以我觉得这样说很合理。

他反问：什么？什么生命？反正不是我的生命。

我说：好吧，每当真有分歧，我都不做争执。我站起来，走进图书馆，看看我欠了他们多少钱。

图书管理员说：已经三十二美金了，而且你都欠了十八年了。我一句也不抵赖。因为我不知道时间是怎样流逝的。我拥有那些书。我时常想起那些书。图书馆也不过就在两个街区之外。

前夫跟着我一起来到了还书处。他打断了图书管理员，不过管理员本来也没什么话要说。从很多方面来看，他说，正如回头再看，我将婚姻的破裂归咎为你从不邀请伯特拉姆夫妇来用餐。

这很有可能，我说，但是讲真的，如果你记得的话：首先，那个周五我爸爸生病了，然后呢？孩子们出生，之后我每周二晚上又要开会,紧接着战争开始了。此后我们就同他们失去了联系。但是你说得对,我应当邀请他们来吃晚饭的。

我给了图书管理员一张三十二美金的支票。她很信任我,马上把我的过去抛诸脑后,清除了记录,大部分政府官员或者国家官僚都不会这么做。

我续借了刚刚还回去这两本伊迪丝·华顿[1]的书。我是在很久之前读的,现在读比以往更合适。这两本书是《欢乐之家》和《纯真年代》,说的是五十年前的美国纽约的生活在二十七年间的变迁。

我确实记得一件好事,吃早餐,前夫说。我有些惊讶。我们吃过的全部早餐就是咖啡。而后我想起厨房的储物柜后面有个洞,洞的另一端是隔壁的公寓,我们的邻居经常在厨房里吃糖腌制的熏肉。这会让我们觉得早餐很丰盛,但我们从未饱到有些困倦。

那是我们没什么钱的时候,我说。

我们什么时候有钱过?他反问。

哦,尽管时间流逝,尽管肩上的担子不断加重,我们

---

1 伊迪丝·华顿,美国女作家。作品有《高尚的嗜好》《纯真年代》《四月里的阵雨》《马恩河》《战地英雄》等书。虽然华顿出身于纽约上层社会,以描写上层人的生活见长,但是她在塑造普通人生活方面的能力也很突出,并且留下来很多具有代表性的作品。

也没到揭不开锅的程度。你有许多财政上的忧虑，我提醒他。每年孩子们都要去参加为期四周的夏令营，得有像样的披风、睡袋、靴子，其他人有的孩子们都得有。他们看上去很不错。在我们的住处，冬天很暖和，而且我们有很舒服的红色枕头和其他物品。

我想要个帆船，他说，但是你从不想要任何东西。

别那么苦大仇深的，我说，现在也不晚啊。

是的，他说得特别苦大仇深，我可能会有一只帆船。事实上我有足够的钱去买一艘十八英尺长的帆船，可以容纳两名船员。我今年干得还可以，可以展望更好的前景。但是至于你，一切都太迟了。你永远都是什么也不想要。

在过去二十七年中，他始终有个习惯，就是对我做出非常狭隘的评论，就像一根管道通条，从耳朵一路抵达喉咙，再通向我的心脏。然后他就消失了，让我独自因此窒息。我的意思是，我坐在图书馆的台阶上，而他说完就走了。

我翻看《欢乐之家》，但兴味索然。我觉得自己被结结实实地谴责了。但话说回来，他说得没错，我想要的不多，也没有什么绝对要求。但我其实有自己渴望的东西。

比如说，我渴望成为另一个人。我渴望成为两周内将这两本书还回来的女人。我渴望成为有影响力的公民，改变学校体系，向预算委员会就这可爱的市中心的麻烦发表演讲。

我曾向孩子们保证，在他们长大前，我能终结战争。

我渴望与一人永远在婚姻中，是我的前夫也好，目前交往的这位也罢。他们都有共度一生的品质，说到底，一生也没多长。你不可能在短暂的一生中耗尽某个男人的品质，或者获知他那理性的岩石之下的真心。

就是在这天早上，我看向窗外，凝视了街道片刻。孩子们出生前几年，这个城市如梦般栽种的小悬铃木，如今已到了它们最繁茂之时。

好吧！我决定把那两本书带回图书馆。这恰恰证明了，当某个人或某件事为唤醒和评估我而出现的时候，我便能够采取某些合适的行动，尽管我的无所欲求更为知名。

债务

今天有位女士给我打来电话。她说自己保管着家族档案。她听说我是个作家，所以想知道我能否帮助她写一写她的祖父，他是意第绪语戏剧的革新者和梦想家。我说我已经写过一个故事，用上了自己对意第绪语戏剧的一切知识，而且也没时间再了解更多、写相关的东西了。在取材与叙述之间，我要耗费掉漫长的时间。她所提供的报酬不是问题所在，我的自身因素则更重要，我绝不可能仓促地将她祖父的一生轻率地塞进我的任何作品里。

第二天，我和朋友露西亚喝咖啡，聊到了这个女人。露西亚向我解释说，当一个人已经六七十岁了，家里又没有作家，孩子们也都步入中年，拿到杰出的祖父母或叔叔的家族档案，或甚至是相关的故事恐怕都相当困难。她说如果仅仅因为某一个人的死亡而丢失这份遗产着实可惜。我赞同，也能理解。我们又多喝了些咖啡，而后便回家去了。

我回想着我们之间的对话。事实上，我并不欠打来电话的那位女士什么。更可能的是我欠自己的家人，还有朋友们的家人。我应当尽可能简单地讲述他们的故事,或许你会说,这是为了拯救一小部分人。

这是露西亚的主意,所以第一个故事是她的。我把这个故事讲出来,就会有人记住露西亚的外祖母,也记住她的妈妈,在这个故事里她妈妈才八九岁。

外祖母的名字是玛利亚。妈妈的名字是安娜。二十世纪初,她们住在曼哈顿的莫特街上。玛利亚嫁给了一个名叫迈克尔的男人。他一直在辛勤工作,但运气很差,记性也不好,这些特质最终把他送进了福利岛上的精神病院。

每天早上,安娜都要搭有轨电车转火车再转有轨电车给他送热饭。他没有办法吃医院里的饭。每当安娜搭车离开曼哈顿冷冰冰的石头街道,驶过大桥,进入福利岛郊区,这一路的景色变换总让她惊讶不已。她喜欢在绿茵茵的河堤上嬉戏良久,采摘田野里的花朵,然后再起身前往这个男人的病房。

一天下午,她如往常一样抵达医院。迈克尔非常虚弱,坐在床边吃饭的时候让她靠在自己的背上,支撑自己坐起来。她照着做了,而他就在这时倒下去,去世了,就那么躺在她稚嫩的臂弯里。他很重。她扶了他一两分钟,而后让他倒在了床上。她把这件事告诉护工就回家去了。她并没有哭,因为她不喜欢爸爸。她先是告诉了一个邻居,然后两个人一起告诉了她妈妈。

现在才是这个故事的主要部分：

这个名叫迈克尔的男人并不是她的爸爸。她的爸爸早在她很小的时候就去世了。带着个孩子的玛利亚竭力用最好的方式来度过这段艰难时光。她搬去附近不同的家庭里住，基本都是亲戚家。她帮他们打扫房子，勤勤恳恳。她干得不错，碰巧又因烘焙的美味面包而小有名气。如此一来，她就可以暂时住在一个朋友家里，负责烘焙好吃的面包。但是很快，这个家的丈夫就开始说："玛利亚的面包烤得很完美。你为什么不能学着做那种面包呢？"紧接着他又从其他方面去赞美她。于是女主人很明智地请玛利亚另谋高就。

春天举行了街头文化节，某一天她遇到了一个名叫迈克尔的男人，是朋友的亲戚。但他们不能结婚，因为迈克尔在意大利有个妻子。为了能和他同居，玛利亚理性地对自己摆出了如下事实：

1. 这个名叫迈克尔的男人很高，肩膀上有个特殊伤疤。而她的丈夫呢，也高得鹤立鸡群，肩膀上也有伤疤。

2. 这个男人是红头发。她死去的丈夫也是红头发。

3. 这个男人是个裁缝。她的丈夫也曾是个裁缝。

4. 他的名字是迈克尔。人们也管她的丈夫叫迈克尔。

玛利亚就是用这种方式说服了自己，她不必再独自应对人生中这段如此重要的时光，拥有一个父亲也对孩子的性格形成有好处，床上可以有个男人来安慰她，她也能有一个丈夫来尽一尽做妻子的责任。虽然有诸多好处，虽然他最终死在安娜的怀里，这孩子还是一点也不喜欢他。很可惜，因为他一直都用"我可爱的小家伙"来称呼她。每一天她去看望他时都能看见他等在走廊上，或者坐在白色的病床边，而她则会喊道："嘿，叔叔，这是你的饭。是妈妈送的。我现在得走了。"

距离

见到我你一定会很高兴。我是那个由衷赞美青春的女人。没错，所有那些欢乐的时光，有一些我并不那么喜欢。它并不像一个轻快的梦境从我身旁掠过。星期二和星期三同星期六的晚上一样愉快。

从那以后我是否痛苦不堪？不，先生，我们已享受了这个时代能够给予的最好时光：小汽车，在泽西的夏日租房。电视一出来我们就能看上，厨房里富丽堂皇。我没有任何抱怨值得打搅经理。

然而，我对年轻时光的想念就像漫长无望的思乡病。对我来说，它们就像是我永远离开的故乡，从那以后我一直居住在充满欢乐的异国他乡。嗯，好吧。再会了，当年的岁月。

所以我才能理解住在楼下的女孩儿吉妮和她的孩子们。他们全都是小不点，生活困窘。没有太阳，没有牛肉。面条、豆子、卷心菜统统没有。好吧，我那初来乍到的妈妈可知道得更多。

很久以前，正如他们所说，她的房子和我的很像。从她的厨房里传来歌声，客厅里有班卓琴奏响，她最先承认的是卧室里有铃鼓，你能通过通风管道听到这些音乐上下游走。她的丈夫并不是美国人。他有一头黑发——就像吉卜赛人那样。

当时一切都是那么干净整洁，厨房全部用了镶嵌材料来装饰，就像破碎的浴室瓷砖，是淡淡的紫色。表面上全都贴着福米加塑料贴面，每个角落都明晃晃的。茶壶和平底锅锃光瓦亮，让所有人都目瞪口呆……如你所见，家居生活的淘气一面。

当然了，由于眼下的悲惨处境，她整个人邋里邋遢的，哭泣哭泣哭泣，完全用不着水龙头里的水。

街区里有五位小姐，彼此都是老朋友，整天凑在一起叽叽喳喳的，我不在她们当中，她们开了个会，给儿童福利机构写了请愿书。我早就知道这么做没用，因为受理要求可不止是肮脏、酗酒或者偶尔卖淫。我们这座城里的小孩子处境如此不堪，多半都是这个原因。早几年我就知道了，尽管这跟我没什么关系。这些母亲和父亲们想什么时候起就什么时候起，多半在舒适之中，和他们下午三点前就走的小甜心在午后上床（所以救救我吧）。无论政策是谁撰写的，儿童福利机构都没有展现出它应有的关怀。给当地颇有影响力的人物，甚至是地区领导人——尽全力竞选市长的我的表姐利奥妮——送去一份文书也别想得到半点回音。所以我又能做什么呢，我只不过是个初选日的监票员罢了。

不管怎么样，总有不同的人来到这附近居住，我指的不单单是有色人种。我指的是你我这样的人，笃信宗教，干干净净，这类品质有很多都已经烂掉了。我向来赞同接受各式各样的生活方式，可孩子们会怎么样呢？

吉妮的丈夫和一个波多黎各女孩私奔了，这女孩把两腿之间的毛刮得干干净净。这件事众所周知，远近闻名，否则我决不会提起的。吉妮听说他和那个女孩搅在一起时，也把自己的毛剃光了，企图诱使他回心转意，结果却只让他感到恶心，正是这件事起了决定性作用。

男人年纪越大，就越容易蠢头蠢脑地迷恋上那种奇葩的怪胎；我的老男人一如既往地喜欢我，却也时不时犯傻。这种话，我说起来从不客气。我给母亲和妻子们的建议是：不要模仿蠢货的那些女朋友。以你的年纪，还有目前的状况，你要是模仿她们，那肯定是东施效颦。你有没有听过那句老话"旧面团在新烤箱里也发不起来"？

是吧，你也知道，我也知道，甚至连跌跌撞撞进到这栋楼里来的小流氓和同性恋也都心知肚明。吉妮的公寓脏乱穷酸，我儿子约翰现在就是那儿的全职服务员。谁能责怪他的疲倦呢，玛格丽特明媚的脸庞已被泽西的烟雾弄得脸斑斑点点。我差不多有六个孙子，因为阳光没有办法穿透泽西的油烟,所以这些孩子们全都面色苍白。就连那儿的叶子都不是鲜艳欲滴的绿色。

约翰!偶尔直视下我的眼睛吧!你曾是多么乖巧的小家伙啊,我们试图让你和男孩们一起出去玩,当我们这样要求时,你就会去。八岁左右,我们让他放学后参加童子军,一个非常粗俗的群体,骂人的话不绝于耳。所有人都粗鲁而野蛮,但是教官一来都会集中精神。向右转!他们在行军的时候是那么准确,你差点以为那就是美国海军陆战队在管事了。每周二晚上,我丈夫都会给他们上课,他曾是个陆军中士,他把那时候学的东西教给孩子们。嘿!二,三,四!我猜他也就知道这些了。但约翰的体态非常好,只要他一进门,我就会拥抱并亲吻他。"儿子,你们今天在童子军做什么了?去巡游了吗,亲爱的?"

"哦,没有,妈妈,"他说,"麦克莱农太太一直在为全区野餐筹钱,所以我就拿彩铅画了这幅《我们的圣母》。"

那就是我的约翰。你就是拿着一台宝丽来相机,也不可能比他描画得更明晰。

人人都问过我们:你们俩(指我和杰克——我们都有工作)为什么不把这孩子送去读大学?而这个问题和他们没有任何关系。

这个嘛,要说的话,说实话,在大学里他只会伤心。真相是他并不聪明。他爸爸也不聪明,他完全继承了爸爸的笨脑瓜。我们的迈克尔很聪明。可是迈克尔死了。我和他爸爸，我们俩讨论过，得到的结论：一项交易。孩子他爸从工会建立之初就扎根其中，他很强壮，也很忠诚。只消一封轻轻松松的推荐信，加上有关系，约翰就能进去。事实证明，我们很英明。

如今他是个成功男士，在建筑行业里颇有声望，还经营着水泥板作为小小副业。他拥有美好的家庭，每一个孩子打扮得都像神父的侄子。

这个街区肮脏如猪圈，吉妮和约翰却像珍珠，别以为我是唯一这么看他们的人。哦，有很多人都看得见，他们那填满泥浆的脑袋里，至今仍盘桓着当时的画面，像泥下的螃蟹般顽固。他们偶尔谈及此事，我也并不惊讶，他们想要争执些什么，那些好日子，尽管我确实让那些日子过去了。

"哈，"那一年杰克说了不下二十遍，"她就是只野性难驯的小鸟。我们的约翰尼要死了……看看她那样子啊。"

好吧。足够野性，我猜。但我十七岁的时候可比她野多了，只是我从来没跟他提起过，很久以前，我和安东尼·阿尔多在中央公园的草上打了一整年的滚。为什么我收起了自己的野性，并且对抗如今的一切野性，还不是因为不希望杰克知道嘛。毕竟他是个简单的男人……我把全部的野性都投入到了和那个意大利佬在一起的时光里，感谢上帝让我余生都和正直的美国人在一起。我无须没完没了地担心他。他就是善良本身，人人都这么说。

他六点钟回家，我六点一刻到家。我是个出纳员，上下午的班。回家后我做上晚饭，七点钟我们吃完饭，刷盘子；七点四十五，如果没有其他人，约翰也出去了，他就愿意跟我来一发。速度很快，很温柔。等到八点一刻，他已把自己冲洗得干干净净。我给他一小杯威士忌。他会看看饶舌的《纽约新闻报》，了解一下天下大事。事情太多了。晚安，拉夫特里先生，我的朋友。

谢天谢地，他把作为精华的电视节目和一小杯甜酒留给了我，直到半夜。尽管我很喜欢每一天他作为男人给予身为女人的我的关注，但那总让他筋疲力尽，而我却一点也不累。我还是可以抛开他，一动不动地看完《深夜秀》，一直看到最后的广告部分，眼睛都不眨一下。少女时期的狂野是我自己的事，与他人无关。

———

如今：作为以上帝之名的友谊象征，约翰把自己的高中助威胸章给了吉妮，虽然他已是个上班族了。他不能把自己的公会卡给她（这本来也不是什么习俗），但他确实带她去参加了纪念克劳斯·施纳泽的知名晚宴：他在卡米罗待了三十五年，是唯一被美国本土社区接纳的德国兵；他是个下盘敦厚的纳粹分子,令人恶心,所以救救我吧,他可以把你变成粉红的猪,不好意思,他的屁股实在太肥了。好吧,对于那些内心年轻的家伙们来说,像往常一样,周六的夜晚不断持续,给周日早上带来了可怕的影响。约翰摇摇晃晃地来吃早饭,没刮胡子,也没洗漱(一个男人,一个丈夫,一个儿子,哪怕是个房客都应当剃须之后再用早餐)。"妈妈,"他说,"我要向弗吉尼亚求婚。"

"我早就跟你说过。"我丈夫说,手里的报纸漫画版掉在了培根上。

"你要这么做?"我问。

"是的,如果上帝好心的话,她会接纳我的。"

"别想亵渎上帝,"我说,"如果她答应的话,上帝恐怕就要退休去钓鱼了。"

"妈妈!"约翰说。他是个好孩子,对朋友忠诚,很优秀。

"只要是个人她都能跟人家去约会。"我说。

"哦,妈妈!"约翰说,意思是他们并没有订婚,所以她想做什么都可以。

"出门约会倒也没什么,"我说,"上周五我还看见她和皮特在一起,他搂着她进了费兰餐厅。"

"皮特就那样,妈妈。"意思是这不是她的错。

"那上个星期六晚上呢,你不得不自己去看演出,就好像整个曼哈顿都找不出个人能带去看电影，但你去看电影的时候，我看见她在卡罗商店买了两瓶可乐，径直去了三楼找约翰·卡梅伦。"

"所以呢？所以呢？"

"……夜里十一点才出来。他还搂着她。"

"所以呢？"

"……他的手还伸到她毛衣里面了。"

"不是那样的，妈妈。"

"就是那样，告诉我，年轻人，她就像卡维尔冰淇淋店的柜员一样，整条街的野男人都把手指放在她的乳头上，就是这样的一个女人，你是怎么想的，竟然要同她结婚，告诉我为什么？"

"多莉！"杰克呵斥我，"你过分了。"

约翰盯着我，满脸通红，蠢头蠢脑，那张脸活像小婴儿红彤彤的膝盖。

"我一点都不过分，事实比这还夸张呢，我还没打算全说出来呢。你听我说，约翰尼·拉夫特里，你就是个大傻瓜。我会告诉你，你从前面那扇窗往外看，我敢打赌，如果你拿你爸爸的小型望远镜去看，一定能看到你那个小情人的蛛丝马迹。我觉得，肯定有几个晚上，她没有从停在那边的那辆卡车后门出来，皮特和卡梅伦这种傻小子要对她随心所欲可一点都不困难。听着，约翰尼，上个星期天风那么大，没有一个坐在台阶上的成年女人不知道吉妮没有穿内裤。"

"哦，多莉。"我丈夫开口了，猛地把头埋在手掌里。

"我要向她求婚，妈妈，那些是诽谤，我会让她起诉你诽谤的。"呆头呆脑的约翰脸红得像番茄，他嚷嚷起来，"我会这么做的，我会向她求婚，我爱她，我才不在乎你说什么呢。无论真假，我都不在乎。"

"如果你那么做，约翰，"我说道，像死掉的鱼一样冷静，眼睛向上，集中精力并祈祷着，"这是我必须要做的事情。"我抄起一把厨房用刀，有点钝，猛地扎向自己的胸口，至少扎进去八分之一英寸。我猜一个中年女人的心脏肯定埋得比八分之一英寸要深，不然我也不可能好好地在这里讲故事了。但我的胸口立刻渗出了些许鲜血，就在我儿子的眼皮底下；血染上了睡袍，扩散到浴衣上，和我的围裙一样红，就像是挂在意大利教堂里的一幅画。约翰跪倒在地，将头埋在我腿上。他哭喊道："妈妈，妈妈，你弄伤自己了。"丈夫对此未置一词。他把疯狂藏在牙齿后面，但之后他告诉我，面对这一切吧，他心中的感觉已经破碎。

第二天早上，我在卡罗的商店里见到了吉妮。她本来没看我，但随后她看向我，开口说："天气不错，拉夫特里太太。"

"嗯。"我说，（天气确实不错。）"你怎么能知道这一天

211

究竟什么样？"（我不知道自己要表达什么。）

"怎么了，拉夫特里太太？"她问。

"哈！怎么了！"

"好吧，你知道的，我的意思是你在对我发火，你今天早上似乎不怎么喜欢我。"她轻轻笑了一下。

"我喜欢你。我简直太喜欢你了。"我说着抢占先机，"是你，你心里清楚，你根本不喜欢约翰。你不喜欢。"

"什么？"她反问。她仰起头来捕捉我的眼神，看我的反应。

"不喜欢不喜欢不喜欢。"我说，"不喜欢不喜欢！"我一边喊叫一边拉住吉妮的胳膊。"我们出去。吉妮，你并不喜欢约翰。你让他讨好你、摸你，而且他人很好，他是不会逼迫你更进一步的。"

"你最好别管闲事。"吉妮的声音倒是很柔和，或许因为我是长辈（只是泪流不止）。

"我儿子就是我的事。"

"不，"她说，"那是他自己的事。"

"我儿子就是我的事。我只剩下这么一个儿子了，他就是我的事。"

"不，"她说，"那是他自己的事。"

我儿子就是我的事。既是出于爱，也是出于责任。

"哦，不。"她说。她语气温柔，因为我是长辈；但又不失强硬。(我已经注意到了。忽然间,他们都看向你,然后他们,这些年轻人意识到,他们一定会比你活得久,所以他们收起了自己的脾气,大多凝视着离你一英寸远的地方。你注意到了吗?)

回到家后,我说:"杰克,这孩子现在需要引导。你想让他下半辈子都躺在床上,他的孩子被当成孤儿送进福利院吗?"

"哦,"杰克说,"她是个孤儿吗?她只是妈妈去世了啊。一码事归一码事。你可真他妈的是个死缠烂打的女人啊,多莉。我不知道你又要用这个……"

接下来发生的事情在家庭生活中司空见惯,总令人悲伤。回头再看,相对生活而言,这简直微不足道。

因为,顺着这个话题聊下去,杰克和我的观点完全不一致,而且他还打破了坚持多年的饭后习惯,竟然出门散步了很长时间。我想这就是他丧命的原因,毕竟他是个生活有规律的人。

还有,某一次他散步的时候,有人看见他身边有个极其瘦削的女人,这女人在城里挺招摇的,汤普金斯广场那边的人都知道她——就连进出浴缸的时候都要佩戴硕大的乌克兰十字架,我猜是为了防止她顺着下水道滑下去。

"那样的话,你他妈的,"我就是这么说的,"我才不在乎呢。去 D 大道上给你自己找个没有热水的公寓吧。"

"为什么不呢？我会去的。好吧？"杰克说。我觉得他是在想，和他的小情人、情人的彩色电视一起共度几周的假期就能平息他的欲念。

"离这个街区远一点。"我说，"你这个靠不住的伪君子。我会让专业送尿布的人去给你送衣服。"

"妈妈，"可怜的约翰发现爸爸不在后开口了，"你们怎么了？你对爸爸说话的方式很奇怪。是酒的作用，妈妈。我知道的。"

"你真是个脑满肠肥的啤酒鬼！"我小声说。（喝啤酒的人通常都很嫉妒热衷葡萄酒的人。虽然我爸爸是个穿棉袜的爱尔兰佬，但是在他的家里，我们是有选择的。）

"不是的，妈妈，我的意思是有时候你不太清醒。"

"疯狂，你是这个意思吧，儿子。哈？人格分裂？"

"不太对劲！"他说，"你不想让爸爸回来吗？"他的紧张甚至都到了手指头。

"管好你自己的事，他会回来的，这种事以前也有过，两星期大的先生。"

"什么？"他害怕地问道。

"你就像蝙蝠一样瞎，是不是刚生下来？三年前的圣诞节你在哪儿？"

"什么！可是妈妈！你不觉得可怕吗？太可怕了！你怎么能支持他那么做呢？爸爸！"

"现在住手吧,约翰,你就是个彻头彻尾的傻小子。我当然不想看到他那该死的脸上流露出开心的神情,那会让我生不如死。"

"妈妈,这么做不对。"

"小家伙,去工作吧,管好自己的事,孩子。"

"这就是我的事。"他说,"别叫我孩子。"

大约两个月后,约翰和玛格丽特一起回家,两个人冒着华氏九十四度的高温去了霍帕康湖,回来都起了水疱。我会客观评价玛格丽特的。她还没有完全被泽西的空气毁掉,看起来也没有那么糟糕,至少在一个头脑清醒的男孩眼中是这样。

"这是玛格丽特,"他说,"她来自泽西的蒙莫斯。"

"刚好偶遇了玛丽女王吗,亲爱的?"我开了个小玩笑。

"我得送她回家吃晚饭。她父亲非常严格。"

"当然了。"我说,"先来点可乐吧。"

"哦,太谢谢你了。"玛格丽特说,"谢谢你,谢谢你,谢谢你,拉夫特里太太。"

"她有没有这个血统?"杰克洗完澡后喊道。当时他正好回家,瘦得皮包骨,一脸不高兴。在日渐老去的路上有什么值得开心之处吗?

约翰并不需要他爸爸或者我的同意,也不需要任何人说是或否。他刚好处在那个年纪,不能没有妻子地独自生活。他必须得利用这个玛格丽特。

那是他大步向前的时刻,就像我们曾经做的那样。他也确实做到了。第一,她一直在生孩子。第二,正如今天的人们需要一栋房子,他也买了一栋,用灌木丛围了一圈,上面还标明了各种植物的拉丁语学名。除了圣地莫高中的校长之外,没有人知道这些树枝上的小标签都写了些什么。结束一天的辛苦工作后,你能看见他用软管冲刷草坪,每晚如是。他最大的小孩已经十四岁,派不上什么用场。最小的孩子四岁,她让我想起了曾经目光灼灼的自己,那时的我刻薄到了好斗的地步。

"你怎么能这样呢,哪个孩子都不用我的名字起名,玛格丽特?"我当面问她。

"哦,"她说,"只有两个女孩儿,特雷莎是我妈妈的名字,还有凯瑟琳,是我最好的姐妹的名字。下一个就会用你的名字了。"

"什么?下一个!你是想杀了我儿子吗?"我质问她,"他为什么非得这么辛苦不可?你看上去也不大好,你知道的。你得去找个聪明的犹太医生看看,把输卵管给结扎了。"

"哦,"她说,"绝不。"

面对她给出的各种回应,我得开个玩笑才行。但大多数时候都没什么用。这种情形就好像我是个疯狂的建筑工人，在和刚刚搅拌好的水泥对话。这个世界上还会有更多像她这样的人吗？别回答。时间不会顾及她的迟钝，只会自顾自地过去。

事实上这已经发生了，因为我们现在就在这儿，这是正在发生的事情，既然我们走到了今天，对每一个觉得我精神失常但又合乎理性的人来说，我是个有名的寡妇保姆。我是最了不起的人，负责给小家伙们读故事书。我像演员琼·克劳馥或者莫琳·奥沙利文那样绘声绘色地读，声音放得比原本的音色要深沉。我确实是多做了一些，尽管我的约翰尼认为这是我的乐趣。我是不会搬到陌生人那里去的。这是我家所在的街区，我没必要走。

当然了，正如友情永不结束，约翰尼每两周来一次，去和吉妮找乐子。吉妮一个字也不和我说，虽然我们常常擦肩而过。她知道我作为胜利者是正确的。她对此有着不同寻常的可爱（许多人没有）的接受方式。她有过一个机会，和一个好像叫布莱奇的年轻家伙过了几年，那家伙让她剧烈颤抖，从头到脚，可惜青春还没流逝完，这一切就终止了。至于我的约翰尼，他显然已经如从前计划和渴望的那样拥有了她，而她所有的事情都依赖他。她需要他。她的孩子依靠他。他们顺着他的膝头爬到肩头。要是他那蠢了吧唧的玛格丽特把他留在家里，那些小家伙就会冲着窗子外面喊："约翰，约翰。"

变成这样有点遗憾，杰克已经走了，随那些无辜的天使而去。

夏天的晚上，我在台阶上等约翰，毕竟他没有足够的时间同时留给我和吉妮，可我得看到他，虽然我也不知道为什么。不管怎么说，我都很喜欢这条街道，也喜欢这炎热的夜晚，卖冰糕的小车后面跟着所有脏兮兮的小屁孩和漂亮的大男孩，他们全都眼睛放光。我在草莓冰淇淋筒上滴了一点勃艮第红酒，我爸爸曾说礼拜天可以这样做，这会让醉醺醺的小姐们爬上棕色砖墙，所以快帮帮我，玛利亚。

现在，有些严肃的问题，目前为止都没问过：

当距离不复存在，这些嘈杂，这些速度，又究竟是什么呢？约翰一辈子都在走向吉妮，他又为什么非要正式拜访玛格丽特呢？还有杰克，他的真面目究竟是什么样？他是赞成还是反对呢？还有安东尼，我一次次地屈服时，他在想什么呢（我也知道我是始作俑者）？他并没有像书里写的那样让我怀孕。那个法国神父怎么能对我说那种话呢？当我哭着，违背着他的意志："哦，不，多莉，如果你怀孕了，他肯定会和你结婚的，可怜的孩子，现在笑一笑，可怜的孩子，让婴儿降生是教堂的承诺。"对此，我曾坚强又欣快，所以在我起身投入到生死的洪流之前，我只能说："不，神父，他并不爱我。"

下午的菲丝

至于你这家伙，西方阵营独立的思想家，你如果有什么明智的话要说，那就马上说吧。就是现在，马上大声说出来。不出二十年，时间出入不超过一个春天，你的孙子们就会躺在世界各地的沙坑里，耳朵紧贴地面，聆听久远的信号。事实上，现在跪在尘土飞扬的广阔平原上，你能听到什么？呼噜噜的猪叫、剥土豆的声音、印第安人在奔跑，冬天即将来临？

几乎每个工作日的午夜，菲丝都把头埋在枕头下面，因多梦而出汗，大海的声音让她晕眩，风声凄厉，困在那高涨的怒涛之中。

这是因为她的爷爷遍寻过大海，沿着波罗的海冰封的海岸滑过几英里冰，口袋里揣着冰冻的鲱鱼。而她呢，注意听了，是出生在康尼岛。

她的祖先是谁？当然是爸爸妈妈了。她的家庭环境呢？一个哥哥和一个姐姐，各自被生活制造的悲伤牵着鼻子走。他们全都聚在一起的时候，会搞出一个雌雄同体的怪物，有四只脚，说两种语言。即便如此，为了证明自己是优秀的哥哥姐姐，他们都毫无怨言地忍受她，常常渴望见到她，见到男孩子们，带着这些没有爸爸的可怜孩子和自己的孩子一起去海边野餐，很喜欢说"我们看见妈妈在'犹太儿女'，她传播爱……"——他们从不出言嘲讽，其他人的兄弟姐妹很可能会这么做——"这不会让你受伤的，菲丝，只是坐地铁而已……"

霍普、菲丝甚至查尔斯——他每年怒气冲冲地来一次，看看菲丝的生存能力是不是还没有被她对虐待敏感的体质打垮——乞求父母再考虑一下，不要花钱搬去"犹太儿女"常住。"妈妈，"霍普摘下眼镜说，要知道，哪怕和妈妈之间隔着一片小小的玻璃，她都不乐意，"话说回来，妈妈，你要怎么和那些长舌妇打成一片？有些人根本不说英语。""我这辈子说英语已经说够了，"达尔文太太说，"如果我真这么喜欢英语，我就会搬去英格兰了。""你为什么不去以色列呢？"查尔斯问，"那至少对人们还有点意义。""然后离开你们？"她反问，孩子们独在异乡，每天都搁浅在沙滩上自生自灭，却没有她满含热泪的注视，一想到这里，她的眼泪就涌了出来。

每当菲丝想起自己的爸爸妈妈，无论那是哪一年，他们是年轻还是衰老的，她都会想到他们蹲在海边，明亮的眼睛盯着白色的浪花。然后菲丝感到自己在想到的各种事情中游弋，浑身湿透了，包括爬过达达尼尔海峡，甚至拿上一个教育学的硕士学位,好在职业上游刃有余,离开这片巍峨大陆的那些狗屁交易。

以下这些信息可能会比较有用。达尔文一家因为空气原因搬到了康尼岛。约克维尔空气不足,奶奶被爷爷放在了那些德国纳粹和爱尔兰流浪汉之中,而爷爷很快就穿着蓝色睡衣离开了,因为死亡。

奶奶假装自己是德国人,正如菲丝假装自己是美国人。菲丝的妈妈和康尼岛的同类生活在一起,很安全,可她不顾一切地学习了意第绪语,还帮助菲丝的爸爸共同学习,他不是很擅长外语。在掌握了足够的动词和必要的名词后,她发誓要用意第绪语来抗议,并且只用意第绪语来表达悲伤,至今她仍信守承诺。

当菲丝明白,因为里卡多,她得承受好一阵子的不开心后,她只去看过父母一次。菲丝是个如假包换的美国人,像其他人一样,在幸福是真实的这一假设里长大。

毫无疑问,无论从哪方面来看,她都算是性格乖戾。在父母面前她为此羞愧。"你需要帮助。"霍普说。"精神病学就是为你这种人发明的,菲丝。"查尔斯说。"我的小美人,人生苦短。我要为你花掉一大笔钱。"爸爸说。"你什么时候才能成为真正的人呢?"妈妈说。

他们的脑袋里整天都是大事:隔绝的耶路撒冷;第二次世界大战仍旧占据他们的争论;原子能的和平应用(这

些事都是必要的吗？）；新的反犹太主义小浪潮轻轻拍打着他们成功抵达的寂静沙滩。

他们本能地不太喜欢菲丝，也本能厌恶她生下来便处在繁荣时期的中心，多愚蠢的位置啊。她刻意的不开心更是让他们觉得丢脸。

好吧！那就丢脸吧！就让他们全都丢脸！

再说里卡多，他是菲丝的第一任丈夫，是个见多识广的男人。他很自豪，也很开心，因为大家都喜欢他。他说自己真的是男人中的男人。就像任何一个真正的男人中的男人，他也喜欢追在女人屁股后面跑。事实上，人们总是能看到他在西八大街上追在某些年轻女人的身后，或者跳过贝德福德的小栅栏，追上某些可爱的小野猫。

他都用爱称叫她们，通常都是指她们出现时身上的缺点。他叫菲丝秃子，虽然她并不是，也永远都不会秃。菲丝发质很好，发量适中，她自认为这是她身上的亮点，当她用平淡无奇的头饰将头发拢到一起时，碎发沿着脸部轮廓四处逃逸，变成一绺一绺的，很容易就能梳开。如今他和一个身材玲珑有致的女孩住在一起，那女孩儿白花花的胳膊圆滚滚的，他管她叫胖妞。

在纽约时，菲丝第一任丈夫住的地方在绿考克附近，那是个热闹的酒吧，他在那儿很有名，每当他把当时和他一起的女人猛地推进门，而后自己跟着进去时，人们都高声欢迎他。他领着她介绍给所有人——嘿，这是胖妞或者秃子。曾经有个叫巴格西的，是从社会最底层爬上来的，她很喜欢和酒保一起玩彩色弹珠。然后呢，里卡多为了不让她变成了一个老茶包（他的玩笑），硬是生生地将她高高拉出自己所在的阶层，可她还是摆脱不掉原先的麻烦，可怜的姑娘，她根本就是踩在空中楼阁上。

在菲丝心里，巴格西永远住在"家美"牌窗帘背后，真是可怕的结局。她曾是个普通的乞丐，没什么道德可言，可是里卡多帮助她做了两次人工流产，还度过了一个恶劣的严冬，从那以后她成了个酒鬼，一个为了钱卖身的妓女。她很快就不再为了普通的奖励而去撒网，即一晚上的情谊和周末吃得很迟的早餐。

里卡多是在巴格西之后才遇到菲丝的。里卡多答应给菲丝当上几年丈夫，因为被快乐蒙住双眼的菲丝怀孕了。她很快就自然流产了，但已经来不及了。那时他们已安安稳稳地度过了六周的婚姻生活，因此，像个绅士那样，他妥协了，接受了她的爱——这个中等个头、肩膀厚实的男人，有着一头印第安人式的黑头发，从头到脚都简单粗暴，有一双薰衣草色的眼睛——菲丝特别想要亲口说出来，告诉任何愿意倾听的人：她爱里卡多。她开始真正去爱自己，去爱她所得到的财富，也就是他那些让她幸福愉快的小动作，虽然只持续了短短几年。

好吧，无论谁说"哦讲真的，菲丝，你说的爱是什么意思？"，她都会争辩。她肯定是爱过里卡多的。她和他生了两个男孩。她以孩子来纪念他以及他在没喝醉时给她的爱。他坚信她之所以要这两个孩子，就是为了让他成为该死的朝九晚五的上班族。他总是跌跌撞撞地走进绿考克酒吧，每夜都为此大声地抱怨个不停。

在那些简单的日子里，菲丝总是说，她从未如此想过。在公共场合，她在游乐场进行了合理陈述，在 A&P 卖场排队结账的时候她也这样说。她说那些奇怪的工作是一种检验大家是否都赞同低于标准的生活的绝妙方式。比方说，她对一些小姐倾吐了自己全部的人生，并向她们解释，一个男人要是总是出去工作，该怎样熟悉自己的孩子呢？真是实话啊，这也是今天孩子们所面临的难题，女士们纷纷回应道。她们都想成为她的朋友，她们就从没见过自己的爸爸。

"妈妈，"菲丝最后一次造访"犹太儿女"的时候说，"里卡多和我不打算在一起了。"

"小菲丝！"妈妈感叹，"你脾气太坏了。不，不。听我说。许多人的人生当中都会发生这种事。不出几天他就会回来的。总会回来的。孩子们……你只要说对不起就行了。这事儿甚至不值一提。没意义。几个月前他到这里来时，我觉得他已经进步了很多。别多想。把房间打扫干净，弄点牛排。让孩子们安静点，送他们去隔壁看电视。在你还没觉察的时候他就会回家。别去注意他。给头发做点特别的造型。爸爸肯定很愿意多给你一点钱。你知道我们又不是一贫如洗。你只消告诉我们你需要帮忙就行。别担心。他明天就会走进家门。等你回家的时候，他会打开音响。"

"哦，妈妈，妈妈，他对音乐一窍不通。"

"哎，菲丝，你得把自己的生活经营得好一点。"

她们安静地坐在一起，因为不好意思而目光低垂。球型门把手咔哒转动。"哦我的上帝，黑格尔-斯坦，"达尔文太太压低声音，"嘘，菲丝，别告诉黑格尔-斯坦。她觉得什么事都是她的事。千万别露声色。"

黑格尔-斯坦太太，祖母羊毛袜协会的主席，坐着上了润滑油的轮椅进来，膝头放满了一束束的彩色羊毛。她是位老太太。达尔文太太还真不算是老太太。黑格尔-斯坦太太之所以组织了这样一个活跃的协会，是因为今天的孩子们整个冬天都穿棉袜。祖母们曾经因衣物不足而饱受手脚冰凉之苦，比起如今这一代妈妈，对这些生活琐事要更敏感。

"祝你平安。亲爱的。"达尔文太太对黑格尔-斯坦太太说。"近来如何？"她勇敢地问。

"啊哈，"黑格尔-斯坦太太答道，"艾希·史福特太太因为手腕的原因辞职了。"

"真的吗？好吧，让她过来和我们一起坐着吧。陪伴有益于健康。"

"拜托，拜托，如果她只要坐着就行，那治疗还有什么价值呢？呸！"黑格尔-斯坦太太说，"不好意思，别告诉我那是菲丝。菲丝？想象一下。我认识霍普，可这真的是菲丝。所以你还真能有点时间来看看你妈妈……你并不是永远都那么忙，你妈妈多幸运啊。"

"哦，亲爱的，求求你了，安静点。"菲丝的妈妈万分羞愧，她说，"我必须得乞求你。菲丝能来的时候自然会来。她是个母亲。她有两个儿子要照顾。她还要工作。你忘了吗，亲爱的，他们还是小孩子的时候是什么样？谁才是第一位的？孩子们……小孩子们。他们才是第一位的。"

"当然了，当然了，第一位。我很清楚第一位什么的。阿奇难道不是第一位吗？我非常荣幸。我收到了来自佛罗里达的圣诞贺卡，是第一位先生及太太寄来的。听我说，愚蠢的人啊。我同他们一起去了消夏的地方，在树林里，挨着河。只是没有通风设备，整个房间充斥着白蚁和狗的味道。拜托了，我央求他。拜托了，第一位先生，我是个老妇人，可怜可怜我，我需要通风，把门开着吧。我求了又求。但是，他什么也没说。砰，每天晚上十一点，门都像石头一样重重摔上。只是为了做十分钟爱，他们就要整夜把自己关起来。

"我最好还是待在为老妇人准备的房间里吧。我对他们说。那里没有任何人为那一点点穿堂风而感到丢脸。"

达尔文太太涨红了脸。菲丝说："别这么消极，黑格尔-斯坦太太。"

黑格尔-斯坦太太对菲丝的了解似乎远比菲丝对她的了解要多，她说："好吧，好吧。你在这儿，小菲丝，别偷懒。帮帮忙。这儿。抓好你手上的羊毛，你妈妈会绕个线团。"菲丝并不介意用胳膊撑着羊毛线。达尔文太太的手扭来扭去，把手里的毛线团转了一圈又一圈。黑格尔-斯坦太太大声指挥，来来回回，并指出关键的错误。"西莉亚，西莉亚，"她尖叫，"应该更圆一点儿，你都弄成方形了。小菲丝，再稳一些。稍微动一下。你是有小儿麻痹症吗？"

"毛线再多点，毛线再多点。"达尔文太太说，把一个绕好的线团丢进购物袋里。她们忙着抱怨女人的人生和生活，像蜜蜂一样嗡嗡个不停。她们工作。从彼此那里得到重要的真相，看上去像集体农场的成员一样专心致志。

达尔文先生和太太的房间门总是开着的。胡须拉碴的老家伙们从门口走过，拇指相对，手背在身后，全都是一个样子，都是上帝手下幸存的军队。他们床垫下塞满早报，因为最近的悲伤事件，他们慌慌张张地跑到六楼的犹太神庙，在那里他们能够更轻松地同上帝交流。女士们一动不动地倚在柱子上，关节因钙化而动弹不得。他们敲了敲敞开的门，说"嘿，忙吗……"或者"黑格尔-斯坦太太，你就没有停下的时候吗"，没人对菲丝的妈妈多说什么，她是祖母羊毛袜协会的副主席。

霍普提醒过她："妈妈，你才六十五岁。看上去只有五十五。""年轻是在心里的，小霍普。我觉得我比你们奶奶还要苍老。这就是我。不管怎么说，你爸爸差不多七十岁了，他需要休息了。我们是有一些优势的，因为还算年轻，所以好调整。等到我们老了也糊涂的时候，在这里就像在自己家一样了。""妈妈，你肯定会成为人们的怀疑对象，你是个闯入者，你会处处树敌的。"霍普还是孩子时多次被送去夏令营，对集体生活略知一二。

在菲丝对面，妈妈用松绿色的毛线把已经很鼓的松绿色线团裹得更鼓。菲丝张开缠满毛线的双臂，轻轻地前后摆动。在这个严峻的社会里，黑格尔-斯坦太太应该会广受欢迎，被赞赏、被纵容，这深深伤害了她作为子女的感情……

"好吧，妈，你都听邻居们说什么了？"菲丝问道。尽管里卡多就是一团盘旋在头顶的阴影，随时准备将肥胖的大拇指戳进她的眼睛，她依然认为在此之前，她可以和父母一起度过一些愉快的时光。

"啊，也没多说什么。"达尔文太太回答。

"没多说什么？"黑格尔-斯坦太太反问，"我听见你说的是没多说什么是吧？你今天收到了斯洛文斯基一家的来信，如鲠在喉。西莉亚，你想瞒过无辜的小菲丝，还是孩子的小菲丝。不要告诉给孩子们？哈？"

"亲爱的，我真要求求你了。我是有理由的。我真得求求你，别掺和。哦，我必须得拜托你，亲爱的，不要再多说什么了，关于这个话题我不想再多说什么了。"

"白痴！"黑格尔-斯坦太太小声道，声音低沉而刺耳。

"你确实收到斯洛文斯基一家的消息了吗，妈妈，真的吗？哦，你知道我一直对泰西很感兴趣。哦，你还记得泰西和我还是小孩子的时候，我们在一起有多开心吗？我很喜欢她。从来就没有不喜欢过。"出于某些原因，这些话菲丝是冲着黑格尔-斯坦太太说的，"她是个特别美的姑娘。"

"哦，是的，美丽。年轻。美丽。非常老套的故事。顺理成章。亲爱的，你不绕线了？为什么？会面就在今晚。把斯洛文斯基的事儿全都告诉给菲丝吧，她的朋友。小菲丝已经在生活里娇生惯养得够了。"

"亲爱的，我说了闭嘴！"达尔文太太喝止道，"闭嘴！"

（随后，短暂而珍贵的回忆在所有相关人士的心头浮现。一个警察，脚步声急促，沿着木栈道追着达尔文先生，在星期六下午逮捕了他。当时他在为肖洛姆·阿莱汉姆学校发传单,对于过去与未来,他自己有不同的看法,因此有充足的理由不赞同自己的二表哥。传单是用意第绪语印刷的,写着:"家长们!一个小孩子的声音正向你们呐喊:'爸爸,妈妈,在当今世界,作为一个犹太人意味着什么?'"达尔文太太坐在木栈道边的长凳上看着他们,身边的购物袋里满是传单,晒着太阳。警察朝达尔文先生、达尔文太太还有那位年长的表哥怒吼,因为他们进入了非法区域。于是菲丝的妈妈便用五月花朵般娇嫩的嗓音向他说起生命渐渐消失的图景。"闭嘴,你这个哥萨克人[1]!""你看,"达尔文先生说,"对一个犹太人来说,闭嘴这个词非常严重,是脏话,就像是犯罪,只要说出来就是犯罪,如果我没记错的话,一切都开始于这个词!这是非常严重的人身攻击。明白了吗?")

"西莉亚,如果你现在不把这件事讲出来,我马上就推着轮椅出去,短时间内不会回来。人生就是人生。今天所有人都在做溺爱人的那位。"

"妈妈,无论如何,你知道的任何有关泰西的事情我都想知道。拜托你就告诉我吧。"菲丝恳求,"要是你不告诉我,我会给霍普打电话,我打赌你肯定告诉她了。"

---

[1] 哥萨克人,一群曾经生活在东欧大草原(乌克兰、俄罗斯南部)的游牧社群,在历史上以骁勇善战和精湛的骑术著称。现多分布在顿河、捷列克河和库班河流域等地。

"都是固执的家伙啊。"达尔文太太无可奈何,"好吧。泰西·斯洛文斯基。你知道最初的悲剧吗,菲丝?最初的悲剧就是她有个孩子生下来就是怪物。一个真正的怪物。没人见过那东西。他们把他放在家里。好吧。然后是第二个孩子。他们马上就搬走了,尝试后,有了第二个孩子。这一个天生对什么都过敏,会因为橙汁长疹子,因为牛奶窒息,去了乡下眼睛就会肿。好吧。然后她的丈夫,阿诺德·里弗,一个特别讨人喜欢的男孩,得了癌症。他们砍掉了他一根手指,结果更糟了,于是又砍掉了他一只手。结果也没什么用。小菲丝啊,那就是这个可爱男孩的结局。这就是我今天早上收到的信,就在你来之前。"

达尔文太太停下了,而后抬起头来看着黑格尔-斯坦太太和菲丝。"他是个独子。"她说。黑格尔-斯坦太太唏嘘:"你说是个独子!"眼泪顺着她脸上深深的沟壑流了下来。但她已不同寻常地微笑了七十七年,所以眼泪忽然间失控地向耳朵流去,像玻璃一样悬在两边的耳垂上。

菲丝漠不关心地看着她哭泣,而后有了个可怕的想法。她想到,如果里卡多失去一条腿之类的,那就能将他留在家中了。这让她振奋了一点点,但也没能维持多久。

"哦,妈妈,妈妈,泰西肯定永远也猜不到自己身上会发生什么。我们以前总玩过家家,她从来都没有猜到过。"

"谁能猜得到呢?"黑格尔-斯坦太太声音尖利,"这时候阿奇肯定已经在佛罗里达躺下了。太阳照在他身上。他会猜得到吗？"

黑格尔-斯坦太太震动了菲丝的心。她的肋骨根根绷紧，挤压着胸中的悲伤，仿佛这是全世界的毒药当中毒性最为温和的。

然而，最先面对事实的人却是黑格尔-斯坦太太。流完眼泪后，她说："布劳恩一家呢？叔叔老布劳恩，那个白痴，那个伊尔根[1]的主力，他不就在这里嘛。"

"朱恩·布劳恩？"菲丝问道，"我的朋友朱恩·布劳恩？布莱顿海滩大道的布劳恩？是那个人吗？"

"当然了，只不过情况没那么糟糕。"达尔文太太接着更深入地往下讲，"朱恩的丈夫是飞机工程师，是个非常认真的男孩。你爸爸至今都不喜欢他。他参与了运动。他们在亨廷顿港买了栋房子，有一艘船，一个车库，是放船用的车库。她看上去魅力四射。她有三个儿子，个个都很聪明。丈夫和副总统一起打高尔夫，不是犹太人。未来一片光明。无论什么事情她都很活跃。一天早上他们醒过来，准确地说还是半夜三更。有人揭露了一点这个，揭露了一点那个。（我提到他参加了运动吧？四十八小时之内，他就进了黑名单。晚安了，亨廷顿港。如今他们家所有人和老

---

[1] 伊尔根，英国统治巴勒斯坦时期进行地下活动的犹太复国主义右翼组织。

布劳恩夫妇一起住在有四个房间的屋子里。我真为老人们感到难过。"

"太糟糕了，妈妈。"菲丝感叹，"整个国家都很糟糕。"

"可是，菲丝，时代不同了。这是一个不同寻常的国家。你再怎么努力周游世界，也很难见到一个像这样的国家。她站起来。她倒下去。她很不同寻常。"

"好吧，还有呢，妈妈？"菲丝问道。朱恩·布劳恩没让她感到丁点难过。朱恩·布劳恩哪里知道什么是痛苦？如果你走进没过头顶的海洋深处，那你能期待的只有高高兴兴地被淹死。菲丝相信，朱恩·布劳恩和她那位随便叫什么名字都好的丈夫已深深陷入了美国的气流颠簸，所有救济品都从这儿来，而且她神采奕奕地接受了窒息。

"还有呢，妈妈？我知道了，阿提娜·富兰克林怎么样了？她怎么样了？上帝啊，她在学校的时候多聪明啊！高年级的人全都为她疯狂！她的胸也很有料。还记得她吧，她在九岁不到十岁的时候就是风云人物了。差不多就是这个年纪吧。你跟她妈妈很熟的，你们总是在一起搞些什么事情。你和富兰克林太太。妈妈！"

"你确定你真的想听吗，菲丝？听完之后你就不会这么开心了。"她现在很愿意讲讲这些故事，但并不急着说这一个。不过她已经提醒菲丝了。"好吧。嗯，阿提娜·富兰克林。阿提娜·富兰克林也没能猜到自己的人生。你还记得她结婚比你和里卡多早吧,她嫁给了一个哈佛大学毕业的帅小伙儿。哦,亲爱的,你肯定能想象得到她的爸爸妈妈对她的幸福人生有怎样的期许。亚瑟·马扎诺,你知道的,是西班牙犹太人。他们住在波士顿,同那些顶聪明的人很熟识。教授,博士学位,最美的人们。历史作家,心系美国民众。哦,小菲丝,亲爱的。他们邀请我去家里好几次,圣诞节,复活节。我见过他们的宝宝。是像你一样的小美人,菲丝。他好像拿了两个博士学位,你知道吗,是两个专业的。要是有人想问个什么问题,无论是关于什么的,都会去问亚瑟。他们的孩子八个月大就会走路了,是我亲眼所见。他给你从没听过的犹太杂志写文章,亲爱的。然后有一天,阿提娜从知情者那里得知,他和新生们乱搞,都是十几岁的学生。这件事马上就见报了,所有人都在说这件事,有人说他和那些女学生睡了,有人说没睡,他只是调情而已,你清楚男人同青少年调情的方式。结果呢,有个最蠢的孩子怀孕了。"

"西班牙人,"黑格尔-斯坦太太若有所思,"这些人可不怎么爱自己的妻子。他们只有觉得结婚有好处的时候才会结婚。"

菲丝低下头,为阿提娜·富兰克林感到难过。在她快十岁的时候,这个女人热血沸腾,将人生的活力与希望注入那些五六年级女孩们庸庸碌碌的头脑中。阿提娜·富兰克林,她对自己说,你觉得你自己能独自一人面对这一切吗?夜深人静时你该如何入眠?阿提娜·富兰克林,你这个新乌德勒支高中最性感的女孩儿,最近过得怎么样?现在你再也不会同聪明的亚瑟·马扎诺,那个天才的西班牙犹太人学者、讲师上床了。现在依在你身上的是时间,而不是英俊的亚瑟的嘴唇贴在你的嘴唇上,或是他那灵巧如童子军的易生火的手指。

在这一刻,里卡多那团盘旋的阴影终于将大拇指戳进了她的左眼,向全世界展示她的地下水位之战。在那一刻,稻子可以播种在她皮肉的梯田上,在洪水中抽芽、生长,展现着力与美,而这场洪水就从那一刻淹没她,并持续了一整个下午。为她自己,也为阿提娜·富兰克林,菲丝垂下头,湿了眼眶。

——

"要走了吗,菲丝?"爸爸问她。他戳了戳自己小鸟一样可爱的脑袋,白罂粟花般的眼睛凝视着布满点点光斑的房间。他并不是特别好看。事实上他很丑。菲丝常常感谢生殖神、基因女神和掌管所有遗传核酸的神明们,没让一个孩子长得像他,就连查尔斯也不像,其实他就算长得像也没关系,因为他个子很高,长成什么样都可以。他们看上去都有一点像日耳曼人，很像奶奶，她认定自己是德国人，只是特征没有那么明显罢了。查尔斯的下巴似乎会长得很大。因为查尔斯的下巴，人们都期待他的决定，他也学会了怎么把决定给他们——诊断的智慧，必不可少的治疗，随之而来的健康。事实上，他的同事们常常向查尔斯谈及自己妻子下腹部的疼痛。在他死前他将会非常有名。但是达尔文先生希望他马上就出名，因为在他们家里，人们都不长寿。

好吧，这个眼睛瞪大、嘴唇苍白的父亲，他的视线扫过房间，直面午后阳光的透明攻击。他蓄不起眼泪，也没有办法咬嘴唇，但他看到菲丝起身去衣橱里找夹克衫。

"如果你必须要走，我陪你出去，菲丝。甜心，我已经很久没见过你了。"他说罢便出去了，等在走廊里，恰好在黑格尔-斯坦太太的视野之外。

菲丝亲吻了妈妈，妈妈贴着她湿漉漉的耳朵说："振作起来，别让自己变成一块抹布。你还有两个孩子要抚养呢。"她也吻了黑格尔-斯坦太太，因为他们就是接受这种礼节教育长大的，不能伤害任何人的感情，尤其是你讨厌的人，如果年纪又很大，那就更不可以伤害。

菲丝和爸爸沉默地走过浅绿色的长廊，走到生机勃勃的接待大厅，在那里、面色红润、穿着体面的家庭陆续到来，只是为了在没用的老家伙身边坐上二十分钟。咨询台边有人在争论，是关于犹太人在俄国的可怕的政治争论。菲丝并没有在意。她深深呼吸，朝门口走去。她想把爸爸留在身后，因为她的脸色还没恢复正常。"别跑那么快，甜心。"他说，"别跑那么快。我不像这里的那些西班牙老猎犬，但我肯定也不年轻了。"

他大胆地挽起她的手臂。"近来还好吗？"他问道，"好吧，没消息就是好消息，是这样吧？"

"好久不见，查克！"穿过铁门的时候他喊道，大门上方是焊工刻的"犹太儿女"，连笔令人印象深刻。"小查克，小查克。"她爸爸说着更加用力地抓住她的胳膊肘，"这对成年人来说是个什么名字啊！"

她转过身，冲他咧嘴笑了。他值得一个无比灿烂的笑容，可她只能笑成这样。

"听着，小菲丝，我写了首诗。我想让你听听。听着。我是用意第绪语写的。我在心里翻译了一下：

童年逝去

青年逝去

壮年也同样逝去

老年逝去

你为何相信，我的女儿，

那老年会有什么不同呢？

"你怎么说，小菲丝？你知道很多艺术家和作家。"

"怎么说呢？爸爸。"她一动不动地站住了，"你真了不起。简直像大卫诗篇的日语版。"

"你觉得不错？"

"我很喜欢，爸，这首诗很棒。"

"好吧……你懂的。我或许可以放弃所有政治上的东西，如果你真的喜欢这首诗。这些天我有些茫然。这是一种转变。别笑我，小菲丝。总有一天你也会亲身经历这一切，并从中幸存，从人生中吸取教训，从我这里。我会组织大家来帮忙。你知道的，门卫、电梯管理员——大部分都是些有色人种。你注意到了，他们正开始参与到这个世界当中来。别理会什么希望不希望的。我这辈子就没有期待过这会发生。我猜，就是因为那场战争。菲丝，你怎么想？都是战争造就了美国犹太人和黑人犹太人。哈哈。你觉得以此为主题写篇文章怎么样？《黑人：终于走入门里》。"

"有人写过这样的东西。"

"真的吗？那先待定。我告诉你，我心里有很多想法。可我没有人可以聊。以前我总对你妈妈说，只是后来有件趣事发生在她身上，小菲丝。我们曾那么亲密。我们现在仍是朋友，别把我给带偏了，我说的是好笑的事儿，近来她比较喜欢和女人们在一起，喜欢和精神失常、有被害妄想症、妄自尊大的黑格尔-斯坦太太在一起。我特别受不了她。她绝对不是男人能忍受的那种女人，虽然她结婚了。你妈妈说"客气点，希德"，我很客气了好吧。那些有缺陷的女人我也都很喜欢，小菲丝，可黑格尔-斯坦太太早上九点就来敲我们的门，一直待到午饭时间，我都快变成孤儿了。她有魔力。她一下午都在给轮椅上油，这样她就能鬼鬼祟祟地窜来窜去了。轮椅过来了，你竟然听不到声音，你听过这种事吗？我的孩子，相信我，你妈妈在她身上看到的是个阴沉的秘密。我能怎么办呢？那女人对这个世界有讲不完的话。对痛苦的残疾生活也是。"

他们走到了地铁入口。"好了，爸，我现在得走了。我把孩子们放在朋友那里了。"

他闭上了嘴，随即笑起来："啊，一个喋喋不休的老男人……"

"哦，不，爸。根本不是这样。不是的。我很喜欢和你聊天，但是我把孩子们放在朋友那里了，爸。"

"我知道孩子们还小的时候生活是什么样子，你完全被拴住了，菲丝。哦，有好几年，我们哪里都不能去，除了去开会，这就是全部了。我不愿意离开你妈妈独自去看电影，独自享受。那个年代还没有保姆。一个完美的发明，保姆。有了这项发明，两个人就可以永远做情人了。"

"哦！"他喘了口气，"我亲爱的姑娘。不好意思……"

他的感叹让菲丝有些惊讶,因为在她感受到他们的痛苦之前,他眼中涌起了泪水。

"啊,我现在看清楚状况了。我看得出你遇到了麻烦。你让自己从痛苦的世界里抽身出来,照顾一个家庭。"

"我得走了,爸。"

"当然。"

她吻了爸爸,迈步走下楼梯。

"菲丝,"他呼喊着,"你能很快再来吗?"

"哦,爸。"她距离他四级台阶,抬头望着他,说道,"在我稍微开心一点之前,我不能来。"

"开心!"他将身子探过栏杆,想要接住她的目光。但是太难了,因为眼睛是天生的逃避者,并且知道如何逃离那糟糕的地方。"别那么自私,小菲丝,把孩子们带来。"

"他们太吵了,爸。"

"带孩子们来吧,甜心。我喜欢他们小小的异族面孔。"

"好吧。好吧。"她说,只想快点走。"我会的,爸,我会的。"

达尔文先生伸出手去,越过栏杆,想要触碰菲丝的手指。他紧紧握住她的手指,将它们放在她自己湿漉漉的脸庞。而后他说:"啊⋯⋯"那是一声反胃的突然迸发,显然是消化不良。在她转身背对他苍老的面庞,跑下地铁站的台阶冲回家前,他已放下她汗淋淋的手,先行转身离开了。

曲调阴沉

有这样一个家庭，几乎人尽皆知。这家的孩子们名叫波波、比比、多多、笨笨、优优、男男、放放，还有哔哔。

有些是女孩儿，有些是男孩儿。

女孩儿对妈妈来说能帮着带孩子。男孩儿们打算参军。

两个最年长的女儿经常出去参加派对。有时她们会勾引别人。她们很喜欢这么做。

她们思想非常狭隘，从来没什么主见，但总觉得自己是正确的。别人的话从来听不进去。

一个接一个，多多、笨笨、优优和放放让学校里的修女们非常不快。修女们对他们不报任何希望，他们被丢回能让他们保持新鲜的地方：公立学校。

四岁左右，他们开始说脏话，因此变坏，之后愈演愈烈。

一开始他们说屁股，然后是婊子，接着是操你妈。等稍微长大一点，他们就会说操你妈的婊子，还有其他的，但是我不想继续说下去。

修女一开始很严苛，总是生气，冷如坚冰。你很难责怪她。她从来没有当过妈妈，没有过孩子，没有任何诸如此类的经历。

她很严苛，并且有理由严苛。当然了，家中没有任何严苛可言，所以孩子们才如此大胆，永远有新鲜感。

发现严苛无用之后，修女又试着表现得亲切一些。她说话非常温柔，拿出全部的私人时间和大家坐在一起，尤其关照笨笨，他太可爱了，修女还帮他做算术题。

她人不错，教优优算术，可优优心不在焉。发现亲切也没什么用以后，修女便开始说抱歉，碰到任何事都道歉，就连学校都开始为此担心了。上帝佑护你，你必须得走了。你不值得拥有一流的教育。有很多人都排在你身后等着这个机会呢。

修女只好去见他们的妈妈，妈妈正在匆忙地洗衣服，洗完就得去上班。我不知道你在说什么，姐妹，妈妈说，他们同那些搬过来的野孩子们结交，你知道我在说的是哪些人。

哦，哦，修女敷衍着，她已经不想再听那些刻薄的流言蜚语。哦，哦，亲爱的夫人，我们每一个人又都是谁的孩子呢？

这位妈妈一言不发。因为她很清楚，有一件事是修女不会明白的。要知道，修女根本就不知道住在隔壁的都是什么样的人。

啊，听着，亲爱的姐妹，妈妈说，你能先帮我照看一下放放吗？波波随时都会回来，可以照顾他。我上班已经迟到四次了，必须得走了，所以帮帮我吧。到底是什么事把那姑娘给绊住了？你根本不知道如今高中里都是什么样子。姐妹，我知道你的时间不属于你自己。

你现在最好快一点。修女说，她已经开始出汗了。哦，我为笨笨感到抱歉，还有优优。哦，我多希望我们能够支持他们啊。

公立学校可不就是公立学校的样子嘛，它们从不改进，越来越糟糕，还说什么舔你爸的鸡鸡去吧。我觉得他们根本不清楚自己在说什么。

他们从不偷窃。他们有一把小刀。他们推在操场上滑滑板的人，把他们打翻在地。我不认为他们会谋杀任何人。

他们总是骂骂咧咧，也总是反对这个反对那个。有些人会先反对他们，先骂他们。他们有权骂回去，推回去。

有一天，时间不算太晚，楚奇·戈麦斯因一个橄榄油坑滑倒了——那是一位女士的瓶子破了后留下来的。她捡起瓶子碎片，但没有处理这些油。换成我也不知道该拿这些油怎么办。

楚奇转向背对他的优优说：你这小杂种，为什么要推我？

谁推你了，你这呆子。优优反驳。

你这该死的杂种，就是你推我的。我感觉到你推我这边肩膀了。

继续编，我才没推你呢。优优否认。

我看见你推我了。我感觉到你推我了。你以为你走来走去的是在推谁？小杂种。

你叫谁杂种，你个大嘴巴。你叫我杂种？

没错，楚奇说，依我看，你就他妈的是个杂种。

你管我叫他妈的杂种？

没错，就是你。我就是这么叫的。你看见这里有油了吧。我就是这么叫你的。

优优当即发飙了。他和楚奇原本打算去码头，钓鳗鱼过周末，可出了这么一档子事，他不可能和楚奇一起去计划任何事情了。

于是他吼起来，你最好别提我妈妈的名字，你给我听好了，你这个臭烘烘的楚奇·戈麦斯，你全家都是他妈的婊子，从你爸妈到艾迪、拉蒙、莉莉以及你们整个家族所有人，还有你的祖父母，都是婊子。

而后他捡起一块有两颗钉子的木板，哐当一声砸在楚奇的肩膀上。

肩膀上的伤口也不怎么血腥，但又是油又是血的，如果你再来点醋，你就能把楚奇给腌了。

楚奇疼得嗷嗷直叫：你是要杀我吗？于是他一溜烟跑

回家去找奶奶，奶奶是他的监护人。

奶奶看见楚奇的时候人躺在床上。她嚷嚷起来：我真是一眼也不想多看这个糟糕的国家了。杀了我吧，求求你，随便谁来杀了我都好。

不，不，楚奇说，奶奶你别感觉那么糟，这不是我的错。是他挑的事。你最好带我去诊所。

奶奶很是厌烦，她都已经这把年纪了，竟然还不能好好地躺上一分钟。她大声抱怨，可又不能不带楚奇去诊所。他们给楚奇上了些药消毒。

好嘛，这下你看到优优用起刀子来有多熟练了吧。从格林威治大厦到哈德逊工会，简直没人不知道他的大名。他就是一腔孤勇，什么都不怕。

在学校里，所有的孩子，无论男孩女孩每天都在为他祈祷。

活着

距离圣诞节还有两周,艾伦给我打了个电话,说:"菲丝,我要死了。"那一周我也要死了。

聊完后,我感觉更糟了。我把孩子们独自留在家中,跑下楼到街角,想置身于活生生的人群当中喝上一小口。然而朱莉酒吧和其他酒吧全都人满为患,男人女人全都在匆匆去做爱之前囫囵喝下一杯热威士忌。

在采取关乎生命的行动之前,人们总要增强一下能量。

我在家喝了一点加利福尼亚山地红酒,心想——为什么不呢——无论你转向哪里,都有人在喊着给我自由,否则我给你死亡。真是太明智了,汽笛响起的时候,富有且害怕教堂的邻居们用双手盖住耳朵,预防余波震动自己的五脏六腑。你得斜眼才能去爱,得失明才能看向窗外,看向你所在的冰冷街道。

我是真的要死了,我在流血。医生说:"你不可能永远流血。要么就是血流干,要么就是血止住了。没人会永远流血的。"

可我似乎会永远流下去。当艾伦打电话来说她要死了的时候，我清楚地说了这句话："拜托了！我也要死了，艾伦。"

然后她说："哦，哦，小菲丝，我不知道。"她说："菲丝，我们该怎么办呢？孩子们怎么办？谁来照顾他们呢？我真是太害怕了，不敢去想。"

我也很害怕，可我只想让孩子们远离浴室，其余的事情我一点也不担心。我反而比较担心我自己。他们太吵了。他们放学回来得太早。他们闹得不得了。

"我可能还有几个月时间，"艾伦说，"医生说他从没见过有人活下去的愿望如此微弱。我并不想活着，他这么想。但是小菲丝，我想，我想。我只是太害怕了而已。"

我完全没办法不去想流血的事情。血液是那么急着离开我，要将我眼底以下所有的红色全部排干，脸上的雀斑也都要带走。那些从我冰冷的脚趾上涌的血，找到了最快捷的出路。

"生命并没有那么重要，艾伦。"我说，"除了恶劣的日子、糟糕的男人，我们一无所有。我们没有钱，时间全都是碎片，还有蟑螂，星期天无事可做，只能带孩子们去中央公园，在恶臭的湖面上划船。看看孩子们和所有糟糕透顶的事情吧，世界上的每一个奶酪孔都在高温火焰里炸开……"

"我想看到所有这一切。"艾伦说。

我感觉到有一张血盆大口给了血液一条令人晕眩的出路。

"我没法说话了。"我说,"我觉得我要晕过去了。"

就是从圣诞季开始,我渐渐干涸。姐姐帮我照料了一阵孩子们,这样我才能安静地在家里制造血红蛋白、红细胞等,无人打扰。新年到来时,我身材好极了,差点再次怀孕,儿子们也回到家中,个个高大英俊。

圣诞节过去三周后,艾伦去世了。她的葬礼在博洛维那座小巧优雅的教堂举办。她的儿子从哭泣中抽出一分钟的时间告诉我:"别担心,菲丝。我妈妈把一切都安排妥当了。她的工作所得够我用了。她的同事是这么说的。"

"哦,那我能收养你吗?"我问道。如果他说好,我其实不知道该怎么办,钱从哪儿来,房间怎么办,又一个十分钟的晚安呢?所有这些都要从哪里来呢?他比我的儿子们大一些,很快就会需要一套高质量的百科全书、一套化学实验玩具。"听我说,比利,跟我说实话,我能收养你吗?"

他止住了哭泣。"为什么呢?谢谢。哦不。我在斯普林菲尔德有个叔叔。我要去他那里。我没事的。那地方在乡下。我在那里有表亲。"

"好吧。"我说,深感安慰,"我很爱你,比利。你是最优秀的男孩。艾伦一定很为你骄傲。"

他退后一步说:"她什么都不是,菲丝。"然后他就去了斯普林菲尔德。我觉得我不会再见到他了。

可我常常渴望同艾伦聊天,不然还能和谁聊呢?在胆战心惊又格外隐秘的这些年里,我完成了一百万件事情。我们把孩子们赶上中央公园里的每一块岩石。复活节,我们在蓝色的海报上粘贴白色的鸽子,在第八街上祈祷和平。然后我们就累了,冲孩子们嚷嚷。男孩们还是小婴儿。我们把孩子们的冬衣开玩笑地钉在自己的裙子上。有好几周,因为对奴隶制感到愤怒,我们游行着穿过连接曼哈顿与世界的大桥。我们共享公寓、工作,还有浮夸的耳钉。接着还有两周就到圣诞节了,我们都要死了。

来吧,你们这些艺术之子

"赞达基斯笑着走来的那模样!"杰里·库克说,新泽西最大教区的大主教职位就在他手中;害羞的圣徒,拥有诸般圣人遗风;被最笨的女人和怒吼的圣母玛利亚所守护的彩绘僧侣。

"美国的每一个地方,"他说,他正在给凯蒂上早课,"新泽西和长岛那些仰望上帝的人都在调查他。"杰里·库克说:"我梦到了。"

"哦,"他转过身投来目光,进一步说,"一旦考虑到钱,我真爱这些主宰者们。宝贝儿,承认吧,主宰者就是科学家,他们计算,他们繁衍。然后他们浇水,他们承重。他们是艺术家。他们躺得很低很低。他们在热水浴里微笑,整个该死的东海岸皮革工业就在他们的满口胡扯里疯狂地发展起来。他们是推土机。无论衰弱成什么样,两个犹太专家也能碾碎二十五个可怜的叙利亚人。有一个希腊的老家伙,他半睡半醒,将自己的大理石肩膀压在五十个犹太人身上。马上就有十万个塑料公文包倾倒入纽约伍尔沃斯超市的折扣商品区里。可别提日本人。"

"为什么不能提呢？"凯蒂问。

"别提，"杰里·库克说，"无论跟谁，我都从来不提日本人。"

库克为格莱德斯坦因工作。在四十六个州，都有订单来来回回，其中二十二种涉及俗世的货物。如果你能在奥兰治县看到一只廉价钱包，肯定是杰里·库克放在那儿的。

但是和赞达基斯相比，格莱德斯坦因算什么呢？赞达基斯，我敢断言，圣灵的小指和东正教的掌心都触到了他。你从这儿就能看到格莱德斯坦因，他凭着油滑的天资，在背后搞小动作，把法拉盛[1]那儿一个二十英尺宽六十英尺长的铺面以底价给了他妻子的侄子。蠢蛋格莱德斯坦因甚至连台湾的货物都不怕。他在公海上，却觉得那是中央公园的湖。每个月，他都为所有爱卖弄的人舞上一曲，就在外面的甲板上，那是位于二十层的顶层豪华套房，在百老汇和第七大道黑色且暗流汹涌的潮水之上。战争期间，他把老处女的毛衣纽扣变成了船长的金纽扣，体内的安全感分崩离析———一直崩溃到指尖——像达姆弹[2]，现在他把总机台

---

[1] 法拉盛，美国纽约皇后区境内的一个区域，近年来逐渐成为亚洲裔移民特别是来自中国大陆、中国台湾、韩国等地的移民聚居的地方，并发展出具有浓厚东亚风味的商圈。

[2] 达姆弹，英国制造的一种枪弹。因由印度加尔各答附近一个叫达姆的地方兵工厂生产而得名。俗称"开花弹""榴霰弹""入身变形子弹"，是一种不具备贯穿力但是具有极高浅层杀伤力的"扩张型"子弹。

的姑娘们纳入派对，还有操作键盘穿孔机的姑娘、负责口述留声机的姑娘、时髦的簿记员，就连杰里·库克也被包括进来，可谓相当民主平等。

只有卡尔·马克思知道赞达基斯是怎么转向了格莱德斯坦因，当时他的姻亲最是喜欢他，并承诺带他进入干货市场。一分钟之内，三十二万五千只小小的拉链式真皮女士零钱包袭来，猛烈地冲击孤独的太太们的消化能力，泽西岛这些饥渴的消费者啊。

杰里·库克愤愤不平，他嫉妒赞达基斯，同时为格莱德斯坦因感到痛苦。

"生意！"他说，"你认为我是在做生意。你认为格莱德斯坦因是生意——就凭他的富尔顿街模具和佛罗伦萨式书签。你认为烟草袋是生意！"他咬了咬指甲。

"不！但钻石是！凯蒂，对我说，说钻石。"他说。

"好吧，钻石。"她说。

"好吧，好多了。那才是生意。我管那个叫生意。我得朝钻石前进才行。凯蒂，这才是事实，那些老女人，你悄悄给她们一些好的萨拉米香肠，她们就什么都会买。我在哪儿都能听到这种事。"

"别去掺和钻石的事儿。"凯蒂说。

"哦是的。"他说，在枕头的"后脑勺"上打出一记重劈，"我很了解你，凯蒂。你是那些人里的一员。有一种人认为地球是圆的，你就是那种人。你和我的姐姐可不一样，"他说，"你不是安娜·玛丽。她知道地球真正的形状。她活过，安娜·玛丽。她有什么呢？在她还是孩子时，我们的父亲就给了她一家小工厂，让她起步，刺绣、旧货，她很精明，但不正直，她什么都懂。我的两个哥哥也都不正直。不正直，不正直。他们的妻子也都满肚子小心思。唯一没有太多算盘的人，和凯蒂你一样耿直愚蠢的人——就是她的丈夫，安娜·玛丽的丈夫。他总是愚蠢而耿直，但他们已经把他给同化了，他的心思也缠绕了起来，如果你从八月份开始解，绝对别想解开。"

"凯蒂，以你的个性，你真应该做点什么生意。只需一年，买进卖出，耍个小花招儿。

"可他们都是小偷。宝贝儿。我的兄弟们。哦听我说，有一次他们给有名的建筑公司干活儿。公司很有名。普莱特兄弟。数百万美金。你不知道实际情况。凯蒂，如果你不能明白一百万美金是什么意思的话，我就没法跟你说了（它是一个一，后面跟着六个零）。那是普莱特角落别墅群，每个别墅都在拐角处。他们利用缩短街区达成目标。每一分钱都是从政府偷来的。所以呢？政府是为了谁呢？人民？凯蒂，你说得对。普莱特兄弟就是人民，是个庞大的家族。

"四个兄弟，三个姐妹，只要地下室横梁下还塞得下孩子，他们是不会节育的。东正教徒。积极做爱。建筑者，宝贝儿。

"与此同时，我的哥哥斯基皮提到了四万美金。得了吧！四万美金是什么。问问银行。去银行。他们撕掉四万美金，在脚下踩来踩去，朝上面吐痰，哈哈大笑。要是你想充分理解某个基金会的一个分支，花费大概是一万两千美金。那些钱啊，就那么消失在地里，进了地下，走好不送。

"但是听我说，凯蒂。安娜·玛丽非常精明。她有脑子。"杰里·库克喊着从床上跳下来，用食指在自己身上戳来戳去。"安娜·玛丽，她对我的哥哥们说，你们为普莱特工作时拿点什么，谢天谢地。每次只拿一小点儿。别贪得无厌。别犯傻。世界就是个蛋，公驴，舔它，它是纯粹的蛋白质，你的心是不会变胖的。你可能会有心理上的病，但是你不会胖。"杰里·库克叹了口气，又倒回床上，靠在凯蒂温软的胸上轻柔地说，"拿点什么，安娜·玛丽说，洗涤槽、汽锅、炉子、洗衣机，堆起来，堆起来。慢慢来。哪里？哥哥们问，我们搬去哪里？哪里呢？他们问。那就是我的哥哥们。我不在场。我没参与。凯蒂，我不知道为什么。"他沮丧地说，"我也是个不正直的家伙。"

"你绝对是。"凯蒂说。

"你们这些家伙真让我作呕，安娜·玛丽说，我已经事事都要操心了。确实。操心要把那些东西堆放到哪里。她去买了个仓库。是在一个拍卖会上。不然你还能从哪儿弄到一个仓库来呢？

"领带！领带报价！拍卖商高喊。二十五万，有个骗子尖叫。就在同一时刻，二十五万，另一个骗子也叫道。哈！拍卖商落锤。嘭！领带成交！"

"我从没听说过这种事。"凯蒂说。

"你自我保护得太好了，"杰里·库克说，"我姐姐对他说，马弗，你有一半时间看起来那么像猪。你看起来就像个小流氓，一点也不像拍卖商。你看起来像什么呢？说出来吧。笨蛋，他说。哈哈大笑。没错——哦，笨蛋，听着，马弗，七万块钱把这个仓库给我吧。我给你返七个点和一台奥兹车，很美的车，像马一样，她说。我知道你妻子是个怪人，不会生气的。我会帮你打点好，你不应该看起来像个蠢货。他当即感激涕零。哈哈哈，深呼吸。他以为我姐姐要和他发生关系了。什么？我姐姐，安娜·玛丽？不是她。不。她是不会那么做的。永远不会。当然了，他是那么以为的。

"我的哥哥们说，当然了，给他介绍。有漂亮棕发的、金发碧眼的、红头发的，都是从布鲁克林来的小尤物。你知道吗？不是安娜·玛丽，她实在聪明过人。我不会参与这桩卖肉的生意，斯基皮，她对我哥哥斯基皮说……

255

"因为她就是不会那么做！安娜·玛丽会做任何她自己选择的生意。她从爸爸妈妈那里学到了很多。他们都很清楚。轮到她出手的时候她是怎么做的呢？她仰头望天。天空什么都没有。她还能把自己的名字和名誉放在哪里呢？哦安娜·玛丽。高楼大厦！她说。哦，她可以选择参与任何事。她可以在巴黎卖屁股。她可以在瑞典做金发女郎。无须正直。"他说着，心脏像傻瓜一样在喉咙里狂跳。他直直地坐起来。"高楼大厦！"

"在东区，在北区。民主平等。她在哈勒姆盖起一栋楼来。并且起了名字。她挖掘黑鬼。不是你想的那样，凯蒂。挖掘他们。她看到了那一刻的到来，安娜·玛丽。她看到了自己未来十年、二十年要打交道的人。生命远远走在她前头。你应该看看《纽约时报》。编辑栏目是为了谁写的呢？然后你再去做生意。

"哈里特·塔布曼塔楼，这是我给这幢二十七层的高楼取的名字。往窗外看，看那边的中央公园、麦迪逊大街、古根海姆博物馆。如果你碰巧住在街区背面，那就是哈莱姆河、桥梁、南布朗克斯、一百万奴隶。

"我在这里种下了殖民的力量，她说。虽然她错过了船，这是她的说法。但她在更往西去的地方又建了一栋，并且取好了名字，黑色建筑，就像那些抛光玛瑙装饰的大厅，一个斯芬克斯喷泉，游乐场里竖着克利奥佩特拉方尖碑，你知道的，就是让孩子们爬着玩儿的纪念碑。埃及，这是她起的名字。他们很喜欢。安娜·玛丽这个人在取好名字之前是不会开工建设的。你在村庄里看见了什么呢，比方说：塞尚，梵·高，圣哲曼……地痞流氓，短期租赁，妥协，第二年的空房间……她在那里读报纸，读《村民》，也读《乡村之声》。她抱怨个不停。安娜·玛丽非常精明。她无声地凝视承包人的脸。弗朗兹–克莱恩。规划图贴出来之后，一天内就已供不应求。

"你应该去做生意，凯蒂。你并不精明。但你心中有爱，并且宽宏大量。在生意场上这种品质绝对有一席之地。你不会成为百万富翁，但能从这个小地方走出去。你的孩子在这里能得到什么？他们所到之处都是黑妞、西班牙佬，还有黑鬼。并不是说我有多看不上他们，但孩子们真的需要人引导他们前进。"

凯蒂把手指贴在他的嘴唇上。"嘘，"她说，"我很宽容，而且充满了爱。"

"得了吧，凯蒂。你喜欢那些大船舱里跑出来的小猴子吗？他们臭不可闻。那些犹太佬，隔着老远你就能闻到他们身上的味道。络腮胡跟大蒜田似的。你能做什么……那些日子里的欧洲……欧洲已经衰落了。如今你可以和这些人一起进健身房。人们忘记了如今欧洲的衰落。

"但是，听着，凯蒂，一旦我姐姐决定了盖高楼大厦……"

"谁?"凯蒂问,"决定什么?"

"我姐姐决定要盖高楼大厦。那就是她的未来,一步一步地奋斗上去。她给斯基皮打电话。她给银行打电话。他们都钻进自己的车子里,来到了仓库。为了投资,这是一辈子的抵押品。仓库就在泽西,沐浴在日光中,很美,草木环绕,仓库后面有个沼泽,布满铁丝网,通了电,以免出什么差错,还有个看门人,窗明几净。银行工作人员粗略看了一眼,仓库实在太满了,烟囱一根根从窗户探出来,电缆垂落在排水沟里,工作人员都不用再看第二眼,马上就在虚线处签名了。

"哦安娜·玛丽!她怎么什么点子都想得出来呢。杰里,她问我,你拿脑袋是干什么用的呢,用来头疼吗?头疼。我怎么就不是他们这些人里的一员呢,凯蒂?我曾经找斯基皮要过一套房子。他说,没问题,我会把一幢三万五千美金的房子以两万两千美金的价格给你。怎么样,凯蒂?他本来应该马上就把房子给我的,是不是凯蒂?哦,如果我也参与了他们的勾当,如果你能帮我想个办法,那该多好。"

"我真希望我能帮你变得鬼心思多一点。"凯蒂说。

他把手放在凯蒂的上腹部。"凯蒂,如果能找到门路的话,我个人是很愿意把那个孩子送进哈佛的。"

"好吧，赞达基斯出了什么事？"

"你提他干什么？他不是个生意人，他是个杀人凶手，是个怪物。"

"格莱德斯坦因在哪儿？"

"还要提他？他人都不在了。他们拴住他的大拇指把他给吊了起来，就在一百二十五号街上他自己的廉价小商店里，用的是九号丝光棉。"

"上帝？"

"凯蒂，你在取笑我。不好笑。"

"好吧。"凯蒂说罢向后仰去，靠进了枕头里。她觉得星期天的人生值得用两个星期来等待。

"现在我呢，"杰里说，"真正的我，是星期日早餐主厨。我要做三十个松饼，每人六个。还要做鸡蛋、培根、猪腿肉，还得弄一加仑果汁。我要叫醒你那些懒惰的孩子，我要喂他们，喂他们，直到看见他们的榆木脑袋里长了那么点脑子，我痛恨笨孩子。我总觉得这种孩子就是我自己。"

"哦，杰姆，"凯蒂说，"没有你我可怎么办哪。"

"这个嘛，一次打击是不会把你打倒的。"他说。

"真是这样吗？"凯蒂反问。

天气并不冷，但她紧紧裹住毯子，毯子是一条拼布床单，来自朋友菲丝的祖母，房间本就温暖，毯子更是让她

浑身都暖洋洋的。老旧的窗帘让这个早晨宛如黄昏。杰里有个收音机,是哥哥斯基皮给他的,她听着里面流淌出的歌声:

"来吧,来吧,你们这些艺术之子……"

咸肉在滚烫的平底锅里蜷曲得厉害,华夫饼从烤面包机里弹出来,有个男高音引吭高歌:

敲击奥维尔琴,
触摸
哦触摸鲁特琴……

好吧,因为那一天是女王的生日,电台主播说,繁忙的英格兰举国欢庆。这一天珀塞尔[1]又活了过来。

---

[1] 亨利·珀塞尔,巴洛克时期的英格兰作曲家,吸收法国与意大利音乐的特点,创作出独特的英国巴洛克音乐风格。珀塞尔在短暂的一生中创作了大量的器乐、歌曲、话剧配乐及少数歌剧,在英国古典音乐历史上有重要的地位。他的歌剧《狄朵与埃涅阿斯》是英国歌剧名作。

树上的菲丝

就在我最需要来一场重要谈话，感受男人那样宽的世界之时——也就是说，至少需要一个有脑子的伙伴把我友善的语言翻译成他那不朽的肉体之爱的时候；我却不得不坐在附近的公园里，被孩子们团团围住。

所有孩子都在公园里。他们散落在林间，在雕像的手臂上，脚趾陷在草丛里。他们在狗屎里跳来跳去，挖出进鼹鼠洞的隧道。孩子们跑到哪里，妈妈们就在哪里停下来聊天。

在民主时代，这是多么美好的地方啊！一个上帝，一个犹太人的国王，至今仍用氢气爆炸解放星星，他可以从他的神圣大本营向下看，看到我们所有人：女孩儿的脑袋、春日里朝气蓬勃的马尾辫、又黑又短的波波头，还有一枚不时闪光的金色婚戒。他往南看向布鲁克林，看看"展望公园"是怎样躺在扎根沙土的树木之中，挤在日式花园和警察之间。然后，他越过我们往北，看着危险的中央公园。再往北，有着小鹿一般眼睛的大角斑羚和捻角羚得以幸存，吃着布朗克斯动物园里的露天牧草。

但是我，上帝经过温柔的深思熟虑创造的我，正坐在十二英尺高的悬铃木上，树枝修长强壮。我的双脚荡来荡去，我唯一能看到的只有凯蒂，我的同伴——一流的手艺人。她就在我脚下，靠在树上，用寿衣边角料做的黑色棉布短裙皱巴巴的，这种布料十四美分一码。另一个同伴安娜·卡拉特也在附近，坐在硬邦邦的公园长椅上，忧郁，美丽，等待幸运降临，带来转机。

池子被太阳晒得滚烫，虽然看不见，但我也知道在干涸泳池的另一边，是喷泉粗大的出水口，催着那被太阳晒至枯竭的圈子不断加速（在这个圈里，如果亨利·詹姆斯能看见这里，一定能看见百合漂浮其上）。莱姆·卡拉威太太的小崽子特别调皮，她不停地戳他们——戈文、迈克尔和克里斯托弗，他们分别跨在一辆英国自行车、法国三轮车和丹麦越野车上。斯蒂米·莱维斯太太就在她身边，不停地讲话，生怕得不到回应，她是马修、马克和露西的妈妈，正在讲述他们在希腊某个岛上茅草酒店里的快乐生活，在那里，遍地都是历史回忆。露西穿着开司米短裙，上面沾满泥浆，走起路来没精打采的。斯蒂米·莱维斯太太总在几秒钟之内就变卦，并且发誓说自己要生六个孩子，可她对活下去并没有什么期待。

在我的位置上，不费力就能看见荣尼乌斯·芬恩太太。她是住在前面那个街区的邻居，是我晚上的同伴。她是条宽驳船——一对红色守车被用晾衣绳绑在船尾——像个淑女一样,缓缓地前进;在她那肥胖的甲板上,是大声咆哮的三岁船长——面色苍白的威尔特维克[1],他有一双雾气朦胧的眼眸,湿漉漉的大拇指在风中乱挥。"快!快!"他说道。芬恩太太气喘吁吁地走向一成不变的操场,走向那片铺满沙子的海湾。

沿着同一条海峡,林恩·巴拉德已足够靠近,她满嘴怨愤,像是男孩玩的帆船,恰到好处地倾斜身躯,兀自漂流过我的冷漠,抛下轻型锚——硕大的淡紫色手包就抛在绿色的长板凳上。每周一次,她都像这样摆出内八字,仰起头,双臂划上四分之三圈,再垂于两侧,像海豹的脚蹼一样优雅。做完之后,她便默默休息,安静而高贵。其他妈妈的孩子跌倒或哭泣时她从未伸过手。属于她的迈克尔骑在红色自行车上,绕着沙坑骑了一圈又一圈,而她呢,则梦想着私密的午夜。

"像个模特。"茱尼乌斯·芬恩太太越过林恩·巴拉德的脑袋喊道。

这个话题离我太近了,不好做评论。然而,我抽了抽鼻子,肺里偶然吸入了清甜的空气。现在可是五月啊。

---

[1] 威尔特维克的名字来自他哥哥朱尼尔的学校,朱尼尔之前在这个学校里表现很差,而且有越来越差的趋势,现在依然很差,但开始变好了(就像男人总能做到的那样)。——作者注

林恩·巴拉德与我和凯蒂截然不同。你会看到凯蒂可爱迷人的面庞,正如我对她说的,她是轻轻缓缓的人,但是我——迅捷——我是什么?你如果是个爱去地下室买东西的人,我倒是不赖,脸上有一打信息,很容易读懂,尤其是对朋友们,我的脸上就写着物美价廉!我现在承认了。

然而,最普通的生活也曾被突如其来的高光时刻照亮。我曾经很有名。在那闪耀的意义上,哪怕曾有丝毫冷酷无情的我,如今也已经变了。

曾经,所有可以印制凹版照片的纽约报纸全都刊登了一张我的照片,照片里有个空乘抱着我。现在人们认为我是全世界第三个乘坐民航的小婴儿。这张照片如今还在家里,放在一块洗衣板上。妈妈后来又用玻璃保护了一下,想永久保存下去。机长说:我们最年轻的乘客之一!小菲丝决定去看祖母。此刻她在这里,由空姐珍妮·卡特温柔地抱在怀中。

为什么会有人把这么小的宝宝一个人送出去?我妈妈想要证明什么呢?证明我很独立?证明她不是那种不肯放手的妈妈?证明在理智至上,社会主义、犹太复国主义横行的未来世界,她绝不会在我的婚礼上流泪?"你是个美国孩子,自由,独立。"是这么个意思吗?我一直都需要有个男人去依赖,哪怕有时候我明明已经有了一个男人。我拥有两个小男孩,他们对我的依赖占据了我所有的时间,也占据了我对中产生活的感受。我可以坦然地说他们的鞋带都是我系的,我给他们擦屁股也擦得很好,我一点也不羞于承认这些,而我的朋友艾伦·海伦斯博朗和乔治·海伦斯博朗并不建议我做到这种程度,他们是精神病方面的社会工作者,对我的行为感到极度震惊。我每天要亲孩子们四十次。我也像爸爸应该做的那样揍他们。如果我有约会,很晚才回家,那我就会使劲摇他们,一直把他们给摇醒,向他们抱怨我并不那么开心的寻欢作乐。如果那份低级工作和沾满油烟的肮脏房屋没把我掏空,我就会为他们向上帝祷告。一个星期天清晨,我的邻居拉夫特里太太给警察打了电话,因为凌晨三点时,我在热切地高唱赞歌。

既然提到了唱歌,我必须得告诉你:今天可不是星期天。因此,公园里所有蓝眼睛、娃娃脸的警察都很担心。他们能看见许多维他命过剩的高中生,这些孩子正打算拖着吉他盒子转悠上一整天。警察害怕其中有人可能会弹奏,唱上一段乡村音乐,或者有几个人甚至一伙人聚集在一起,引吭高歌,来上一段中世纪的复调。

提问:这世上的人们是否知道,普通的黑人自由民是否意识到,除了星期天下午的短短几小时外,市政法令禁止演奏吉他这样的乐器?长笛和双簧管更是完全被禁止的。

答案(解释):这些音乐是一座城市伟大的摆锤,是对一成不变的水泥搅拌的改编,不断敲击,异常响亮,来自野性单簧管的高音，可以达到震碎市民耳膜的分贝。可是，如果你是那个热爱城市的规划者，靠在自己的画板上，你又会如何呢？眼泪或许会落在精致的制图版上。

好吧，你不会因为吹口哨就被抓进监狱，吹口哨的人们来了——年轻的"星期六爸爸"，衬衫敞开，野心勃勃。总的来说，他们都试图有所成就，并且有一大堆派对要参加。昏昏欲睡时，他们却要为了自己两岁的儿子装出精神抖擞的劲头（小男孩在成长过程中需要来自男性的能量）。虽然已经换季，不适合玩球了，可他们还是带来了迷你橄榄球。年纪较大的爸爸们小跑而来，只晚了几分钟，他们刮了胡子，脸上挂着干净的笑容。每一个人都有一头完美的灰发和炯炯有神的双眼，他们气喘吁吁，小女儿紧紧抱着他们的手臂，孩子多半来自英明的第三次婚姻。

其中有个人路过了我坐的树，不小心踢到了凯蒂的凉鞋。他伸手遮住阳光，仰头看向了我。他是亚历克斯·O.斯蒂尔，他组织了海洋公园大道上的租户大罢工，当时我还是个反对妈妈社会主义意愿的科尼岛女童子军。他说："嘿，菲丝，最近怎么样？有里卡多的消息吗？"

我用演讲的形式回答了他：

亚历克斯·斯蒂尔。萨沙。是的。我听到了里卡多的消息。甚至就在此时此刻，在我试着用文明的方式和你说话时,在佛姆兰环游世界巡洋舰"东方日出"号的船尾甲板上的他,已经把他那鸽子灰的脑袋卷进了一滴口水里,只为秘密地飞入我的耳朵。他在我的脑海里张牙舞爪,在黎明前就已筋疲力尽,因为他爱上了"东方日出"号上的女乘客,她正在进行夜间环球航行,这段航程只不过是诸多航程中的第一段。此时此刻,他正在对我说:

"大角星升起,猎户座落下……"

"下半身思考的禽兽。"我嘟哝。

"呸。"他说着眨了眨眼睛。

"男孩们怎么样?"我让他说。

"这个嘛,他确实想知道孩子们怎么样。"我回答道。

"不,我不想。"他说,"请别回答。只要确定他们没在穿街而过的时候被杀死就行。那是你的职责。"

"什么?"亚历克斯·斯蒂尔摸不着头脑,"说清楚点,菲丝,你又像往常一样信口胡诌了。"

"我在开玩笑。别在意。不过之前我确实得到他的消息了。"我从弹力牛仔裤口袋里拽出一封破破烂烂的信件,上面贴着来自不发达国家的邮票,充满了异国风情。邮票很大一张,在布满铁丝网的平原上有两头微笑的狮子。信上说:"我不太好。我真希望自己从未看过另一片雨林。我病了。你还在工作吗?你见过爱德·斯尼德了吗?他欠我一百八十美金。要是他看起来很落魄的话，就别拿这件事去烦他了。不然就给我寄点钱吧，寄到佛得角酒店，由多迪·瓦瑟曼转交。我在这儿和她一起生活。她正在做儿童大使。她是个不可思议的姑娘，让我想起了十年前的你。她按照自己的准则去行事。我需要钱。"

"这就是里卡多，不是吗，亚历克斯？我的意思是，没有落款。"

"多迪·瓦瑟曼！"亚历克斯说，"所以她人在那里……一个毫无姿色的滑稽姑娘。菲丝，找个时间一起吃午饭吧。我在东五十街工作。你的父母怎么样了？我听说他们把自己安排进了一家养老院。真是操之过急，他们还这么年轻。听着，我是因库鲁贝尔公司的执行董事，那是个募捐组织。我们做的事情很棒，菲丝。延长寿命的研究速度……对了，你觉得我的卷毛小沙伦怎么样？"

"哦，亚历克斯，她几岁了？太可爱了。她是个小小的金娃娃，我爱她。她是蜜桃。"

"当然了！她就是小蜜桃，比起喜欢我们，你更喜欢别人。"我的儿子理查德说，他吃醋了——因为他是大儿子，两岁半的时候被他的弟弟夺去了独宠，我的朋友艾伦·海伦斯博朗这样说过。当然了，这就是个省事的专业谎言，一文不名的马后炮，因为我的大儿子理查德非常聪慧，我从一开始就知道。还是个小宝宝时，他和我相依为命，他的爸爸呢，远在别处，探索那些令人毛骨悚然的丛林深处。我们经常坐船去史丹顿岛。有时我们也坐船去霍博肯。我们走过桥梁，只有他和我，我对他说，里奇，看那些驳船上的火车呀，里奇，看那些又快又结实的拖轮，看那些有很高很高起重机的商船哪，看那"美国"号，要在八天的时间内远航离开，看那翻起白浪的哈德逊河。哦，那不是真正的哈德逊河，我对他说，那是北河，并不是真正的河流，那是个河口，是大海的一部分。我对他说，虽然那会儿他才两岁。我可以告诉他这种严谨的科学知识，因为我觉得他是天才。看河上的冰块多么瑰丽，看石块堆积的峭壁，我说。我抱紧他。我的小野猫，我说，看这个有趣的世界。

所以他真的不太容易兴奋，只是动不动就生气。

"我们就是你的大难题，菲丝，我们让你失去了自由。"理查德说，"不管怎么说，你真的是为所有人疯狂，除了我们。"

确实，我真的很喜欢其他孩子。但我还不至于冷酷无情到说亚历克斯的沙伦真的是个甜心蜜桃。但是你，你这个傻孩子，理查德！谁能比得上我为你的聪慧而感到的骄傲呢？还有哪个三年级的聪明孩子会进入由受过教育的犹太人、长老会成员、波希米亚人组成的班级呢？你是两个最聪明的学生之一，另一个是中国人——阿诺德·李，他确实把理查德比了下去，这我承认。但是你有没有听说过，当被要求用"谁（who）"来造句时（他们正学到了以wh开头的单词难点），这个孩子写道："朋友，告诉我，在那些上海商人中，谁的生意做得最大？"[1]写完后，他还用含含混混的东方口音高声朗读了出来。

"菲丝，你就是老没完没了地重复念叨这些。"理查德说。

"现在给我听好了，理查德，阿诺德是个有意思的小家伙；你在别处都不可能见到这样的孩子，只有在这儿或香港才有可能。所以，利用我给你提供的这些便利条件吧。我本可以一直住在我所热爱的国度，但我知道那对孩子来说有多艰难——所以我留下来了，住在这让人提心吊胆的贫民窟里。我滞留在煤烟之中，保持微笑，这样你才能遇到阿诺德这样的孩子，才能和所有这些爱尔兰人、波多黎各人一起住在这么美好的街区里，虽然上帝知道为什么这里没什么黑人小孩可以跟你玩……"

"谁需要了？"他这么说只是为了揶揄我，"说来说去，这些家伙们全都有小刀。我就是被杀多少次你也不在乎，是不是？"

---

[1] 这件事是玛丽莲·戈尔维茨老师告诉我的，她是这个故事里唯一的真实人物，是个非常喜欢孩子的人。——作者注

你要怎么回答这孩子呢？

"你不会被杀的。"茱尼乌斯·芬恩太太说，她很高兴自己能插上话。"你没必要搭理他们。上帝对此根本不置一词。你回答得太多了，菲丝·阿斯伯里，结果已经证明，没人比理查德更年轻气盛。"

"芬恩太太，"我得大喊大叫才能让自己的声音被听到，因为她离我有一段距离，而且也不在意我讲话的方式。"年轻是多么可怕啊。邪恶是不好的。失德是有害的。抢劫、谋杀、往血液里注射海洛因统统都是不好的。"

"一通废话，"她说道，对我激动的情绪充耳不闻，"你就啰唆吧。"

芬恩太太向来比我更熟悉单词的含义，只是没上过什么学。她尤其熟悉褒义词和贬义词。我的语言在这方面确实有局限。我的词汇量顶多只能用来写写便条，记个日记，但是放到活跃的道德生活中几乎没什么用。如果我真的了解这门语言，它们就应当深深印在我的脑海中，就像在《韦氏大词典》和《美国俚语词典》里一样，之所以设计出那种不可简化的动词，就是为了告诉我这种人接下来该怎么办。

芬恩太太了解我的问题，因为我从来不把这些事当成秘密。这会儿我时不时想起它们，因为我大致将她视为生活的规模，看到她在操场上被威利挡住，威利此时已从她胸前那红润的甲板上下来,去欣赏公园自行车停放区所有的英国自行车。毫无疑问,这就是朱尼尔来州北部的原因:一种需要占有的爱。一开始,他爸爸在他背后系上蕾丝带,去掉了工业主义和团体治疗出现前一代又一代在家劳作的父亲们熟知的精美设计。然后芬恩先生想起了自己的童年,但那应该归责于亚当的堕落,而不是朱尼尔的。如今芬恩先生再也没见过没有朱尼尔的标记的十级变速意大利赛车,虽然他在家里有一百七十六辆喜欢的自行车,他却仍然不回家。

对以下租客来说,有些事情不太对劲:芬恩太太、拉夫特里太太、珍妮,还有我。我们楼里的其他人都走在通往富裕社会的康庄大道上,在搬去泽西或者桥港之前,用低廉的租金租了五到十年。当社会的履带滚滚向前,从普通富裕向绝对帝国前进时,我们四户人家,如今大家都这样叫我们,被诅咒成保持文化上的静止。所有这些都在心里,所有的名字和日期我都能确定。"芬恩太太,亲爱的,看看我的理查德啊,朱尼尔抢走他的自行车时,他就躲在地下室的煤块里,思考自杀的方法。"但她却冷漠地回答:"菲丝,你真是一点也不公平,一发现那辆车是理查德的,朱尼尔就马上还了回去。"

好吧。

凯蒂说:"菲丝,你会从树上掉下来的,冷静点。"她仰起头往上看，抬起眼珠表示她在看我，我则看见一个穿着紧身裤的英俊男子，想起以前也在周六见过他。他走到林恩·巴拉德身边坐下，温柔地贴着她的左耳说话，她则一直侧身倾听。他一句话也没有对她的孩子迈克尔讲。他是个有名的演员，正在努力说服她在新戏《她》中跟他演对手戏。我善良的朋友凯蒂是这样说的。

我比那种善良更高。我看事情往往透过表面直达本质。很显然，他就是个周末酷儿，说服她参加邻居们的三人性爱。当她轻微地抖动鼻子表示同意，他就能轻而易举得到他真正的真爱。她超市里那个出色的经理，早就对收银台上的她垂涎三尺。他们接下来要做的是什么，我还没有确切的想法。我是清教徒的孩子，只能想到这里了。

"千万别像那样想。"凯蒂说。别。她能在他的口袋里看到合同。

没有人像凯蒂·斯卡扎卡。和其他那些有相似缺点的笨蛋不同，凯蒂更包容，也更有爱心。我真希望凯蒂可以永远活着，忍受女儿和儿子，让男人敞开心扉。与此同时，永生，怀孕，她有三个好嫉妒的女儿，她们没那么出色。当然了，凯蒂觉得她们都很优秀。她们也就是中人之资，是赤诚的妈妈与半打临时爸爸的孩子，个个都很敏感。

凯蒂的小女儿名叫安东尼娅，她对大人们毫不尊重。凯蒂对她那种谁也不尊重的态度很是喜爱；所以她对凯蒂特别好。

星期六下午，在某些恰当的时刻，安东尼娅决定和通托说话，我的二儿子。他脸朝下趴在草地上，赤裸的脚后跟暴露在飞翔天使的眼皮底下，他正忙着玩游戏，参与者有蚂蚁和其他小昆虫。

"通托，"她张口询问，"你在玩什么，我能玩吗？"

"不行，这是我的游戏，不是女孩儿的。"通托拒绝。

"你是全世界的老大吗？"安东尼娅礼貌地问。

"正是。"通托回答。

他觉得自己是，他真的相信。对此我必须得说，对！你就是这个世界的老大，安东尼，你是日托中心的王子，这个中心所面向的都是上班族母亲的贫困孩子。无论何时，只要星期天下了雨，你就是西部装卸区之主。我看见过你，黑暗森林里令人毛骨悚然的领主，森林里有四棵银杏树。老大！只要你往上看，安东尼，向我发号施令，我马上就会顺着粗糙的树皮滑下去，撕破我的新弹力裤也在所不辞。

"给我一枚五分镍币，菲丝。"他马上就命令道。

"给我一枚五分镍币，凯蒂。"我说。

"五分钱，五分钱，五分钱，一分钱不行吗？"安娜·卡拉特问。

"安娜，你很有钱。你在反对我们。"我小声说，但已足够让茱尼乌斯·芬恩太太听见，她仍站在操场的入口处。

"不要仇富。"她提醒道。且不说她自己的经济状况，反正她真心对工人阶级神经质的崛起深恶痛绝。

林恩·巴拉德垂下了她骄傲而不知羞耻的头颅。

凯蒂叹了口气，开始去卷她那件大裙子的裙摆。"这里有一个五分镍币，亲爱的。"她说。

"哦孩子！亲爱的！"安娜·卡拉特说。

安东尼娅绕着无花果树走了很大一圈，伸手抱住了凯蒂，凯蒂正在做针线活儿，太阳刚好在她的左肩后方——完美的光线。就在那一刻，一个具象派艺术家路过。我觉得那是爱德华·罗斯特。他停下脚步，微微屈膝，扫了一眼当前的情形。他用电影制作人用的取景器把她们框了起来。"啊，多美的图像啊！"然后他就走了。

"第一名！"我向凯蒂宣布，他是第一个过来估量存货的投机商。很快，他们就会按照不同的年纪和目的，沿着小径分组前进，或者单独在雕塑的阴影里记笔记。

"这个鬼把戏，"安娜瞧不起地说，"是要把投机者从投资者里给揪出来。"

"我永远也不会像那样生活的。我绝不。"凯蒂温柔地说。

"有点胆量吧！"就在两名男子溜达着从我们这边过去时，我吼道。那两个人相互靠着对方。他们并不是恋人，他们是杰克·雷斯尼克和汤姆·韦德，都是音乐爱好者，凑到一起是为了听收音机,里面正在播放《d小调幻想曲》。他们完全没有意识到我们的存在,因为注意力全都放在了伟大的音乐上。然而,安娜听见他们说:"杰克,你听见我听见的了吗?""当然听见了,太浪漫了,水平仅次于巴赫,我简直不敢相信。"

好吧,我必须要说,当黑暗覆盖地球,浓重的阴霾笼罩人民,我就会想到你们——两个耳朵灵敏的人。我不相信,除了训练一个人的感官之外,文明还能多做许多事。如果你想要萃取真相和荣耀,那我觉得犹太人对此有话可说。没有形象,不模仿上帝。总而言之,在他的国,在绘画艺术领域,他是最杰出的。然后让那个造出褐色沙漠、蓝色范艾伦带和新英格兰绿色山脉的家伙去负责美丽,他显然深谙此道,让这个人,让这个对耶路撒冷宽宏大量的人,这个让特洛伊幸存下来的人,让他来负责高尚。

"菲丝,你能放弃你一直以来的哲学信条吗?"理查德说,他是我的第一个孩子,是一直和我对着干的孩子。他闯进我们中间,飞奔而来,一副怒气冲冲的样子。他的脖子上挂着崭新的球轴承旱冰鞋,很笨重,正适合他的大脚。

我决定不对理查德让步。我偏离主题,自由发挥,回应他:有个红胡子的斜视男成了"家长教师联合会"的主席。他任命了一个由喜欢玩乐的女士组成的委员会,她们在餐厅会面时,往咖啡里加上一点点白兰地。

他有很多机智的点子，都是用来处理公立学校的资金短缺问题的。他最厉害的谋划之一就是将综合性学校的理念推广为一种私立学校的家长认为他们的孩子会缺失的东西。早上五点，真是令人嫉妒的时间，就在中年人的早上即将到来的时刻，他们会想到，所有公立学校的孩子全都深深参与到城市的悲剧之中，而他们的孩子永远也不会知道。他提议，去公立学校上一个月的课可以成为私立学校课程的一部分，就像在一年级时造访锅炉房是自然且有益的经验。费用可以和教育部按照五五、四六或者三七开。即便计划失败，这些事情也仍然能够提升公立学校的威望。

确实有了些水花。私立学校进步的家长代表团抨击了教育部，理由是后来众所周知的"不了了之"，最后甚至连传统学校（这些学校最在意的就是训练学生们的头脑）的"家长教师联合会"也开始考虑展示这些孩子们的价值，他们已经从特洛伊和街头暴力当中学习过恐惧，所以更容易理解《伊利亚特》[1]。曼哈顿的公立学校会成为某种像打字一样的辅修课程，有必要但又不是最重要。

泰利·科隆先生满脑子都是新提议，活力四射，无忧无虑，通过一致投票连任，被送上了"全美家长教师联合

---

1 《伊利亚特》，相传是由盲诗人荷马于公元前9世纪—公元前8世纪所作史诗。是重要的古希腊文学作品，也是整个西方的经典之一。

会"特别委员的宝座，拥有了自己独享的小小办公室。他在窗台上种大麻，却赌咒说这是被阉割的金盏花。

他是我们"家长教师联合会"的开心果。但是很快人们就发现他并没有孩子，我和凯蒂现在不得不在酒吧里偷偷见他。

"哦。"理查德感叹，偏题的乐趣并没有扭转他的无聊。

家长教师联合会的小姐们呀
衬衫里穿着灯笼裤
她们整天讲电话
从不打扫家。

这顺口溜真的是理查德编的，我的理查德。我觉得编得太棒了，韵律、节奏，所有一切都太精彩了，所以我拿去给他的老师看。我专程空出了一下午时间拿这首诗去找老师。"你是在开玩笑吗，阿斯伯里太太？"她问我。

我看着她专属于老师的友好的双眼，想起了学校，想起了这样一个下午可能会变成什么样子，于是我回答道："我能接走理查德吗？麻烦你了，他今天要见牙医。他的牙跟他爸爸一模一样，都烂了。"

"牙齿一定要注意，阿斯伯里太太。"

"天哪，当然了，这是最起码的。"我说罢牵起了他的手。

"菲丝,"理查德并没有从我身边跑开,他问我,"为什么下午要带我去看牙医?"

"我觉得你可能不想在学校待着。"

"为什么?为什么?为什么?"理查德问道,一边跺脚一边大叫。我没有回答。我闭上眼睛,当他消失了。

"为什么不呢?"菲利普·马扎诺问道。我睁开眼睛的时候,他就站在那里,抬起头来看我。

"理查德呢?"我问。

"这是菲利普。"凯蒂冲我喊道,"你知道菲利普的,我跟你说过。"

"是吗?"

"菲利普。"她说。

"哦。"我说着离开了悬铃木的枝桠,是非常小心地跳下来的,就像害怕跌落的人一样,生怕扭伤某个关节,然后一整个星期都不能工作。

"我不讨厌学校。"理查德在树后大喊,"去学校总比听她哭哭啼啼的强。"

他就是那么说话的。

菲利普看上去很震惊:"你几岁了,小朋友?"

"九岁。"

"九岁的孩子都是这样说话的吗?我好像也有一个九岁

的孩子。"

"没错,"凯蒂说,"你的约翰尼也是九岁,大卫十一岁,麦克十四岁。"

"啊。"菲利普说着叹了口气。他抬起头去看我刚刚跳落的那棵树——上面还有朱迪,占据了我刚刚温暖过的枝桠,她是安娜的孩子。"上帝啊!"他惊叹,"竟然还有人!"

紧接着是一阵沉默,大家都有些尴尬,可能因为我们人多势众吧,尽管我们真的都很喜欢他。

"最近还好吗,凯蒂?"他说着跪下来,揉乱她的头发。"都还好吗,我甜蜜的老姑娘?又有宝宝了?"他说着用食指轻轻敲了敲她的肚子。"上帝啊!"他说着站了起来,"啧啧,凯蒂啊,我前天在纽瓦克看到杰里了。就是那样。他就站在一个广场上,一直在挠头。"

"杰里?"凯蒂很惊讶,尖叫声显得高亢而可爱。"哦,我知道了。一整个星期都在纽瓦克……你为什么在那儿?"

"我?我得去见个人,一个叫文森特·豪尔的家伙,是我那个行业的。"

"你的行业是什么?"我问。

"雏菊。"他说,"我不小心进了一片雏菊地[1]。"

---

[1] 此处的"行业"和"地"英文均为"field"。

多棒的回答啊！在这样一团糟污的地方，一个男人、女人或孩子能想到如此田园牧歌般的回答，多么难得。

因此我看向了他。他有一双令人不适的黑眼睛，深深隐藏在眼窝里，眼下有一道窄窄的白边，我猜那是无数狂欢之夜的后遗症，随之而来的还有眼部皱纹，显示出人终有一死。所有这些面部特征都让他稍显清醒，而这清醒无疑是毁灭加强的表征。

就连理查德都被这种毫无冷嘲热讽的坦荡震惊了。四十秒钟后，杰克·雷斯尼克把他的收音机放进了一棵英国榆树的树洞里，从背包里拿出一张破破烂烂的《弥赛亚》乐谱，在长长的副歌部分写下了一串伊丽莎白一世时代的短旋律，和我唱给菲利普的赞歌最后一句并驾齐驱。

"美妙的一天。"安娜说。

"拜托了，菲丝。"理查德说，"拜托了。你看到那边的那个家伙了吗？"他指向了一个胖男孩，他和几个大人一起坐在公园长椅上，离正仔细听人说话的林恩·巴拉德不太远。"他有一个可调节轮滑鞋大小的钥匙，他不愿意借给我。他可真讨厌。菲丝，都是你的错，把钥匙弄丢了。你知道就是你的错。你从来都不把东西收好。"

"再找他借一下试试，理查德。"

"你去找他，菲丝。你是大人。"

"我不会去的。是你想要轮滑鞋钥匙，你去问。你想要的东西，这辈子你都要自己去追寻。我不可能永远都在你身边。"

理查德撇着嘴看我，表情沮丧。不。比这还要糟糕。那是一种凶神恶煞、充满不祥的表情。只要一想到我们未来的关系可能是什么样子，这个表情就像一个病态的征兆。

"你从来都不肯帮我忙，是不是？"他质问。

"我和你一起去，理查德。"菲利普拉起了他的手，"我们可以和那孩子谈一谈。或许他在这个世界上还没有交到朋友。我可没跟你开玩笑，孩子，身为小胖子日子可不好过。"他摩挲着他的小肚子，我想象那里或许贮存着这样的记忆。

然后他就拉起理查德离开了，男人和男孩，纠缠在一起。

"凯蒂！理查德刚把自己的旱冰鞋交给他了，还让他拉手，跟他走了……根本不像我的理查德。"

"孩子们能感觉到他有多好。"凯蒂说。

"他好吗？"

"他当然没有那么好。哦，但他是很好的。他体贴周到。你知道他是哪种人，菲丝。不过，要是你确实不希望他当个好人，他也可以不那么好。他还很强壮。身体上的。过几天我会好好跟你说说他。不是现在。他对我来说意义特殊。"

事实上每个人对凯蒂都有特殊的意义，包括我，她是一本特殊概念的词典，其中甚至包括安娜和我们所有人的孩子。

说话间凯蒂一直在做针线活儿。她像是低鞑靼利亚的乌布蒙斯克[1]共和国来的青年代表团成员。一条黑色的长辫垂在背后。她穿着一件圆领白衬衫，袖子过长，料子是柔软的平纹细布，是旧式婚床会用的面料。凯蒂是我的朋友，她的建议我总是认真聆听，因为她总是不断犯错，这些经验教训极其宝贵。

凯蒂的孩子们抽出他们不多的时间来照顾她。他们听她的教诲，但年纪最大的两个已经为自己的人生做了并非不敬但有所不同的规划。对约翰·杜威[2]而言，儿童就是一切。莉莎和妮娜从来都不相信凯蒂的人生经验有什么用。安东尼娅刮坏了厨房桌子上的釉面，她们因此打了她耳光。凯蒂抓住她们时，她说："安东尼娅是个小宝宝。算了吧姑娘们，不就是一张桌子吗？"

"不就是一张桌子吗？"莉莎反驳，"她就是个疯子！她想知道桌子到底是什么。"

---

[1] Ubmonsk，为作者虚构地名。
[2] 约翰·杜威，美国哲学家、教育家，实用主义的集大成者。他的著作涉及科学、艺术、宗教伦理、政治、教育、社会学、历史学和经济学诸方面，使实用主义成为美国特有的文化现象。

"看吧，菲丝，"理查德说，"他给我弄来钥匙了。"

理查德和菲利普手牵手，这让理查德看起来像个在父亲身边的小男孩儿。我想到我总是把理查德当作一个好像已四十七岁的人来对待时，简直能哭出来。

要来了那个调节钥匙让菲利普觉得自己非同寻常。"菲丝，你家理查德真是个不错的孩子。真希望我那在芝加哥的约翰尼能和你的理查德一样了不起。约翰尼真的是九岁吗，凯蒂？"

"如假包换。"凯蒂回答。

这个已知结果并不令人期待，但他保持了一张震惊的面孔，并且盘腿坐下来，亲昵地靠在妮娜和莉莎的背上。"你们两位妖精女王怎么样了？"他温柔地扯了扯她们的头发，问道。他越过她们的肩膀看她们在干吗。她们正在看经典漫画，《艾凡赫》与《罗宾汉》。

"我讨厌看书。"安东尼娅说。

"我也是。"通托高喊。

"安东尼娅，我希望你能多看看书。"菲利普说，"安东尼娅，小美人。这两个小家伙。森林之子。快活的、小小的棕色生命。凯蒂，我觉得你会说她们了解她们的身体。"

"哦，是的，我会这么说。"凯蒂说，她深信不疑。

我虽然很害羞，但还是想坚持一下，所以我说："你自己就特别快活，棕色的皮肤也很好看。你是怎么做到的？

你究竟是什么人？是演员、法语老师，还是别的什么厉害角色？"

"法语……"凯蒂露出了微笑，"他如果愿意的话倒是可以教梵文。菲律宾语或者柬埔寨语也行。"

"Cambodge[1]……"菲利普接道。他说得很轻柔，就好像中南半岛战争可能是下一个进入讨论的话题。

"法语老师？"安娜·卡拉特问道，她已有一小时四十分钟没出声了，一直在伤春悲秋。"朱迪，"她冲着悬铃木纵横交错的枝桠喊道，"朱迪……法语……"

"所以呢？"朱迪反问，"那有什么了不起的？Je m'appelle Judy Solomon。Ma père s'appelle Pierre Solomon[2]。怎么样，伙计们？"

"应该是 Mon père。"安娜纠正她，"我跟你说过的。"

"谁在乎啊？"朱迪说道。她才不在乎呢。

"她已失去了两个父亲。"安娜说，"三年之内。"

通托站起来挠肚子和后背，湿漉漉的草丛让这两个地方直痒痒。"基本上没人有爸爸，安娜。"他说。

"真的吗，小家伙？"菲利普问。

"哦，是的。"通托回答，"我爸爸人在赤道。而她们甚

---

[1] 法语，即柬埔寨。
[2] 法语，意为：我的名字叫朱迪·所罗门，我爸爸的名字叫皮埃尔·所罗门。

至都没有过爸爸。"他说着指向了凯蒂的女儿们。"朱迪有两个爸爸，皮特和卡拉特医生。要是你们疯了，卡拉特医生就会照顾你们。"

"或许我会成为你爸爸呢？"

通托看向了我。我的脸红扑扑的。"哦，不。"他说，"现在不行。我爸爸是里卡多。他是个有名的探险家。我是说就像个探险家一样。他去赤道建立人脉关系了。我有两本他的书。"

"你喜欢他吗？"

"他还不错。"

"那你想他吗？"

"每次他回家的时候都很有新鲜感。"

"够了！"我说。让一个孩子在另一个男人面前讲自己父亲的坏话实在太蠢了。男人们脑袋里总是存着很多事，唯独没有这种意识。

"他真是个不错的孩子。"菲利普感叹，"你和你的哥哥都是真正的男孩子。"说罢他转向我："我是干什么的？这个嘛，我谋生。在这儿。在芝加哥。无论在哪里，我都要谋生。我不缺钱。十年前我就解决了财务问题。但我真正的职业是什么呢，真正的？"他说道，打算自信满满地撒个谎，因为他觉得无论如何都应该尝试一下那种人生。"我真正的职业是个喜剧演员。"

"真好笑,这是你说的第一个笑话。"

"但我确实想当个……喜剧演员。"

"可是你一点也不滑稽啊。"

"其实我很有趣。你还不了解我。我想成为一个喜剧演员。我曾经当过老师,还为政府工作过。现在我想当一名喜剧演员。从前也有人更换职业嘛。"

"你不可能当喜剧演员的。"安娜说,"除非你很滑稽。"

他意味深长地看了安娜一眼。安娜的个性很可怕,但她很漂亮。所以她的每一任丈夫花了两年时间才看清她的为人有多糟糕,但对于普通的路人来说,只需要花上三十秒钟的一问一答就能知道她有多美。你无法给男人们预警。至于我和凯蒂,我们都很喜欢她,因为她美。

"安娜还不错。"理查德说。

"安静点。"菲利普说,"说说看,安娜,你对法语、法国人、法国历史和法国文明感兴趣吗?"

"没兴趣。"安娜说。

"哦。"他失望地说。

"我对什么事都不感兴趣。"安娜补充道。

"嘿!"菲利普感叹,因激动而满脸通红,从耳根一直红到衬衫下头。目睹他的血液从大脑急速下降,让我觉得,当这份打击抵达他的睾丸时,我愿意成为那个温柔地握住它们的人,当所有的打击都到达那儿时,我希望自己正好在场，能同他说话。

但很显然，在如此柔情蜜意的时刻会出现的人是安娜，不是我。我觉得我最好还是爬回树上，多吸两口氧气，不然我肯定也会出现那种血液的骤然下行。那就是大自然做事的方式，将众多的氧气运送到任何需要它们提供动力和指挥行动的地方。

很幸运，从操场上传来了锅碗瓢盆的砰砰声，小小的游行队伍出现了——四五个成年人，在为人父母这件事上比我略少几年经验，他们用手推车推着小宝宝，手里还抓着几个三四岁的孩子。他们就是搞出叮叮当当的主力。这些大人带来了三张海报。第一张海报展现了生活优渥、收入丰厚、穿着体面的四十五岁左右男子，他紧跟在一个小姑娘身边。有个问题要问：你会焚烧孩子吗？下一张海报里，他把点燃的香烟放在孩子的胳膊上，给出了酷酷的答案：必要时会的。第三张海报里没有文字，只有一个变成了被凝固汽油弹烧过的越南宝宝，被灼伤，满身疤痕，双手扭曲。

我们一语不发。凯蒂的黑裙子覆在腿上，她把脑袋埋在黑裙子里。我呢，直哆嗦。我说，哦！安娜对菲利普说："他们只会让人们反对他们。"说罢她马上就转身去对抗他们。

"你们这些人得离开。"道格拉斯说，他是住在我们这儿的警察。几分钟前他才过来，让凯蒂求求杰里别在公园那头卖大麻。但他已准备就绪了。"你们得走。"他说，"公园里不允许游行。"

凯蒂抬起头来："嘿道格，让他们待着。他们没问题。"口气专横，但又很甜美。

通托说："我认识那个女孩，她是去格林尼治之家的人。你也在四人组当中。"他对她说。

道格说："听着通托，这是一场战争。总有一天你也会成为士兵。我知道你不像这里有些孩子那么柔弱。你将会为自己的祖国而战。"

"哈哈。"茱尼乌斯·芬恩太太笑道，"不可能的。哦，我说，你看得到那天吗？"

在我们讨论的时候，游行队伍开了个小会。他们得决定下一步怎么办。这四个成年人在能够做出决定之前一直让那儿童铃铛不发出声音。他们就是一群那样的人。

"他们现在干的事儿算是叛国。"道格拉斯说。他决定要向大家解释，并教育道："举标牌是不允许的。这是怕发生暴乱。这也是为了保护他们自己。他们有可能会自相残杀。"他很怕一旦出现那种情况，没人能找出真正的罪魁祸首。

"但是警官，我认识这些人。他们是这个社区的合格公民。"菲利普说，虽然他并不生活在这个州这个城市这个区域，更别提什么投票了。

道格从头到脚把他打量了一遍，说："先生，我能以干预执法为由把你送进去。"他那健康的横膈膜里发出了警察的声调。

"得了吧……"凯蒂说。

"还有你。"他凶神恶煞地说，"散开。"他吼着："散开，散开。"

在道格身后，开会的人用了三分钟就完美散开了。道格追在他们屁股后头，但他们仍旧举着十字手柄上的海报，绕着公园一圈，神情严肃，不断制造朋友和敌人。

"在我看来，他们完全合法。"我在道格穿着蓝色制服的身后喊道。

通托牢牢贴着我的腿，大拇指含在嘴巴里。

理查德大喊："哈哈！"然后打了我一拳。与此同时，他开始磨牙。我知道这会导致巨大代价。

"哦，太滑稽了，菲丝。"他说。他尖叫不止，穿着旱冰鞋危险地跺脚。"我恨你。我恨你愚蠢的朋友。他们为什么就不能站到那个傻逼警察的面前，说去你妈的。他们就应该站到他面前，揍他。"他猛地扯掉旱冰鞋，扭动本来就不太灵活的踝关节。"给我那个粉笔盒，莉莎，给我就行。"

因为愤怒，他流下泪水，止不住地恶心。他用粉红色的粉笔在旁边的黑色柏油碎石路上写下——每个字母都有十五英尺那么高,所以整个星期六走来走去的人都能看见——你会焚烧孩子吗?在这行字下面,字母还要更长一些,是大红色的答案:必要时会的。

我认为就是在那个时刻,这件事让我幡然醒悟,改变了我的发型、我在上城区的工作、我的生活方式和说话方式。之后我见到了做各种不同工作的男男女女,他们的头脑构成以及接收到的讯息都来自那个我的孩子们真诚的大脑构想出的性感操场。每一天,我都越来越多地思考着这个世界。

撒母耳[1]

有些男孩非常粗鲁。他们什么都不怕。他们就是那些爬上高墙还在墙头鞠躬致谢的孩子。他们不光是在屋顶上勇敢，还在地窖里最阴暗的角落搞出一堆噪声，那里连管理员都不愿去。他们在地铁车厢上了锁的车门间的平台上摇摆，并且单脚跳。

四个男孩正在摇晃的平台上摇摆。他们的名字分别是阿尔弗雷德、卡尔文、撒母耳和汤姆。坐在车厢两侧的男女全都看着他们。乘客们都很讨厌他们这样晃来晃去或者单脚跳，但也不想干预。当然了，车厢里有些男人曾经也是这样勇猛的男孩。其中有个男人曾扒在一辆飞驰卡车的尾巴上，从纽约一直到了洛克威海滩，酸痛难耐的手指头竟然也没有松开。此后，他的人生乏善可陈。他和那些乐于看好戏的男孩们约定：从第八大道十五街启程，他准备去某个特定地点，可能是河边的二十三街，方式就是跳上

---

[1] 《圣经》记载，撒母耳是以色列最后一位士师，也是以色列立国后的第一位先知，同时也是祭司，更是一位伟大的军事家、政治家、宗教家。是《圣经》中极少的没有记载任何罪行的人之一。

一辆移动中的卡车车顶。当一辆卡车拐去了他不想去的方向时,事情就变得有些棘手,而最近的卡车又比他能轻松跳上的高度高了几英尺。在成功之前,他做了三四次努力。他是从电影《伐木浪漫史》里得到的灵感,那是他在学校时看的。他上完了高中,和一个好朋友结了婚,那时有稳定工作,上夜校。

四个男孩在车厢里摇晃、蹦跳,这两个男人还有其他人就那么看着他们,心想,这么搭车肯定很有意思,尤其现在天气还那么好,我们已驶出了隧道,穿行在布朗克斯上空。紧接着他们又想,这些孩子看起来确实在做蠢事。他们还小。然后他们又想到了自己还是男孩时曾做过的勇猛举动,摇摆似乎也没有多冒险。

车厢里的女士们看着这些男孩时则越来越生气。很多人都皱起眉头,希望男孩们能够看到她们强烈的反感。其中有位女士想要站起来,对他们说:"小心点,你们这些该死的小崽子,滚下车去,不然我就叫警察了。"但有三个男孩是黑人,第四个孩子不知道是什么人种,她认不出来。她担心他们过于粗鲁放肆,会嘲笑她,让她尴尬。她倒并不担心他们袭击她,但她很怕尴尬。另一位女士心想,他们的妈妈肯定永远都不知道他们人在哪儿。对这四个男孩来说,这并非事实。他们的妈妈全都知道他们是去十四街看导弹展览。

车厢外，无论何时，只要地铁加速，这些男孩就会举起手来，指向天空，表现得好像火箭升空。然后他们像机关枪一样哒哒哒地扫射防爆玻璃窗，虽然展览中并没有机关枪。

基于一些只有司机才知道的原因，地铁忽然减速了。害怕尴尬的女士看到男孩们猛然前后冲撞，死死抓住摇晃的扶手链。她在家里也有自己的儿子，于是下定决心站了起来，走到门边。她推开门，说道："你们会受伤的，会被弄死的。如果你们不到下一节车厢安静地坐下来，我就叫列车长了。"

其中两名男孩儿说："好的夫人。"表现得好像他们就要照做似的。另外两个男孩则眨了好几次眼睛，两片嘴唇紧紧抿在一起。地铁恢复了正常运行速度，车门猛然关上，隔开了女士与男孩。她靠在了车厢边门上，因为下一站她就要下车了。

男孩们瞪大眼睛看着彼此，哈哈大笑。女士涨红了脸。男孩们看着她，笑得更厉害了。他们开始狂打彼此的后背。撒母耳笑得最厉害，一直在打阿尔弗雷德的后背，直到阿尔弗雷德咳嗽起来，咳出了眼泪。阿尔弗雷德紧紧抓住链钩。撒母耳看见他的眼泪，反而打得更厉害了。他说："你哭个什么劲儿啊？你是个宝宝啊，啊？"同时狂笑不止。一个有着警醒而非勇敢的少年时代的男人生气了。他当即站起来，盯着这些男孩看了一会儿，而后便迈着很有主人翁感的步伐走到车尾，拉下了紧急停车闸。几乎就是一瞬间，伴随着可怕的嘶嘶声，空气的压力离开了制动器，轮子停住了。

站在最安全地带的人们先是倒向前，再向后。为了能够同时搂到汤姆和阿尔弗雷德，撒母耳松开了拉着链条的手。车厢里所有乘客都前后摇晃，唯独他仅倒向前，头着地摔了下去，挤在车厢连接处，死了。

列车硬生生地停了下来，进站进了一半，列车长马上呼叫了乘务员，看看谁了解这种死法，该怎么把尸体从车轮和制动器之间给弄出来。只有其他车厢的乘客在问"发生什么了"，其余人全都一言不发。女士们等在一旁，不知道他是不是唯一出事的孩子。男人们则回忆起另外一些结局悲惨的下午。小男孩们贴得很近，并肩站着，肩膀、手臂还有双腿都碰在一起。

当警察敲门，告诉撒母耳的妈妈这件事时，她开始尖叫。她尖叫了一整天，呻吟了一整夜，虽然医生试图用药片让她镇定下来。

哦，哦，她无助地尖叫。她不知道要怎样才能再找到一个这样的男孩儿。但她还年轻，并且正怀着孕。几个月后，她又充满希望了。她生下来的是个男孩儿。他们带他来，为了她能看见他，照料他。她露出了微笑。但很快她就发现这个男孩儿并不是撒母耳。她和丈夫一起有了别的孩子，但是再也不会有一个男孩和她熟悉的撒母耳一模一样了。

负重之人

这个男人有财务负担。每一天都需要钱。每一天都需要更多的钱。为了买一些稀松平常的东西，为了活着。所以假期对他来说很艰难。另一段艰难时光则是周末，因为周末他赚不了钱，也无法提升自我。

然后就是他的家，他眼看儿子的生活在继续，妻子的生活在继续。他们似乎都没有注意到钱的问题。他们并不蠢，但总是把走廊的灯开着，浪费电。妻子不停地做饭啊做饭。她得做肉。她得做土豆，得把橘子汁端上餐桌。他并不反对健康，但认为没有必要用昂贵的瓦斯把面包卷烤热。儿子打电话。然后妻子也打电话。这些都在一瞬间就把钱送给了美国电话电报公司，更何况还有对他不利的IBM公司。有一天，他们不小心一下买了三份报纸。另一天，儿子待在院子里。他总是不太小心。他摔倒了，把裤子弄破了。这项支出出现在一个周六。星期天，有个邻居气冲冲地来敲门，因为儿子弄破的裤子是找她的孩子借的，需要五点九五美金，是上好的狭棱条灯芯绒裤子。

当他听到这些时，心里那个背负经济压力的男人站了出来。他不知道钱从哪儿来。事实是，他薪水不低，他每周为儿子上大学存上五美金，每周都存，如今银行里已有两千七百五十美金了。但他依然不知道应付全部生活的钱究竟该从哪儿来。在门口，他一句话也没说，给了邻居六美金现金，拿回了两分钱找零。他看着手中的两枚硬币，觉得自己穷困潦倒，就要昏厥过去了。为了让自己变得强大，他把两分钱砸向邻居，邻居尖叫着跑开了。他追了她足足两个街区。邻居的丈夫没办法来救她，因为他星期天要值班。她的孩子们都去看电影了。她跑到街角的邮箱那里，靠在了邮箱上。她恐惧地转过身，把六美金朝他扔过去。他抓住了飘在空中的纸币，从肩膀处用尽全力将这些纸币扔去。它们如落叶般纷纷扬扬落在邻居的外套上。她尖叫起来："停下！停下！"

警察马上从某处冒了出来，发现是两个成年人向彼此扔钱，还尖叫不止，不禁有些恶心。但这条街树木遮天，绿草如茵。警察原谅了他们，目送他们朝着相同的方向回家去了（因为他们就住隔壁）。

他们都为自己的愤怒深感抱歉。

她说："我不需要这条裤子。比利裤子太多了。"他说："这个钱对我来说是什么呢？六美金？微不足道。"

而后他们就去她家里喝了咖啡，把话都给说开了。他们各自说了一件自己年轻时的事，从此便成了朋友，每周日下午串门做客,这时候他们的家人全都去值班或者看电影了。

星期五晚上,这个男人爬了三段楼梯才走出地底深处的地铁。他住的地方比较偏远,巴士带上他回家之前,他先去了一家面包店,给妻子和儿子带回了一个草莓小蛋糕。

一切如常,却有变化。夏日来临,邻居带着三个儿子去了长岛的度假小屋。她回来时,皮肤晒成了淡淡的茶色,还有一点橘色,都是因为她使用的润肤露。在他看来,她回来后初次同他打招呼的样子很酷,之后的每次招呼也很酷。他热情地回应她。"你看上去真不错。"他说。"谢谢你。"她说,并没有提及他的外表,假期的阳光也改善了他的肤色。

一个星期六早上,他躺在床上,等待屋子安静下来,空出来。妻子和孩子总是在早上九点钟去超市。等他们终于拉着手推车和购物袋开车离开,他开始思考,他已经和邻居聊过了一个又一个星期天,现在,为了与她上床,是时候考虑用不同的方式了。

他怀疑厨房恐怕不是个好的开始,因为太拥挤了。她是有三个孩子的体面人,为了多保持一会儿体面,肯定会说不。在他初次尝试的时候,她肯定会挣脱开。然而,如果他在洗碗机边接近她的话,她就无法逃跑了。

另一种可能性：如果桌上的咖啡煮好了，她准备倒咖啡的时候他肯定就在她身边。他会把她手边的咖啡壶拿开，放在一旁的金属架上，然后拉过她的手，注视她的双眼。她马上就会明白他的意图，脑袋里就会开始进行所有的安排，以确保下个周日的隐秘。

另一种可能性：在喝咖啡之前，他们在起居室的沙发上。他会直接但仍旧羞赧地宣称："我现在度日如年。我想和你在一起。"这是杀伤力最强的，因为不要求更长远的计划。在做出声明之后，他就可以马上拥抱她；可以撩起她的半身裙，如果她没有系腰带，他马上就能进入她。

第二天是星期天。他打去了电话，而她用那种酷酷的新姿态说："哦当然了，过来吧。"十分钟之内，他在小餐桌上等待咖啡。他从妻子的草坪边上剪下了最先开放的四朵鱼尾菊。把花插进罐子里时，他注意到邻居的丈夫正偷偷摸摸顺着墙朝他走来。他看起来很蠢，而且很可能是喝醉了。这个男人说："什么……什么……"他之前也只是见过这个丈夫，在这位丈夫的家里看到他本人几乎跪在地上，让他很是尴尬。

"你他妈的南欧人……"丈夫说，"你来这儿还不到二十分钟吧，都完事儿了是不是，你这个秒射的家伙……进进出出……那就是她喜欢的，那个冷酷的婊子……"

"不……不……"男人说。他说"不不"是因为丈夫坚信她冷酷。"不，不是的。"他说道，当然他并不能肯定。"她并不冷酷。"

"你那是在她肥嘟嘟的奶头上浪费时间……"丈夫说。"嘿！"男人喝止他。他都没想过她身上的那一部分。大部分时候他想的都是裙子之下的部分和大腿。他意识到这个丈夫是喝醉了，不然是不会用这种话来羞辱自己老婆的。

丈夫醉醺醺地在他面前晃着一把手枪，这是他在电影里经常看见的画面，但在现实生活中从未遇到过。他知道这个丈夫有枪没什么问题，因为他是个警察。

作为警察，他不是什么无名小卒。他曾经杀过一个乡下男孩儿，一个被城市的拥挤人潮搞疯的家伙。那个孩子整天都惊恐万分地绕着中央公园一圈圈狂奔。人们以为他是个运动员，因为他穿着背心，但最终他跑进了公园中，手持菜刀砍死了一个小婴儿，还砍伤了其他两三个人。"太多人了。"男孩杀人时如此尖叫道。

英勇的警察夺下男孩的武器，但他又从裤腿处的口袋里抽出另一把长刀，警察不得不杀了他。警察因此获得了勋章。他时常想起那个下午，疑惑自己明明勇敢过一次，却为何没有勇气再勇敢一次。

现在他盯着面前的男子，试图回忆起自己究竟挣脱了什么禁锢，受害者什么样的恐惧给了他动力。他是如何决定射杀那个疯了的男孩儿呢？

忽然间，女人从厨房出来了。她看到丈夫喝醉了，双目通红。她看到他举着枪，在男人面前挥来挥去，好像能扫开烟尘似的。她霎时想起他曾经杀过人。

"别碰他！"她冲丈夫嚷道，"你这个疯子！男孩杀手！别碰他！"她一边吼一边用自己柔软的躯体包裹住男人。他从未期待过这样的情形，他的下巴深深陷在她连体家居服的 V 字领里。

"从她的衣服里出来。"丈夫说。

"如果你要杀他，就杀了我。"她说着紧紧抱住男人，搞得他都不知道该把鼻子挪到哪边才能呼吸到空气。

"好啊，为什么不呢，为什么不呢！"丈夫说道，"为什么不呢，去你妈的荡妇，为什么不呢？"

说罢他的手指就按动了扳机，朝着男人、女人、墙壁、落地窗、咖啡壶，射了又射。往下看，尖叫，荡妇！荡妇！他直直射入地板，恰好穿过他的鞋子，狠狠打穿了他的脚指头。

早报的午夜版报道：

皇后区警察终结风流韵事
派出所同事助其冷静

陆军中士阿曼德·凯利终结了妻子同邻居阿尔弗雷

德·西亚洛的风流传闻,他对着厨房开枪,对着凯利太太、他自己以及自己的事业开枪。他被自己在115分局的同事逮捕,他们声称他是因为迟到而过度紧张,所在部门会采取行动。当记者提问时,凯利太太说:"不,不,不。"

负重的男人因为要处理肩部的伤口,所以住院了三天。住院治疗几乎花掉了他全部的积蓄。然后他卖了房子,搬到另一条公交线上的另一个街区,虽然地铁站还是一样的。直到突然意识到自己老之前,他几乎再也没有什么不高兴了。

事实上,有好几年,每天早上,他都能感觉到一种温热的混合饮料从他的心房里流出,输送到他每一处冰冷的循环末梢。

最后一刻的巨变

有个年轻人说他想和亚历珊德拉上床，因为她有着有趣的灵魂。他是个出租车司机，而她曾赞美过他有着卷曲头发的后脑勺。虽然如此，她还是很讶异。他说会在一个半小时之内再次接上她。由于她是个正直而有责任感的人，她在两人之间设置了一道有关真实信息的屏障。她说："我猜你可能没认识几个中年女人。"

"你在我看来不算中年人。我的意思是，每个人都有自己喜欢的。也就是说，我对你的观点、你的生活方式都很感兴趣。再说了，"他说，"看看镜子，你的脸蛋很漂亮，眉毛几乎看不见。"

"等两个小时吧，"她说，"我要去看望我爸爸，碰巧我很爱他。"

"我也很爱我的爸爸，"他说，"只是他并不爱我。太太太糟糕了。"

"好了，够了。"她说。因为他们已经有过如下对话，能相互认识，了解情况：

"你的孩子们都几岁了？"

"我没有孩子。"

"抱歉。那你做什么工作谋生?"

"小孩。十几岁的孩子。领养,寄养家庭。考察期。麻烦——嗯……"

"你在哪里上学?"

"城市学院。你呢?"

"哦,我。地方太多了。安提奥克。威斯康星。加利福尼亚。或许有一天我会回去。也可能去别的地方。可能是哈佛。何乐不为呢?"

他靠在喇叭上,仿佛在驾驶一辆十六轮的铰接式卡车,要把舒洁面巾纸运到A&P超市。

"真希望你能停下来,"她说,"我讨厌这样开车。"

"为什么?哦!你是个理想主义者!"他通过后视镜直勾勾地盯着她的眼睛。"但你结婚了吗?还是曾经结过?"

"结过一次。维持了几年。"

"和谁?"

"很难描述。一个革命家。"

"真的吗?我认识他吗?他叫什么名字?如今我们都用革命者这个词。"

"哦?"

"顺便说一句,我叫丹尼斯。我很可能喜欢你。"他说。

"你喜欢我,真的吗?好吧,为什么呢?让我问你一些问题。你说的如今是什么意思?"

"以圣弗朗西斯[1]的鸟食起誓,"他说,舌尖上带了一点点口音,"我不是要伤害你。"

"如今!"她重复了一遍,"那是什么意思?我猜你肯定觉得自己是新新人类。你其实没那么新潮。电话才是新鲜事物。飞机才是新事物。而你在地球上已被人看见过了。"

"哇哦!"他感叹道,临时把出租车停在医院门口。他转过身去看她,在做决定。"但是你说得对,"他甜腻地说,"你知道思维是令人震惊、长寿且带有色欲的东西。"

"是吗?"她反问。而后她疑惑:这种思维的预期寿命是怎样的呢?

"八十年,"她的父亲说,"很高兴自己还有点用。"在你能找到一本知识类的书之前,他已解释清楚什么是雷暴。如今在年迈的洞穴里,他仍旧继续积累那些了不起的信息。但是他年纪太大了,被病痛困扰。他的动脉已经没救了。所有关于即将被废弃的管道的对话通常都会被其他有趣的话题取代。

有一天他说:"亚历珊德拉!别再让我看到日落啦。我对日落再也没兴趣了。你很清楚的。"她刚刚才指向医院

---

[1] 即圣方济各,十三世纪修道士,传说他曾为鸟讲道。

窗外那场简简单单的日落。"那是一个红色的球——孤零零的,没有晚间飞驰的云彩相伴——红色的球绝望地落入西方,接连与哈德逊河、泽西城、芝加哥、大平原和金门大桥擦身而过——坠落,坠落。"

紧接着他用俄语吟诵了几句普希金的诗歌。不是为我,这春日。不是为我[1]……他睡着了。她看了大字排版印刷的《八月炮火》。一个半小时后,他睁开双眼,告诉她,在早上的《泰晤士报》里,腓尼基人公元前五百年就航行去了巴西。真是了不起的人民。维京人也一样了不起。他对中国人、犹太人、希腊人和印度人评价颇高——所有古老且经商的民族。事实上,他从来就没有批判过哪个民族。十九世纪晚期,他年轻的父母就在他心中点燃了包罗万象的国际化小火苗,那是沙皇黑暗暴政当中的烛台,是童年时期的训练。他深思熟虑地将这种包容力传递了下去。

在医院,躺在他旁边病床上的受难者是约翰,他恐惧即将到来的南非黑人崛起,恐惧芝加哥孤注一掷的黑人,恐惧黄皮肤的中国人和奥斯曼土耳其人。他比亚历珊德拉的爸爸更有理由恐惧未来,因为他的心脏很强壮,很可能会活着看到那一天的到来。他坚信,土耳其人到来的时候会给纽约带来传染病,类似霍乱、致命的猩红热、麻风病。

---

[1] 原文为俄语。

"麻风病！上帝保佑！"亚历珊德拉惊叹，"约翰！哪怕你用真实的事情让自己不安一回呢！"她高声朗读《时报》对于轰炸的报道，这场轰炸焚毁了越南北部的麻风病村。爸爸说："拜托了，亚历珊德拉，就今天，别煽风点火。你为什么一直找美国的碴儿？"他还记得第一次在荒芜的爱丽丝岛上看到美国国旗的情形。在国旗的保护下，他像马一样工作，他读了狄更斯的作品，念了医药学校，像对空导弹一样径直升入中产阶级。

随后他说："但是他们不应该把旗子插在巧克力布丁中间。这样很荒唐。"

"今天是阵亡将士纪念日。"助理护士说着撤走了他的盘子。

夜幕刚刚降临那会儿，丹尼斯在亚历珊德拉公寓里的每个房门口都站了一会儿。他看看这边，看看那边。"在人口压力过大的今天，房间利用率严重不足啊。"他嘟哝了一句。他走进厨房，嗅了嗅厨房里的空气。"不过没关系。"他高声说，同时从炉子上的锅里蘸了一指肉汁。"炖牛肉。"他低声说。然后他打开冰箱冷冻室，说："我的天啊！"因为有十一块一模一样的牛肉被整整齐齐地冻好，码在一起。这都是为了亚历珊德拉的瘾，她的美沙酮需要大量的蛋白质和碳水化合物。

"我决不允许自己的房间里出现这些东西。真是奇迹，你竟然留下了一个茶杯和茶碟。可真是吓到我了，"丹尼斯说，"然而，没错，确实，我会吃掉这东西。为什么？它让我想到家或者别的什么吗？我觉得，是想到了我曾经看过的电影。"

"苹果酥！你知道我不得不承认，我们的共存进展不是很顺利。很可能是因为我们在布鲁克林，食品合作社都不在一起。但没问题，他们已经接受了批评。"

"你这儿有很多垃圾。"他指向一顿晚餐。他已经决定打量这地方的时候多带一丝尊重。他的意思是扶手椅、灯泡、办公桌、奶奶的婚纱照，以及和爸爸的两根手杖放在一起的雨伞。

"呃……"亚历珊德拉说，"这是租金管制公寓。"

"你知道我想做什么吗，亚历珊德拉？我想和一个姑娘坐在一起，看一场夜场电影。"他说，"对到这个点的美国人来说是常事。和别人一样很重要，想探索普通人，你得成为他。成为他。这比那些做作的空谈要时髦得多。你会惊讶于自己变得多么友好。"

"我并没有反对友好啊，"她说，"我甚至不反对美国人。"

他们可能看了一半《赌马风波》。"真的很放松，"他说，"虽然有点长了，不是吗？"随后他便开始脱衣服。他伸出了胳膊，说："亚历珊德拉，我真的等不及了。我是个日出而作的人。喜欢早早上床睡觉。我能在这儿逗留几天吗？"

他给出了理由：1. 现在是阵亡将士纪念日的周末，布鲁克林区的房子里全都挤满了步履匆匆的游客。2. 他真的已经烦透他们了，因为他们放弃了最美妙的蜡染工艺，转向了时髦的扎染织物。3. 他和亚历珊德拉可以在早上愉快地散散步，因为所有可以散步的公园都还是一层浅浅的嫩绿。他注意到街角的树虽然已被公交车给弄得奄奄一息，却还是抽出了许多嫩芽。4. 他可以和她聊聊孩子，帮助她理解他们的烦恼，以及他们不可思议的美德。他想念成为他们当中一员的时候，此后他蹉跎了七年的光阴。

"许多理由根本不重要。"亚历珊德拉说。她给了他一杯白兰地。"天哪！"他狂怒地说，"你知道我对这玩意儿不感兴趣。"他被忧郁所触动，开始脱沉重的鞋子，这种鞋都是穿来登山的。他松下裤子，重重跺了好几次脚，确保自己和裤子彻底分开。

亚历珊德拉穿着春日里的第一件夏装，一动不动地站在原地看他。她深吸一口气，因为已经独自生活了一两年。她将双手按在胸口，好安抚乱蹦的心脏，出于谦虚去消除不合时宜的心跳声。然后他们就回了卧室的床上做爱，直到内心嘈杂的骚乱平息，她再也听不到胸中的一丁点儿动静。他们就这样睡着了。

到了早晨,她再次对现实产生了兴趣,她一向是喜欢现实的。她想要谈论它。她开启话题的方式,就是描述父亲在医院的邻居约翰。

土耳其人?滚远点儿!是呀他是对的。还有另一件事。麻风病就要肆虐了。它正前往森林山集市、莱克斯岛女童子军大会、东菲尔莫以及维斯切斯特的恰克洛国家公园。就在八月份。

"现实?关于现实的一堂课?我是个出租车司机吗?不。我是开着一辆出租车,但我不是出租车司机。我是歌唱的鹰隼。一个歌曲创作者。换句话说,我是个诗人。你知不知道,如今每一个走在街上的黑人都是诗人?但十个白鬼里只有一个是诗人。十分之一。

"如今,我总是在为麻风病患者写东西。去他妈的诗歌。麻风病人发掘我。我发掘麻风病人。"

"麻风病患者?"亚历珊德拉不解。

"很酷!你了解他们吗?不了解?好吧,你有可能熟悉他们过去的名字。他们曾被叫作'分裂的原子'。但是他们太受欢迎了,他们也都拒绝公开自己的事情。他们就是因此出名的。夏季节日之后,他们很可能会改掉名字。他们可能会搬去某个国家,管自己叫'冬季苔藓'。"

"你现在真的有在赚钱吗?"

"哦是的。我赚钱。我赚钱。和像我一样的技师一起工作。

"现在,我要负责一个由十二个大人和三个孩子组成的公社,负担三分之一的财务开销。我开出租车只是为了让自己保持在这充斥幻觉的世界的顶端,你知道的,亚历珊德拉,和中产阶级、花枝招展的妓女、去看望爸爸的老姑娘一起说唱。哦,不好意思。"他说。

"现在,亚历珊德拉,想象一下:两把低音吉他、一把乡村小提琴、一支短笛还有鼓。麻风病人的主题曲!"他从床上坐起来。阳光照亮他的胸口。他已开始想到早餐,但他还是唱了起来,好让亚历珊德拉更了解他,挖掘出他的实质。

哦哦哦哦
首先是我的手指游走 游走 游走
然后是我的鼻子
  接着宝贝,我的脚指头

如果你爱这样的我 怎样都爱 每天都爱
我就会走你的路
  我的细颈玫瑰

"怎么样?"他问。他看着亚历珊德拉。她是要哭了吗?"我觉得你是个真正的现实怪物,亚历珊德拉。在真实

的世界里就是这样的。"但是呢!紧接着他又说了一小段散文般的话来解释并支持这首诗:

孩子们!孩子们!虽然可怕的麻烦围绕在他们身边,比如他们熟悉的这个世界注定会迎来终结,可能是爆炸,也可能是通过对自然资源的慢性破坏,事到如今,他们仍旧乐观、充满幽默感并且英勇无畏。事实上,他们计划着最后一刻的巨变。

"得了吧,"亚历珊德拉说,"真是铁石心肠,你是归纳概括的仇人,世界上有各种各样的孩子。我的孩子可不是那样。"

"没错,他们就是那样。"他生气地说,"你把他们带过来,我会证明给你看。不管怎么说,我都爱他们。"他试了有二十分钟,把早餐抛诸脑后,专注地向亚历珊德拉展示如何以这种充满力量的方式看待事物,这本世纪下半叶的方式。她也做了尝试。有时候她可能会有改革派的倾向,那她往往能有所进步,但此时此刻,听着他侃侃而谈,她的目光能够径直穿过结实的爱的美式风格改装车,往前看到独居的晚景和孤独的死亡。

"但是没什么可害怕的,我亲爱的姑娘。"爸爸说,"等你到了那个年纪，绝对不会想活那么久。根本没什么可害怕。那时你已燃烧殆尽。你就像是煤炭燃烧，闷燃着。然后就没什么可烧的了。到头了。相信我，"他说，虽然他自己还没有到那个年纪，"到了那一刻，你完全不会担心。"在听他说话时，亚历珊德拉的脸微微皱起。

"别那样看我！"他说。他对她的表情格外敏感。她看上去比自己的实际年纪要老，在过去二十年里，他最讨厌的就是这一点。他说："如今我已经目睹过人们的死亡。太多人。不止一两个。很多。他们都是好人，也已做好准备。痛苦，绝望，昏迷，梦魇。完美的昏迷，被梦魇扭曲。他们准备好了。你也会的，萨什卡。别太担心了。"

"嘀嘀嘀，"隔壁床一直隔着帘子在听的约翰开口了，"博士，我还没准备好。我感觉很糟，我夜里做噩梦太厉害了。我完全睡不着。但我没有准备好。如果没有这根管子，我都没办法尿尿。寂寞！天哪！你见过我哪个孩子来看过我？没有！可我还是没有准备好。没，有，准，备，好。"他一个字一个字地往外蹦，凝望着天花板，或是穿透了它，看到了屋顶花园，接着从花园望向上帝。

——

第二天早上，丹尼斯说："我宁愿死也不去医院。"

"上帝保佑，为什么？"

"为什么？因为我不想落进陌生人的手里。你觉得有用的药他们偏不让你吃，如果你需要他们开的药，就算你一直呼叫他们，他们也不会来。而护士和三个实习生在咨询台卿卿我我。我亲眼见过。那是个很高的柜台，她正在回答问题，他们轮流在身后干她。"

"丹尼斯！你过分了啊。你就像那些梦想着被强奸的老女人，简直着了魔。"

"那还挺酷，"他说，"就我的健康状况来说，我确实是个老女人。我的意思是说我很喜欢这个角色。我希望我的牙齿好好的，咬在姐妹身上。"他唱了起来，然后停下了。"听着！你的命运就握在他们手里。全凭他们摆布。你要活着吗？或者在他们看来你就是个匍匐前进的嬉皮士？那就去死吧！"

"真的。从来就没人能决定让你去死。事实上，错就错在这里。死亡明明都已经插手了，可他们还要让人们多活几年。"

"你的意思是就像你爸爸那样？"

亚历珊德拉赤身裸体地跳下床。"我爸爸！为什么他非得被你念叨上二十遍。"

"冷静一下！"他说，"回来。我才刚开始操你，你反应也太大了吧。"

"还有一件事。别用这个字。我讨厌这个字。当你和一个女人在一起,就得用适合她的语言。"

"那你想让我说什么?"

"我想让你说,我才刚刚开始和你做爱之类的。"

"好吧,倒也没错,"丹尼斯说,"是这么回事。"当她回到他身边,虽然她全身上下都呈现在他面前,他却只触碰了她的指尖。他亲吻了每一根手指,亲完之后都说了正确的话:"我想和你做爱。"他的举动很贴心,并不是为了挖苦。

"丹尼斯,"亚历珊德拉的口吻充满了赞赏的害羞,"你看上去就像是我的某一个实习生,事实上你看上去像他,比利·普乐通。他真正的名字是普乐东,但是他管自己叫普乐通,这样他就能去越南,和他的继兄弟一样被杀掉。他是个满脑子白日梦的男孩儿。"

"亚历珊德拉,你说得太多了,现在别说话,别谈论政治。"

亚历珊德拉又继续说了一两句。那个男孩带着一根棍子,上面有个扎满钉子的球,像某种中世纪武器,以防有萨科夫街的中情局的敌人来找他。他们都是这么说的。

"之前从来没听说过这事。除了我很吃醋之外,我也是萨科夫街来的敌人。"

"不,不。"亚历珊德拉说。随后,通过房间那头妈妈梳妆台上的镜子,她注意到自己裸露的一小部分躯体。她不禁"咳"了一声。

"在那儿,在那儿!"丹尼斯亲切地说道,同时抚摸着她胸部和小腹之间的几条纹路,他以为她会低下头看。"这就是自然造化,亚历珊德拉。男人不会像女人变化那么大。在所有动物之中,人类女性是唯一在老去之后会失去雌激素的。"

"是这样吗?"她问。

接下来的半小时,没什么可聊的了。

"但是你怎么知道的呢?"她又问,"丹尼斯,你所知道的这些东西,有什么用呢?"

"怎么没用呢——为了我的艺术。"他说。除了年轻之外,他在爱中小憩的方式和那些艺术家们在唱歌时用的方式一样。他唱道:

外出露营

 在森林的雏菊丛里

 在绞刑架下

和

 星币王牌[1]

---

[1] 星币王牌,韦特塔罗牌 54 张小塔罗之一,代表着土元素和绿色,代表财富、享乐、重要消息等意思。是占卜用牌。

还有我
　　小雏菊

什么是
　　地球的生态
你开车太快
黛西[1]你正独自在开
嘿黛西　断开点火装置
　　就让石油
　　回到石头里来

"哦，我喜欢这首歌。我赞美它！"亚历珊德拉说，"但事实上，生态对一首歌来说是个好词吗？这是个技术词汇……"

"任何词都是好词，不管怎么说，这个词在今天都是个崇高的词汇了。"丹尼斯回答，"真正重要的是你拿这些词做什么。语言和想法，它们共同完成了作品。"

"真的吗？你大部分想法都是从哪儿来的？"

"我并不知道自己是不是想吃饭或者想睡觉，"他说，"我觉得我只想摩擦你的乳头。说话说话说话。大部分？这

---

[1] 黛西与雏菊拼写相同。

个嘛，我会说主要来自《科学美国人》这本杂志。"

吃早饭期间，他满脑子都在想语言的事，因此很沉默。吃完松饼之后，他说："事实上，亚历珊德拉，我可以使用任何我想用的词，我也是这么做的。上个星期，我在一场对话里证明了这一点，就像今天一样。我要求那些蓝眼睛的小宝贝们给我一本字典。我就随手翻书，用手随便戳，指到的词是'如蚺一般'。但我就用了这个词，因为它能帮你做梦。这个词。"

他说着就唱了起来，用的很可能是《在老斯莫基山上》这首歌的曲子：

如蚺一般的花园
是弗洛伊德所造

三名女士在那里被谋杀
哦三名女士被谋杀

小鸟啄呀啄

眼镜蛇躲藏
响尾蛇扭动身躯

在这黑色的蛇样公园

在这蓝色的蛇样公园

在我妻子们的发间

"请再来点咖啡。"他骄傲而谦逊地说。

"这首歌比你大部分的歌都要好,"亚历珊德拉说,"这是一首诗,是不是?这首更好。"

"什么?什么?这首并没有更好,并没有,真该死。它并不……它就是不那么……哦,原谅我丧失了先前的冷静。"

"忘了吧孩子,"亚历珊德拉恭敬地说,"我只是在说我喜欢它,但是我知道,我因为长久独居而变得有些古怪,我想是这样。不管怎么说,你为什么总是想着妻子们?妻子们,妈妈们?"

"因为那就是我。"丹尼斯平静地说,"你还没有注意到吗?那就是我。我就是专操妈妈的家伙。"

"哦,"她说,"我看出来了。可我并不是一个母亲。"

"不,你是,亚历珊德拉,我已经看清楚了你的很多事情。我很清楚。有时候我表现得好像很迟钝。但是我给你写了一首歌。昨天晚上在出租车里。我想着你。麻风病人永远挖掘不到这一层。他们对生命所知甚少。他们仍旧是幼蜂，尝试去找下一朵花，但是有些老前辈会粘在上面，有些受了伤，已经多年不采蜜，却还渴望生长。他们会闻出这里面的屎。"

  哦
我知道你的一些事情宝贝儿
 真难过啊
 别发疯啊
   宝贝儿
你永远也不会有孩子休憩
  在你美丽的胸口
   我的爱人
但是看哪
  无论你去哪里，孩子们如影随形
 越来越多
   越来越多
 都是你生命里的孩子
 而非一位已婚妻子的孩子

"这首歌来自《圣经》。"他说。

"爸，"亚历珊德拉说，"你不觉得，女人一辈子至少得有一个孩子吗?"

"毫无疑问,"他说,"你和那个格拉诺夫斯基结婚之后原本就应该有一个。但是我们都不同意。他一点幽默感也没有。就在此刻,估计就有古巴人死于他的无聊。但他确实是个聪明人。我会有非常聪明的外孙。他们没必要和他有一样的政治信仰。"

说罢他看向她,看看她的年纪和可能性。他温和下来。"你看上去也没那么糟糕。你还能结婚,亲爱的姑娘。"然后他又更温和了一点,因为想起了他刚刚读到的糟糕的男女比例统计。"说真的!那又怎么样呢!一点也不重要,亚历珊德拉。根据《圣经》,只有男性被要求繁育下一代。你不被这样要求。有一个孩子,或没有,上帝根本不在乎。你没有孩子,那你就找个使女来。你对你的丈夫说,甜心,让我的使女生个孩子。好的。好吧,反正你丈夫已经和这个使女乱搞了好几年,但此刻,这变成了一桩体面的生意。不错。你完全不用承受那一切,九个月,怀孕并发症,可能还得剖宫产,不,不必着急,献给上帝的孩子,和撒那[1]!"

"爸,"几周之后她问,"要是我真有个孩子呢?"

"别傻了。"他说。而后他像医生做检查似的打量她良

---

[1] 和撒那,尤指在基督教和犹太教中对上帝的欢呼之声。

久，从头到脚都没漏掉，表情很可怕。他说："你为什么要问这个问题？"他前所未有地涨红了脸，右手捂住胸口，左手按下医院的警报器。"首先，"他说，"我要护士来！马上！"然后他要求亚历珊德拉："结婚！"

丹尼斯说："我不知道自己是怎么搅进这一坨屎里来的。这样不对，因为你的生活习惯和文化都跟我不一样，我会想想折中的办法。亚历珊德拉，我的提议是，我们这个公社里的三个孩子属于我们所有人。没人知道他们的父亲是谁。反正都在很远的地方。我发誓——我用那些穷苦的神明的鸡巴起誓，我保证它很漂亮。其中一个孩子可能是我的，但是没有任何能够确定的证据。为什么你不能过来和我们一起生活呢，我们都会把那个孩子抚养成人，养成这个世界上有模有样的人。我们需要一个稍微年长的人，真的很需要，要稍微有点历史感。这是我们所缺乏的。"

"谢谢，"亚历珊德拉回答道，"不。"

爸爸说："麻烦你解释一下。你有什么目的，要胡扯那些话？为了爱情吗？以你的年纪不至于。为了钱？有人向你献媚？你恐怕给他做晚饭了吧。某些饥肠辘辘游手好闲的家伙很可能想要吃几顿安稳饭，然后说，何乐不为呢？这个中年傻瓜很好骗。她会在晚上给我做美式炖牛肉，早上给我培根和鸡蛋。"

"不是的，爸，不是的。"亚历珊德拉说，"拜托了，你的病会变严重的。"

隔壁床的约翰死去时心脏依旧强壮，还给他写了一张小纸条：博士，你真是疯了。不要留下敌人。那个女孩很忠诚。她每周二四六都没错过。你见过我哪个孩子来看过我？还有些别的。我觉得自己每况愈下。但我还是没有准备好。

"我还要告诉你一件事，"她爸爸说，"你即将让我最后的时日变得沮丧，你会毁了我这一辈子。"

从此之后，亚历珊德拉每天都在期待父亲的死亡，如此一来，她就能拥有一个孩子，并且无须在他行将就木之际摧毁他有趣的人生，这摧毁总遵循着因果。

"最终，"丹尼斯说，"那么至少让我和你共享公寓吧。这将会成为你的优势。"

"不行，"亚历珊德拉说，"拜托了，丹尼斯。我很早就得去上班。我已经困得不行了。"

"我同意。我对你来说就是个笑话。你用最糟糕的方式利用了我。一点都不酷。真是相当不地道。"

"不是的，"亚历珊德拉说，"拜托了，闭嘴吧。再说了，你怎么知道你是孩子的爸爸？"

"拜托了，"他说，"不然还能是谁？"

亚历珊德拉笑了笑，咬住嘴唇，差一点就要咬出血来，彬彬有礼地表现了自己的痛苦。她在考虑自己工作的连续性，考虑如何骄傲起来，而不浪费哪怕一分钟的生产时间。她一个接一个地思索着自己所接触的案例。

她说："丹尼斯，我很清楚自己要做什么。"

"那样的话，就是这样了。我来分担。"

要好好利用人生中发生的事件，亚历珊德拉就是这样做的。她邀请了三位怀孕的客人和自己共同生活，她们全都十五六岁。她邀请每一个人时，都和她们解释说自己也怀孕了，而她的公寓很大。她们虽然并不喜欢她，因为她一向更关心男孩子，但她们还是在一星期内就搬离了坏脾气的父母家。第一顿晚饭时，她们开始就男人问题给亚历珊德拉一些好的建议，数年后她会感谢这些建议。她保证她们的健康，也确保自己的工作万无一失，同时还记笔记。她在社会工作领域树立了一个蓝本——在未来五年内无人追随，也从未被国家期刊提及。

亚历珊德拉父亲的生活并没有被毁掉，他也没有死。在宝宝出生前不久，他重重跌在了浴室地砖上，撞裂了颅骨，把脑神经弄进了心脏血液里。短路！他在洪水中失去了二三十年，侄子、姻亲的面孔、两任总统的名字和一次战争。他眼睛圆圆的，常常惊叹不已，但还是与从前一样聪明，又能开始毫无顾忌地去观察和赞赏。

孩子生了下来，取了爸爸丹尼斯的名字。他的姓氏当然是格拉诺夫斯基，因为亚历珊德拉的丈夫就是格拉诺夫斯基，那位共产主义者。

那群麻风病人把他们的名字改成了"食用鹅膏菌"，在他的小型宴会上，录制了如下歌曲。歌名是"谁？我"。

歌词特别简单。是这样的：

谁是爸爸
谁是爸爸
谁是爸爸？

我！我！我！

我是爸爸
我是爸爸
我是爸爸。

丹尼斯自己用异常具有先见之明的嘶哑嗓音独唱"我！我！我！"这一部分。认可这段歌词是他的勇敢之处。在他的公社，经过了三十八个小时的马拉松式冲突之后，他被要求离开。第二天下午，他搬去了四个街区外条件更好的褐沙石房屋里。在那里,人们期待着偶然的父爱。

宝宝第三个生日当天,丹尼斯和"美丽玉米地"一起制作了一张民谣摇滚专辑,因为这是新出现的声音,很有意思。专辑名叫"献给我们的儿子"。赶时髦的听众能够听到,当一段乐曲在一长串低沉的鼓点、班卓琴和弦和小提琴之中穿插时,短笛轻轻叩响了约四十次,曲调很像《晚安摇篮曲》,但又不那么像。

你会来看我吗杰克
　　当我老了,颤颤巍巍?
是的我会去看你因为你是我的父亲
　　你已经失去了最后一位老姑娘
　　虽然你云游远方
去了高地,也历了穷山恶水
　　在家用汽车上被人敲竹杠
可是啊,老父亲,我不会抛弃你。

你会来看我吗杰克?
　　虽然我并非孤身一人。
可我仍旧想看看我的男孩儿
　　我们都是如此孤寂。
　　是的我会去看你因为你是我的父亲

虽然你抛弃了我和我的兄弟

  虽然你在街上拈花惹草

爱着其他人的妈妈。

你会来看我吗杰克？

  虽然我已被时间碾压。

变老并不是个玩笑。

  是的我会去看你因为你是我的父亲

  虽然我们从没见过一枚五分镍币

我们挣扎着爬上生存的长梯

  我会打给你，团聚

我们紧挨彼此

  看看基维斯特的天气怎样

在养老院的电视上。

这首歌从东海岸传唱至西海岸，从阴暗的缅因丛林流行到得克萨斯日光倾城的海湾。这首歌让中年人惴惴不安，让年轻人无比震惊，从而让造访养老院的人数增加了不少。

政治事务

住在附近的几个妈妈去了市中心的"财政监督委员会",去听别人唱歌,自己也唱了一曲。她们都贡献了实例,也贡献了曲子,但这种政治行动的主意来自一个媒体人聪明的大脑,这个人因住房短缺在我们退潮的下西区文化里漂流。他来自遥远的中部平原,热爱我们名声在外的部落组织。他说这是未来的发展趋势。哦,他热爱我们老旧发霉的锅子——纽约。

他外表整洁体面,极富魅力。因此,当书记员叫到第一位妈妈的名字时,她马上就站了起来。她面露微笑,说不好意思,便挤过邻居们的膝盖,骄傲地走上听证室的过道。然后她就唱了起来,唱的是从她妈妈厨房里学来的忧伤旋律,接下来的歌词要求有更好的操场设施。

哦哦哦

会有人将高篱笆

竖起吗

环绕孩子们的操场

他们正在玩耍

只剩

一年多的童年。这个城市

会到来吗?

或他们的爸爸会将懒汉和流浪汉

赶出院子吗?孩子现在

都太小了不能让这些老男人

在他们面前挥舞痉挛的鸡巴或者将他们

推倒对他们说甜心

甜心甜心,红衣主教能不能

别把这些讨厌鬼给放出来……

她垂下头,谦虚地退后一步,让所有女士都能站起来共同唱出宣叙调,遍布听证室的角落。她们用合唱的方式表达了可爱的观点:

聪明的政府组织

可以制止面带微笑的吸毒者。

接着她又再度跨步上前,在高高的市政讲台前尴尬地继续唱道:

……拜托了，市长先生
有个女孩儿连一条裤子都没有她们还是孩子啊
所以帮帮我　他们即将大摇大摆破门而入
在沙滩上拉屎……

她举起胳膊，指向市长大厅可爱的灰色天花板，高声呼喊道：

把他们塞进开往布鲁克林的货运列车里
尊敬的阁下，竖起藩篱
我们都是母亲啊哦
孩子们将会变成什么样……

包括市长在内，财政监察委员会无人不为之动容。在第五位唱歌的人重复之后，所有官员在持续三分钟之久的某种令人震惊的琶音和弦中都喃喃自语着"啊"或者"哦"。审计员是个有名的财务唠叨鬼，他说："是是是，在这件事上，是的，一道十六点八英尺高的篱笆可以马上就竖起来，这事可以加速安排，为什么不呢……"当时当刻，他抓起电话，给公园、交通和儿童福利机构打了电话。在听到他严厉的声音与热切的言辞时，他们都表示同意。第二天中午，篱笆就竖起来了。

那天夜里，月亮刚升起一小时左右，一个年轻的战术巡逻队警察在篱笆上开出了一个不大不小的口子，理由有二。他的第一个理由是为公：由年轻神父组成的老大哥棒球队显然需要训练，而且通常训练都是在晚上。他们需要进出口。另一个理由是为私：更衣室里锁着十一个球拍。对他的小球队来说，这是只有行内人才懂的必需品。事实上，他已经把它们全都抱在了怀里，就像褪色的柳叶柄，然后把它们装进了等着的警车里。当一个《下西区太阳报》的年轻女记者注意到他时，他正回来取半打接球手套。

她马上开口提问，因为她一直接受好奇心和机智询问的训练，所以她问他来做什么。他回答："一个警察，被心存报复的政客剥夺了权利，削弱了力量，而来自全体市民的尊重就是他最好的武装。"他的内口袋里有一本加缪的《局外人》，为了证明他把书拿给她看。他有一双柔和的灰色眼睛，睫毛短短，面容平和完美，亚麻布白手套几乎纤尘不染，因此，在一堆篮球里等待辖区警察前来逮捕他之前，他得以给她注入了两个儿子，一个是爱尔兰人，一个是意大利人，他们一生都在用方言给她歌唱。

东北操场

下午我去操场时，碰到了十一个靠救济过活的单身妈妈。其中只有四个人是妓女，其余的依据自己的信念没有结婚，或是被某些讨厌的家伙给抛弃了。

孩子们全都不到一岁，很有趣，很可爱。

妈妈把他们放在沙坑里，他们就占据了整片小沙漠，又是扔沙子又是尖叫。一个家里有父亲的孩子，知道他们的情况，想帮上点忙，但是根本无处下脚。

你们怎么都在这儿？我问。

碰巧，第一个妈妈说。

我们几个人碰巧遇上了，第二个妈妈说，彼此看对眼了，就相互介绍成了朋友。

我们就像个特殊兴趣小组，第三个妈妈说，那是珍妮丝，一名关心政治的女性，对权力结构和权力本身有清晰的认知。

第四位妈妈拿着十一个纸杯来到操场，还有巧克力和香草。她把杯子传给她们。这个小组是多么完美、团结啊！当我还是个带宝宝来这个公园的妈妈时，我们并没有这么团结，反而经常发生口角，指责其他孩子的恶意挑衅或者过分胆小。他彻底完蛋了，我们可能会这样去说一个穿水手服的两岁小毛头。毫无希望。他的眼皮都耷拉着。看看他，就知道紧紧抓着自己武装起来的小鸡鸡不放。

当然了，珍妮丝说，如果你想看见美好，那这里有克劳德，莱尼的孩子。那个洋娃娃！珍妮丝说。她自己也有个很出色的孩子，这孩子就躺在她胸口的吊带上，在她的保护性的温热之中睡着了。

克劳德真的很漂亮。他曾在莱尼的大腿上蹦跳。他的皮肤是深棕色的，虽然莱尼是个白人。

很美，我说。

莱尼很不寻常，珍妮丝说，她从布莱顿海滩来，是一个站街的妓女，虽然年纪、体重和宗教信仰都不支持她。

他不是我的孩子，莱尼说，有个老兄欠我钱，付不起了，就把自己生的第一个小杂种赔给了我。我这是在救济苦难儿童。亲爱的，我现在只能像个熊妈妈一样待在家里看电视，一个星期都接不了客。我的克劳德占据了我全部的时间。是不是，我的小松饼？快吃你的冰淇淋，克劳德，太阳会把它给融化了。

第六位和第七位单亲妈妈是双胞胎姐妹，总是穿得很相似。

第八位和第九位是吸毒的妓女，在对方工作或飞叶子的时候互相帮忙照看孩子。她们俩都是非常美貌的女同，时常坐在托儿所的四、五岁的孩子们中，而她们的孩子坐在用缎带和白色薄纱精致装饰的进口铝合金婴儿车里。她们从不让自己的孩子在沙子里玩。她们很讨厌看到孩子脏兮兮、湿淋淋的，如果孩子们把自己弄脏，她们能送孩子们下地狱。那些把不结婚当作信念的女孩们——包括珍妮丝和双胞胎——认为不婚是牢不可破的，但她们也没有绝望，因为大环境情有可原。

第十位和第十一位妈妈则显得郁郁寡欢。她们被抛弃了，这让她们完全无法从孩子身上得到任何乐趣，虽然她们也把小胖子紧紧抱在怀里，听到孩子们在沙滩里哭号也会马上飞奔过去，大声喊着：怎么了？怎么了？谁？是谁？谁把你的铲子拿走了？克劳德？莱尼！克劳德！

他是个真正的男孩子，莱尼说。

这两个人压根儿就不想靠救济度日。她们会因救济而尴尬，但对那些丝毫不觉得领救济可耻的朋友倒不至于态度粗鲁，只是时不时会说些刻薄话罢了。她们年轻，并且很漂亮，如今的年轻姑娘们都想拥有她们那种外貌，要是放在今天，她们肯定不会被再度抛弃。我试着告诉她们这件事。她们回答，谢谢！她们说出的刻薄话之一是，我妈妈说别自我感觉太差，艾莉森是私生的。妈妈接受了这件事，并且超越了它，但还是很穷。

我造访的这个下午，问了大家一两个简单的问题，做了一个声明。

我问：和其他妈妈还有宝宝相互交融，大家共同构成一个相互亲善的群体，是不是会感觉好很多？

她们说：不会。

我问：你们觉得贫民窟化会对你们的孩子产生什么影响？

她们露出了骄傲的微笑。

随后我声明：从某方面来说，我的孩子还是小宝宝的时候，情况有点类似。曾经别着"我喜欢艾克"[1]徽章的女士们坐在沙滩南边，我们剩下的人是修正主义的共产主义者、修正主义的托派、修正主义的犹太复国主义者，也就是坐在北边的民主党人。

作为对我这番声明的回应，她们绝大多数人异口同声说：别开玩笑！

走远点，珍妮丝说。

---

1 "我喜欢艾克"是美国第34任总统德怀特·戴维·艾森豪威尔的竞选口号，艾克是艾森豪威尔的昵称。

小姑娘

卡特早早来到了咖啡馆,那时我才刚给地板打完蜡。他说:"我相信我很快就能开公司了。让我用用你的地方,查理,听到没?"

我对他说,大门敞开,随便进吧。有人来查表(所以我把锁开了)。我告诉他我的租客安吉可能在家,不过大多数时候他都因为吸毒神志恍惚。哪怕有人在隔壁房间里练习吹号他都听不到。"卡特,你有很多很多时间。那儿可没有酒,没有任何那种东西。"他说他有别的玩意儿可以让自己保持巅峰状态。"只是开个玩笑。谢谢你,兄弟。"他说。我告诉他,我相信我已做了全部尝试,但是到如今,我喜欢威士忌。"如果你有威士忌,你只会喝醉,可如果你吸毒的话,你就会疯掉。没错,听听那家伙的动静就能知道。"他说着眼珠就转向了别的地方。

他径直走到公园。公园里到处都是一头淡黄头发的小妞儿。她们年纪都很小。你最好相信她们全都离家很远。她们也都极爱午饭前四处游荡的"大黑猫",那话儿挺立的大黑猫。她们觉得自己能一跃进入天堂。有可能吧。

如今，周围这些地方都被黑鬼占据了。在我年轻时，我用锅做饭，搅了又搅。而这些家伙呢，把肉汁都舔得一干二净。

下一件事：卡特坐在长椅上休息。他四下张望。他的短裤很紧，他的脑袋转来转去。紧接着就来了这个孩子，她散漫地走着，手里拿着大的帆布袋，左顾右盼。卡特喊了一嗓子："嘿，坐下。挨着我，来这儿，你这漂亮的小东西。"她看向一侧，坐了下来，坐在椅子边缘。

"你从哪儿来，宝贝儿？"他问，"嘿，放松，这是和朋友在一起。"

"哦，谢谢。哦，从中西部来。"她说，"靠近芝加哥。"她想让自己看起来不错。她的故乡离这里并没有八百英里。

"你这朵小小蒲公英，你是离开家来玩吗？你的男朋友就这么让你走了？"

"哦不，"她说，慢慢健谈起来，"我只是为了变得更好而离开。妈妈什么正经事都不让我做。放学回家后，我得洗早餐盘子，还要打扫整理兄弟们的房间，而他们什么都不用做。工作日的时候，晚上十点之后，我必须待在自己的房间；周六十二点，美好的夜生活本该从此刻开始，但那座小城里什么都没有。什么都没有！那座城死气沉沉的，就是个沉睡的山谷。而偏见呢，哦呦！"说着她的脸微微涨红，她并不想伤害他的感情。"这很可怕，我从纽约来的某些家伙那儿弄到了一点大麻卷烟，他们就把我抓了，关了我整整一个星期。他们就一直盯着我。那些人真是太讨厌了，而且那么无知！"

"天哪！"卡特感叹，"我都不知道今天的孩子竟然要承受这些。世道可真是变了，这是事实，老家伙们都不愿接受新鲜的事物。"他抚弄她的头发，脸颊在她的秀发上贴了一分钟。这是测试，接着他用舌尖舔舔她的耳垂。你知道的，他是英俊的男人，肤色漂亮，中等深，不那么浅。唯一让他显得奇怪的是，他眼睛里有几条血丝。

"我不知还会不会见到更漂亮的妞儿。"他说。这触发了某种我们称之为阴部充血的事儿。他知道这立刻起效了。她马上看向他。"哦上帝啊，我走得太久了，我累了。"她打起了哈欠。

他说："我有个好地方，你可以在那里放松休息，决定下一步该怎么做。洗洗澡。想干什么都行。你怎么做都行。我的天哪，你真是个小甜心。你最好去参加美国小姐竞选。你说你几岁来着？"

"十八岁。"她马上回答。

他满意地看着她，但我相信，卡特很清楚那是个谎言。那是我怨怪他的最大原因。因为，为什么是她呢？那么小的姑娘通常都是成群而行，真的是。一个成年男人得运用自己的判断力。

下一件事：他们出发去了我的公寓，离市中心有六七个街区。路上去吃个梅梅披萨比较好，她说（真是头脑简单啊）。她说，在家他们不会做这个。

他们继续走。我见过卡特讨好人。她肩膀上搭着帆布袋。他们可能是手拉手，手还晃来晃去。

打开149号的大门，费劲往四楼爬的时候，她肯定会深感失望。你很清楚我那地方，家徒四壁，空无一物。我有张小床。那里有张桌子、两把椅子。床上有毯子，还有个枕头。一个旧的有油污的枕套。我年纪太大了，无法舍弃自己灰色泛油的脑袋，但我肯定希望自己是一个年轻人，让自己的爆炸头肆意飞扬。

她肯定会失望的。

"等一下。"他说着进了厨房，拿来冰水和一盒椒盐卷饼。"哦，谢谢，"她说，"正合我意。"然后他说："随便休息吧，亲爱的。"于是她就躺下了。躺下，躺进自己的棺材正中。

"你抽烟吗？那样会不会更平静？"他问。"哦，是的。"她说，"当然会让心情平静。人们只是不知道这点。"

接着他们吃完抽完了。为了解除警惕，达成一致，他问："你喜欢做爱吗？"她说："好家伙！干呀！"他当即撩起她的裙子，脱下她的内裤，浑身上下胳肢她，小口小口地品尝她。他问："你喜欢这样吗，宝贝儿？""好家伙！我很喜欢。"她说，"家那边曾有个黑人男孩对我做这些事，感觉好极了。"

就在这时，他脱掉了衣服，准备办正事。现在，糟糕的是，就像卡特告诉我的，而我很清楚是这样，那些小姑娘到这里来晃荡就是为了寻找热狗肠。她们得到的是短粗的香肠。你知道我们就像那样。实际上，卡特确实强迫了她。不得不那么做。她开始放声大叫："哎呦，太疼了，你要杀了我了，太疼了。"但卡特对我说，那是她要求的。他原本想离开，但自早上停在商店门口后，他就像石头一样硬了。他是不会让她逃跑的。

"你打她了吗？"我问，"听着卡特，我不会告诉任何人，但我得知道。"

"我可能强行拖着她干了那么一两次。是那愚蠢的小骚货自己要求的，不是吗？她太小了，她的大腿上根本就没多少肉，无法满足一只疯狗。要是我允许的话，她可以在我的腋窝下扭动身体。我们的黑人姑娘可真是一点都不像她，查理我跟你说，她们掌控一切，自己的烂摊子自己吞，她们都很骄傲。"

"我没骑太久。"卡特脑袋摆得很快，但他并没有擦到我。我问他："当他们递上盘子让你选择时，为什么你像个最漂亮的家伙那样说，请给我一点白色的小玩意儿，伙计？"

"我没有!"他大叫起来,好像我掐住了他的喉咙似的。"我永远都不会那样!"他一把抓起我的前襟。那是一件脏旧的工作服,被他撕开了一点。他的脸色严峻起来。"妈的!你说得对!它们就是毒药!它们会杀了我!吃这种东西会把我送到北郊去,除了骨头什么都没的吃,还会长痔疮。"

站在墓穴里开玩笑,这就是他曾让我喜欢的地方。卡特和别人不一样,所以我才愿意在傍晚时分和他一起在公园里打发时间。

冷静点,我说。

对极了,他说。

他对我说:"当玛吉·安吉·安博锐欧尔靠在门口的时候,我刚刚把那些棉花头的小黑人射进她的身体里。"女孩儿躺在我血迹斑斑的幼儿床上,抓起床单,一直在哭,双腿之间鲜血直流,卡特把她给撕裂了。"你知道的,查理,"他说,"我可不是你们这些鸡鸡切掉一半的犹太男孩。"安吉瞅了瞅。卡特从自己忙于耕耘的地方站起来,迅速地瞄了安吉一眼,拿起他的内裤,然后溜走了。他对我说:"老兄,我不能待在那儿,那个该死的小婊子一直抽抽噎噎的,整个人都躺在血泊里,她也不站起来保护一下自己,她真是太恶心了。那个没水准的白色臭虫呢,就是你那个朋友,从厨房水槽下面爬了过来。从现在开始,你绝对不能和白人瘾君子生活在一起,听我说查理,他们不能住你的公寓。"

"你现在要去哪儿,卡特?"我问他。"去找那些猪。"他说着手肘指了指市中心,"我听说他们在找我。"

那确实是他后来做的事情,从此以后他再也没有见过自由的天光。

还是在这一天,警察们很快也找上了我。他们知道我在哪儿。在站里的时候,他们说:"今晚还有明晚你去别的地方睡。你的住处被封锁了。你是不会想看见现场的,查理。你没有嫌疑。我们知道案发时你人在哪里。"警佐看得出我并非一无所知,但他也不打算向我透露什么。我随后会解释的。他们给安吉签发了逮捕令。他们不想让我同他讲话,什么都不要告诉他。

巡警海克特是守不住秘密的。他们就是那样。那些西班牙人,喋喋不休。他说:"搬走吧,查理。你不会再想看见那地方。床碎了一地。小女孩就在通风井的底部,浑身骨折,躺在垃圾和碎玻璃上。她是在完全清醒的状态下被人从厕所窗户扔出去的,活着扔出去的。他们都知道的。触及地面的瞬间她死了。"

第二天我得到了更糟糕的消息。海克特在商店外面找到了我。我的缓冲器被砸坏了。没法工作了。他说:"那姑娘从胸腔到膝盖的每一根骨头都是断的,全碎了。她在死前被某样钝器或者拳头残忍地殴打过。"

"更糟糕的是,在她大腿根部,很靠里的位置,就像被动物给咬了一样,咬了一口又一口,扯下她身上本来就没多少的肉。"我说:"好吧,海克特。闭嘴。别说了。"

连续五天,他们每天都在报纸上刊登她的照片。第五天,她的爸爸妈妈终于来了,他们说孩子的名字是茱尼珀。她十四岁。她一直都有点叛逆,如今的孩子们都那样。

然后就是开庭审判。我也承担了一个小任务,我要说:没错,那是我的公寓。没错,是我告诉卡特可以使用那里。没错,安吉是我的室友,有时候他在那里一躺就是好多天。他欠我两个月租金。所以我才没赶他走。

在法庭上,卡特说,没错,他确实强迫她了,但他说别的他什么也没干。

安吉说:"看到她都干了什么后,我确实打她巴掌了,但是我绝对没伤害她,法官阁下,我又不是动物,肯定是那个黑人嬉皮士干的。"

警察们想逼迫他们说出更多真相——没人承认恶行,警方缺乏证据证明,究竟是谁把她当作一包碎骨头一样给捡起来,从五楼窗口随手扔了出去。

可这难道不是耻辱吗,那两个男人?他们为什么要发泄到她的身上?搞了这么多毛茸茸的小妞儿之后,他们本可以随便玩玩她就作罢。卡特为什么非要多看她一眼？她本可以安然度过这个夏天。我们就像个联合国，每个国都有人顺道来拜访。她本可以在她住的五楼阳台上接受更高等的教育。九月，她的妈妈和爸爸会来看她，打她的屁股。我们知道这个。我们已经在这个世上活得够久了。我们见过太多这样的小姑娘。她们走进家门，不一会儿就要长成女人。她们进入泳池，在超市门口抗议，她们眨眼，闭嘴，露齿而笑。

可那是我的房间，我的床，我是不会忘记的。我无法不想，那个孩子……那个孩子……昨天下班后我躺下来，想到或许没有人谋杀她。或许是她自己哭丧着脸爬到那扇敞开的窗户边。她被撕碎了，她肯定想到自己体内已被损毁。她对于这段记忆必定异常恐惧——她的家人会看到这一切。她的人生看上去就像压扁的鱼一样恶心，所以她做了什么呢？她拢聚了一些不知哪儿来的勇气，爬上窗台，让自己挂在上面，接下来，依我看，她让自己倒了下去。我现在是这样认为的。

这是事情的真相。

与父亲的谈话

我父亲八十六岁,卧病在床。他的心脏——那该死的马达——也同样老了,无法再承担重任。它依然能够给他的大脑输送智慧之光,但已无力支撑他的双腿在屋内踱步。我的隐喻不作数,这种肌肉上的失败并不是因为那颗老迈的心脏。他说,是因为缺钾。他坐在一个枕头上,背靠着三个枕头,他提出了最后的忠告,还提出了一个要求。

"我希望你再写一个简单的小故事。"他说,"就是莫泊桑或者契诃夫写的那种,你曾经写过的那种。写出很有辨识度的人物,然后写一写他们接下来怎么样了。"

我说:"好啊,为什么不呢?我可以写。"我想让他高兴,虽然我根本不记得自己写过那种东西。我很乐意试着去讲一个那样的故事,如果他指的是这种开头的话:"从前有个女人……"之后就是情节展开,两点之间有一条明显的线索,我向来看不上这种故事。并不是出于文学上的原因,而是因为这种叙述方式带走了全部的希望。每一个人,无论是真实的还是虚构的,都值得拥有开放的命运。

最后我想到了一个故事,就发生在几年前,就在街对面，于是我就写了下来，然后大声读了出来。"爸，"我问，"这个怎么样？你说的是这种故事吗？"

在我生活的时代，有个女人，她有一个儿子。他们过得很舒心，住在曼哈顿的一栋小公寓里。男孩在十五岁左右时变成了瘾君子，在我们这一带这种事儿颇不常见。为了维持和儿子之间的亲密友谊，妈妈也吸上了毒。她说这是年轻人文化的一部分，这样一来，她也自在了起来。过了一段时间，基于好几种原因，男孩儿放弃了毒品，厌恶地离开了这座城市和他的妈妈。她悲痛欲绝，绝望而孤独。我们全都去看望她。

"好了，爸，故事讲完了。"我说，"一个简单而痛苦的故事。"

"但我说的并不是这种故事。"父亲说，"你有意曲解我。一个故事当中应该包含很多东西。你很清楚。你把一切都排除在外了。屠格涅夫是不会那么做的。契诃夫也不会那么做。事实上，有很多俄国作家，你从来没听过他们的名字，但他们和其他作家一样优秀，能写出朴素而寻常的故事，他们不会将你排除在外的东西排除在文本之外。我所反对的并非真相，而是那些坐在树边胡说八道的人，谁知道那些声音都是从哪儿……"

"忘了那个故事吧,爸,我究竟把什么排除在外了?就说这个故事。"

"比方说,她的长相。"

"哦,非常美丽,我想,是的。"

"头发呢?"

"黑色,编成厚重的发辫,就像个十几岁少女或者外国人那样。"

"她父母什么样?她的经历呢?是什么让她成了这样一个人?你知道的,这才是有趣之处。"

"来自城外。都是职业人士。是他们县里第一对离婚的夫妻。这样如何?够了吗?"我问。

"你这就是儿戏。"他说,"男孩儿的父亲呢?你为什么没提到他?他是什么人?还是说这孩子是个私生子?"

"没错。"我说,"他就是个私生子。"

"上帝保佑,你的故事里就没有一个人结婚是吗?在他们上床之前,就没有一个人有时间冲到市政厅吗?"

"没有。"我说,"在现实生活中,他们有时间。但在我的故事里,没有。"

"你为什么要这样回答我?"

"哦,爸,这就是一个简单的故事,讲一个聪明的女人来到纽约,满怀兴趣、爱、信任还有兴奋,非常与时俱进,还有她的儿子,她在这个世界上度过了多么艰难的时光。

有没有结婚影响非常小。"

"影响很大。"他说。

"好吧。"我让步。

"好吧好吧。你就知道好吧。"他说,"听我说,我相信你说的,她很好看,但我不觉得她有多聪明。"

"是真的。"我说,"事实上这就是故事的麻烦所在。开始的时候人物几乎完美。你认为他们卓尔不群,但随着故事的推进,结果证明他们也只是接受了良好教育的普通人。有时候恰恰相反,人物有着那种有些傻气的天真,但他其实比你更明智,你甚至都想不出一个足够好的结局来。"

"那样的话,你会怎么做?"他问。他做了几十年医生,又做了几十年艺术家,仍旧对细节、工艺、技巧兴趣浓厚。

"这个嘛,你只能任其发展,直到你和固执的主角之间达成某种共识。"

"你这不是在说傻话吗?"他反问。"再来一次。"他说,"碰巧我今天晚上不出门。再把这个故事讲一遍。看看这一次你能干点什么。"

"好吧。"我说,"但这可不是分分钟就能完成的工作。"
第二次尝试:

从前,就在我们住的街对面,有一位温柔漂亮的女士,她是我们的邻居。她有个儿子,她非常爱自己的儿子,因为从他出生起她就认识他了（在无助的、胖乎乎的婴儿期，在七到十岁那段活泼好动的年纪，以及之前和之后的阶段）。男孩儿进入青春期后成了瘾君子。他并不是个毫无希望的家伙。事实上他满怀希望，是个理论家，还是个成功的创作者。凭借自己的聪明才智，他给高中报刊撰写颇具说服力的稿件。为了寻找更广泛的受众，能有重要的人脉关系可用，他给曼哈顿下城区的报刊亭不断送去一份名叫"哦！金色马匹！"的期刊。

为了不让他感到愧疚（她说，因为在今天的美国，所有临床确诊的癌症里，硬心肠的家伙十有八九得的都是愧疚癌），加之她一向坚信要在家中给坏习惯腾出空间，这样人们还能对这些坏习惯有所监控，所以她也成了个瘾君子。有一阵子她的厨房名声在外——那是智力发达的瘾君子们的活动中心，他们全都清楚自己在做什么。有些人像柯勒律治一样充满艺术细胞，其他人则像里瑞[1]一样理智，充满革命性。她虽然常常把自己嗑嗨了，但还是保留了身为人母的条件反射，总能下意识给出悉心的照料，确保周围有取之不尽的橘子汁、蜂蜜、牛奶和维他命药片。然而，除了辣味肉豆之外，她什么菜也不做，一周顶多也就做一次

---

[1] 蒂莫西·弗朗西斯·里瑞，美国心理学家、作家，因支持在可控条件下迷幻剂的治疗潜力而闻名。

饭。当我们抱着邻里间的关怀,态度认真地和她沟通时,她解释说,这是她在年轻人文化当中该做的事,比起同龄人,她更愿意和年轻人在一起,这是一种荣耀。

某个星期的某一天,男孩一边看安东尼奥尼的电影一边频频点着头,有个严肃并且改宗的女孩坐到男孩身边,胳膊肘狠狠戳了他一下。她马上就把甜甜的杏子和坚果分享给他,突然同他说起话来,带他回了家。

她听说过他和他的作品,她自己则出版、编辑并撰写了一本颇具竞争力的期刊——《人只需面包就能生存》。她天然的热情高涨,不断出现在他面前,让他无法不再度对自己的肌肉、动脉和神经连接产生兴趣。事实上他开始爱上它们,珍视它们,用《人只需面包就能生存》里的滑稽小曲赞颂它们。

> 我身上的手指超越
> 我超验的灵魂
> 我肩膀尽头的紧张
> 我的牙齿,造就了完整的我

他向脑袋(意志与决心的光荣所在)上的嘴巴输入坚硬的苹果、坚果、小麦和大豆油。他对旧日的朋友们说:从这一刻起,我想我要保持睿智。我全是凭着本能来。他说他要开始一段精神上的深呼吸之旅。你也一起来怎么样，妈妈？他善意询问。

他的转变如此耀眼、灿烂，附近和他同龄的孩子都开始改口，说他从来都不是个真正的瘾君子，只是个追寻故事线索的记者。没有了儿子和儿子的朋友们，妈妈做了许多次尝试想要戒断吸毒这个孤独的爱好，结果所有努力都适得其反。男孩和他的姑娘带上了电子打印机，搬到了另一个区，住在绿荫浓密的郊区。他们自我要求极高，几近严苛。他们说，除非她能够六十天不碰毒品，否则他们不会再见她。

独自在家的夜晚，这位母亲以泪洗面，反复阅读那七期《哦！金色马匹！》。这些杂志在她眼中前所未有地接近真实。我们经常到街对面去看望她，安慰她。但是，只要我们提到自己的孩子在学校、在医院，或者退学在家，她就会号啕大哭：我的宝贝！我的宝贝！眼泪迸发而出，满脸泪痕，无休无止。结束。

起初爸爸没有说话，过了一会儿他才开口："第一点，你有很不错的幽默感。第二点，我看出来了，你没办法讲一个平实的故事。所以别浪费时间了。"而后他又失落地说："第三点，我猜那意味着她孤身一人，她就那样被抛在身后，我是说他的妈妈。孤身一人。也许还有病？"

我回答:"是的。"

"可怜的女人。可怜的姑娘,生在了傻瓜们的时代,要和傻瓜们生活在一起。结束。结束。结束故事是正确的。结束。"

我并不想争辩,却必须要说:"这个嘛,那不见得就是结局,爸。"

"没错。"他说,"真是悲剧啊。一个人就这么结束了。"

"不是的,爸。"我恳求他,"没这个必要。她才四十岁。随着时间推移,她在这个世界上可以有一百种不同的可能性。她可以成为一名老师或一个社区工作者。一个前瘾君子!这有时候比拥有一个硕士学位还要强。"

"开玩笑。"他不同意,"这就是你作为作家的致命问题。你就是不愿意承认。悲剧!朴素的悲剧!历史性的悲剧!没有希望。结束。"

"哦,爸。"我说,"她可以转变。"

"你自己的人生也是一样,你必须要直面生活。"他喝了几口药油,"转到五。"他说着指向了氧气瓶上的表盘。他把管子插进鼻孔,深深呼吸。他闭上眼睛,说:"不。"

我向家人保证过,在争吵时让他说最后一句话,但在这件事上,我有一种不同以往的责任感。那个女人就住在街对面。她在我的认知范畴内,她是我的创造物。我为她难过。我是绝不会留她在那栋房子里暗自垂泪的(事实上,生活本身也不会这样做,生活和我不同,它是没有怜悯可言的)。

因此,她确实改变了。当然她的儿子没有再回家。但是现在,她是东村社区诊所的前台接待员。大部分患者都是年轻人,有些是老朋友。主治大夫对她说过:"如果我们诊所能有三个和你有同样经验的人……"

"医生这么说?"爸爸从鼻子里拔出氧气管,问道,"开玩笑。又开玩笑。"

"没开玩笑,爸,确实有这种可能,如今的世界就是很有趣。"

"不可能。"他说,"真实才是第一位的。她会复吸。一个人必须有自己的特点。她没有。"

"不是的,爸。"我说,"就是那样的。她有了一份工作。忘了那些故事吧。她就在前台工作。"

"能持续多久呢?"他问,"悲剧!你也是。你什么时候才能直面生活呢?"

移民故事

杰克问我：在另一个人的悲伤阴霾下成长起来难道不是件可怕的事吗？

我想是吧，我回答，如你所知，我在向上流动的夏日阳光里长大，过滤掉了大量黑暗的骨血里的悲伤。

他继续谈论自己的人生：如果情况如此，那也不是我们的错。你性格那么差也不是你的错。可是你总是生气，没有出路，只能继续暴怒或者进疯人院。

如果这种悲伤全是历史所致呢？我问。

欧洲残酷的历史，他说。他用这种方式向我了解的主题致以奇怪的敬意。

欧洲的历史太过残酷，全世界都应当站在它的对立面，杰克，但大家还是赞成它，因为在一千年的时间里，它可能已经学到了一些理智。

胡扯，杰克客观地说，一千年的时间里，欧洲都执着地走在残酷帝国的道路上，一直在制造敌人，而你用来对付这些敌人的只有好好讲道理，那会怎么样？

我亲爱的，没人明白理性的力量。它没能得到充分的建设与运用。

我想试着告诉你一些事情,他说,听好了,有一天,我醒过来,而我爸爸正在婴儿床上睡觉。

我想知道为什么,我说。

是我妈妈让他睡婴儿床的。

一直都睡那里?

反正那次是睡在那儿!那次我看见他了。

我想知道为什么,我又说。

因为她不想被我爸爸操,他说。

才不是,我不信。谁跟你说的?

我就是知道!他用手指对准我。

我才不信呢,我说,除非她已有了五个孩子,或者他们得在六点钟起床,要么就是他们厌恶彼此,大多数人都喜欢丈夫做那种事。

胡扯!她是想让他觉得愧疚。他之前把蛋蛋给放在哪里了?

我永远也不会回答那个问题。这个问题被焦虑地问了一遍又一遍,它或许会成为毁灭整个世界的缘由所在。我给了它两分钟的沉默。

他说:悲惨悲惨悲惨悲惨。灰暗。我看到一切都灰暗无光。我妈妈靠近饲料槽。施姆尔,她说,起来。快点到街角去,给我买半磅干酪。然后跑去药店,弄几盎司鱼肝油。我爸爸像灰色的老胎儿一样蜷缩成一团，抬起眼，冲这个婊子微笑微笑再微笑。

你怎么知道当时的情形呢？我问，你那会儿才五岁。

你觉得当时是怎样的呢？

让我来告诉你吧。这并不困难。任何一个过着正常生活的蠢蛋都能告诉你。任何没有被十年暴食分析的养料发酵过的头脑都能告诉你。

告诉我什么？他尖叫道。

你父亲之所以睡在婴儿床上，是因为你和经常睡在婴儿床上的姐姐得了猩红热，需要睡正常的床，还需要更多的空间来出汗，一旦发烧，要么痊愈，要么死。

这都谁跟你说的？他向我扑来，仿佛我是个敌人。

你是个该死的敌人，他说，你看什么东西都是玫瑰色的。你有根深蒂固的玫瑰气质。你就像那些六年级孩子似的。曾有一天你带着三面美国国旗跑到学校来。

确实如此。三十年前，我在六年级晨会上做了宣告。我说：每天我都为自己不在欧洲而感谢上帝。我感谢上帝让我出生在美国，居住在东一百二十七街，那里有食品杂货店、糖果店，街角还有个药店，街区里有犹太教堂和两间医生办公室。

一百二十七街就是一坨屎，他说，除了你之外，每个人都靠救济活着。三十个人患有肺结核。公民和非公民在战争爆发前都一样饿肚子。感谢上帝，资本主义发动了战争，时不时把旧时的饲料袋给拖出来，否则我们都得死。哈哈。

我很高兴你没有完全被股票、债券和现金洗脑。我很高兴听到你还能时不时提及资本主义。

因为贫穷、睿智以及脸部和胯部早早冒出的小绒毛，我的朋友杰克在十二岁生日的早上是个显而易见的马克思主义者，也是弗洛伊德的信徒。

事实上，他的脑袋里塞满了各种想法。我不断拿出旗子来。一共有二十八面旗帜飘扬在不同的房间和窗户上。我的胳膊上有个文身，颜色已经暗淡了很多，但图案膨胀了不少，因为中年发福。

原来的我恐怕比如今的你们都要激进，我说，因为在麦卡锡主义[1]盛行期间，我的行当并没把我扫地出门，所以我无须为了自己去经商，去赚取一个好前程。

你这该死的傻瓜。时至今日已经有很多职业都被消灭了。我指的是聪明人——工程师、教师，只有破坏——破坏。

我相信我看世界和你一样清晰，我说，在看世界的时

---

[1] 1950年至1954年间，美国参议员麦卡锡是美国国内反共、极右的典型代表，他恶意诽谤、肆意迫害疑似共产党和民主进步人士，甚至迫害有不同意见的人。

候，玫瑰色的玻璃窗并不比晦暗的灰色玻璃差。

是是是是是是是，他说。你介意吗？你听我说：

我的父母来自波兰的一座小城。他们有三个儿子。我父亲决定去美国，为了（1）脱离军队，（2）脱离监狱，（3）从日日连绵的战火和习以为常的大屠杀里拯救自己的儿子。他的父母、叔叔、外婆和奶奶用存款帮助了他，他像那个年代的成百上千的人一样启程了。在美国纽约，他过得艰辛，但充满希望。有时他会去德兰西街上走一走。有时他会像单身汉一样去第二大道的戏院。大多数时候，他都把钱存起来，只为有一天能够将妻儿接到这里来。与此同时，在波兰，饥荒来袭。不是所有美国人每天都会感受六七次的那种饥饿，而是饥荒，这种饥荒会让身体自我吞食。首先是脂肪，然后是肉，接着是肌肉，最后是血液。饥荒吞食小孩子的身体尤其迅速。我的父亲在船上见到了我的母亲。他看着她的面庞、她的双手。她的怀抱里并没有小婴儿，也没有小孩子拽住她的裙角。她不再有编成两条漆黑长辫的头发。乌黑粗硬的假发上覆着一块方头巾。她剃光了头发，像个落伍的东正教新娘，虽然他们和城里大部分年轻人一样，是进步的共产党员。他牵起她的手，带她回了家。除了工作或去食品杂货店之外，他们从不独自去任何地方。他们手牵手在桌边坐下，就连吃早饭也不放手。有时候他会轻拍她的手,有时她则拍拍他的手。每晚他都给她读报纸。

此刻,他们正坐在椅子边上。他俯身向前,在老旧灯泡的光晕里给她读报。偶尔她会笑一笑。然后他便放下报纸,将她的手包裹在自己的手里,仿佛想给她取暖似的。他继续读报。在桌子的另一边,越过他们的脑袋,是厨房、卧室和餐厅的无垠黑暗。还是小孩的我,就是在那阴云密布的黑暗中吃晚饭、做作业并上床睡觉。

长跑选手

有一天，在四十二岁左右，我成了一名长跑选手。我虽然满身赘肉，在诸多方面都难以达成这个心愿，但还是渴望跑得更远，更快。不用像自行车和火车那么快，不用去台北之类的那么遥远的地方，不用去那住着小眼女人的岛屿，也不用像水手们在公交车站谈起旅行时说的地方那么远，我只要绕着城镇跑上一圈又一圈，从海边到桥梁，顺着旧日居住的街区跑上几回就行，赶在衰老和城市复兴终结它们和我之前。

我先试着在康涅狄格的郊区跑了跑，这里林木密集，春日里全是嫩叶花蕾。所有的创作都是隐秘的，不是吗？于是我就在广阔的城郊山丘上训练，这里没人认识我。整个春天，我都在山茱萸花和月桂树里跑进跑出。

人们有时候驻足问我为什么要跑步，一个穿着丝绸短裤的女人，裤腿将肥胖的大腿遮去一半。在训练时，只有人们问得特别详细，我才会回答，顺便休息。我还穿了一件白色背心，支撑性特别好，不会吸引老男人和大惊小怪的孩子们的注意力。

随后夏日来临,我的双腿似乎强健了不少。我同孩子们吻别。那会儿他们年纪也都不小了。到了临近分别的时间,我拜托拉夫特里太太时不时过去看看,给他们带点她做馁了的凯尔特式晚餐。

我告诉他们,只要他们愿意,任何时间都可以出去。去过属于你们自己的人生,我说,把我留在这儿就行。

跟明白人无须多言……理查德说。

你真是抑郁的菲丝啊,拉夫特里太太说,你男朋友杰克没打电话来,就是你觉得特可爱的那个,你在星期天的时候就像虱子一样阴沉。

别跟我扯没用的了,拉夫特里太太,我嘟囔了一句。她的眼中蓄满泪水,因为她就是那样的人:从头到脚只会胡扯。所以我才会喜欢她,我爱她,我创造了她,我也忍耐她。

我出门时,他们全都斜躺在电视机前,理查德、通托,还有拉夫特里太太,全都盯着电视里的新闻看。新闻用移动的画面证明人们正在进行登月之旅,非洲和南美洲全都藏在暴怒的云团里。

我说,再见。他们说,是的,好的,当然了。

如果情形就是如此,那就忘了吧,我大喊一声,然后搭独立地铁去了布莱顿海滩。

在布莱顿海滩,我去"咸风更衣室"换了衣服。二十五年前,我父亲在这里投资了五百美金。事实上,如今他每年仍旧净赚三点五美金,这笔钱直接(按照法律规定)存入"犹太儿女",用来弥补赤字。

我开始跑步,脚步轻快,没人过分在意。我先是跑上了木栈道,路过了我妈妈的传单站——在软冰淇淋站和一个残破的土丘之间。她的党员同志曾在那里给她分配任务,让她用简单的社会主义意识阻止冷酷的美国公司浪潮。

我想停下来,赞美绵延的海滩。我想停下来,对纽约欣羡一番。有那么多烂到根里的城市,但没有哪一个像纽约这么灰头土脸,遍布泥沙,在它粗糙的边缘散落着居民。可我已花费了人生中大部分时间躺下、站起或者凝望。我已决定奔跑。

跑了大约一英里半后,我离开木栈道,一路小跑进原先住过的街区。我跑得很不错。呼吸悠长、深沉。我对自己的表现很是骄傲。

忽然间,我被三百多个黑人包围起来。

你谁啊?

那谁啊?

看看她啊!就看看!你啥时候看见过比这更肥的屁股?

可怜的东西。她有问题。离她远点,小崽子们,你们这些小坏蛋。

我以前住在这儿,我说。

哦没错,他们说,在白色的过去。那日子太糟糕了,无法继续。

但我们很热爱在这里的生活。我们从来不去弗拉特布什大道或者时代广场。我们热爱我们的街区。

粗糙的黑色乳房。

我喜欢你说话的方式,我说,喜欢你的隐喻,什么都喜欢。

好极了。这都是我们说话时自然而然出现的。

没错,我的同胞也都有自己说话的方式。别忘了爱尔兰人。他们有喋喋不休的天赋。

他们是谁?有个小男孩问道。

警察。

如今,我提出,警队里面越来越多的可不止是爱尔兰人。

你说得没错,两位女士说,越来越多,特别特别多。他们是法国人中国人俄罗斯人刚果人。哦,夫人,你说得太对了。

我之前住在那栋房子里,我说,那栋公寓楼。我的一生。直到结婚以后。

在一个地方生活很不错。我妈妈就是这样生活在南卡罗来纳。一个地方。她的爸爸种地,她说。他们有东西可吃。无论严冬、战争还是荒年。罗斯福。厉害吧！是不是很完美！永远也不会冷！大树！

那个公寓。我抬起头来，伸手去指。三楼。

他们全都抬起头。那又怎样呢！你这魔鬼！一个年轻黑人男子说。他戴着牛角框眼镜，看上去很有才干，在我十八岁那年第一眼看到那些城市学院的男孩子时，他们通常就是这副样子。

他似乎在用轻蔑和愤怒引导他们，哪怕是那些偷偷摸摸朝我而来的小家伙们也都唱着：魔鬼，哦，魔鬼。我不认为这些小家伙对我有什么不好的感觉，因为他们用手指戳了戳我，哈哈大笑。

我觉得此时保持冷静、不慌不忙是明智之举。于是我立刻补充了一些事实。我说：你知道多少种花朵的名字？我是说野花。我的同胞只知道两种。这就是他们如今常挂在嘴边的话。富有或者穷困，他们只有两种花名。玫瑰和紫罗兰。

雏菊，有个男孩马上回答。

杂草[1]，另一个男孩说。那是花吗，我心想。但是其他人全都抓住了笑点。

虎耳草、鲁冰花，一位小姐说。牛舌草，有个童子军

---

1 亦有"大麻"的意思。

小姑娘说，她穿着军绿色的制服，系着深绿色腰带。她边说边举起手中的《野花手册》。

你又知道多少呢，胖妈妈？一个小男孩热情地问。他并不是在攻击我是个妈妈或者身形肥胖。我将全部注意力都转向了他。

哦孩子，我说，我可是遥遥领先于我的同胞。我独独对黄色的特别了解：加拿大委陵菜、赤莲、黄色毒舌草、沼泽毛茛和常见毛茛、金酸叶草、黄花苜蓿、金橙山柳菊、月见草、黑心金光菊、金柑，还有不长在水中就沿着水边生长的黄色梭鱼草，当然不能少了蒲公英。这些我全都亲眼见过。亲眼。

天气好的时候，你能从木栈道上看见中国，一个男孩说。

比起国家，我知道的花更多。现如今大多数年轻人都已经去很多国家旅游过了。

我没有。我哪里也没去过。

我也没有，差不多有十七个男孩异口同声地说。

他们不允许我出国，有个小女孩说，那些地方有醉醺醺的瘾君子。

但是我！我！一个高个子年轻黑人叫喊道，他很英俊，穿着体面。我是个非洲人。我的父亲来自山地平原。我哪儿都去过。我在莫斯科待了六个月，学习机械。我去过法

365

国，学习法语。我去过意大利，观察奇怪的文艺复兴艺术，还有人们的甜美。我还去过英格兰，我在那里学习"英美法系"和城市的衰败。我参加了古巴的黑色青年会议，去理解我们的激情。此刻我在这里，是要成为工程师，回到我的同胞中去，搭乘挪威人的帆船环绕好望角。通过这种方式，我能学到美好的古老的航行艺术，以防我那古老岛国的新社会引擎失灵。

年轻人说完，我们全都沉默了，气氛有些怪异。而后一位老小姐对另一位老小姐开了口，她穿着镶有白色蕾丝领的黑裙子，另一位小姐和她完全是一样的打扮。她说：有人头颅里有了脑子而不是鱼汤，可喜可贺。阿门，少数人回应说。

这位小姐，你为什么不去看看鲁迪太太，她现在就住在你原来的房子里，嗯？女童子军说。

她为什么就乐意见到你呢？有些窃笑的人语带嘲讽。

她有心悸，都是因为她的男人，是他害她心悸的。

那还不是全部呢，他生来就是个送礼人。

我可以带你去，女童子军说，我叫辛西娅。我属于布鲁克林355部队。

我没有穿正装，我说，看着我笨重的膝盖。

你不应该穿这样的背心，上面没有跑号，也没有写队伍名称，看上去就像个贴身内衣。

辛西娅！别带她去那儿，一个颇有权威的男孩制止她。她的脑袋很奇怪。你不会带她去的，对不对？听到我的话了吗？

劳伦斯，小姑娘柔声说，要是你再跟我说一遍我该干什么，我就把你绑在那根灯柱上。

蠢货！她说，有力地指向了我。

就这样，我被带去了那栋房子，踏进那条占据我整个童年时期的走廊。

我看见的第一道门仍是金箔的标记，1A。那是管理员住的地方。他是个黑人。

怎么会那样呢？辛西娅满脸震惊。管理员怎会是个黑人呢？

哦辛西娅，我感叹了一下。随即我转向对面的门，在一楼前面，1B。我还记得。哎呀，这里，以前住的是格蒂尼斯基太太，是个很胖很胖的女士。她所有的孩子都是一出生就死了。出生，然后一、二、三，死了。五个孩子。格蒂尼斯基先生说：我是你的坏运气，泰西。然后他就走了。连续七年，他每周都寄给她十五美金。然后就再也没有消息了。

我知道她，可怜的家伙，辛西娅说道。在她去世前，城里的夏天来了。他们之所以知道她去世，是因为味道。

他们用帆布把她包起来。他们没有办法穿过前门，只好刮掉她身上的一部分。我叔叔罗纳德不得不给他们搭把手，但他被恶心了。

只不过是两年前发生的。她还在这里住！她不怕吗？

我们也都在这里，辛西娅。白人并非无所不能。

谁曾住在楼上2B？她问。现在是我最好的朋友南茜·罗萨林德住在那儿。她有两个兄弟，她姐姐结婚了，有个孩子。她肤色特别浅。不是因为她妈妈。我们这些人全都是有色人种。

你最好的朋友？有意思。因为那里曾住着我最好的朋友。就在那栋公寓里。乔安娜·罗森。

她怎么了？辛西娅问。她也有一件跑步衫吗？

来吧，辛西娅，要是你真想知道的话，我会告诉你。她和一个男人结婚了，马尔文·斯泰尔兹。

那是谁？

我细数一遍他的成就。这个嘛，他是一个大集团"乔马塑料"的董事长。这家集团拥有一家钢铁公司、自己的电台、一台全新的施乐打印机，可以让你一次打印二十五张不同的页面。这个集团有个基金会，叫"乔马自然保护研究基金会"。资本主义就是这个样子，我补充道，为了在政治方面派上用场。

你怎么知道的？你经常去他们家吗？

不是。我正好在上周的财经版上看到这些，这让我思考：一种不同的生活。就是这样。

不同的人有不同的立场，辛西娅说。

我在冰凉的大理石台阶上坐下来，想起了乔安娜的表兄齐吉，他比我们年长。他写了一首诗，告诉我们，我们都是孤独的花，我们的腿是花瓣，自然界强迫我们开花，无论我们拒绝多少次。

而后我心里又浮出其他事情，那些事我无法同这个孩子分享，那些事情会让你的脸看起来没有表情或显得忧虑。

你现在没什么兴致了，辛西娅说，你现在什么也不打算说了。那谁曾住在这里呢，2A？谁？现在是两个男人住在这里。女人们来了又走。我妈妈说：危险信号，离远点，我亲爱的，离远点。

我不记得了，辛西娅。我真的不记得了。

你得想起来。不然你来这儿是为了什么呢？

我便试着去回忆。2A。2A。是那对双胞胎吗？我涌起了某种强烈的责任感，仿佛回忆就是要为过往的存在而负责，虽然事实并非如此。

辛西娅，我说，我不想再往下想了。我甚至不想回忆起来。

来嘛，她说着拽了拽我的短裤，难道你不想见见鲁迪太太吗，就是住在你原先房子里的那个人？肯定很有意思的,不是吗?

不。不,我不想见鲁迪太太。

你可不能不把楼下那些男孩儿当回事。鲁迪太太会喜欢你的。我的意思是,她很友好。她不喜欢大多数白人,但她可能会喜欢你。

不了,辛西娅,那个不重要,我说,因为我妈妈去世了。这是个谎言,因为我的妈妈和爸爸一起住在"犹太儿女"的房间里。她热衷社交,每天吃过早餐都要看报纸,然后忧伤地跟爸爸说话,日日如是。将死……将死于杀害。

我妈妈去世了,辛西娅。我不能进到那间屋子里。

哦……哦,可怜的人啊,她说着凝望我的双眼。哦,如果我的妈妈去世了,哪怕那时候我和你的年纪一样大,我也不知道该怎么办才好。我恐怕会自杀。她的眼泪瞬间充溢,并顺着脸颊滚落。要是妈妈死了,我该怎么办呢?她是我的守护者,不让毒贩子把我抓走。她紧紧抓住我。要是拉德福德叔叔想来把我抓回去,她就会把我藏在雪松做的箱子里。我妈妈,她绝不能死。

辛西娅……亲爱的……她不会死的。她还很年轻。我伸出手臂安慰她。而且,你可以来和我一起生活,我说,我有两个儿子,他们已经快长大成人了。我错过了机会,没能有个女儿。

什么?和你还有你的儿子一起住,你这话是什么意思?她挣脱开来,朝楼梯跑去。离我远一点,你这个女白鬼。别以为我不了解那些白人男孩。他们只会想方设法把我变成女黑人。我妈妈跟我说过,把那些恶魔白鬼男孩留给你自己邪恶的人生吧,从我这儿走开,你这个老贱货。来人啊救命啊,她尖叫起来,你给我听好了。来人啊救命啊。她要把我带走。

她紧贴墙根,浑身发抖。她的恐惧把我吓到了,我吓得说不出"亲爱的,我不会伤害你,是我"这种话来。我听到她的帮手来了。大男孩儿们叫喊着:我们来了,我们来了,举起手来,我们来了。我一溜烟跑过她的恐惧,跑到楼梯边,一次跨上两级台阶。我来到自己从前的家门口。我像房东一样大力叩门,又响亮又可怕。

妈妈不在家,是个孩子的声音。不,不,我说,是我,一位女士!有人在追我,让我进去。妈妈不在家,她不允许我给任何人开门。

是我!我惊慌失措大喊起来。是妈妈!妈妈!让我进去!

门开了,盯着我的是个苗条的女人,我猜不出她的年纪。她说:进来,把门关紧。说罢,她便用力握住我的上臂,然后自己闩上了门。那些骗子在追你。他们吵得我脑袋充血。去把这个白人给藏起来,多纳德,把她塞到你床底下,你的床很高。

哦不用麻烦。我现在好多了，我说，我觉得安全了，而且感觉回家了。

你是在我的房子里，她说，你得按照我说的做。你再有意见，我就把你丢出去。

我蹲伏在一个小孩子散发尿骚味的床垫下，紧接着就听到敲门声。声音踌躇，充满敬重。我妈妈不让我开门。多纳德！有人喊道，多纳德！

哦，不行，他说，我不能开门。她会打死我的。你们都知道，今天早上她已把我的屁股打开花过一回了。我是绝对不会开门的。

我和鲁迪太太、多纳德以及三个与他年纪相仿的小女孩儿一起，在这间屋子里生活了三个星期。我跟她讲了一个笑话，主人公是爱尔兰双胞胎。不可能是爱尔兰人，她说。

小宝宝们几乎每天都在早上六点四十五分醒来，我们给她们喂上整整一瓶奶，然后再睡个回笼觉到八点。我做咖啡，她换尿布。换尿布时屋子里会臭上好一会儿。这时候，我通常会说：这个嘛，听着，真的很谢谢你，但我猜我该走了。我猜我要走了。而她通常都会说：好吧，再猜猜。我猜你不会走的。要么就是她觉得厌烦的时候，便会说：现在就走！滚！你想要走，我猜到现在白人的臭气我吸得够多了。马上给我走!

于是我就会走到门边,然后听到外面的动静。我没脸说我害怕。我对人类有着宽泛的地理意义上的爱,但此刻,请忽略这种爱,当地人的恐惧一定会袭击我。

在一切即将发生和不会发生的事情边上,躺着一个情感上的真相。这栋房子也是我的家,是我度过漫长家庭生活的地方。浴室地砖上有一小块缺口是我打破的,哥哥查尔斯的阴茎在短裤里挺着,心不在焉地站在那儿刮胡子时,我不小心把锤子砸在他的脚指上。就是在浴室里,震惊感和熟悉感第一次慑住了我。厨房也一成不变。餐桌和我们的一样,上了釉便于清洁。木材是专供穷人的边角料,也成了那些爬不进水槽的老蟑螂的美食。(然而,那并不是我们那张桌子。原先的桌子被我带走了,连细小的碎屑也是。)

起居室和我们原来的也很像,唯一不同的是我们很少用塑料制品。可能那会儿全世界也没有那么多塑料制品。还有,我妈妈在床上和椅子上全都摆满了漂亮的软垫。这是她表达自我的方式,很艺术。她晚上刺绣,拿出几条印花图案的棉布,把它们缝在普通的白色或蓝色平纹布上,样式精巧玲珑,妇女们经常这样使用手里的材料,全都是一大块一大块破破烂烂的布,以此宣告这是我的地盘。

鲁迪太太说:啊,哈哈!

当然了，我说，男人们没那种表达的出口。所以他们才总是忙活着不同的事。

直到他们喝到能躺下的程度，她说。

没错，我说，放眼世界，你能看到很多这种例子。他们先造出一个东西，紧接着再亲手谋杀掉。然后他们写一本书告诉你这事儿有多好玩儿。

你说得有点道理，她说。有时候，她又说，姑娘，你一无所知。

我们常常坐在窗边往下张望，窗台上升起一小阵微风。炙热的下午就在转角处沿着街区袭来。

你说男人们，那是男人们吗？她问，你怎么说——一个男人？

四层楼以下，有一打人靠在门廊上，周围一片狼藉。等一等，我说。我在跑步的路上见到了破败，奔跑着，直到我的跑鞋里塞进了一些鹅卵石，我的眼睛里眯了灰尘。我以公民应有的愤怒礼节来思考，这是纽约的耻辱，这个我爱的城市，我奔跑着穿越的城市。

但现在，从这个位于制高点的房间看出去，我看得一清二楚。我旧日到今日的朋友杰克步入黑暗的成年时代的那栋廉租公寓已经被毁了，先是被大火，然后是被拆迁（铁锤砸碎了卧室和厨房）。因为这项拆除工作，我们的视野拓宽了几个街区，还能看到一个半街区以外的地方。那个奇怪的家伙艾迪——他的房子仍然屹立不倒，著名的令人沮丧的1510号楼，有着黑色窗框，没有玻璃，板条敞开。承重梁可真是顽固啊！仍旧有个别人或家庭栖居在大楼最底层。空地上面放着几张沙发，弹簧刺向空中。就在战争时期，五六棵臭椿树找到了属于自己的第一块土地，方圆四分之一英寸，扎根于此，对死气沉沉的院落做着活生生的进攻。夜晚，我知道动物们，纽约那些暴怒的狗、街猫、大型老鼠会在附近闲逛、哭号、怒吼。你会以为自己在熊山公园，贸然前进会令人恐惧万分。

得有人把那些东西都清理干净，我说。

鲁迪太太说：你想到了谁？肯尼迪太太？

多纳德做了个鬼脸。他说：那就是我长大以后要做的事情。把卫生员招来，让他看看这里的情况。你看到了，你这个大老鼠，马上把这里给收拾干净！说罢他重重跺了跺脚，恶狠狠地瞪了瞪眼。

鲁迪太太说：过来，你这小黑鬼。她亲了亲他的头顶，同时在他背上狠狠敲了一下。

好吧，多纳德受到了鼓舞，说道，你们现在全都往外看！照我说的做，看！虽然我们看过外面，但为了让他高兴，我还是看了。门廊上，男人和男孩们懒洋洋地站着，靠着，撑着一条腿跳来跳去，然后再换另一条腿，脱掉袜子，抠脚，聊天，干坐着，耷拉着脑袋，打盹儿。

多纳德说：看看他们。他们真是一点自尊心都没有。全都留着爆炸头，但他们根本不知道真正的黑色其实不在头上，而在脑袋里。

我觉得他应该学着更有同情心一点，所以我说：人们之所以那样都是有原因的。

没错，夫人，多纳德附和。

但是，你怎么从来都不下楼去和其他孩子玩呢？你为什么总是待在楼上？

妈妈不喜欢我下楼去玩。有些孩子很坏的。坏孩子。我可能会变成没脑子的瘾君子。我得保持干净。

你确实没脑子，这是实话，鲁迪太太说。

我觉得他还是应该多和同龄人一起。

他会在学校见到同龄人，小姐。如果不介意的话，你就不必为此费心了。

事实上，鲁迪太太自己也不会到楼下去。多纳德负责一切采买工作。她让福利调查员进门，检测员会进到厨房，查一下水电燃气表。我藏在里屋时见过他。她会拿起支票，兑成现金。而后回来给宝宝们洗澡、换尿布、洗衣服、熨衣服、喂孩子，在自由的半小时里，她在窗边坐下。她在等待。

我坚信她是在等一个特别的男人。我想和她聊聊这事儿，像姐妹一样交交心。但在我能坦然说出"忘掉那个狗娘养的吧，他就是头猪"之前，我必须先给出一些关于我自己的事情：我的孩子、孩子的父亲们、丈夫们、路人、夜间伴侣，还有在这间屋子里，就在这扇午后之窗旁生活的父母的生活。

比如，我对她说：在我最糟糕的日子里，我给了自己一项极其简单的肉体享乐。那就是早餐吃奶油芝士。事实上，我一直坚持这么吃，有时候会剥夺孩子们很重要的物品和食物。

姑娘，你也不是一无所知，她说。

片刻后，她温柔地开了口，就像一个人对另一个因愚蠢而显得无辜、精神失常、刀枪不入的人说话那样。艰难度日时，她有两项特殊的肉体享受，她说。第一项是男人，但男人们都烂透了，白人女子把最好的男人都毁掉了，让他们以为自己的鸡鸡都是纯金做的。第二项乐趣就是喝酒。她说，她真的很喜欢酒。你必须得专门给自己一些东西，而且仅自己独享。然后她又说，但是你如果每晚都醉酒的话，就无法抚养一个正派的男孩儿。

无论白人还是黑人，我说，说回到男人，他们真的都觉得自己有着罕见的天赋，不过就是性爱罢了，虽然那很重要，但简直像面包一样稀松平常。

哦，你完全可以不要性爱也活得好好的，她说，就有人是不要性的。

我告诉她多纳德值得最好的人。我很爱他。如果他有缺点，我肯定早就看到了，但根本没有。我的信仰之一就是，孩子们是没有缺点的，即便是糟糕透顶的孩子也没有。

多纳德和我的儿子们一样天资聪颖，不同的是，他的性格更好。因此，打从和这家人共同居住的那一瞬间起，我就决定，马上培养他的阅读能力。我告诉他我们要一起看书和报纸。他马上就去了社区图书馆，带回一些硬皮书供我消遣。朱丽斯·莱斯特的《给黑人的童话》，还有一本《手推车大作战》，讲的是别的街区的事情，但很有意义。

每当谈及读书和写作，多纳德总是赞同我的观点。事实上，当我提到诗歌时，他跟我说他很熟悉，大卫·哈德森，一位闻名遐迩的黑人诗人，这位诗人去过他们的二年级课堂。所以，事实证明，多纳德根本不需要我多管闲事。他总是在忙着买东西，还花了很多时间来扮鬼脸，逗严肃的小妹妹们咯咯直笑。但是只要有了主题，他马上就能出口成诗，就用刚刚发生的事情或说出的话语。

举个例子：有天早上，他妈妈说：呦，我有太多尿渍和尿片要洗了。我只想在那扇窗户边坐下，好好歇歇。他就这样写了首诗：

有太多沾满尿渍的尿片
洗啊洗啊

只想坐在那窗边

向窗外眺望

那里并非空空如也

多纳德,我说,你真是个天才。我永远也不会忘了你的。上帝保佑,你也别忘了我。

你逗他有点过分了啊,鲁迪太太说,他都不记得自己的祖母了,你永远也不会见到像她那样的人,嘴里从没说过一个难听的字。

我明明记得,妈妈,我记得。她躺在床上,就在那儿。有个男人站在门旁。她说,埃斯德拉斯,我要诅咒你。你明天会更糟糕。她怎么能说那种话呢?

蛾摩拉[1],我相信蛾摩拉,她说,她熟读《圣经》。

她和你一起生活吗?

不。不是的,她只是过来看看。她过来看望我们大家,看她的孩子们,看看我们过得如何,也过来看看风景。然后她躺下来,死去。她年纪很大了。

我缄口不言,因为母亲们的离世。鲁迪太太若有所思地看着我,然后说道:

---

[1] 蛾摩拉,位于今巴勒斯坦旁边的古代城市,据《圣经·旧约·创世记》记载,该城因居民邪恶、堕落、罪恶深重而被愤怒的神毁灭。

我妈妈有很多往事可说,是她把我养大的。她妈妈没什么了不起,没什么好说的。整天站在小棚屋的门内,吮着大拇指。那还是在奴隶时代。一天,一个在田里干活儿的男孩一阵风似的冲过来。他砸响第一个棚屋的门,大喊着:姐妹,出来,自由了。她就出来了。她说:是吗?什么时候?他说:现在!现在自由了!然后他又叩响第二间棚屋的门,说:姐妹!自由了!现在!他从一间棚屋跑到另一间棚屋,一直在叫喊。姐妹,现在自由了!

哦我记得那个故事,多纳德说,现在自由了!现在自由了!他跳上跳下地喊。

你什么也记不得,孩子。去,到埃罗伊斯那里,她想舒坦点儿。

埃罗伊斯两岁,但比正常孩子瘦小。她生下来就那样,多纳德说。鲁迪太太让我给她买冰淇淋和绿色蔬菜,她就等着羽衣甘蓝和甜叶菜,但时间太早了。羽衣甘蓝喜欢冷空气。你应该十一月份再来,她说。不,不,我转过身,孤独感袭来,它唱起了我们埃罗伊斯的歌谣:

埃罗伊斯爱蜜蜂
蜜蜂嗡嗡嗡
如埃罗伊斯所做。

埃罗伊斯在交错咬合的地板上满地乱爬,动静很大。

哦你这个疯子宝宝,多纳德说,嗡嗡,嗡嗡,嗡嗡。

鲁迪太太走到窗边坐下。

你们每个人弄出的噪声都不小,她阴郁地说,你们真的太吵了。

第二天一早,鲁迪太太把我叫醒。

该走了,她说。

什么?

回家。

什么?我又问了一遍。

怎么,你不认为你那些可爱的小家伙们会为你嗷嗷大哭吗?妈妈在哪里呀?他们站在窗户里。该走了,小姐。这里可不是免费的度假农场。是时候给我们自己留点空间了。

哦,妈,多纳德插嘴道,她也不算太累赘。

去,去把埃罗伊斯带来,她在叫喊呢,然后把你的嘴给我闭上。

她没有给我咖啡,自始至终都严肃地盯着我。我试着同样严肃地盯回去,但我失败了,因为我很喜欢她的样子。

分别的一刻终于到来,我们来到门口,多纳德在哭,但我并不害怕转过脸去面对他。虽然不害怕,还是有些激烈地亲了亲他的头顶。我说:好吧,我们会再见的。

在前面的门廊上,有半打大人和孩子正在争吵是谁从哪个窗口把垃圾给丢了出来。他们都非常讨厌彼此。

两个穿着漂亮非洲花衬衫的年轻人站在街角，相互协商，想要达成一致。他们的意见有分歧。为什么白人女子的会有烂牙？为什么看起来都那么显老？有个站在晨光里等待的年轻女人说：安静……

我从他们身边走过，最终来到海洋公园大道边上的某条小路。在此之前，我都没有跑步。我的身子有些僵硬，因为此前的生活中只需幅度非常微小的动作，偶尔伸手将小刀或茶壶推出宝宝们的触碰范围。我跑了有十个还是十五个街区，之后便缓过劲儿来。这种精力上的恢复在跑者里很普遍，大家都知道，这正是飞翔的开始。

在我远离街道的三周里，慢跑变得流行起来。似乎我是唯一一个埋头自顾自的人，大多数美国怪人则表现得就好像慢跑就是最入流的时尚。我原本也可以那么做。一路上，有两个年轻男人和我并肩跑了有一英里。他们无声地跑在我身旁，抵达H大道后，双双离开。有个留八字胡的绅士从反方向气喘吁吁地跑来，冲我挥了挥手。他招呼道：嗨，夫人。

跑到家附近，我穿过公园，我曾在周末和仲夏的傍晚带孩子们来这儿透气。我停在东北方的操场上，在那里碰到了十几个妈妈，她们正游刃有余地应付自己的小宝贝。我说：十五年之内，你们这些小姑娘就会像我一样，做什么都是错。我这么说，只是为了让她们有个准备，并不是想伤害她们。

到家的时候是星期六早上。杰克回来了，看起来比从前更冷峻，但他带来了现金和一台真空吸尘器。咖啡沸腾时，他向理查德展示该怎么用吸尘器。他们在脏兮兮的墙壁上玩起了井字游戏。

理查德说：呀！看看是谁在这儿！嗨！

有什么新鲜事吗？我问。

有一封爸爸的信，他说，从全是湖全是水的国家智利寄来的。他说那里很像明尼苏达。

他从来没去过明尼苏达。我说，安东尼在哪儿？

我在这儿呢，通托说着便冒了出来，但是我要走了。

哦，没错，我说。每到星期六，他都会急吼吼地吃掉早餐或干脆不吃。他要去福利机构见朋友们。要去的地方不少，有很多像贝弗利、小山坡、洛克兰州、伊斯利普中部、曼哈顿之类大名鼎鼎的地方。在这些地方兜兜转转会花掉他一整天的时间，有时候还要半夜才回来。

我在食品储藏柜里找到一些碎巧克力曲奇。带上吧，通托，我说。我想起他所有的朋友还是小男孩小女孩时的样子，他们总是单脚跳，蹦来蹦去，上蹿下跳，不停地吃曲奇。他有些恼怒。他说：不要！杂货店里全都是巧克力曲奇。给钱怎么样?

杰克扔下真空吸尘器。他说：不行！他们有父母给他们钱。

我说：拿去吧，五美元，买烟的，一美元一包。

香烟！杰克说道，该死的！黑乎乎的肺，还有死亡！癌症！肺气肿！他迈着沉重的步子走出厨房，深吸一口气。他从里屋找出自行车，出发前往中央公园，公园禁止汽车入内，但向骑行者开放。他离开十分钟后，安东尼说：公园其实只在星期天对骑行者开放。

你为什么不告诉他？你为什么就不能好好对他呢？我问道，这对我来说很重要。

哦菲丝，他说，因为他个子太高了，所以就总拍我的脑袋，高处全是空气啊。那对他的肺有好处。还有他的肌肉！他很快就会回来的。

你也应该骑骑车，我说，你肯定不想双腿乏力吧。你还应该每周去游一次泳。

我太忙了，他说，我得去见朋友。

理查德走进厨房，之前他一直在用吸尘器吸床底。你还在啊，通托？

走了走了不见了，通托说，别眨眼。

给我听着，理查德说，这里有个纸条，是给朱迪的，要是你去洛克兰的话。别忘了。也别打开。不许看。我知道他肯定会看的。

通托微微一笑，轻轻带上门。

我瘦了吗？我问。瘦了，理查德说，你看着挺好。你看上去向来都不赖。但你之前去哪儿了？拉夫特里的油炸土豆我真是吃够了。你去哪儿了啊，菲丝？

这个嘛！我说，这个嘛！我在从前的公寓里住了几周，那是你的外祖父母、我、霍普和查理住过的地方，在我们小时候。很久之前我带你去过。那里离海边不远，外祖母用阳光和空气让我们健康成长。

你在说什么啊？理查德说，别说傻话了。

那天晚上，通托比预期回来得早，因为有人在进行电击治疗，还有些人逃跑了。他听了一会儿我说的话。然后他说：我也不知道她在说什么。

杰克也不明白，尽管理解总由缺席之后的爱产生。他说：再跟我说一遍。他心情不错。他说：你甚至可以跟我讲上两遍。

我又把故事复述了一遍。他们都说：什么？

因为事情并没有那么简单。你听说过如今常常发生这种事情吗？一个浑身迸发中年能量的妇女跑啊跑啊，找到了童年时居住的房子和街道。她在那里小住了一段时间。她意识到，无论接下来世界将会发生什么，她仍是一个孩子。

III

当天晚些时候
（1985）

爱

首先我写了这首诗：

走上学院公园的石板小径
走在近乎圆满的月下　棕色的橡树叶如槭树般火红
我始终注视年轻人
他们聊天　拥抱彼此
因为他们　我想我可以沉入
回忆之中的爱　所以我让自己向下
　　依次放开手
直到双脚踩上公园的泥土
踩在维西街上

我对丈夫说，我刚刚写了一首关于爱的诗。
想法真不错，他说。
然后他对我说了温尼伯索基湖上的萨利·约翰逊，在他十四岁的时候，她十二岁半。接着他又告诉了我苏纳比湖上的罗斯玛丽·约翰森。然后他又跟我讲了协和高中的简·马斯顿，接着又跟我说了拉德克里夫学院的玛丽·史密斯，那时他是哈佛大学的诗人。而后他又对我说起两位著名的诗人，一个为人公正，一个有些阴暗，如今这两人都已亡故，那会儿他自己还在秘密地写诗，在没有窗户的办公室里做着不怎么样的贸易工作。终于讲到了我的时代——也就是十五年前左右吧——他跟我说了多迪·瓦瑟曼。

等等，我说，你这是什么意思，多迪·瓦瑟曼？她是个书里的人物啊。她压根儿不是个真人。

好吧，他说，那为什么是维西街呢？那是什么地方？

这个嘛，没什么特别的。我曾经爱上过一个男人，是个灌木采购员。当年这个城市里还有完美的商业中心，维西街是市中心的花园。孩子们还小的时候，我经常推着半睡半醒的他们去那里散步，有时也搭轮渡去霍博肯。几年后，我会在星期天骑车过去，在公园里骑上一圈又一圈，我甚至还见过他三回呢。

别开玩笑，丈夫说，我怎么会不知道这个家伙？

呃，真是我钟爱的傻瓜啊，那是你啊，我说，话说回来，你和多迪·瓦瑟曼之间又是怎么回事？

也没什么。她就是在酒吧里闲晃的疯孩子。但她不喝酒。酒都是给男人准备的，你知道。我也不怎么喝，我的意思是，我只是偶尔去坐一下，可能见见什么人，然后疯狂坠入爱河。

他就是那么浪漫。而我已人到中年,过着舒适的生活,有两双卧室拖鞋,一双是夏天的凉鞋,另一双里面是舒适的羊皮。有时候我很想知道爱上这样的我是什么感觉,对他来说,一定是令人失望的体验吧。

他彬彬有礼地为我的揣测搭起桥梁。他说:她还是公园里特别滑稽的妈妈,几年之后,我们都在忙着市政工作,我和约瑟芬结婚了。多迪和我双双当选为"堪萨斯城全国城镇会议"的委员。还记得吗?当时有一些女性。

不记得,我说,那不是真的。她是你编出来的,是你五十岁末尾的简单虚构。

哦,他说,之后呢,我之后肯定还见过她。

他太固执了,所以我放弃了这个话题,去了食品杂货店。我们不断缩水的家庭需要更多的咖啡、鸡蛋、芝士,更少的黄油、肉、橘汁,但需要更多的葡萄柚。

沿着街道往前走,没有碰上一个邻居,我忽高忽低地哼起小调,继续在我喜爱调查的大脑的帮助下打发时间。我在这里,感受着曾经属于维西街的泥土,在呼吸时更加注重吐纳的过程,上午我一般都不怎么注意——或许全都是因为爱。记忆中的鬼魂就这样变成了实实在在的人物形象,就这么被创造了出来,多有意思啊。是上帝的杰作吧,我心想,爱人是真实的。爱人的心还在继续;从出生起就躁动不安。

我路过当地的书店，书店生意不错，一本《性爱宝典》确保它生意兴隆。店主给了我——这个总是购买没什么宣传的图书的顾客——一个富有感染力的微笑。他很成功。（那时他还不知道，三年后，店铺租金会翻三倍，他会成为一个沮丧的失败者，而房东呢，觉得自己聪慧过人，是个更优秀的创业家，是微观经济天堂里的明星，会取得了不起的成功。）

远在半个街区之外，我能看到食品店的羽衣甘蓝摆在大箱子里，碎冰碴在黑黢黢的叶子上闪耀。在内心的对峙中，我想象着丈夫在北部的乡下田野，晚秋的霜冻覆盖缱绻的绿意。我又吟出一首新的诗：

在食品店的货箱里，绿色的羽衣甘蓝在闪耀
在北方乡村，它
　　甜蜜地站立着，伴随着霜冻
黑暗且卷曲，在干草的花园中
而明快洁白的雪……

明快洁白……我犹豫地又反复念了几遍。忽然间，我用余光看到一个名叫玛格丽特的漂亮女人，她已有两年没和我说过话了。我们在政治事务上合作了很多年，直到因为与前苏联有关的一些事情而断交。在那怒火中烧的几个月里，从诸多方面来看我们其实都是正确的，只是她回到了自己的政治立场，还带走了我最好的朋友，路易斯——我一生的避风港，反战运动的好姐妹，路易斯。

在朦胧的一点爱意和叶片繁多的绿色蔬菜里，我看到玛格丽特漂亮的面庞，还没想起我们之间的大分歧我就先笑了。与此同时，她也注意到了我，同样露出了微笑。真正的爱者是多么愚蠢啊，为了回应她的微笑，在擦身而过时，我拉起她的手，俯身将她的手贴在我的脸颊上，用我的双唇去亲吻它。

吃晚饭时，我将这一切说给丈夫听。好吧，当然了，他说，你难道没有意识到吗？微笑虽然是给玛格丽特的，但你更想念的是路易斯，亲吻是给路易斯的。我们都说：啊！然后我们又聊到限制战略武器协议更像是底线，而非天花板，读读他某个女儿写的诗，看看讲欧洲纺织业毁灭的电视节目，然后做爱。

到了早上，他说，你真是个了不起的爱人，你知道的。他说：你真的是。你总让我想到多迪·瓦瑟曼。

绝迹语言里的空想家

老人最为谦逊，菲利普说，他们不愿比其他人活得更久。

很有趣嘛，菲丝说，但你想得越多，其实越没有意义。

菲利普又去到另一张桌旁，把这句话重复了一遍。菲丝心想，一定程度的不妥协对任何爱人来说都是良药。她说，哦好吧，好的……

要是这么说的话，在生命力如此活跃的时间段，为什么满是站着或躺着的人，他们为什么要去思考去说有关老人的词句呢？

因为菲丝的父亲还写了另一首歌，他是"犹太儿女""黄金时代之家"还有"科尼岛分部"的常驻诗人。这首歌震惊了"绿考克"里的所有人，这个弥漫自嘲气息的小酒馆里到处是艺术家、企业家和有工作的女人。在那个年代，有许多这样振聋发聩的诗歌和强有力的传说都来自三年级，实际上是一年级，许多酒鬼和话痨的孩子们都在学习创造能力。但是老年人！这很有意思，有人说。说得太过了，另一些人说。企业家说：没什么——睁开眼——这是一种趋势。

杰克——菲丝交往最久的朋友,从来不曾远离她,但常常保持距离——说:我明白菲利普的意思。他的意思是老人最为谦逊。他们不想比别的老人多活太久。对吧,菲利普?

这个嘛,菲利普说,你说得没错,但神秘感都没了。

那天晚些时候,在菲丝的厨房里,菲利普大声朗诵了一首诗。他的音色让菲丝想到夜晚,或许是子夜。她常常会想象大量空气在一个男人的胸腔里存留,涌动。短短的喉咙将这些空气弹奏成型,变成性感的声音特质,完美而持久。

你的声音也让我想到夜晚,菲利普说。

这就是他念诵的诗:

自从爱情离去,我就不再拥有休息
不再有睡眠,自从我触及海底
以及那个女人,我的妻子的结尾。
我的双肺灌满清水。我无法呼吸。
我仍然要在春天航向远方,在亲戚们中。
有个年轻女孩儿等在特殊的时间和地方
来爱我,做我的朋友,躺在我身旁一整夜。

这女孩儿是谁?菲利普问。

还能是谁,当然是我妈妈。

你真是小甜心啊,菲丝。

当然是我妈妈了,菲利普,我妈妈,她还年轻的时候。

可我觉得绝对是另一个女孩儿。

不可能,菲丝说,必须是我妈妈。

但是菲丝,究竟是谁根本不重要。一个老男人诗里写的是谁一点也不重要。

好吧,再见了,菲丝说,我今天跟你在一起够久了。

好吧,那就换个话题吧,笑一笑,他说,我真的为老年人而疯狂。向来如是。我和安妮塔分手的时候,最为怀念的是和她爸爸一起下棋的那些周末,真是太美好了。其他人都不跟我聊天,你知道的。人们总是把一切都看作隐私。可我不这样,他说,我很愿意认识你的妈咪和爹地。或许明天我可以和你一起过去。

我们不说妈咪,也不说爹地。我们说妈妈和爸爸,着急的时候我们说妈和爸。

我也是这样,菲利普说,我都快把自己给忘了。我明天和你一起去怎么样?该死的,我睡不着。整晚我都会醒着。我无法停止做饭。我的脑袋,就像个滴滤咖啡壶。砰砰!砰砰!或许是因为我的年纪,你知道的,正当盛年。如果你不介意我提的话,我听说你孩子们的爸爸正围着你爸爸搞什么花样?

来杯好喝的"睡眠时光"茶怎么样?

得了吧,菲丝,我在问你话呢。

是的。

好吧,他做梦都做不到我做的那么好。我认识很多人,而且关系良好。那个混蛋认识谁啊?四个广告业的老女仆,三个第七大道上的模特,两个电视里的妙人儿,一个搞文学的女同性恋……

菲利普……

让我告诉你一些事情。埃兹拉·卡尔姆拜克是我最好的朋友,他在伟大的"美国工艺与爱好"生意里捞了一大笔——他可以教一个四岁的孩子做古希腊工艺品。他有一套自己的方法,还有设备。他就是用那些东西来支持自己或者他人的同胞,也就是那些少数民族的人,你知道的。他们用已绝迹的语言——或者另一种语言,出版这些可怜的老空想家们的东西。嘿!那个怎么样!给你爸爸的头衔。"绝迹语言里的空想家"。给我一支笔。我得写下来。好了,菲丝,我免费把这个头衔赠给你使用,就算你要把我踢出局。

把你从哪儿踢出局?她问,别再走来走去的了。房间已经够挤了。你会吵醒孩子们的。菲利普,为什么一谈到生意你的声音就变这么尖?而且声调越来越高。现在你都要到升 C 调了。

他一直在考虑印刷的花费和利润比。他没办法把自己的声音降哪怕半个八度。那是因为我曾经是个主修英文的纯粹的思考者——但是，唉，糟糕的经营、轻率的生养孩子、抚养费的复仇，这些逼迫我变得很不实用。

菲丝低下头。一想到要放弃这渴望已久的夜晚，睡眠、性、爱情在其中愉快地上演的这个夜晚，菲丝就很不痛快。我能做什么呢，她思忖。菲利普你怎么能像那样和我说话呢？复仇……你真是个恶心的家伙，菲利普。我，安妮塔的老朋友。你是笨蛋吗？她并不想打击他。相反她的眼中盈满泪水。

我现在该干什么？他问，哦，我知道我做过什么了。我真知道了。

在你还纯粹的时候，你觉得哪位诗人是伟大的？

弥尔顿，他答道，然后自己都惊讶了。在被问到之前，他竟然都不知道，那些拉丁语的说教令他孤独。你知道的，菲丝，弥尔顿是魔鬼的一员，他说，但我觉得我不是。或许因为我需要谋生。

我喜欢两首诗，菲丝说，除了我父亲的作品，我喜欢的就这些了。这或许不全是实话，但她仍在思考，神色凝重，让人望而生畏。我喜欢"向你致敬，无忧无虑的精神！你从不是鸟儿"[1]。我还喜欢"哦，是什么让你苦恼呢，

---

[1] 诗句节选自雪莱《致云雀》。

全副武装的骑士，孤独而苍白地游荡"[1]。就这些了。

现在，听好了，菲利普，如果你从来没见过我的家人，如果我把你带过去的话，千万别提安妮塔·富兰克林——我爸妈全都对她很着迷，他们觉得她是博士，是医学博士。千万别透露你就是那个抛弃了她的家伙。事实上，她难过地说，就连对我也别再说了。

菲丝的爸爸在大门口等了半个多小时。他正和看门人查克·约翰逊讨论"黑即是美"这条标语，所以并不无聊。是谁想出来的，查克？

我不能告诉你，达尔文先生。反正就是某一天，这条标语就挂在街上了，就是这样。

真知灼见啊，达尔文先生赞叹，要是我们也能想出那样一条标语，得省了多少事儿啊，相信我。你知道我在说什么吗？

然后他露出了微笑。菲丝！理查德！安东尼！你说你们会来，然后就来了。哦哦，我不是在讽刺——只是在陈述事实。我很开心。查克，你还记得我的小女儿吧？菲丝，这是查克，负责迎来送往。理查德！安东尼！跟查克打招呼。菲丝，看看我，他说。

---

[1] 诗句节选自济慈《无情的女妖》。

这地方可真不错啊！理查德说。

是个城堡！通托说。

你们真是好孩子啊，来看外公，查克说，我敢打赌，从前那些日子里，他肯定对你们也很好。

别提什么日子了，对我来说就是早晨。对不对，菲丝？我是第一个出发的。

出发去哪里？菲丝问。在真正友好的探望开始前，恐怕有太多事情会发生，这令她难过。

去告诉你真相，前几天我和里卡多聊过。

如我所料，他都往你心里塞了什么垃圾？

菲丝，首先，不要在孩子们面前谈论他们的父亲。就当帮我个忙。这个游戏并不好玩。其次，你和里卡多很可能起了错误的化学反应。

化学反应？真是了不起的科学家。那是他的想法吗？那他和你之间的化学反应又怎么样呢？嗯？

这个嘛，他倒是和我谈了谈。

爸爸在这儿吗？理查德问。

谁在乎啊？通托说着看向妈妈的脸。我们一点也不在乎，是不是，菲丝？

不，不，菲丝回答，爸爸不在这儿。他只是和外公说了话，还记得我告诉过你们外公写的那首诗吗？嗯，爸爸很喜欢那首诗。

这样好一点，达尔文先生说。

我希望你好运，爸，但你还是应该和别人聊聊。我可以找别人来——我知道里卡多是个聪明的技术工。他是怎么给你打算的？

这个嘛，菲丝，两种可能。第一种可能，是做成一个小册子，用漂亮的羊皮纸做出来，或者是类似羊皮纸的纸张，你知道的，《黄金时代诗歌集》……你喜欢那样吗？

呸！菲丝说。

这里是医院吗？理查德问。

另一种可能是这样，菲丝，我有一打歌，你可能更愿意管它们叫歌。当然你可以管它们叫歌，也可以叫诗，随便吧，我不知道。嗯，他有个好点子，出一本书，里面也放上这里其他人的作品——一个系列——如果不止一本的话。比方说，一提到诗歌凯勒就没精打采，但他更像一个史诗诗人，你知道的……当以色列人还年轻，那时我愿意……这就是第一句，至少要写上一百页。纳达洛娃夫人，我们《一段好时光》的编辑，你见到她了吗？她的声音听上去就像患了恶疾。她是个天生的编辑。总有一天，这事儿会传到她耳朵里的。如果没什么变故，一周内你就能看见，绝对错不了，肯定会刊登在报纸上。

你可真了不起，爸。菲丝说。她既担忧又紧张，眉头紧锁。

别那样皱眉头,他说。

哦该死的!菲丝说。

这里是医院吗?理查德问。

他们正朝一面由轮椅组成的围墙走去,这些轮椅就空置在秋日的阳光下。向右,在叶片宽阔的椴树下聚集了一群愤怒的争执者,每一个人都靠着铝制助行器。

像是某种设计,达尔文先生说,看上去美极了。

那个,这里是医院吗?理查德问。

我打赌看起来像是医院,孩子,是不是?

是有一点点像,外公。

是很像,诚实点。我的小外孙,诚实,是最重要的为人之道之一。

理查德哈哈大笑。也只是其中之一呀,哈哈外公。

看到没,菲丝,他抓住了笑点。哦,亲爱的小宝贝。多有幽默感啊!外孙的幽默感让他心情大好,他为此吹起了口哨。听听他的笑声,他对一个志愿者姑娘说,这个姑娘是过来给一个聋子大声读东西的。

我也有幽默感,外公,通托说。

当然了孩子,怎么能没有呢。你妈妈就一直是我们的开心果。她能信手拈来一个笑话讲给你外婆和我听,还有你们的叔叔阿姨。是她将我们联系在一起,你们的妈妈。

她现在大多因为同伴而哈哈大笑,通托说,比方说要是菲利普过来的话。

哦，他太夸张了，菲丝说着揪了揪通托的耳朵，瞎说什么……

我们得让一切复原，安东尼。你妈妈是个美丽的姑娘，她应该快恢复了。让我们想一个好玩的笑话讲给她听吧。他大概想了有十二秒。啊，好了，我有了。听着：

有一个年迈的犹太人。他人在德国。大约是一九三九、四〇年的时候。他来到了旅行社，盯着地球仪看。办公室里放了个地球仪。他说：听我说，我得从这儿出去。你们建议我去哪儿呢，代理先生，我应该去哪儿？代理人也盯着地球仪看。犹太人说：哎，这里怎么样？他指向美国。哦，代理人说，对不起，不行，他们的名额已经用完了。呀，犹太人说，所以这里怎么样？他指向法国。去那里的最后一班火车已经开走了，太糟糕了，太糟糕了。哦，那俄罗斯呢？抱歉，眼下他们显然不会让任何人入境。还有几个地方……答案总是如此，港口关闭了。已经有太多人去了，我们没有船……所以最终，这个可怜的犹太人觉得自己无法去往地球上任何一个国家，可他也没有办法滞留原地，所以他说嘿，他说哎呀！他推开地球仪，心烦意乱。但他还有希望。他说：所以这个地球仪用完了，代理先生，听着——你还有没有另一个地球仪？

哦，菲丝说，也太可怕了吧。这有什么好笑的？我讨厌这个笑话。

我懂了，我懂了，理查德说，另一个地球仪。根本就没有别的地球了。只有一个地球，对吧妈妈？他无处可去。都是因为希特勒那个老家伙。外公，再给我讲一遍。这样我就能去讲给同学听了。

我也不觉得好笑，通托说。

爸，黑格尔-斯坦因和妈妈在一起吗？我不知道我今天是否能忍受她。她超出了我的承受能力。

谁知道呢，菲丝？你可不是唯一为此所苦的人。谁能受得了她？只有一个人能受得了，那就是你妈妈，圣人。我要跟你说——让孩子们跟我一起。我会快速带他们看一看这地方。你到楼上去。我会带他们看最好的风景。

呃，好吧……你们要和外公一起吗，孩子们？

当然了，通托回答，你要去哪里？

去找外婆。

要是我想看见你随时都可以吗，理查德问，可以吗？

当然了，小宝贝们，达尔文先生一口答应。无论何时，只要你们需要妈妈，就数一、二、三，她就会出现了。好不好？菲丝，电梯就在那边的入口处。

天哪，我知道电梯在哪儿。

曾有一次，菲丝沉浸在自身的困顿带来的悲伤里。电梯开始上升，而她走了神，电梯门开的时候，她看见了——六楼病房。

当然了——那些无法被治愈的，父亲之前说过。为了安慰她：你会相信吗，菲丝？就像这个世界一样，不公正。即便是在这里，我们中有些人是从顶峰开始的。而剩下的人呢，则要凭借一己之力向上走。

哈哈，菲丝回应。

这是唯一的真相，他说。

他解释说：无法被治愈并不意味着濒临死亡，在大多数情况下，它表示离活着太远了。事实上，病房里还有三十岁的人呢，他们有着健康的心脏和强健的肺部。但他们因为疼痛而平躺或蜷缩，有的在轮椅里，披着围巾。每天都有年迈或者正值中年的家长陆续过来，换床单，或者给残疾的孩子唱童谣。

然而，三楼呢，却很像酒店——就是说，有走廊，有小毯子，还有一扇扇的房门，菲丝妈妈的门像往常一样敞开着。黑格尔-斯坦因太太贴在窗边，充分利用天光和吊挂植物投下的丝丝阴凉。她很清醒，满面笑容，手脚利索，穿针引线，胳膊肘不断刺向空气。菲丝亲吻了她的面颊，这都是为了成全妈妈的善意。而后她在妈妈身边坐下来聊天，气氛友好。

顺理成章，妈妈说的第一件事就是：孩子们呢？那表情好像马上就要哭出来了。

别别，妈，我带他们来了，他们和爸在一起呢，就一会儿。

我还真担心了一下呢……这倒是给了我们一个机会……所以，菲丝，跟我说实话，怎么样了？好点了没？工作有帮助吗？

工作啊……呃。我买了个新的打字机，妈。我想在家工作。你知道，这是一笔巨大的投资，就像下海经商一样。

菲丝！妈妈转向她。为什么非要去做生意？你可以在这座城市里做个社区工作者啊。你很热心，总是为旁人操心。你应该当个老师，夏天还能放假。你可以找一个咨询类的工作，孩子们还能去夏令营。

哦，妈……哦，该死的！……菲丝说。她看向黑格尔-斯坦因太太，整整一分钟，她都没有在听她们讲话，因为她还在织着手里的东西。

我该怎么办呢，菲丝？你说的是十一点。现在都一点了。我没说错吧？

我想没错，菲丝说。聊不下去了。她低下头，靠在妈妈的肩膀上。她比妈妈高许多，想要靠上去很难。虽然很别扭，但很有必要。妈妈拉过她的手，贴在自己的脸颊上。然后她说：啊！我对这只手都知道些什么呢——它吃苹果泥的方式，它不觉得有必要用勺子。一只非常落后的手。

哦天，太可爱了，黑格尔-斯坦因太太说。

达尔文太太将那只手翻过来,轻轻拍打,随后便放开了。我的上帝啊!菲丝。菲丝,你手腕上怎么会有疖子?你不洗澡吗?

妈,我当然洗澡了。不知道怎么搞的。可能是因为担心,但是那不是个疖子。

拜托别跟我提什么担心。你去上大学。保持双手干净。你选修了生物学,我还记得。所以,好好洗澡。

妈,上帝保佑,我知道什么时候该洗澡。

黑格尔-斯坦因太太放下手里的针线活儿。达尔文太太,我并不是想多嘴,只是恰好你孩子说的是对的。手腕上长疖子怎么说都是因为忧虑。这是有科学依据的事实。忧虑产生于很久很久之前,而且永无止境。你或许根本意识不到它的存在。忧虑数百次在你心里进进出出,进进出出,有时候就像气体一样。我看得出你并不相信我。顽固的西莉亚·达尔文。疾病都是麻烦招来的。囊肿,大萧条之后,我身体里到处都是囊肿。医生会把手放上去,囊肿!他大惊小怪。阿奇娶了那个傻瓜之后,我就得了胆囊炎。斯坦因先生去世后,我就出现血流过缓。斯坦因先生拿到社保退休之后,我就得了静脉曲张、痔疮还有斜颈。对他来说,从退休那一刻起,对未来的焦躁便落下帷幕。而对我来说,焦虑才刚拉开序幕。你知道什么是责任吗?那就是让一个生病的老男人活着。在他们把那个男人放进电椅里之前,每一顿饭都像是最后的晚餐。火鸡、炖牛肉、香肠、各种各样的厚烤蛋饼,无穷无尽的汤。嘿,菲丝,我就是因为这个得了关节炎和风湿,从头到脚没有哪里不疼的。手腕上的疖子只是个开始。

你的意思是,菲丝说,你的意思是——是生活让你生病了?

正是此意,正是此意。

这样说来,达尔文先生开口道,此刻他正带着孩子们走在去屋顶花园的路上。他从房间里穿过,驻足倾听,并准备发表一番评论。他又重复了一遍:这样说来!然后他继续说:所以我才反对如今这样的时代。实在太巧了,你也深陷其中,现如今,"H.心理压力"太太就是一切。你说,你没有得感冒,我是在工作的时候被赫什先生传染的。才不是呢,如今你感冒,是因为你太太,她健康状况良好,她只是觉得你没那么帅。最终可能会证明,你对她来说一直都是个狗杂种。然后呢,你整个人生都会得花粉症。每个八月都是"不要提醒我"纪念月。

好吧,达尔文太太说,你话太多了。我自己的健康状况并没有你想的那么不平衡,希德。话说回来,不管怎么样,再多洗洗,好不好菲丝?算是为了我。

好的,妈妈,好的,菲丝答应。

那我呢?达尔文先生问道,我什么时候才能和我的女儿聊天呢？菲丝，来跟我散会儿步。

我才刚跟妈妈一起坐下来。

跟他去吧，妈妈说，他这人坐不住。他就是如坐针毡先生。跟她说，希德，她得更明智一点。她是个妈妈。她别无选择。

拜托别告诉我该跟她说什么，西莉亚。菲丝，来吧。孩子们，留在这儿，和外婆聊聊天。和她的朋友说说话。

为什么不呢，孩子们，黑格尔-斯坦因太太面带微笑，向他们发出邀请。看着这张脸：老年！它就这样来了，无论你准备好没有。孩子们看着她，然后彼此靠近，胳膊肘撞在一起。

菲丝想要回去找孩子们，但父亲紧紧握住了她的手。菲丝，别在意。就让妈妈照顾他们，她对严肃悲伤的事也能笑得出来。她已经为他们准备好了礼物。来吧！我们可以找到一棵长椅旁的漂亮大树。这地方拥有的财富之一就是树和长椅。当然了，每一张长椅都不止是长椅——是精致的长椅。它是有名字的。

在花园的一侧，他指给她看：那边那张长椅，是我最喜欢的，名叫杰罗姆（杰瑞）·凯特佐夫，六岁。英年早逝，很可怕。当然了，这样也节省了大把时间。看到了吧？那边那个绕着榆树一圈的完美的环形长椅（它本应长寿的）很有名，叫西德尼·希尔曼。所以你看，我们有了长椅。我们在这儿没有什么？日日困扰我的是什么呢？那就是没有足够的好书。有很多畅销书，但一流的文学书呢？我打赌你肯定很惊讶。我给经理写了一封信："亲爱的戈尔德斯坦因，亲爱的戈尔德斯坦因，我们，或者说，我们难道不是圣书的子民吗？从法律层面来说，我承认我们是有点无宗派，但总的来说，生活在这里的我们大多都是圣书的子民啊。可能对你来说，书籍更多意味着《圣经》《塔木德》等等。然而对我来说，对我们这代人来说，我们都是理想主义者，书就是书。明白我的意思吗？戈尔德斯坦因，不如从犹太慈善家的身份上分点精力出来，多投入一点，维持我们剩余的文明，再保持上五十年。你一个人就办得到，只需要增加一点点预算。醒醒吧，兄弟，在我仍旧有智慧的时候。"

这让我想起了另一件事，菲丝，我得告诉你一件事，在我周围，人们的脑子纷纷消失了。每一天都在消失。

稍微坐一下。这让我有点压力。最后一个消失的是埃列塞尔·海里格曼的脑子。一天，我向他指出那些种子，就是常见的那些斯大林主义者的反犹太主义倾向，这些种子不只是说说而已，不只存在于苏联大屠杀的理念当中，它存在于日常态度之中，从孟什维克到犹太复国主义，全都深藏这些种子。他跟我大吵一架，非常严肃，吵的内容很深奥，也很基本。要不是肯定自己是正确的，我就会被他带偏，觉得自己想错了。几天之后，我从他身边经过，就在这棵树下，就在这张长椅上休息。我也是这样坐着。他和格伦德太太在一起，她是个很出名的老太太，至少是在过第二次还是第三次童年了。

她正在哭泣，哭个不停。我并不想多事。海里格曼正在说：格伦德夫人，你在哭啊，为什么？

我妈妈去世了，她说。

哎呀，他说。

去世了。去世了。我四岁，而我妈妈死了。

哎呀，他说。

然后爸爸给我找了个后妈。

嘿，海里格曼说，和后妈一起生活可不容易。简直太可怕了。四岁就失去了妈妈。

我承受不来，她说，一整天，没人可以讲话。那个后妈，她一点也不关心我。她有自己的女儿。一个和我一样需要妈妈的女孩儿。

嘿，海里格曼说，一个妈妈，一个妈妈。女孩儿当然需要一个妈妈。

但我没有。我不会有妈妈了。我只有后妈，没有妈妈。

嘿，海里格曼感叹。

我还能从哪里找到妈妈呢？永远也没有了。

哎呀，海里格曼说，别担心，亲爱的格伦德太太，别担心。都会过去的。你会健康,你会长大,你会看到那一天的。很快你就会结婚,你会有自己的孩子,你会幸福快乐。

海里格曼,嘿,海里格曼,我说,你到底在说什么鬼话?

哦,你好,他同我这个路过的陌生人打招呼。格伦德太太在这里,他说,她在这世上很孤单,一个四岁的小姑娘,失去了妈妈。(泪水挂在他悲戚的脸上。)但是我告诉她,她不会永远哭泣,她会结婚,她会有孩子,她的好日子终会到来,她的好日子一定会来。

你好,海里格曼,我说,事实上,我说的是,再见咯,我的挚友,我的最佳对手,海里格曼,永别了。

哦爸!爸!菲丝跳了起来,我受不了你待在这里。

真的吗?谁说我就能忍受呢?

一阵沉默。

他拾起一片叶子。你来到它跟前。通往天堂的大门。臭椿树[1]。他们在小小的花园里走上大大的一圈。他们来到另一张长椅上:献给西奥多·赫茨尔[2],他看到的如果不是土地,便是光 / 纪念约翰尼斯·梅耶尔先生及太太,一九五八

---

[1] 臭椿树在英文中又称"天堂之树"。

[2] 西奥多·赫茨尔,奥匈帝国犹太裔记者,现代政治上锡安主义的创始人。早年主要是为报纸写杂文花絮,和犹太人无关。后来又写作戏剧。现在有人称他为"以色列国父"。

年。父女俩坐下来，彼此挨得很近。

菲丝将手搭在父亲膝头。亲爱的爸爸，她说。

达尔文先生感受到了被承诺的爱带来的自由。我必须得说实话。菲丝，就是像这样。不是在电话里。里卡多来看我们了。我不想在孩子们面前说这件事。他来看我和你妈妈。看见他之后，你妈妈完全震惊了。她让我们出去喝咖啡。我以前从来没发现他是那么有趣的年轻人。

他也没那么年轻了，菲丝说。她稍微离爸爸远了些——没有超过半英寸。

达尔文先生说：跟我比起来他很年轻。年轻的意思就是不老。这有什么可争论的。你知道你该知道的事情。我也知道我该知道的事情。

哈！菲丝笑了。听啊，那你知道他并不来看孩子们吗？而且，他还欠我一大笔钱。

啊哈，钱！可能他很羞愧吧。他没钱。他是个男人。他很可能抬不起头来。哎呀，菲丝，很抱歉我什么都跟你说。在里卡多的事情上，你根本冷静不下来。

冷静不下来？天哪，哦我的天哪，我不冷静。很好。你说了里卡多很多好话，然后说我不冷静。

冷静点，菲丝，拜托了。你就不能过上更平和的生活吗？事情弄成今天这样你自己也有一定的责任。你住的地方太糟糕了。我希望你能搬家。

搬家？搬去哪儿？拿什么搬？你在说什么？

这件事就别再提了。我还有更多话要说。是很严肃的事情，我亲爱的小姑娘，和这些事相比，里卡多简直不足挂齿。我做了个决定。你妈妈不赞同。事实上，我不想再待在这地方了。我已经下定决心了。可你妈妈喜欢这里。她以为自己是在一个漂亮安宁的集体农场，唯一幸运的是约旦不在边上，另一边也没有埃及。她坐着。她做针线。她不停地读报读报，眼都要瞎了。你们叫刺绣的那玩意儿，她还开了课。她把女人们聚集起来。她们有个历史俱乐部，名叫"勿忘过往"。你相信吗，真的叫这个名字。

爸，所以你想表达什么呢？

表达。我要表达的是事实。你说的没错。事实就是：我不想待在这里，我已经告诉过你了。如果我不想留在这儿，那我就得离开。如果我要离开这里，我就得离开你妈妈。如果我离开你妈妈，这个嘛，就太可怕了。但是，菲丝，我真的没法住在这里了。绝对不可能。这不是我的人生。我觉得自己还没有老。我从来都没老。我只是为你的妈妈感到遗憾——我们是亲密的伴侣。她的状况并没有那么好，不能像往常一样被家务缠身。手术让她改变了很多，很庆幸你没有被卷进这场麻烦里。你已经去过你自己的人生了……好吧，对她来说，这里就像是大酒店，只不过全都是犹太同胞。她看到的并不是黑格尔-斯坦因，不是一位愤愤不平、阴阳怪气的小姐。她看到的是丰富多彩的女族长，充满了生命力。她看不到比赛尔家的双胞胎，八十四岁，悲惨，幼稚，浑身尿骚味。她看到的是完美无缺的形象。一辈子都在一起，兄弟们！她根本看不到真相，啊！菲丝，她真的看不到！

所以呢？

所以前两天里卡多说：你看上去绝对不是老男人的样子，从里到外，从头到脚，全都活力充沛。

这倒没错……托洛茨基指出，最会让男人感到惊讶的就是衰老。好吧。我也是这样认为的，我还没有这种感觉，不惊讶。是不是很有意思？在这个话题上，他竟然有那么多见解。几年前，我对他这个人缺乏正确的认识。我被扔出历史的正门，再从窗户悄悄爬进来，坐回客厅里，真不好意思，我的意思是，我真的没觉得自己老了。真的没有。无论从哪方面来说都没有。你能明白我的意思吗，菲丝？

她明白他的意思，但她希望他别真是那个意思。

我明白，她说，我猜，你觉得自己的健康状况很好。是这个意思吧？

不止，不止。他叹了口气。我该如何向你说明白呢，我亲爱的姑娘。好吧，这么说吧。我绝对得离开这里。这里就是终点。这里是最后一站。对吧？

这个嘛，确实……

最后一站。我忽然感觉到了通往人生的道路并没有结束,所以如果有可能的话,我会和你妈妈离婚。

爸!……菲丝说,爸,你是在逗我吧。

你是我最不会逗弄的人,你已经历过太多变故。我不会逗你的。我要和你妈妈离婚。这是实话。

哦,爸,虽然你嘴上这么说,但你肯定不会那么干的。我的意思是,你并不想。

我当然不会弃她于危难,但最主要的原因是——我离不了婚,菲丝。你知道我为什么离不了。你肯定已经不记得了。因为我们从来没结过婚。

从来没结过婚?

从来没结过。我认为只要两个人在一起住了很多很多年,那就和拉比用六月的玫瑰将你们捆在一起一样,便是合法夫妻。然而,问题还是像玫瑰本身一样棘手。如果你从来没结婚,那该怎么离婚呢?

爸,我就直说了,你是打算离开妈妈。

不,不,不,我只是打算离开这地方。如果她跟我一起,那很好,虽然生活将会大不相同。如果她不和我一起,那就只能拜拜了。

从没结过婚,菲丝自言自语,哦……这,怎么可能呢?

别忘了,菲丝,我们和你不一样,我们是理想主义者。

哦,你们是理想主义者,菲丝说。她站了起来,绕着纪念西奥多·赫茨尔的长凳踱步。达尔文先生注视着她。然后她又坐下来,将再寻常不过的真话送进他的耳朵。

嗯,爸,你知道,现在我同时有三个情人。我不知道最终要选哪一个人结婚。

什么?菲丝……

嗯,爸,其实我和你一样,是个理想主义者。每时每刻,这个世界都在变得更加理想主义。这个世界实在太理想主义了。人们只想要最好的,只想要完美。

你是在开玩笑。

玩笑?有什么好笑的?里卡多为什么要离开呢?很明显:他是理想主义者。在他心中,在别处,存在着某样完美的东西。所以我才会说,没错,我也是。我也是。在这世上的某处,也有为我盛放的完美。这三个情人,你觉得我应该同哪一个安顿下来呢,一个像我这样的高度理想主义者?我不知道。

菲丝,三个男人,你跟三个男人睡觉。我无法相信。

是真的。就在一个星期之内。你觉得怎么样?

菲丝。菲丝。你怎么能做那样的事情呢?我的上帝啊,怎么可以?千万别告诉你妈妈。我永远也不会告诉她的。永不。

为什么,有什么可怕的,爸?怎么了呢?

告诉我。他飞快地说,为什么?你为什么要对他们做这样的事情？你没有钱，因为这个是不是？没错了，他自问自答，这姑娘缺钱。

你在说什么啊？

……钱。

哦当然，他们当然要支付报酬。你猜是什么呢？他们用自己珍贵的几个小时来支付我。他们将自己的烦心事和盘托出，告诉我他们为何离婚，为何分居，偶尔也让我做做饭。星期天，他们在中央公园陪孩子们玩球。哦当然了，爸，这就是他们给我的报酬。

我又不是没有钱，他坚持己见，你找我要就可以了。菲丝，每一年你都比之前过得更混乱。你妈妈和我是怎么做的呢？我们只能尽力而为。

显然，你所谓的尽力其实一团糟，菲丝说，我要接上孩子们。我想走了。我现在就想走。

菲丝心不在焉，她的下巴，她的右半边身子，手腕上小小的感染，这些都让她隐隐作痛。她飞奔着穿过会客厅，跑过阴暗的图书馆，掠过人头攒动的"艺术与手工工作室"。她就这样目不斜视地从艾琳娜·纳达洛娃夫人身边匆匆跑过。纳达洛娃夫人身形高大，一头紫发，围着黑色蕾丝披肩，正坐在期刊部门口，编辑获奖的慈善机构期刊《一段好时光》。纳达洛娃夫人看到达尔文先生气喘吁吁地追着菲丝跑，便呼喊道：哎，达尔文……这个月没有爱情诗吗？那我要怎么下印？

别拿我开玩笑，别拿我开玩笑，达尔文先生上气不接下气，急着追上菲丝。菲丝，他喊道，你跑太快了。

哦天啊！菲丝说着在一楼的楼梯平台处停了下来，转身面对他。你是个年轻男人，我觉得。你和里卡多应该在东区弄个有独立入口的漂亮公寓，这样就可以找不同的女孩子们来取乐。

别用你自己的观点评判这个世界。里卡多有和你在一起的困难。就在我提议接受精神方面的援助前，我已经开始看见光明了。查理在医学界有很多厉害的关系。

别跟我提查理。反正别提。我要去找孩子们。我现在就要走。我要从这儿离开。

别跟你妈妈说我为什么像个傻瓜一样在楼梯上追着你跑。她有个游手好闲的好姐妹，她会看着你，然后琢磨出是怎么回事。她会知道的。

别跟着我了，菲丝说。

声音小一点。达尔文先生从齿缝间挤出这几个字。要有自尊，听见没？

走开，菲丝顺从地压低声音，但又很暴躁。

别告诉你妈妈。

闭嘴！菲丝小声说。

孩子们正在楼下和里斯太太一起玩乒乓球。她好心邀请他们来玩。菲丝，怎么回事啊？你怎么黑着个脸，妈妈问道。

喘不上气了，达尔文先生气喘吁吁地说，疯了，像西尔维娅一样疯了，就是你那个疯子姐妹。

哦她。达尔文太太哈哈大笑，但还是拉过了菲丝的手贴在自己的脸颊上。怎么了，菲丝？哦没错，你确实和西尔维娅有很多相似之处。她是个暴脾气的家伙。哦，她有她自己的人生。我可怜的西尔，她很狂热。她死在电视机前。她什么都没错过。

哦，妈，谁在乎西尔维娅怎么了。

你到底怎么回事？

一张神采奕奕的男性面庞出现在门口。这里是达尔文家的房间吗？

哦，菲利普，菲丝说，可真是时候！

这是谁？这人是谁？达尔文太太提高了音调。

菲利普踏进这间小屋子。他面露羞涩，又很坚定，看起来好像随时都可能离开。我是菲丝的朋友，他说，我叫马扎诺。我来是想和达尔文先生谈谈他的作品。那里头有太多可能性了。

你听过我的作品？达尔文先生问，听谁说的？

菲丝，把那个上好的瓷杯子拿出来，妈妈说。

什么？菲丝一头雾水。

什么什么？什么，妈妈重复了一遍，这孩子说什么。

我要离开这里了，菲丝说，我要去接孩子们，我要走了。

让她走，达尔文先生说。

菲利普忽然注意到她。那我该怎么做？他问，你想让我做什么呢？

跟他聊聊，我无所谓。反正你本来就想这么做。聊聊。对吧？她心想，在这个糟糕透顶的下午，眼前这一幕却可能是出喜剧。为什么呢？

菲利普说：达尔文先生，你写的歌都很美。

再见咯，菲丝说。

嘿，等一下，菲丝，拜托了。

不行，她说。

在沙滩上，在她童年时代的布莱顿海滩上，她带孩子们看了木栈道下的秘密藏身所，从前她把捡来的汽水瓶都藏在这里。是三美分还是五美分来着？我记不清了，她说，这里是我的地盘。我要为了捍卫领土而战斗。不过有个叫艾迪的男孩子会帮我。

妈咪，他们为什么住在这里呢？他们只能住这里吗？他们不能有个真正的公寓吗？为什么呢？

我觉得这地方很不错，通托说。

哦你这个傻瓜，闭嘴，理查德说。

嘿孩子们，看看大海。你们知道你们有个非常了不起的曾外祖父，住在北方遥远的波罗的海，你们知道吗，他经常滑冰，沿着海岸滑啊滑，几英里又几英里，口袋里揣着冰冻的鲱鱼。

通托无法相信这个事实。他向后倒进沙滩。一条冰冻的鲱鱼！他绝对是个疯子。

真的吗，妈？理查德问，你认识他吗？

不认识，里奇，我不认识他。他们说他想要过来，但没有船。太迟了。所以我才不会因为外祖父讲的那个故事而笑。

那外祖父为什么要笑呢？

哦里奇，看在上帝的分上，别问了。

通托重重跌进沙子里，站不起来了。他开始堆沙堡。菲丝挨着他，坐在冰凉的沙子上。理查德走到浮满泡沫的水边，越过小小海湾里的浪花向远处张望，望向很远很远的地方，远到天空尽头。而后他转身回来，小嘴紧闭，目露担忧。妈妈，你得把他们从那儿弄出来。那是你的爸爸妈妈。那是你的责任。

好了，理查德，他们喜欢那里。凭什么所有事，每一桩该死的事情，都是我的责任呢？

因为就是你的责任,理查德说。菲丝上上下下扫视海滩。她想大叫,救命啊!

如果她再晚生个十年或者十五年,她就会这么干了,不停地尖叫再尖叫。

可相反的,眼泪造出了一副日常用的镜片,让她可以安全地旁观一切悲苦。

埋了我吧,她说着像死尸一样平躺在十月的阳光下。

通托马上就开始在她脚踝边堆沙子。停下!理查德尖叫,停下,你这个大蠢蛋。妈妈,我只是在开玩笑而已。

菲丝坐起来。该死的,理查德,你怎么回事?怎么每件事都那么认真。我也只是在开玩笑而已。我的意思是,只要把我埋到这个位置,像这样,把胳膊以下埋起来,明白吗,这样的话,你们要是太调皮了,我就能时不时打你们一下。

哦,妈……理查德长舒一口气,心情轻松了不少。他跪在通托身旁,给了她极大的空间以便扭动身体、打人。两个小男孩开始用沙子去盖住大部分的她。

在花园里

一位年迈的女士坐在花园里，瘦弱、僵硬，她身边坐着一位美丽的年轻女子，她有两个孩子，分别是八岁和九岁，八个月前，这两个孩子被绑架了。

这两个女人是邻居。她们每天下午都见面，一起聊聊孩子的事。她们的对话通常都这样开始：等罗萨和洛扎回家以后……她们的对话通常这样继续：我等不及让她们看看克劳迪纳给我们买的冰激凌冷冻柜。她们肯定很怕单独去学校。一开始，得让佩佩开车送她们……她们肯定会瘦的。不，她们也可能会变得很胖，因为那些人会逼迫她们只吃米饭和豆子，别的什么都不给她们吃，还用糖果和玩具讨好她们，让她们保持安静。

年迈的女士心想：她们回家的时候，她们回家的时候……

这位美丽的女子，孩子们的妈妈，她说：这个枕套是给洛扎的，我不知道能不能及时做完。我出了太多错，得拆开再来。我想做到完美。

枕套上，绿色叶片里盛开黄蝉花。四个角各有一只蜂鸟。

两位丈夫同一个陌生人一起走进花园,等在九重葛下。孩子的爸爸喊道:咖啡!黑咖啡!黑咖啡!黑咖啡!近来他总是这样嚷嚷。他的妻子便去厨房煮第四壶浓咖啡。爸爸转向陌生人,说话声音很大,好像来访者是聋子一样。这里是个花园,我的朋友。这里很美。生活在这里很美好。你肯定看得出来。至少犯罪团伙已经得到了控制。警察经常来巡逻。我看得出,你是个很不错的人,很高兴这条街上有你这样的人。我们不租给共产主义者,也不租给你们说的那种嬉皮士。就现在,芝加哥医学中心的领导正在我其中一栋房子里睡觉呢。就是街对面的那栋,有高大走廊的。他睡得很晚。睡觉就是他的假期,可以逃开家庭琐事和事业焦虑。你肯定懂的。我们,我和我的同事,你目之所及的房屋几乎都是我们负责建造的,包括你租的那一栋。房子都建造得非常好。我们希望人们带着孩子和孙子搬来。我们不是谁都租的。

年迈的女士受不了他那么大声说话。她拜托自己的丈夫扶自己回家。于是他们便慢吞吞地走过草坪。

惊艳的花朵与鸟儿环绕身旁,陌生人小坐了片刻。他衣着考究,人到中年,碰巧是个共产主义者。他还是两个孩子的父亲,这两个孩子只比房东遭绑架的女儿们大一点点。他是个心软又严苛的人。

在接下来的几天里，他散步、购物，和邻居们交谈，为人亲切友好。住在街角那栋房子里的女人常常在游廊的雕花铁门边伫立，她管她的骑楼前的这种门叫铁隔栅。他问她：你认识她们吗？她潸然泪下。她说：她们再也不哭了，我认识。小的那个，洛扎，和我的小孙女一起玩。特别小的时候，她们就和自己的娃娃一起坐在屋后面的吊床上，晃啊晃啊，小妈妈们。我以为她们会如常长大，成为一辈子的好朋友。

他在商店里碰到了另一个邻居，便攀谈起来。两人一起沿着植满棕榈树的街道回来，邻居问：他有没有冒犯你？没有，陌生人回答。好吧，他经常那样，你知道的，有人觉得他恐怕要疯了。我恐怕也要疯了。我想卖掉房子离开。但他在这里投入了太多。他痛恨我们每一个人。

为什么呢？陌生人问。

为什么不恨呢？邻居回答，换成是你难道不会这样吗？我们是整件事的目击者。而我们的孩子就在街上来来回回地溜冰。

没错，我明白了，陌生人说。

第三位邻居正在洗车。（这是另一天了。）他彬彬有礼地关掉车上正在播放福音颂歌的收音机。他说：啊没错，确实很可怕。每个人都知道，顺便说一下，所有人都知道是他的朋友干的。或许他自己也知道。至少有一个人嫌疑重大。警察已骚扰我们一通了，但我自己很乐意被骚扰。至少这样能让我相信警察们是在履行职责。但是有个人，卡罗——我觉得是关键人物，我反正不怕说出他的名字——在调查的时候自杀了。就是上个月。是个古巴人，总是乐呵呵的。

是政治原因吗？陌生人问。

不，不是，我的朋友，不是政治原因。是钱。是贪婪。当然，我很肯定绑架者想的是他肯定能拿到钱。十万美金对那个人来说算什么。孩子们蒙上眼睛一两天就能回来了。没人清楚怎么回事。万无一失。没人清楚。他们想得挺好。一辆新车——两辆新车。城里昂贵的女人。餐馆。奢华人生。但是，啊哈！出了差错。我不怕告诉你这个，每个人都知道，钱给得不够快。为什么呢？让我告诉你为什么。因为我们的朋友自视甚高，奇蠢无比，坚信自己充满力量，足够幸运，可以承受悲剧性的损失。他动作太快了（因为他是个重要人物），本地警察、联邦警察全都掺和进来了。谁都看得出来，绑架者害怕了。或许你会问，孩子们在哪儿呢？可能在别的国家，可能由某个胆战心惊的妻子悉心照顾。她们可能会忘记从前的事情，照常去上学，她们会想——哦，那段童年就是一个梦。也有可能她们被扔进了海里，扔进垃圾箱里。不太好。不太好。

他又打开了收音机。再见了，先生，他说。

旁边那栋房子就是那位年迈女士的家。她坐在前廊上,膝头盖着披巾。丈夫就坐在她身旁。她的手里把玩着两个金属小球,这是一种锻炼,用来减缓手指肌肉的退化。

陌生人跨上台阶,走到铁隔栅边,同他们道别。他的假期结束了。早上他就要离开这个小岛。

看看这个,就看一下,丈夫说着冲他挥了挥一张报纸。于是陌生人便看了挤在报纸中间的一篇文章。记者写道:"在今天下午的采访中,在他位于山中的度夏小屋里,L先生——一年前被绑架的两个小女孩儿的父亲——说:她们当然会回来。我不那么出名的话,她们早就该回来了。我们期盼着她们回家,她们的房间也都准备好了。我们都相信,我和我的妻子都相信,我们确定,她们肯定会回来的。"

老妇人的丈夫说:他满脑子都在想什么啊?他想着,因为他曾经是某个贫穷国度里的贫穷男孩,如今则是有漂亮老婆的有钱人,所以他就觉得自己可以用牙齿咬弯钢板了。

老妇人慢悠悠地说:依你看,先生,这世界是什么样呢?她面容沉静。慢性疾病夺走了腿部的行动能力,同时也带走了她用微小的肌肉做表情的能力。

有人告诉她,她的麻痹症状会迅速恶化。为了弄清楚那个未来,练习将来可能拥有的那种人生,在陌生人离开时，她一直用眼睛跟随他，头部一动不动。她看，从左看到右，他的步态，他的衣服，他的头发，他摆动的双臂。她不得不悲伤地承认，极小幅度地转动眼球，即便细细玩赏，也算不上什么刺激的旅程。

但她开始逐渐对自己的勇气有了兴趣。

拉维尼亚：一个古老的故事

拉维尼亚是笑着出生的，她的个性因此有了十足的感染力。罗伯特，你怎么会爱上她呢，你爱上的竟然不是艾尔西·罗斯，也不是罗斯玛丽。她们多漂亮呀，从我肚子里生出来真是委屈她们了。还有男孩子们，J.C. 查尔斯和爱德华·威廉姆，他们刚一出生，声音就比姐妹们洪亮许多，压都压不下去。

事实上，这都是天生的。我的观点是：男人到头来做了的事，不比打个喷嚏更花时间。现在女人离开了男人，她方才知道自己身负九个月的重担，她的灵魂将永久承担这一责任。

一个永远无法休息的男人会将争抢机会归为人类天性。他把时间全都浪费在没有意义的事情上，你知道跟他交谈肯定很痛苦。男人无法聊天。大多数时候，他脑子里都是微不足道的时刻。偶尔也有消磨时间的工作，大型机器，汽车，枪支。事实往往都是相反的，你得承认，罗伯特。

现在你听好了，孩子，拉维尼亚生下来就很快乐。只不过是一只皱巴巴的袜子，一个新生儿，她就能笑得嘴角咧到耳朵根。

现在，你说你爱她。你有三个房间，面朝大街，阳光充足，你希望她去和你一起生活。那我要问你一个问题了。你的工作如何？你是个快乐的工人吗？还是你对工作心存不满，向上司抱怨，用不满的脸色让妈妈跟着一起沮丧？再问你一个问题：你领过福利金么？你是否向救济机构撒了谎？我眼里容不下说谎者，也不接受存款不多的人。

嗯，我和格林布尔先生齐心合力。他身上一个子儿也没有，是我在赚钱。我们活下来了。他去世以后，所有重担都压在我一个人肩头，恶魔般的儿子和闷闷不乐的女儿。

学校，我对他们说，你们已经上了。如今这年头很不景气。罗斯福先生是这么说的。坐在那些大桶之间的果蔬商，一个个都瘦得皮包骨。走吧，我说，你们想要学习，那就在晚上学习。你们想要有口吃的，白天就得工作。

大孩子们倒没什么问题，但是哭哭啼啼的小家伙却不能总有妈妈陪在身边了。我说的不是拉维尼亚。现在，罗伯特，我得告诉你，她对于用蠢故事逗得小家伙咯咯笑这件事感到很快活。她追上了更年长的姐姐们。就是个孩子，没别的了。但我当时的工作伙伴却说：把那孩子带来，你熨衣服的时候她和奶奶聊得可开心了。我们不介意你带那孩子来。

所以你也看到了，罗伯特，上个星期，老约翰·斯图尔特和罗斯玛丽结婚时，我说：带她走，约翰·斯图尔特。许多许多年前，我们曾在一起玩转瓶子的游戏，这个游戏多少显示出，比起一个明智的寡妇，你更渴望一个毫无条理的女孩儿，大概就是这样。那是事实，虽然这孩子确实需要保护，她太大条了。所以我把她给你，我的老朋友，希望你对她来说能是一个更好的丈夫，比你对七个月前刚刚去世的可怜的露西·斯图尔特太太要好。

事实上，谁来带走艾尔西，她都很乐意。虽然才十六岁，她从不费脑子考虑小事，一时半会儿也没有改变的打算。

说实话，罗伯特，在我心里，一切似乎并没有那么遥远，从这条前廊上看尤其如此，在这里格林布尔的目光第一次落在我身上。当时我还是个学生，有着远大的目标。无论那时我看向哪一条路，结局都是站在男人背后，为男人服务，或者矮他们半头，跟在他们屁股后面打扫收拾。

我说：妈妈，你依赖于爸爸的每一次热望与心血来潮，完全糟蹋了自己，这些我全都看在眼里。现在我想走得更远。我会成为一名老师，养活自己，不靠任何男人。

格林布尔先生转向我时，那正是我的想法。他是个聪明的男人，想要理解我的意思，但他的心因为情绪波动而黯然。哦我的天，他喜欢我。

要知道，他是个聪明的男人，罗伯特，但是没有受过教育。他用力量解决一切问题，被骄傲冲昏头脑。他可以举起一头肉猪，不骗人。他就是WPA[1]要找的那种人。

我说：格林布尔，我下了决心，绝不能漂流在那非人的路上。我既可以过老处女那种暴脾气的生活，也可以在滚烫的洗衣水里耗尽一生。

格林布尔说：万事万物都有方式和目的。如果你不想要孩子，或者为了过得舒服只要一两个孩子，我可以答应。我不希望你再去过你妈那种痛苦的日子。我希望你好好的。

但是你和我一样了解男人。他们一旦起了兴致，就不得不寻求冷却。没有例外。罗伯特，你回想一下自己的妈妈，是不是也只养活了一半的孩子。有些没出生就流产了，有些已有人形，却未有生命。还有一个尚是婴儿，慢吞吞地爬行，溺死在春天一个小海湾旁边的洞里。

格林布尔对我说：把悲伤从心中赶走吧。不能一直和悲伤一起生活。我们有艾尔西·罗斯，有罗斯玛丽，还有乐呵呵的拉维尼亚。J.C.查尔斯和爱德华·威廉姆看起来多有精神啊。保全你自己。主说，忍耐。

好吧，他很遗憾，始终没能看到我想当老师的强烈愿望得以实现。但是，在贫瘠的日子渐渐在丰饶的时间上啃

---

[1] 即公共事业振兴署，为大萧条时期美国总统罗斯福建立的一个政府机构，目标是解决当时大规模的失业问题。

食出孔洞时,他也没有向我施以援手或表达善意。

时间流逝,我看清了他,但我已满心怨恨。

J.C.查尔斯学东西太慢,需要帮助,而我又很乐意帮他学习,要不是这样的话,我几乎忘记读书这件事了。夏日的白昼变长,我就和男孩们一起学习。他因此差点成为我最爱的孩子,但他真是不够聪明,很难合我心意。

接着就是糟糕的一天,有个男人从采石场狂奔而来。他说:现在,听我说格林布尔都干了啥。工头大喊,你们两个,马上把那个石头给吊起来。往那边去一点。嗯,听着,我们继续。格林布尔就吹嘘起来,你这干巴瘦的小工,我要是不能自己一个人吊起那块小石头,我就去扫地。不可能,好事者说,不可能的。不可能,格林布尔,那块砂石很重的。但他格外顽固,走到石头边,把石头举起来,扛在肩膀上,用力举起,确保稳定。然后跪下来,用他那个该死的吊杆把石头挪了过去。然后——现在听好了——他站了起来,转过身来看着我们。但已面无血色。那位参孙[1]坐了下去,歪斜着要倒下,像个白痴一样地坐着。格林布尔太太,你丈夫的血管爆裂了。

我只是在告诉你人生的真谛。罗伯特,某些人总是把

---

[1] 参孙,《士师记》中的一位犹太士师,生于公元前11世纪的以色列,是一个拥有天生神力的犹太战士。参孙凭借上帝所赐的力气,徒手击杀雄狮并只身与以色列的外敌非利士人争战周旋。

生活描绘得比生活本身更美好。

关于拉维尼亚,我想说的是——看看我。我一无所有,只有这一身围裙,和那顶二十年前格林布尔给我的周日小帽。如今看着拉维尼亚,看她帮助那些愚蠢的家伙们不断进步,在唱诗班里高歌,给别人收拾烂摊子。所以啊,看看她,罗伯特,那姑娘可能会成为女传教士,成为护士,成为某个伟大的人物,青史留名。罗伯特,你不知道自己看见了什么,但我心里已经做好了被震撼的准备。

这就是刚过完圣诞的那天我对罗伯特说的话。日子没什么好转,越来越紧巴。老格林布尔去世了,得到了救赎。然后罗伯特对我说:你为什么要让我如此担心呢?你得知道,我很在乎拉维尼亚。并不是说我就不会伤害她。她不是在念高中吗?我不是个坏男人。我不撒谎。我喜欢她乐观的个性。我喜欢她为人处世的聪慧。你心里到底在想什么呢,妈?

这就是他说的所有话。他叫我妈,然后轻轻关上了门。

而后时间过去了很久,孩子们悉数长大,次第离开,除了爱德华·威廉姆,这孩子有洁癖。然后那一天就来了。

去看拉维尼亚的时候,我看到她差点在洗衣盆里被烫伤。小罗伯特·格林布尔·芬纳,我的外孙,正在上学，叽叽喳喳地说着他在学校里的事情。拉维尼亚注意到了我的存在，因此一刻不停地赞美儿子。我身旁站着爱德华·威廉姆，他正要离开我，要去什么地方，他也开始赞美自己。爱德华十五岁了，我的耐心已被耗尽。所以我让他走开，去看看那个女孩。她的小宝贝维尼塔正在纠缠她，小罗伯特则跟着她去到嘎吱嘎吱响个不停的摇篮边。

我看着拉维尼亚，就用自己那双又老又悲伤的眼睛凝视她。我看到的是：一个忙碌的娘们儿。

于是我的脏话冲口而出。在漫长的一生中，主从未听我说过半个脏字。我凄声尖叫，就好像是喉咙生来就是做这个的：你这该死的家伙，拉维尼亚——因我的心在瞬间破碎了——你这该死的，拉维尼亚，你也一样没得到好结果。

朋友们

为了让我们放心，让我们的心得到平静，我们的好朋友，处在弥留之际的赛琳娜说：毕竟，生命并非总是让人厌恶——你们知道，我确实和她一起度过了很多年美好的时光。

她指着墙上从一幅肖像画里探出身子的孩子——一头棕色长发，穿着白色围兜，脑袋和肩膀都向前微倾。

渴望，苏珊说。安闭上了眼睛。

还是在那面墙上，一张照片中有三个小女孩儿在校园里。她们正手拉手，激烈地讨论什么。咖啡桌的正中间摆着一个相框，照片上是一川秋色，一个十八岁、年轻美丽的女子骑在一匹高大的马上——一个冷漠、兴趣索然的骑手。这个年轻女子是赛琳娜的孩子。一天晚上，人们在遥远城市的出租公寓里发现她死了。警察打来电话。他们说：你是否有个叫艾比的孩子？

还有他也是，我们的朋友赛琳娜说，我们有过快乐的时光。麦克斯和我。你们知道的。

这里没有麦克斯的照片。他和另一个女人结了婚，有一个富有朝气、健壮的女孩，六岁左右。她妈妈相信，她永远也不会受到伤害。

我们亲爱的赛琳娜下了床，身躯沉重，可动作却像一段滑稽的舞蹈。她轻轻地向浴室走去，嘴里唱着："往昔时光啊，我的朋友……"

那天夜里的晚些时候，安、苏珊和我忍受了五个小时的火车回家。我们沉默了一个小时，喝了一个小时咖啡，吃了赛琳娜给我们的三明治（她竟然站了起来，将庞大柔软却空洞无力的身躯靠在厨房的料理台上，亲手做了这些三明治）。然后，安说：好吧，我们再也见不到她了。

谁说的？不管怎么说，听着，苏珊说，想想看，艾比并不是唯一死去的孩子。那个了不起的家伙又怎样了呢，还记得比尔·达林普尔吗——他是个不合作者还是个逃兵来着？还有鲍勃·西蒙。他们都死于交通事故。马修、珍妮、迈克。还记得艾尔·洛瑞吗——他在第六街上被谋杀了——还有那个小家伙布兰达，在你房顶上过量服药而死的那个，还记得吗，安？我猜，遗忘是人类的天性。你们这些人已经不记得他们了。

你这话什么意思，"你们这些人"？安问，你是在跟我们说话吗？

我开始为我真的不知道她说的那些人而道歉。他们当中大部分人都比我的孩子要大，我说。

当然了,小艾比恰好活在我所熟知的时光里,活在我关注的所有地方——公园,学校,街道。但是哦!是真的!在我们超级宝贝的那一代孩子里,赛琳娜的艾比并不是唯一死于车祸、战争、药物滥用和精神失常的。

赛琳娜最主要的问题在于,安说,你们都知道的,她没有说出真相。

什么?

一点点炽热的真相就已足够有力,安想着,足以让上帝在她身上犯下的化学错误和社会加诸在她身上的假惺惺的谎言全都蒸发。我们都对那种力量深信不疑,我和我的朋友们,但有时候……真相太烫手了。

不管怎么说,我常常想到赛琳娜曾对我们说过的许多事情。比方说,我们都知道她是个孤儿。和她一样的还有六七个孩子,而她是年纪最小的。直到四十二岁那年,才有人告诉她,她的妈妈并没在生她时死去。是一场重病夺走了母亲的性命。在她八个月大之前,她一直生活在母亲身边——事实上,就贴在她胸口。哇哦!赛琳娜感叹,真是如释重负!以前我总觉得是我杀了她。

你的家人真坏,我们告诉她,他们让你就一直这么悲痛着。

哦,伙计们,她说,忘了吧。他们也同样为我做了很多好事,为我和艾比。忘了吧。哪有时间计较过去呢?

我就是那个意思，安说，赛琳娜就应该拿着一把斧头追在他们身后。

更多信息：赛琳娜的两个姐姐把她带一家孤儿院。她们非常惭愧，明明一个十六岁一个十九岁，却没有办法照顾她。她们一直抱着她。她们知道她肯定会哭。她们带她去了属于她的房间——不算是房间，而是有八张床的集体宿舍。这是你的床，莱娜。这是给你放东西的桌子。这个小抽屉用来放你的洗漱用品。都是给我的？她问，别人不能用，只有我能用？就是这样了？阿迪不能来？弗兰基也不能来？对吗？

相信我，赛琳娜说，在这里的日子很快乐。

事实，安说，那些只是事实，但不一定是真相。

我觉得指责垂死之人的性格是不对的，也不应该将他们的动机像那样放到聚光灯下逐一考量。涉及隐私的共识社区所展示出的勇气，还不够令人惊奇吗？

退缩也帮不上什么忙，你们也会知道的，赛琳娜说。

赛琳娜想回到床上去。苏珊过去帮她。

谢谢，我们的赛琳娜说。这是她一生当中第一次倚靠另一个人。麻烦的是，我只要站着，整个背部就会痛。没有任何解决办法。所有化疗都没用。我的身体里已经没有什么化学物质可供治疗了。哈！你们知道吗，我以前在那家医院里工作过，就在我来到纽约，遇见你们之前。我是妇科的主管护士。负责护理工作。那些医生都是我的朋友。他们不会毫不讲理的。戴维·克拉克，外科医生中的翘楚。上周他都没办法直视我。他一直在说，莱娜……莱娜……就像这样。我们是同一年去的南非——一九四四年，我想是的。我对他说：戴维，我已经活了很久很久了，并没有错过太多东西。他很清楚这点。可我不想让他看着我。咳，我那该死的脚让人心生厌恶了。

苏珊说：最近的研究告诉我们，是心带来了脚的疼痛。

总有新消息，我们亲爱的朋友，赛琳娜说。

在回到床上的过程中，她停在了书桌边。桌面上散落着二十多张快照——小婴儿、孩子、年轻女子。这个，她对我说，拿上这个。那是一张艾比和你的理查德在学校门口拍的照片——三年级？多好的日子啊！那天孩子们表演了节目！那是一群多出色的孩子啊！理查德现在在做什么？

哦，谁知道？在什么地方混呗。西班牙。最近是在西班牙。谁知道他在哪儿？在哪儿都一样。

我为什么要这样说呢？我完全清楚他在哪里。他有写信来。事实上，他找到一个不太好用的电话，每星期都有一天能打电话回来——大多数时候都是给他的兄弟下命令，但也会问一问：你还好吗，妈？你的新男朋友怎么样？他有微笑过吗？

孩子嘛，都一个样，我说。

没有把我孩子那明亮、聒噪的脸带入那个暗沉的午后，我想这仅仅是出于礼貌。少年时，理查德就常常说，为了让赛琳娜保持开心和天真，你可以出卖我们。这是实话。无论何时，只要赛琳娜说"我不知道，艾比有一些古怪的朋友"，我都会回应她，蠢头蠢脑地安慰她说，你真应该看看理查德的朋友。

他现在还在西班牙，赛琳娜说，至少你知道这个。应该挺有趣吧，他能学到很多东西。理查德是个很棒的男孩子，菲丝。他表现得很智慧，虽然他本人并不那么聪明。你知道艾比死去的那天晚上，警察打电话给我，告诉我这一切时，你猜怎么着？那是两年来，我第一次在晚上睡着了。我总算知道她人在哪里了。

赛琳娜说得特别就事论事——她仅仅是提供了信息。

但是在一旁听着的安说，哦！——她冲我们所有人喊道，哦！——同时，她开始啜泣。她的坦率变成了箭头，径直射中她自己的心。

然后，她擦干眼泪，深吸了一口气，说：我也想要一张照片。

好的，好的，等等，我这儿有一张，艾比、朱迪和那个西班牙男孩维克多，他们在某个地方的合照。在哪里来着？啊，在这儿。

三个九岁孩子高高地坐在公园里的悬铃木枝干上，双腿在别人的脑袋上晃悠——光滑的黑发，中分。那是凯蒂的脑袋吗？

我们亲爱的朋友笑出声来。又是美好的一天，她说，不是吗？我记得你们俩在点评男人们。当时我也有个男人——我想是吧。开了些玩笑。在这里，拿去吧。我有两张一样的。但你应该把这张照片放大。你一看到这个，就能想起我来。哈哈。好了，姑娘们——原谅我，我的意思是，女士们——我该休息了。

她扶着苏珊的手臂，继续步姿糟糕地朝床走去。

我们谁都没动。面前还有漫长的路途要跋涉，在出发前，我们都期望能多安慰她一点。

不，她说，这样你们只会错过特快列车的。我没有那么痛苦，我吃了很多止痛药，看到没？

桌面上摆满了小瓶子。

我只想躺下来，好好想想艾比。

确实如此，那辆慢车至少会让我们多花两个小时。我看向安，她能来这里实属不易。可我们还是没动。我们在赛琳娜面前站成一排。三个老朋友。赛琳娜紧闭双唇，将目光投入我们之间冰冷的距离。

我了解那张面庞。多年以前，孩子们还小，这张脸曾出现过那么一次，谦和地摆在小学校长J.霍夫纳面前。

他说：不！没有经过训练你们不能指导这些孩子。这真的很成问题。你们必须得知道该怎样教。

我们的"家长教师联合会"已经决定要为西班牙孩子提供一对一的教学帮助，他们在拥挤的教室里，在事业成功的中产阶级小孩中间停滞不前，他们的老师疲惫不堪。他说，在书面表达中要展现出严肃，在个人冲突中要证明严肃，所以他决不允许我们做这种事。教育委员会本身也说了不行（所有这些"否定"导致在我们这个可怜的"需要同意"的城市里发生了一些可怕的事，就在学校和邻里之间）。但是"家长教师联合会"里的大部分女性都很独立自主——形势所迫，性格所致。事实上，我们都是嘴上甜言蜜语灵魂无比强硬的无政府主义者。

那一年我都在星期五休息。差不多上午十一点左右，我会绕开校长办公室，径直跑到四楼，把罗伯特·菲戈罗亚带到走廊尽头，然后教他学习讲故事，马不停蹄地忙上二十分钟。接着，我们会写字母表里非常漂亮的字母，那是聪明的外国人在很久以前为了愚弄时间和距离而发明的。

那一天，在办公室里，赛琳娜和她固执的面庞至少同校长僵持了两个小时。最终，不堪纠缠的霍夫纳先生说，因为她是个护士，所以可以允许她来帮忙，负责带最小的孩子去棘手的现代化厕所。他说，他们当中有些孩子来自比马里考更远的蛮荒山地。赛琳娜满口答应，她会负责这件事。在厕所里,她教小姑娘们怎么擦屁股,就像几年前教自己的女儿一样。三点钟,她带她们回家吃饼干,喝牛奶。那些孩子们一直在她的厨房里吃饼干,直到六年级毕业。

话说回来,我周五下午不上班的那一年,我们都学到了什么呢?就是:一次同一个孩子交流,纵然无法改变这个世界,但至少可以让这个世界被了解。

不管怎么说,赛琳娜那张固执但有用的面庞,让我们眼前浮现起久远的回忆。她说:不,听我说,你们这些人。拜托了。我时间不多了。我想要的是……我想要躺下来,好好想想艾比。没什么特别的。只想要想想她,你知道。

在火车上,苏珊很快就睡着了。她一次次醒过来,因为新轮子的速度被旧铁轨阻碍了,导致车厢剧烈摇晃。有一次,她睁大双眼,说:你们知道吗,安是对的。你不可能无缘无故就病成那副样子。我的意思是,她甚至都没有提到他。

她为什么非得提呢?她甚至都没再见过他,我说,苏珊,你至今仍以男人为先,那可是可怕的女性疾病。

是吗?难道你不是吗?不管怎么说,都绕不开他的。那孩子死的时候,他基本上每天都在那里。

艾比。我不喜欢听到"那孩子",我只想说"艾比",就像我说"赛琳娜"一样——这样一来,那些名字就拥有了厚度和力量，可以血肉丰满地落回到坚实的地面上。

你知道的，艾比是个出色的孩子。她一直都和理查德一个班，上同样的课，直到高中。生来就是个好心的小姑娘，引人注意的那种——以她那个年纪来看，她很聪明。

确实，安说，非常善良。她还捐掉了赛琳娜最后一件短袖上衣。哦没错，他们这些男孩女孩个个都很优秀。

克丽丝很出色，安说。

的确，我说。

中学生都不太愿意当好学生，但她是好孩子。她一路念完大学——我一分钱没花——现在她有了自己的朋友。而且你知道，她从没让男孩们占过便宜，她真的很了不起。

安摇摇晃晃地沿着过道去洗手间。她说：哦，他们所有人——就是那么出色。

我爱赛琳娜，苏珊说，可是她跟我的交流始终不够多。或许她和你们聊得更多一些，聊男人之类的。

说完苏珊就睡着了。

安在我对面坐下。她斜着眼睛，直勾勾地盯住了我。这种表情通常意味着谴责。

小心点——你这样笑纹会更严重的，我说。

去你的，她说，你拿谁都开玩笑。你有没有意识到，我不知道米奇在哪里？你知道理查德在哪儿，你一直都很幸运。你向来如此。从小时候起你就运气很好。爸爸妈妈和和睦睦。

就像往常的对话一样，我大声说出了几件事，同时为了内心的思虑与正义，我也保留了一部分有条理的评论。我心想：她压根儿就没见过我的父母。我心想：这是什么烂事啊。幸运——这难道不像是某种辱骂吗？

我说：安妮，我才四十八岁，还有大把的时间可以一点点被毁掉——我是说，如果我还活着的话。

说完我就想去敲敲木头，甩掉霉运，但我们坐的是棉布座椅，靠着的是塑料。木头！我喊道，拜托了，给点木头啊！有没有人有火柴棍？

哦，闭嘴，她制止我，没有就没有，不会死的。

我试着去想一些悲伤的事情，像死亡一样无法逆转的事情。但是说实话，我的人生当中确实没有一件事能够和她的遭遇相提并论：一个儿子，一个十五岁男孩儿，就在你眼前消失了，消失进他自己背后那片黑暗或光明之中，无论是拥抱还是殴打光明或黑暗，都无法将他带回来。如果你高声喊叫，回来吧，回来吧，他也不会来。米奇，米奇，米奇，我们曾经这样呼喊过，就好像他人在二十英里之外，而不是在我们面前，在厨房的椅子上；但他拒绝回来。等他回来的时候，已是十二小时之后，他马上就要动身前往加利福尼亚。

好吧，我的人生中确实发生过一些糟糕的事情，我说。

什么事？你生来是个女人？是这件事吗？

显然她是在揶揄我，又提起了女权主义和犹太教的老的讨论。事实上，在各种主义的万花筒里，有时候还真得将这两者视为一体。

好吧，我说，几年前我妈妈去世了，到现在我仍旧很难过。偶尔我想起我妈来，就无法呼吸。我很想念她。你明白吗？你妈妈七十六岁。你必须得承认，你依然拥有她，很美好。

她病得很重，安说，多数时候她都生不如死。

我决定不去描述我妈妈的死。我本可以这样做，让安更加痛苦。但我想，我要省下来，留待她下一次攻击我的时候用。对安而言，这些精神上的压抑越逼越近地融为一体，很可能就要诞生出巨大的敌意。

苏珊睁开了眼。亲近的或者亲爱的某个人死去或者快要死去，这种事总让人喜怒无常，她说道。（她参加了亲密关系和互动关系的相关课程。）我的研讨课的真正名字是"技能：个人友谊与团体"。虽然你们总是挖苦我，但这门课程确实不错。

就在我们聊天时，好几个城市朝着相反的方向离我们远去。我试着透过布满灰尘的车窗张望新伦敦。此刻我正与纽黑文错身而过。列车长微笑地解释说：女士，如果车窗一尘不染，你们中有一半人会死。铁道边全都是神枪手。

你信吗？我讨厌人们这样说话。

他可能有些夸张，苏珊说，但还是别擦车窗了。

有个男人斜靠在走道上。女士们，他说，我反正是信的。据我对这片地区的了解，他说的情况绝非不可能。

苏珊扭过头，看看是否值得同他进行一番政治方面的对话。

你们已经忘了赛琳娜，安说，我们所有人都忘了。然后你们会为她举办漂亮的追悼会，每个人都会站起来，说上只言片语，然后再次忘了她——还会说这是为了大家好。追悼会上你会说什么，菲丝？

聊这种事情不太对吧，她还没去世呢，安妮。

确实，她还活着，安说。

我们用了差不多一两个小时来讨论第二天的安排，安是对的。那是个结合体——外科医生戴维·克拉克说——得了致死的疾病，并拥有一桌子小药瓶。

话说回来，你为什么非得讨论那些激素？几年前苏珊就问过赛琳娜。是她们去新奥尔良的时候。那是在狂欢节。

哦，大多数都是维他命，赛琳娜说，我想保持年轻漂亮。她还开玩笑地单脚旋转了一下。

苏珊说：太荒唐了。

但苏珊比赛琳娜年轻七八岁。她能知道什么呢？因为人们对年轻漂亮无不如饥似渴。人们在街上相遇时，无论男女，但凡年纪大了，都会有点羞于直视对方的脸。很显然他们想说：不好意思，我并不想一下子就注意到生命的有限与凝重。我亲爱的朋友，我并不是想提醒你我们就要被驱逐了，先是远离活力，然后远离生命。对此，大多数时候，朋友都会用眼神彬彬有礼地回应：我亲爱的，没什么大不了，我几乎都没注意到。

幸运的是，我最近学会了如何走出忧伤的深井。其实人人都能做到。你要紧紧抓住哪怕最微小的未来的根系，有时候那可能只是一场谈话的尾声。尽管有人坚信，如果没有一路下沉下沉下沉，你就会错失深度。

苏珊，我问道，你还在见爱德·福洛雷斯吗？

他已经回到自己老婆身边了。

真走运，她没杀了你，安说，我是绝不会和西班牙男人纠缠不清的。他们身后都有一个悍妇。

不是的，苏珊说，她不太一样。我在一次会议上见过她。我们进行了一番妙谈。路易莎是个很不错的女人。我跟你们说过的上班族组织者，她就是其中一员。她只须再把他留在身边两年就够了，她说，因为孩子们——是女孩儿——在她们的街区，需要大人的看护。那一带不怎么太平。他是个好父亲，但不是个好丈夫。

我管这个叫建议。

好吧，你们是知道我的——我并不想要什么丈夫。我只是喜欢男人围在身边。我讨厌没有男人的生活。不管怎么说，听听这个。她，路易莎，有一天在我耳边小声说：苏西，两年之内如果你还需要他，我向你保证，你肯定会得到他。真的，我那会儿可能仍然想要他。他现在才四十五岁，还是很性感呢。我会在两年之内拿到学位。克丽丝也会离开家。

两年！两年之内我们全都会死的，安说。

我明白她并不是说我们所有人。她指的是米奇。她的儿子极有可能在芝加哥、新奥尔良、旧金山的某个药房或者妓院里被杀掉。我在一个特别漂亮的大城市，上个月他打来电话的时候说，纽约跟这地方比起来简直像个大垃圾车。

米奇！在哪里？

哈哈，他笑着挂断了电话。

很快他就要去流浪，去做买卖，去当小偷，或者只是大半夜在别人家窗户下面飙脏话。然后安可能会飞去城里，或者不是飞去城里，去帮他脱身，具体怎么去取决于财政状况和精神状态。

米奇怎么样？赛琳娜之前问过。事实上，我们刚走进她铺满阳光的前厅时，她第一句话问的就是这个，严肃而尴尬。院子里的树木随风摇曳，在室内投下层层光影。我们每个人都用自己的方式问她：你感觉怎么样，赛琳娜？

她说：还好，重要的事情优先。我们先说说重要的事情。理查德怎么样？通托怎么样？约翰怎么样？克丽丝怎么样？朱迪怎么样？米奇怎么样？

我不想提米奇，安说。

哦，我们说说他吧，说说他吧。赛琳娜说着拉过安的手。我们一起好好想想，别等到一切都来不及了。是怎么开始的呢？哦，上帝保佑，我们说说他吧。

我和苏珊聪明地闭上了嘴巴。

没人知道，谁都不知道怎么回事。为什么？在哪儿？每个人都有自己的想法、理论，然后写下来。但是没人知道。

安严肃地说。她并没有哭哭啼啼。她可不会深陷赛琳娜的温柔旋涡，但听着赛琳娜说米奇的名字，她可以更轻松地坐在椅子里。我看着她们，觉得很有趣。安的呼吸非常深沉，是我们在星期四晚上的瑜伽课上学到的那种方式。通过这种呼吸，她的身体得以稍稍放松。

我们的火车正驶过布朗克斯公园大道。苏珊已经转身去同走道对面的男人说话。她正在解释说，按照她一直以来的想法，除非我们修理好我们自己轰炸掉的路堤，对不可逆的生态损害做出赔偿，否则越南战争远没有结束，而且也不会结束。男人问我们是否同意苏珊的观点。每个字都同意，我们说。

你们看起来可不像嬉皮士啊。他哈哈大笑，然后就变了脸色。作为看人脸色的专家，我确定他是在想：冒险。他很可能是在三个固执己见的左翼女性身上撞上了晚期反主流文化的母题。那是他脸上好的部分。另一部分则是狡猾的"在纽约，丈夫不在城里"的表情。

很期待再见到你，他对苏珊说。

哦？好吧，后天过来吃饭吧。只有我两个孩子在家。你在纽约至少应该吃顿像样的饭。

孩子？他的脸上浮现出思索的神情。谢谢，当然了，他说，我会去的。

安低声抱怨：她可真行。她又这样。

哦，苏珊没问题的，我说，她时刻准备着，那样不好吗？

这段路可真漫长，安感叹。

抵达中央车站之前，我们陷入了黑暗之中。

我们都很暴躁，苏珊对她的新伙伴说，我们的好朋友赛琳娜快要死了，所以我们很生气。理由是，我们都希望自己死的时候她能在场。我们都需要一个母亲或替代母亲的人，在最后的场合帮我们垫好枕头，我们都指望她扮演那个角色呢。

我完全明白你的意思，他说，你们到那时都会有人在身边。有点过虑了。

差不多是那样吧，对吧，菲丝？

要跟上她公共广播系统一样的风格通常都得花上点时间。我同意,没错。

新车轮与旧铁轨的对抗没完没了,火车在万分痛苦之中重重地停了下来。

对。错。谁在乎呢?安说,她的确不该死的。她真的毁了一切。

哦,安妮,我说。

闭嘴,行吗?你们俩都闭嘴,安说。她从我们身边挤过去下车时,简直要把我们的膝盖都撞裂了。

而后苏珊就像是纽约的女主人一样,开始告诉那个男人我们所有人的私人麻烦——世贸中心的失误、韦斯特维、南布朗克斯的衰退、威廉斯堡的暴力。她和他一起搭上电梯,缔结了深夜的友谊,并且很有希望度过一个美妙的夜晚。

在家里,我的小儿子安东尼说:哈罗,你正好错过了理查德。他现在在巴黎。他刚刚打了付费电话。

我们付?从巴黎?

他看见我脸色极差,于是泡了杯药草茶给我,他的同伴们常喝,用来镇定过分紧绷的个性。他确实想要改善我的健康状况和精神状态。他的朋友们有本书,书上说,如果营养恰当的话,人是有可能永生的。他想让我试一试。他还相信,人类会在他的时代终结,包括头脑和漂亮的外表。

差不多十一点半左右，他出门去享受十八岁夜生活带来的快乐。

凌晨三点，他发现我在公寓里擦地板，对公寓做一些小修补。

再来点茶吗，妈妈？他问。他坐下来陪我。好了，菲丝，我知道你心情不好。但是赛琳娜怎么会一点都不了解艾比呢？

安东尼，我又了解你多少呢？

得了吧，你是瞎了吧。我还是个小孩子，我不瞎。我向上帝保证，妈妈。

听着，安东尼，艾比大体上还不错，真的。你还不知道过去一个人会被怎样对待。

她老和那些马屁精在一起——一切都好极了棒呆了。接下来呢？你会说人们都很可爱，世界那么圆那么美妙，联合碳化物公司是不可能把它给炸掉的。

我从没说过这种充满希望的话。这悲伤的一天，我们已经知道了很多坏消息，为什么安东尼还非要在凌晨三点的时候补充说明这个世界的事实？

第二天晚上，麦克斯从北卡罗来纳打来电话。赛琳娜怎么样？我马上就飞过去，他说，我清早有个约会，然后会取消所有工作。

早上七点，安打来电话，我才刚刚刷完牙。太难了，她说，所有这些破事。我不是在说赛琳娜。我是说我们大家。在火车上。你们所有人在我眼里都那么不真实。

真实？真相，嗯？听着，过来吃早饭怎么样？——九点之前我可以不出门。我有好吃的黑麦面包。

不了，她说，哦基督啊，不。不！

我还记得第一次和安见面时的情形，记得她的眼睛，还有她戴的帽子。我们的宝宝刚会走路，大喊大叫地迈着双腿从沙坑里出来。我们抱起孩子，越过他们沾满沙子的小脑袋，相视而笑。我想从那一刻起，我们之间的联结就已注定，至少同我们和丈夫的盟誓一样有效，而我们已经和丈夫离婚了。马后炮通常不受重视，但它可能和先见之明一样有价值，因为它确实包含了某些真相。

与此同时，安东尼那贫穷、迟钝、毫无防备的世界滚滚向前。生存与死亡紧贴着这个世界的表面，并渗透入更柔软的部分。

唤起我对痛苦和危险的注意，他没有错。攻击我颇有责任感的天性，他也没错。但是，为我的朋友们和孩子们记录下那些个体的死亡和我们终生依赖的环境，我是对的。

当时，或一个玩笑的历史

当时，大多数人都想捐赠器官。器官滥用是可预见的。事实上，有个年轻女人，她的子宫被一个路过的妇科医生歇斯底里地摘下了。他说绿草原社区有对夫妇没有孩子，他因为他们的痛苦而分了心。年轻女人说："倒不是说有多痛或者多难堪，但是我觉得，任何一个法院都应当奖励我，我是海里戈尔医生的首个子宫移植案例。"

我们并非狠心的人，这件事在最低级别的法院就解决了，无须向州里或者联邦政府求助。

通过《时代》周刊的报道我们知道，有一个年轻女人的卵巢排斥新子宫，另一个则完美契合，没有出现排异反应。

"我感觉良好。"她说完就马上胀起来，因为在她温暖通红的柔软子宫内部已有个蜷缩起来的可爱胎儿。它按照预期时间舒展开来，瞧呀！它和黑夜一样深沉，让我们日日使用的眼睛得到了放松。

接着："歌唱！"科学家海里戈尔说，"为看见人类的神话是如何站在科技成就的肩膀上不断前进的。看呀，没有受孕，处女也能生出孩子。"这令人震惊又让人害怕的新闻被带到了田间、森林和工业区的人们眼前，媒体将它那无线的手指向哪，消息就传到哪。人们竞相庆祝，特别开心，这场出生在电影院的大荧幕和电视机的小屏幕上不断重现。

在好几个城市的底层，只有犹太人注意到处女产子的后果，并默默承受，他们高喊（痛苦流涕）（一如往常）："那不是他！不是他！"

没人知道该拿他们怎么办。他们固执己见，并坚持毫无幽默感的决心。当局没收了他们的短波收音机和天线，还收走了立体声电视及录像带。（那时候人们不会因为在社会问题上不妥协而被关押。同样，他们当中也没人得以平反。）

很快这些傻了吧唧的刺头就什么都没有了。他们得彼此造访，或者从一个镇子流窜到另一个镇子，将最寻常的事情说给朋友或者亲戚听。他们只有披巾和经匣，女人也是这样，因为女人（在当时）在天性上已有了长足的进步，是牧师，是先知，是拉比，是瑜伽士，是祭司，等等，和深奥的宗教信仰一样知名。

在她们充满流言蜚语的交谈中，她们低声诉说着被隐藏的或者被忽略的事实（已经有人注意到了）：那孩子是个女孩儿，因为嘴巴里说出的话语声，是来自上帝的回声（起初是单词，没有形式，但无边无垠），经过口耳相传，这话语很快就成为人们的共识，胜过计算机设备——大多数明智之人数十年不曾对计算机说过一句私密的话。

然后："好吧！"海里戈尔医生说，"绝对是真的，但是我不想在任何如神话海洋般黏稠的水域掀起波澜。没错，是个女孩儿。一个处女生下了一个处女。"

在全球各地，人们露出微笑。在那时，性别歧视和种族歧视还不是公共事务，虽然有时候，成年人难免在家中践行这些歧视。这一次出生和其他出生一样，都让他们高兴。许多计划被制定出来，用圣婴的肚脐象征性地弥补这一代代的女儿们。这是幸运的果实和象征。因此，人们习惯了在十字架旁挂上象征肚脐的圆环和脐带一般弯曲的绳子。

但是那些不满的犹太人又说了："太厉害了！所以呢？听起来又是一种趋势！所以是个女孩儿！赞美最高的殿下！但事实是，我们需要另一次处女产子，就像被祝福的逝者渴望古老医生的拔火罐一样。"

于是，他们继续作为女和男，下沉也上升着，在历史脏污的地下室里继续工作着，直到这样的一天，因婚礼、出生或葬礼需要廉价而不失魅力的衣物时，他们得到了可怜的回报。

焦虑

年轻的爸爸们正等在学校门口。头发多么卷啊！棕色的八字胡多么优雅。他们正坐着吃披萨，相互交换信息，等下午三点的铃声响起。现在是春天，是向窗外看上第一眼的时节。我的窗口摆着一盆温室金盏花。透过蕨类植物的叶子可以看到这些年轻的爸爸。

铃声响起，孩子们离开校园，一股脑儿涌出敞开的大门。有个爸爸看见了自己的孩子。一个小姑娘。她是中国人吗？有点像。上来，上上上来，他说着把她扛到了肩膀上。上来上来，第二个爸爸说，也同样扛起了自己的儿子。小男孩儿在爸爸头顶上坐了几秒钟，随即滑落到了肩膀上。很好玩儿吧，爸爸说。

他们沿着街道离开，正好经过我的窗下。两个孩子还在放声大笑。他们窃窃私语想要交换什么秘密。父亲们的交流还没结束。那个瘦弱的父亲不太舒服，因为小姑娘一直动来动去。

消停一下，他说。

哼，哼，小姑娘回应。

你说什么?

哼,哼,她说。

年轻的爸爸说:什么啊!连问三遍。然后他抓住孩子,高高举过头顶,重重地把她放下来。

我干了什么不得了的坏事了?她边说边揉膝盖。

拉着我的手,瘦弱而愤怒的爸爸吼道。

我探出窗外。停一下!停一下!我喊道。

年轻的爸爸转过身,用手遮住眼睛,看见了我。什么事?他问。他的朋友说:嘿?那是谁?他可能觉得我是那家人的朋友,说不定是个老师。

你是谁?他问。

我把金盏花盆挪到一边,这样就能用胳膊肘撑住窗台,让我没有遮挡地看到他们。曾经,不算太久之前,廉租公寓的一到五层,每三个窗口里就有一个我这样的女人,呼唤正在玩的孩子来接受订单或者指令。那段记忆促使我很严厉地说:年轻人,我是个很自在的老人,因此我可以问问题、给建议。

哦?他略显尴尬地笑了,对他的朋友说:如果你愿意,就朝那个老家伙的灰色脑袋开枪吧。但他是开玩笑的,我知道,因为他正让自己站定,双腿分开,双手背在身后,脖子扭过来以便能看到我,并听到我说话。

你多大了？我喊道，三十岁左右吗？

三十三。

首先我想说，你们这代人在对待孩子的态度和举止上比你们父亲那一代人强多了。

真的吗？是这样？还有什么，老人家？

孩子，我说道，又朝他靠近了两三英寸，这举动其实有些危险。孩子，我必须告诉你，疯子打算摧毁这个美丽的星球。这些家伙会杀掉我们的孩子，他们已经开始成为你的恐惧和悲伤所在，从现在开始，它会对快乐的日常生活产生更多影响。

继续说，继续说，他喊道。

我等了一分钟，但他还是抬头看。因此我说：我可以通过你那普通的外表和大步流星的轻松步伐看出，你是赞同我的。

确实，他说。他朝朋友眨了眨眼，但转向我的时候却是一张严肃的脸。他又说了一次：没错，没错，我确实赞同。

那么，你为什么要对那个小姑娘发那么大脾气呢？她的未来就像突然白屏的电影一样。你为什么要因为自己无法控制的怒火，而差点将这个可怜人摔在地上呢？

我们别扯远了，年轻的爸爸说，她在我可怜的后背上动来动去，还一直哼哼叫。

你什么时候最生气——是她动个不停还是她哼哼叫?

他挠了挠完美无缺的脑袋,黑色的头发精心修剪过。我猜是她哼哼的时候。

你自己有没有哼哼叫过?好好想想。或许多年以前有过?

没有。好吧,有可能。有可能。

你用这种方式是在叫谁呢?

他仰天大笑。他朝朋友喊道:嘿肯,这个老家伙来头不小啊。警察吧。仿佛为了演示给我看,他叫了两声,哼哼,似乎回忆起什么,便大笑了起来。

小姑娘也露出微笑,跟着说哼哼。

闭嘴,他说。

由此你得出什么结论了呢?

我之所以生罗斯的气,是因为她对待我的态度就好像我是个当权者,可事实并非如此,我不是,从来都不是,也永远不会是。

我看得出他很幸福,他在想起自己的生活时,笑得那么灿烂。

所以,我继续说,这些孩子们是如此可爱,他们很可能就是人类的最后一代了,为什么你不从头再来一遍呢?就从学校门口开始,就当这一切都没有发生过。

谢谢你,年轻的爸爸说,谢谢你。当一匹马应该挺不

463

错的,他说着握住了小罗斯的手。来吧罗斯,我们走。我没那么多时间。

上来,上来,第一个爸爸说。上来上来,第二个爸爸说。

驾,驾,孩子们喊道。爸爸们则嘶嘶喊着,模仿马叫。孩子们踢着老爸的胸口,高喊着驾、驾,一行人便朝着西边奔驰而去。

我又将身子探出窗外,再一次喊道:小心点!停下!但他们跑得太远了。哦,人人都渴望成为勇猛的快马,驮着挚爱的美丽骑手,但他们正朝着全世界最危险的街角冲去。他们住的地方,可能就在另一条危险大道的对面。

必须得关上窗了,在此之前我轻轻拍了拍春日里明媚的金盏花,它们已散发出夏日有些生锈的味道。而后我坐在美妙的天光里,不知该怎样确定他们已经穿过科学家不切实际的恐怖梦境,穿过汽车制造商的庞大梦境,安全地飞奔回家。我希望自己能够看到他们是如何在厨房的桌子边坐下,吃下健康的点心(橙汁、牛奶或者饼干),就在踏入崭新的春日下午玩耍以前。

在这个国家,但使用着别国的语言,我的姨妈拒绝嫁给那个人人都希望她嫁的男人

我的外婆坐在椅子里。她说:每天夜里躺下后,我都无法休息,骨头们彼此推来撞去的。每天早上醒来,我都对自己说,什么?我睡着了吗?我的上帝啊,我还在这里。我将永远待在这个世界上了。

我的姨妈正在整理床铺。看啊,你外婆完全不出汗。没什么东西要洗——她的袜子、内衣和床单,都不用洗。看着这些,你根本无法相信她有过怎样的人生。那根本不是人生,而是酷刑。

她不是爱我们吗?我问。

爱你们?姨妈说,还有什么值得爱呢?你们这些孩子。你们在康涅狄格的表亲。

所以这都不能让她开心吗?

姨妈说:啊,她看见了什么!

什么?我问,她看见了什么?

有一天我会告诉你的。但有一件事我现在就要告诉你。你长大以后,千万不要扛起大旗,承担什么重大责任,那

样的话你就会参加什么示威游行啦罢工啦或者类似的活动。并非一定得是你，让别人去承担吧。

因为鲁西扛起了大旗，这就是原因所在？我问。

因为鲁西是个优秀的男孩，只有十七岁。你外婆亲手把他从街上带了回来——那会儿他已经死了——她是用马车把他带回家来的。

还有呢？我问。

我爸爸走进房间。他说：至少，她活下来了。

你不也活着吗？我问姨妈。

然后外婆拉起她的手说：索尼娅，我之所以夜不能寐，其中一个原因是我一直在想着你。你知道的。将来会如何呢？你根本没有人生。

外婆，我说，那我们呢？

姨妈叹了口气说：小姑娘啊。亲爱的，我们去开开心心散个步吧。

吃晚餐时，桌上没有一个人吭声。所以我又问了她一次：索尼娅，告诉我是或否，你有人生吗？

哈！她说，要是你真想知道的话，就读读陀思妥耶夫斯基吧。然后他们全都笑了，笑个不停。

我妈妈拿来了茶和腌菜。

外婆看着我们所有人的脸说：你们为什么要笑？

但是姨妈说：笑吧！

母亲

有一天，我正在听广播。我听到一首歌："哦，我渴望在门口看见母亲。"上帝作证！我说，我懂这首歌。我常常渴望在门口看见母亲。确切地说，她确实经常站在各种各样的门口看着我。有一天，她就那样站在前门边，身后是漆黑的门厅。那一天是元旦。她忧伤地说：如果你下午四点才回家，那么当你十七岁二十岁时，什么时候才会回家呢？她问这个问题并不是在开玩笑，也并非毫无意义。她已经开始焦虑地准备着死亡。她想着，等我二十岁时，她可能就不在了。所以她确实有疑惑。

另一次，她就站在我的房门边。我才刚刚宣布了一个政治宣言，抨击苏联人的家庭地位。她说：去睡觉吧，上帝保佑，你这个该死的傻瓜，你和你的共产主义想法，都赶紧睡觉去。我和爸爸，我们在一九〇五年就已经看到了。我们全都猜到了这一切。

在厨房门边，她说：你永远都不把午餐吃完。你毫无目的地奔忙着了。你以后得成什么样子？

然后她就死了。

自然而然地，往后的日子里，我一直渴望见到她，不仅仅是在门边，而是在许许多多的地方——和姨妈们在饭厅里时，在窗边眺望街区时，身处乡村花园的鱼尾菊和金盏花海时，和爸爸一起在起居室时。

他们坐在舒服的皮椅上。他们正在听莫扎特。他们震惊地看着彼此。在他们眼中，自己似乎才刚上船，才刚刚学会第一个英文单词。在他们眼中，他似乎才刚刚向美国的解剖学教授交上一份百分百正确的考卷，她似乎才刚刚放弃了商店的工作，一头扎进厨房。

我真希望能在客厅的门边看见她。

她在那里伫立了一分钟，而后便在他身边坐下来。他们拥有一台昂贵的唱片机。他们听着巴赫。她对他说：和我说点什么吧。我们现在不像从前那样无话不谈了。

我累了，他说，你看不出来吗？我今天恐怕见了有三十个人。全都是病人，说啊说啊说啊说的。听音乐吧，他说，我相信你曾经拥有绝对的乐感。我累了，他说。

然后她就死了。

鲁西和伊迪

有一天,在布朗克斯,有两个小女孩,分别叫伊迪和鲁西,她们正坐在公寓门前的台阶上。她们在讨论男孩们的那点事。她们将短裙拉到膝盖处,紧紧裹住膝盖。住在街对面的那群小男孩每个星期六下午都要花至少一个小时去掀女孩们的裙子。他们只有看到女孩内裤的颜色,才能在糖果店外大喊大叫:伊迪穿的是粉色内裤。

鲁西说,就算这样,她还是喜欢和那些男孩子一起玩。他们会干很多事儿。但是伊迪说,她讨厌跟他们一起玩。他们会袭击她,还会掀她裙子。鲁西表示赞同。这么干确实不对。但是,她说,他们总是在街区里跑来跑去,赛跑,在街角玩打仗游戏。伊迪说,这也不怎么好吧。

鲁西说:对了,伊迪,你如果是男孩的话就可以当兵了。

所以呢?当兵有什么好的?

这个嘛,你可以为自己的祖国而战。

伊迪说:我并不想。

什么?伊迪!鲁西是个特别爱看书的人,最有趣的阅读体验都和勇气有关——比如《罗兰之歌》[1]。她的父亲也一直很勇敢，晚餐时间，勇敢这个话题讨论的次数最多。事实上，他偶尔会谨慎地说：没错，我猜那些日子里我是很勇敢。你妈妈也很勇敢，他补充道。然后鲁西的妈妈就把水煮蛋放到他面前，让他看见。读了罗兰的故事，鲁西了解到，如果一个国家想要延续下去，就需要大量的勇气加持。想到伊迪和美利坚合众国，她几乎要惋惜地哭出声来。

你不愿意？她问。

不愿意。

为什么呢，伊迪，为什么？

我不喜欢啊。

为什么，伊迪，怎么会呢？

只要我不按照你说的做，你就会开始大吼大叫。我并不是总要按照你的意愿去说话啊。我可以说自己想说的话。

没错，但如果你爱自己的祖国，你就得为她而战。你怎么会不愿意呢？哪怕是为此丧生也值得。

伊迪说：我不想离开我妈妈。

你妈妈？你怕不是个小宝宝吧。你妈妈？

伊迪扯着裙子，紧紧覆住膝盖。我不喜欢长时间看不到

---

[1] 《罗兰之歌》，法国英雄史诗，全诗共分为291节，长4002行，以当时的民间语言罗曼语写成。

她的感觉。比如她去斯普林菲尔德的舅舅家时。我不喜欢。

哦天哪！鲁西惊叹，哦天哪！真是个宝宝！她站了起来。她想走开。她只想从最高一级的台阶上跳下去，飞快地冲向街角，和什么人摔上一跤。她说：你知道吗，伊迪，这是我家门廊。

伊迪并没有动。她将下巴搭在膝头，心情低落。她也是个博览群书的人，但她喜欢的是《鲍比西双胞胎》或者《海滨宝贝》这种书。她喜欢美好的家庭生活。她试着在四楼的三个房间里过上书中的那种生活。有时候她管父亲叫爸爸，甚至就叫父亲，这让爸爸很惊讶。谁？他问。

我现在得回家去了，她说，我的表兄阿尔弗雷德要来了。她看了看鲁西，看看她是否还在发疯。忽然间，她看见一条狗。鲁西，她说着站起身来，过来了一只狗。鲁西转过身去。那只狗刚刚走过四分之三条街，正在这个糖果店和食杂店之间的街区，它是一条普普通通的中型犬。但它正在往这边走，并没有停下脚步在马路边东嗅西嗅，也没有去闻房子前面的尿。它就那么坚定地沿着人行道一路小跑而来。

鲁西看着那条狗，心跳开始加快，心脏在肋骨间迅速膨胀。她飞快地想，哦，狗是有牙齿的！它很大，很可怕，很奇怪。没人说得准一条狗在想什么。狗是动物。你可以同一条狗说话，但狗却不能同你说话。如果你对一只狗说，停下！狗还是会继续往前走。如果它生气并咬了你，你就会得狂犬病。你会在痛苦中连着叫上六个星期，然后死去。你的肚子会变成僵硬的石头，还会得破伤风。等到他们发现你时，你的嘴巴仍会保持着在垂死尖叫中惊恐地张开的样子。

鲁西说：我现在就要走。她转过身去，就好像有个远程开关在指挥她这么做。她推开公寓大门，安全地躲了进去，一只手按在公寓门铃上，另一只手则放在门闩上。伊迪拍打玻璃门时，鲁西整个人靠在门上。让我进去，鲁西，让我进去，求你了。哦，鲁西！

我做不到。拜托了，伊迪，我真的不能。

伊迪的眼睛惊恐地转动着，看向走过来的狗。它过来了。哦，鲁西，求你了，求你了。

不行！不行！鲁西说。

这条狗就停在了台阶前面，侧耳倾听她的尖叫声和敲门声。伊迪的心脏也随之停跳。但不出一分钟，这条狗就决定继续前进。它走远了，继续踏着轻快而坚定的步伐。

鲁西的姐姐下楼来叫她们吃午饭时，两个女孩儿正在痛哭。她们彼此相拥，头发乱得一团糟。你们这两个小疯子，她说，我要是妈妈，绝对不会让你们两个天天玩在一起。我是认真的。

许多年后，在曼哈顿，那一天是鲁西的五十岁生日。她邀请了三个朋友。她们坐在圆桌边等她。她一直在忙着做馅饼，这样一来，今天无论谁来都可以在厨房里过生日，能免去很多麻烦。有个朋友时不时会说：看在上帝的分儿上，你能坐下来吗？于是她马上就坐了下来。但在别人说话的时候，甚至是她自己说话的时候，她会突然跳起来，满脸都是对家务活儿的焦虑，跑去洗餐具或者擦拭富美家料理台上的面包屑。

伊迪也是在座的女士之一。她正用灵巧的小手将一条新拉链缝在一条旧裙子上。她说：鲁西，不是那样的。我们俩都跑进跑出了好几次。

不，鲁西说，你永远也不会把我锁在门外。你特别胆小，甜心，但你永远永远不会把我锁在门外。就看看你自己嘛。看看你的人生！

伊迪照做了，就像人们听到这种话都会照做一样。她看到一个丰满的黑发女人，看上去像是个漂亮的小个子老师，注定要站在教室前面，并且说，历史是个很精彩的主题。满是故事。历史是我们的来处，是我们的样子。比如说，胡安，你从哪里来？你的父母和祖父母又是从哪里来？

你明知故问，塞登女士，波多黎各，你很久哦之前哦就知道的，胡安说，可能是故意想调笑这两种语言。伊迪心想，哦，他还能和谁说话呢？

看在基督的分儿上,这是个派对,不是吗?安说。她正拍打着脚边地板上的几个小箱子和一台投影机。她是要放幻灯片吗?不,菲丝已经禁止她做这件事了。菲丝看了两三次钟,然后说:我没有时间,杰克今晚要来。鲁西也看了钟。下星期,安?安说:行,行,但是,鲁西,我想说,你得放过自己,别总这么忙忙叨叨的。我已经看到你完成了一百万件美好的事了。如果你是不中用的东西,我为什么要在自己的遗嘱上写下:如果我发生了任何意外,孩子们就交给你和乔来抚养?

那你就全错了,我连自己的儿子都养不好。

鲁西,真的吗,你把他们养育得很好啊。话说回来,你怎能说出这么可怕的话来呢?伊迪问道,她们都是那么出色那么聪颖那么美丽的女孩。伊迪之所以知道这些,是因为在她们才刚出生三天还是四天时,她就曾将她们抱在怀中。于是她也自然而然成了她们的朋友,姑娘们都喊她阿姨。

确实如此,我再也不用为萨拉担心了,我猜。

为什么?因为她结了婚也当了妈妈?菲丝问,这对伊迪来说简直是冒犯。

不是的,没关系,伊迪说。

好吧,我反正是很担心蕾切尔。就是控制不住地担心。我从来都不知道她在哪儿。昨天晚上她可能在这里。她倒是经常打电话。她到底在什么鬼地方？

哦，可能是因为傻乎乎的小型罢工或者别的什么事情在监狱里呢，安说，五分钟后就能出来。为什么她觉得那种事情会让我感到不可思议呢？你就是像那样将她养大的，而现在，你却震惊不已。再说了，我是真不想谈这些该死的小家伙，安说。我已经走遍了一大半社会主义世界，没有人问我一个问题。我可是事件的见证者！她喊道。

我什么事都想听，鲁西说，但很快她又改变了想法。好吧，也不是说所有事情。我的意思是，关于你们去过的每一个地方，你们只能说一个好消息和一个坏消息。我们没剩几个小时了。（现在是四点。六点钟，萨拉和托马斯就会出现在门边，她的第一个外孙女莱蒂则站在他俩中间。莱蒂显然会觉得这是她的生日派对。有人会说，多卷的头发啊！他们全都喜欢她的新鞋子和新潮的说话方式——"记得辣个吗？"因为长久以来，她的生活里只有满满的牛奶和期待。然后有一天，正打算在午后小憩时做个梦的莱蒂，坐起来说：外婆，我打碎了你的杯子。记得辣个吗？就是通过这种简单的方式，长达一生的过往被创造出来，正如我们所知，过往使当下变得厚重，给未来全方位的建议。）所以安，我的意思是，每个国家只说两件事就好。

这种讨论可不怎么样，上帝保佑。

这是个派对，安，是你自己说的。

好吧，那你就换一副表情吧。

哦，鲁西捂住嘴巴，又摸了摸眼角。你说的没错。生日！她说。

好了，那我们就开始吧，安说。她讲述了智利（之前她去过）、罗德西亚、苏联和葡萄牙的两件好事和一件坏事。

你忘了中国。为什么你不和她们说说我们去中国的旅行呢？

我觉得我不会说的，鲁西，因为你会反驳我说的每一个字。

伊迪是鲁西交往最久的朋友，安说话的时候，她默默看着，并且剥开了一只斑斑点点的美味香蕉。问题在于，鲁西，你就是不肯简简单单地说句是。我已跟你说过很多遍了，我也很可能在你面前把门关上，承认吧。但那是你的家，所以我才慢了一步。

私有财产，安说，即便是在穷人之中，这种意识也出现得极早。

穷人？伊迪问道，那只是大萧条。

两个问题——菲丝觉得自己已耐着性子听得够久了。我很喜欢那个故事，但之前已经听过了。你每次闷闷不乐都会讲这个，鲁西，对吧？

但我没听过，安说，怎么会呢，鲁西？还有，你能过来跟我们坐着吗？

第二个问题：这个城市怎样？我的意思是，这些宏大的国际报道已经让我撑到反胃。看看这个地方，看起来就像一个有毒的废料堆。一场战争。九百万人。

哦，没错，伊迪说，但是菲丝，整件事都毫无希望。从头到尾都没有希望，街道，孩子，抛弃，赤裸裸的抛弃。那才是正确的单词，"抛弃"。她开始哭泣。

停下，安吼道，不许哭，伊迪！不行！马上停下！

我发誓，菲丝说，你还是别哭了为好！（她们在思想上、精神上以及清教徒的道德原则上全都反对绝望，包括伊迪在内。）

菲丝为在伊迪面前提到了这个城市而感到抱歉。如果你对伊迪说"城市"这个词，甚至是冰冷冷的"市政的"这种定语，她的眼前马上就能浮现出那些有名有姓的孩子，就坐在房间的后面，等她叫他们起来回答问题。所以菲丝说：好了，新话题：你们这些女人是怎么看大陪审团的？他们正在整个地区挑选成员。

在哪里？伊迪问，哦，菲丝，忘了吧，他们正在处理什么事情。你们知道你们三个人过着多么对立的人生吗？我真讨厌这样。有什么好处呢？再说了，陪审团这档子事迟早也会过去的。

伊迪，有时候我觉得你老是半睡半醒。你知道在纽黑文被传讯的那个女人吗？是我认识的人。她一个字也不说。

她现在在监狱里。他们不是开玩笑的。

我也从来没有开过口,安说,从没有。说罢她紧紧闭上嘴巴。

我相信你,安。但是有时候,鲁西说,我认为,假设我在阿根廷,而我的孩子又在他们手里的话,上帝!如果他们手里是萨拉的莱蒂,我可能什么都会招。

哦,鲁西,你已经坚持得很好了,至少有一次或者两次都很好,菲丝说。

没错,安说,事实上,那天我们都表现得很好,在征兵局,我们直挺挺地坐着,就在那些马儿的膝盖边——你在那儿吗,伊迪?然后那些该死的马开始骚动,用后腿站立,警察殴打人们的背部和头部——还记得吗?还有,鲁西,我一直在看你。你突然在那些野兽里横冲直撞起来。你真的差点就要被踩死了。你扯住了队长的金纽扣,高喊:你这个杂种!把你那该死的骑兵带走。你使劲摇晃他,晃个不停。

他向他们下了命令,鲁西说。她将一块生日蛋糕放在餐桌上,是苹果李子馅儿。我看见他了。他是负责人。我看见了这个该死的行动。我本该拔腿就跑——毕竟还有马呢——但我转头回去了,因为我是站在前面的那个人,我看到他下命令了。我真的从来没那么生气过。

安微微一笑。愤怒,她说,真不错。

你这么觉得？鲁西问，你确定？

走开，安说。

鲁西点亮蜡烛。来吧，安，我们得一起吹蜡烛。再许个愿。我现在肺活量可不行了。

但你还是满腔热忱，伊迪说着狠狠亲了她一口。你许了什么愿望，鲁西？她问。

这个嘛，一个愿望，某个愿望，鲁西说，好吧，我希望这个世界永远不会终结。这个世界，这个世界，鲁西温柔地说。

我也是，我的愿望和你的一模一样。行动起来吧，安在餐椅上坐直身子说，呃我的后背啊，哎哟我的膝盖。然后：让充满恐惧、勇气和愤怒的我们四个来拯救世界吧。

好啊，伊迪温柔地说。

等一下，菲丝说……

安说：哦，你……你……

可是已经六点钟了，门铃响起。萨拉和托马斯就站在莱蒂的两边，莱蒂正兴奋地跳着，扭动着，藏到妈妈的长裙后面，时不时去抓爸爸的大腿。门才刚刚打开，莱蒂就蹦蹦跳跳地扑上来，抱住了鲁西的膝盖。我要在你家睡觉，外婆。

我知道，亲爱的，我知道。

外婆，我要睡你的床，和你一起睡。还记得辣个吗？

哦当然了，亲爱的，我记得呀。我们五点左右醒来，天还没亮，我看着你，你看着我，你露出特别灿烂的笑容，是莱蒂式的大笑，我们两个人就都哈哈大笑，你一笑，我就笑。

我记得辣个，外婆。莱蒂害羞又骄傲地看着自己的父母。她还在为发现了"记得"这个词雀跃不已，这个词可以为她脑海中许许多多的画面命名。

然后我们马上回去睡觉了，鲁西说。她现在跪到和莱蒂一样的高度，亲吻她的小脸蛋。

蕾切尔姨妈在哪儿呢？莱蒂穿梭在走廊上陌生的大腿之间，边找边问。

我不知道。

她应该在这里，莱蒂说，妈咪，你保证过的。她真的应该在这里呀。

是呀，鲁西说着把莱蒂抱起来，抱了又抱。莱蒂，她尽可能轻声说，她本应该在这里。可是她能去哪里呢？她当然应该在这里了。

莱蒂开始在鲁西的怀抱里扭来扭去。妈咪，她喊道，外婆抱得太紧了。但是在鲁西看来，她最好抱得更紧一些。因为，尽管看起来没人注意到——莱蒂，脸庞一如既往的柔软红润，她正在跌落，已经跌落，从她那用虚构世界的文字编织的崭新吊床里跌落出来，掉向人造时间中的坚硬的地板。

一个男人向我讲述了他一生的故事

维森特说： 我想当个医生。我全心全意想当个医生。

我学习了人体内的每一块骨头，每一个器官。它们都是干什么用的？为什么能起到这种作用呢？

学校对我说：维森特，当个工程师吧。那样比较好。你能学明白数学。

我对学校说：我想当医生。我已了解器官的连接方式。如果哪里出了问题，我也能知道该怎样修理。

学校说：维森特，你真的会成为非常出色的工程师。你在所有测试上都显示出你将成为一个多么优秀的工程师。但这些测试并没有显示出你是否能当个好医生。

我说：哦，我渴望成为医生。我几乎要哭了，我已经十七岁了。我说：但或许你们是对的。你是老师。你是校长。我知道我还年轻。

学校说：还有，你要去参军。

然后我就成了炊事员。我要准备两千个人的饭。

你看如今的我。我有一份不错的工作。我有三个孩子。这是我的妻子康斯薇拉，你知道是我救了她的命吗？

是这样,她被疼痛折磨。医生说:怎么回事?你累吗?是不是朋友来得太多了?几个孩子?今晚先休息,明天我们再做检查。

第二天早上,我给医生打去电话。我说:她必须马上动手术。我查了书。我找到了她的疼痛部位。我明白压力是什么,也知道它从哪儿来。我能清楚看到出问题的器官。

医生做了检查。他说:她必须马上动手术。他对我说:维森特,你怎么知道的?

听故事的人

我正努力克制我那根深蒂固的个人主义,这些年来个人主义令我心情愉悦。在我自己的世界里,这是属于我自己的歌,当然了,对于即将到来的艰难岁月,它可能没什么用。所以,吃晚饭的时候,当杰克问"你休了年假,今天都干了什么"时,我决定立即对这一天的事务做个公开的说明,而不是花费时间来浇灌我的大脑,以便让它萌芽出充满智慧的个人思考。

我说:我们能从头开始讲起吗?

当然,他说,我向来钟爱开头。

男人都是如此,我回答,没人知道他们是否能够跨过开头。成百上千的词语被书写下来,有些是自由创作,有些是接受委托。但还是无人知晓。

你看,他说,我也喜欢中间部分。

哦是的,我知道。我问他,这和年纪有关吗,还是和近来激增的报刊文章有关?

我不知道,他说,我常常疑惑,但在我看来,我父亲,一个很正派的人——是你们这种典型的朝九晚五上班族——在我看来，他正陷入对中间部分的激赏之中，当我妈妈说好了，威利，够了，再见。给孩子们保暖，至少让他（我）读完高中。然后她吻了他，也吻了我们这些孩子。她说：下周我会给你们打电话，但她再也没有跟我们任何人讲过一句话。她能在哪儿呢？

要知道，这个故事我已听过三十遍了，可我还是不大受得了。事实上，每当我当众发表了一些强有力的反对观点，杰克就会讲这个故事让我伤心。有时候我会哭出来。有时候我会马上去做汤。曾经有一次，我心想：哦，我要给他熨内衣。我听说衣服都熨好了，但我找不到电源线。这几年来我都没有熨衣服的必要，全赖名声在外的美国科学，一个试管给了我们免熨烫的服装，另一个试管里则是神经瓦斯。右边的试管不知道左边的试管在做什么。

哦没错，确实如此，杰克同意。

因此我想要继续这个故事，又或者是重新开始。杰克说：你休了年假，今天都干了什么？我说：亲爱的，中午之前我离开了公寓。《时代》周刊就折起来放在1-A门口的地垫上。我看得出来，因为地震、战争和私人谋杀，整本杂志阴霾一片。很显然，死亡已经在各地取得胜利——一走出家门我就能看见——除了我们街区。这里还是春意盎然，部分原因是一年当中的这个时节，部分原因是我们有一个非常自我且集中的街道协会，他们用悬铃木将我们圈起来，还用一棵山楂树、两棵银杏树、零零散散（因为我们也是整体的一部分）的臭椿树增进我们的安全，它们都是城市的守卫者。

我对自己说：这是怎样的一天啊！我觉得我会一路跑到商店，拿起一些食品。我真是那么想的。要是我什么也不想就去了商店，那"食品"这个词就永远不会出现在我的脑海中。我可能会想象——好饿晚饭深夜杰克蔬菜奶酪商店走路街道。

但我真的很喜欢这门语言——小麦和麦秸——它有着非常广阔的外源基因库，因为我还从来没有机会去说"食品"这个词，所以光是想一想就很开心。

在杂货店，我碰到一个老朋友，他一直把生活过得充满新鲜感——很前卫，但绝不任性。他组织过流动剧场巡演，并且从不说别人的坏话。大部分艺术家确实都会这样做，因为他们的观众很少，并因观众群无法自行扩大而对已有的观众生气。

他们怎么能那样呢？我原来老这么问，他们好歹也能口口相传啊，不是吗？大部分艺术家都会暴躁地如此回应道。

我和这位朋友谈了什么呢？首先，我们谈到了生菜抵制。那是很老的抵制活动。我还对朋友（他叫吉姆）说了丝袜抵制的事情，反正我是知无不言，当时日本侵略了满洲，第六大道的高架消失在日本工厂的熔炉，几年之后才回归——有时候这两个抵制活动就发生在同一区域——就像飞溅的弹片卡在了我那一代年轻的纽约人的身体里。

因此导致了珍珠港事件吗？他恭敬地问。他意识到，那些大事件发生时，他在念小学，而我目睹了事件的经过。他的尊重给了我优势，我需要它们，让我变得有攻击性和批判性。我说：吉姆，一直以来我都想告诉你，在我们上次集会游行的时候，你让越南人尖叫，那种行为根本没什么用。我不认为斗争的意义和那种喧哗有任何关系。

你不懂阿尔托[1]，他说，我认为戏剧是革命的女仆。

你是说，仆人？

过了片刻，他才对我的纠正做出反应，点了点头。他优雅地接受了批评，因为他总能以微笑的方式面对冷硬的意见。

你应该多去了解一下阿尔托，他说。

你说的没错，我是应该。但我已经忙疯了。而且，搞不好我以前非常了解他。在刚刚过去的几年里，所有的文学形象一起跑进我的脑袋里。有时候乌布国王就出现在斯巴赛先生或哪个太太身边……

---

1 指安托南·阿尔托，法国演员、诗人、戏剧理论家。受象征主义和东方戏剧中非语言成分的影响，形成了"残忍戏剧"的理论，主张把戏剧比作瘟疫，经受它的残忍之后，观众得以超越它。

就在这时，肉铺的店主说：你要买什么，年轻小姐？

我拒绝告诉他。

如果你记得的话，我是在对杰克讲这一整天的故事，他小声嘟哝：哦上帝，不是吧！你不会又那么做了吧。

我确实做了，我说。那是一种冒犯。你不能对我这个年纪或看起来像我这个年纪的女人说"你要买什么，年轻小姐？"，我没有回答他。如果你对我这样的人说这种话，它真正的意思是，你要买什么，你这个可怜的丑老太婆。

你又这样了啊？他问。

杰克，我说，面对真相吧。就算那个店主没有恶意。艾迪，他没有那么坏。他花了两个小时从泽西到纽约。然后再花两个小时回去。很抱歉他的通勤时间那么长。但我还是这么个意思。他不应当对任何人讲那种话。

艾迪，我说，别像那样跟我说话，否则我就不告诉你我要买什么。

你怎么说都行，亲爱的，但是你要买什么呢？

好吧，你能给我切些鸡块吗？

当然可以，他说。

我要一块猪臀肉，吉姆说，对了，你知道今年夏天我们要在城市学院办一场秀吗？不是在礼堂，而是在生物实验室。是个新点子。我们得为此争取。这是"拾荒"活动之后我们做的最政治化的事情。

你说的是城市学院吗？艾迪把小鸡的腿从身体上剁下来时问道，嗯，在我还是个小男孩，或者说还是小孩子的时候——我们管城市学院叫——你知道叫C.C.N.Y., 嗯，也就是"割了包皮的纽约公民"。

真的吗？吉姆问，同时看向我。我表示反对了吗？我被冒犯了吗？

男性行割礼的事实并没有冒犯到我，我说，不过，小女孩儿要割阴蒂这件事至今仍然在摩洛哥延续。

吉姆露出了害羞的表情。他拿上猪臀肉，跟我告别。

我开始看鸡肝，有时候它们是褐色而非红色，但我明白这不算太糟。

突然间，特雷德维尔·托马斯出现在我旁边，拥抱了我。他是个出了名挑剔的美食家，我很高兴店主看到我们在亲密拥抱。后来你想到什么委婉的说法了吗？我问。

哈哈，他笑了。他仍旧觉得自己在国防部语言司的日子难熬极了。一两年前，杰克为《社会秩序》杂志采访过他，首席编辑被《时代》周刊挖走前，这本杂志每个季度发行五期。如今它依然是本不错的期刊。

这是采访内容的一部分：

托马斯先生，成立语言司的目的是什么呢？

这个嘛，杰克，我们组织语言司，来探讨英语的作用，如果要交流确切的真相，英语会很有用处。当然了，这不是第一个（也不是最后一个）致力于此的组织，但这个组织确实取得了一定成绩。

托马斯先生，这是否是在你的新理论和业已被我们广泛知晓的保密信息的余晖下做出的一种反讽性的陈述？

完全不是，杰克，我并不是发明"防护性反应"这种表达方式的人。是艾森豪威尔[1]而不是我想出来的（同时数千枚氢弹就塞在地下仓库和潜艇里）——不是我发明了"为和平服务的原子能"和它的代号"麦片行动"。

请问你能否至少给我们一种你发明的使其愚笨或缓和的表达方式？（杰克，我尖叫道，"愚笨"或"缓和"，你有病吧。闭嘴，杰克说着继续采访。）

怎么样？他说。

这个嘛，特雷德维尔·托马斯说，他们要求我开发一个词或者一系列词，可以描述、指代所有处于变革中的拉美国家——通过它的表达将中立化或嘲弄他们的革命情况。经过我们适合一切创造活动的激烈讨论、头脑风暴和天马行空的设想，我想到了"革命联邦"。这个词进入了华盛顿的各方谈话，有一两个记者很喜欢用它。很长一段时间内它都是外交术语。但是毫无疑问，你肯定看见了《今日

---

[1] 德怀特·戴维·艾森豪威尔，美国第34任总统（1953—1961年在任），政治家，军事家。

巴西的革命联邦农夫》这个专题文章。即便是你们这些共产主义者也用这个词。更别提瓦瑟曼刊登在杂志上的诗文《雨林,静水,革命联邦的文化》了。

好极了,特雷德维尔——我们的黑人兄弟也曾开心地说着那些话好多年,然后这种言论就传到了我们这里,来表达我们的愚笨与缓和。

然而,在我们这个时代,在我们这一代人中,碰到这样的时局,托马斯真的能够走得很远。国防部招募日那天,成千上万有野心却没工作的大学生臣服在他的话下,然而,除了烹饪大量的鱼之外,他还选择经常狂笑不止。附近一些人觉得那种狂笑,非常有力地清洁了鼻腔,是一种东方的基本智慧。但其他人觉得并非如此。

等着店主把肉包起来时,我想起一件事来,说:古西怎么样了?

古西?哦没错,她被水溶栽培给迷住了。所有瓜果蔬菜都在盆里,站了一圈。我们恐怕再也不用买东西了。

好吧,我笑了又笑。在这一天结束前,我把这件事告诉给了其他几个人。我对杰克调侃了古西。我把对她的嘲弄说给了一两个陌生人听。事实是,她已经是未来的弄潮儿了。愚昧无知的是我。她所徜徉的那片海洋并不属于我。

事实上,我被自己的波浪和潮汐困在原地。你难道不渴望有力地驾驭时代浪潮,摆脱自己的禁锢吗?我敢肯定,我们都做了尝试，但是结局如何呢？无外乎一再地滑落到他们之中，说着他们狭隘的语言，尽管言说的主题是宏大的——如何拯救世界，且要快。

再见了，特雷德维尔，我沮丧地说。我得去买点绿叶菜。

杂货店的老板正用水管冲洗蔬菜。他让生菜看起来比原本的要新鲜。小小的水珠挂在花椰菜头上的绿色嫩芽之间，水珠和嫩芽大小相当。

奥兰多，我说，杰克上星期凌晨两点的时候遛狗，我早上七点出门，而你两次都在这里。

确实，他说，我在。

奥兰多，你是怎么做到的？你怎么能这样工作，你怎么能这样生活？你要怎么见自己的孩子和老婆呢？

我见不了，他说，可能一星期见一次吧。

没问题吗？

没问题。他放下水管，拉起我的手。你看，他说，这是一份很棒的工作。这是食物。我热爱一切跟食物有关的工作。我很幸运。他放开我的手，轻轻拍打一棵红甘蓝。看看我，我就是个小商人。这家店的一边是 A&P 超市，另一边是博哈克超市，在街道那一头，还有个梦幻的国际超市，全都是奶酪和鲱鱼。如果我不能一天工作十六个小时，那我就要死了。但是 A 太太，看看这颈肉、这豆子，还有堆满欧芹、芝麻菜和莳萝的角落,很美,是不是?

哦是的,我说,我猜是的,但我真正喜欢的是一小捆一小捆的豆瓣菜——你把它们和胡萝卜箱子排在一起的方式我很喜欢。

没错,A太太,你很厉害,你抓住了重点。美!他说着走开了,从一个完美无缺的盒子里拿出三颗品相较次的草莓。几年之后——现在,我没怎么提到的是(但是会提到的)——我们因为智利李子发生了争执,于是分道扬镳。我不得不在更讲理的大超市购物,挤在冷漠的人群之中,那里不能赊账,也不会主动送点什么给客人。但那都是后话了,在今天这一刻,我们和平而友好。也就是说,我欠他二百七十五美金,而他默许了。

好吧,杰克说,如果你和奥兰多关系那么好,为什么不是所有草莓都好吃呢?他拿起一颗还绿着且已腐坏的草莓来。我创造出了一种非常人类学的回答:这个嘛,奥兰多的父亲是个老男人,在奥兰多的信仰里,一定要给父亲提供工作,而对这个年纪的人来说,可选的工作之一就是把草莓放进一品脱和一夸脱的盒子里。为了公平公正,他得往每个盒子里都藏一两颗没熟的草莓。

我想我该上床睡觉了,杰克说。

结果是,我想起了第三期《社会秩序》杂志上有他一篇文章——《食物商品学,或是创造出贪婪消费者的罪魁祸首》。我向他提到了这点。

他礼貌地说：哈……

这一天实在太漫长了，我还一个字都没提到"年轻的新爸爸"，也没提到和药剂师扎格罗斯基的会面。可能我会在早餐的时候和他说一说吧。

所以我们就睡觉了，他搂住我，非常甜蜜，一如他在漫长一天后睡在前妻身边那样（而我也如同睡在形形色色的人身边那样）。我非常舒服，舒适的床垫和美妙的感觉形成了如此温暖的组合；这让我想起了朋友鲁西十年前写的一首歌，全为了嘲弄时代和这个地方，同时还揶揄了我们：

哦，婚床，婚床

你还能想出什么更为美妙的事物

夜以继日，年复一年

你躺在亲爱的人身边

你们的手臂相互搂抱着

你们的双腿相互绞缠

直到那一天，黑暗降临

你的情人来将你

　　带走，带走，带走

大约凌晨三点左右，杰克恐惧地叫出声来。没事的，孩子，我说，你并非孤身一人。人皆有一死。我将自己温柔的力量全部压在他精瘦的后背上。然后我就做了一个梦，像在那种色彩艳丽的抽象的透视画中——孩子们一路长大。其中一个搬去了另一个街区，另一个则去了遥远的国度。出国的这一个我再也没见过，梦里的解释是，他炸毁了一家黑心银行，而在梦里，是我让他那么干的。梦还在继续，不——它是在自行循环，一直蔓延到我的晚年。那时，他的消失借助电影技术完成了典型的螺旋式下降。在触不可及的底部，童年的他们正在玩战争游戏，相互调笑。

我醒了过来。水杯在哪里，我尖叫道，我要跟你说点事情，杰克。

什么？什么？什么？他看到了我圆睁的双眼。他坐了起来，什么事？

杰克，我想要个孩子。

哈哈，他说，你要不了。太迟了。迟了几年，他说罢又睡着了。然后他说：再说了，就算可以，我的意思是，就算有奇迹，孩子们可能会非常聪明，拿到麻省理工学院的奖学金，沉迷于解决各种难题，成为全能的神，但是这样一来，他们也可能发明出远超我们这些又老又蠢的家伙所能想象的可怕事物。然后他又睡了过去，打起了呼噜。

我从床下拿出《旧约》，大部分睡前读物都被我放在床下。我在脖子下面又垫了一个枕头，几乎直直坐了起来，好能阅读亚伯拉罕和撒拉的故事，这个故事字里行间充满了智慧。杰克经常话里有话——他常常做出明智或发人深省的评论，因为你知道那个古老故事如何结束——很好！有那三个为领土争个没完没了的一神论骑士：基督教、犹太教和伊斯兰教。

一样的，我对轻轻打鼾的杰克说，在所有这些流行的道德败坏挤进这个世界之前，首先有的是小婴儿以撒。你明白我的意思：看看撒拉，就像我们自己的古老婴孩——还记得他们是怎样连接自己的五感吗？哦，杰克，以撒，撒拉的孩子——在他还没长大、没被父亲带出去割喉之前，他肯定是随处躺下，面带微笑，咿咿呀呀地说话，聆听，而撒拉则给他唱歌，用漂亮的小毯子将他包裹起来。是不是？

杰克在睡梦中和醒着时一样爱争吵，他说没错——但是他们不应当允许他朝自己的兄弟扔沙子。

你说的没错，说的没错。我站在你这边，我说。现在，你唯一需要做的就是和我在一起。

这是我的玩具发明家朋友乔治的故事

他是一个有外国血统的人,他为爱的浪潮所苦,眼中饱含咸湿的泪水。他的孩子们便是那些被浪潮冲击的海岸。但这个故事和他的孩子们无关。

有一天,乔治失败了。他取得过无数成功,所以这次失败并非人生的失败。那只是半年来工作的失败,就像大多数失败一样,包括收入上的巨大损失。

他发明了一个弹子机。我们看见的时候都说:乔治!这可不仅仅是个弹子机。这是弹子机中的诗歌,它的本质如精细的混凝土一样坚硬,诸如此类。

它的样子是这样的:盒子上装饰了闪烁的彩灯、闪光的运动员和星球。它不是用那种坚硬的金属球推进盒子里,而是用蓝色的水球射进盒子里。蓝色的水球爆开,分散成小小的蓝色水滴,大小不一。整个过程非常迅疾,天蓝色的小水滴轻快地跳动,在富有磁力的白色背景上重新聚合。有很多带有数字的固定点,用于记分。

真的很漂亮,远远超越了自己所处的时代,所以得知这台弹子机吃了闭门羹我们并不意外。被拒绝之后,为了搞清楚自己为什么失败，乔治租来几台普通的弹子机（因为他是个严谨的人，是个发明家、艺术家）。他把这些弹子机放到男孩们的阁楼里。家人一一玩过，研究了几个星期。接着，他在悲伤之余，又有了新的理解与惊奇。

他怎么就相信自己是能够推动弹子机进步的人呢，那可是一个不断复杂化的古老发明。他提供的仅仅是一个小小的创新。

美丽！我们说。我们将所有的政治理论都运用在这个问题上，我们提议在合作性的资本主义下满是机遇的人生里弄些钱来。

不行，乔治说，你们不明白。弹子机——你在任何一个游乐场玩的任何一台弹子机——是那么引人注目，那么美好，串联得那么巧妙。它已具备了必要的美观，有足够的金属线、关联和可能性。

不行，不行，乔治说，公司是对的。他们给了我六个月的时间去做一台更好的弹子机。他们很公平。我竟然觉得自己可以，多鲁莽啊。不，他们是公正的。这就好像我曾期待自己发明小提琴一样。

扎格罗斯基说

我正站在公园里的树下,他们管这棵树叫吊榆树。很久以前,它曾让各种各样的小流氓都取得了长足进步。现如今,如果,偶尔……不。这个女人就这样朝我走来,一个不苟言笑的女人。我对小外孙说:啊哦,以马内利,来了一位女士,她曾经是我美丽的顾客,就是我带你看过的药店。

以马内利说:外公,是谁啊?

她如今看起来还好,但已经不那么热辣了。好吧,我们又能怎么办呢,时间总是从女人身上无情地碾过。

这是她打招呼的点子:以色,你和那个小黑孩在做什么?然后她说的是:他是谁?你为什么要那样抓着他?她看我的眼神宛如在做评判的上帝。就是你能在世界名画里看到的那种神情。然后她说:你为什么要冲那孩子大喊大叫?

什么大喊大叫?只是一堂关于这个公园的历史课罢了。这是指南手册里有的树。对了,你怎么样,什么……什么……女士来着。我有些尴尬。我已经完全忘记了她的名字。

嗯,他是谁?你把他吓得不轻。

我?别扯了。这是我外孙。说你好,以马内利,别装模作样的。

以马内利胡乱地将手插进我的口袋里,和我黏得更紧了。你打算开口吗,小朋友,是还是不是?

她说:你外孙?以色,真的是你外孙吗?你这是什么意思,你外孙?

以马内利紧闭双眼。你有没有注意过孩子们很混乱呢?他们不想听到一些事情的时候就会闭上眼睛。许多孩子都是这样。

现在,听着,以马内利,我想让你告诉这位女士,谁是幼儿园里最聪明的男孩子。

沉默无言。

该死的,睁开眼睛。他没有碰到过这种情况。告诉她谁是最聪明的男孩子——他才五岁,却已经可以独自看完一整本书了。

他一动不动地杵着。他在思考。我很了解他可爱的小脑瓜。然后他上下跳动着喊:我我我。他还稍稍跳了一支舞。他外婆称之为他的智慧之舞。我的其他孙辈(有三个已经长大的孩子)也同样很聪明,但无法同这个孩子相媲美。只要有机会,我就准备带他进城,带给寻找天才儿童

499

的人看看,他应当接受测试。

但这位什么……什么女士,还没和我们分开,她很焦虑。他是谁的孩子?是你收养的吗?

收养?在我这个年纪?他是茜茜的孩子。你知道我的茜茜吗?我看得出她了解某些事情。怎么会看不出来呢?我也参与过很多公共事务。所以我并不惊讶。

我当然记得茜茜。说完这话后,她的脸像是被烫平了一点。

正是我的茜茜,如果你记得的话,她是个紧张兮兮的女孩。

我敢打赌她是。

这种回答方式好吗?茜茜很紧张……这种紧张的特质,说实话,跑进了扎格罗斯基太太的家族。跑?飞奔才对……马不停蹄。

年轻时,我经常去她家,每当我和她的兄弟还有舅舅们玩扑克牌时,三位姨妈会坐在厨房里喝茶。每件事都哦!哦!哦!为了什么呢?根本没什么值得哦的。她们都有丈夫——都是完美无缺的绅士。一个在做生意,另外两个都是真正的专家。她们不知怎么就养成了大惊小怪的习惯。所以我对扎格罗斯基太太说,唯一值得你哦一声的事情,就是离婚。

我对你妻子印象深刻,这位女士说,很好。她又戴上

500

了先前那副表情，嘴巴缩了起来。你妻子是个美丽的女人。

不然呢……难道我要跟个傻子结婚吗？

但她说的没错。在我的内蒂还非常年轻时，她是个非常美丽的人，就像你偶尔见到的那种波兰犹太人。比如说，也许某个高大的金发农夫将她的曾祖母迫害至死。

所以我回答她：哦是的，非常漂亮，即便如今，她也风采不减，只是脾气稍微有点不好。

好吧，她重重叹了口气，就像我走投无路了似的。茜茜怎么了呢？

以马内利，去那边，和那些孩子们一起玩。不要吗？不行。

好吧，我来告诉你，都是基因问题。基因是重中之重。环境都是次要的。但是基因……全部故事都是在那里写下的。我觉得学校也有一部分责任。她就像你的丈夫一样，是个有艺术天分的人。我没想错人吧？在她还是个孩子时，你真应该见见她。她现在也是个好看的姑娘，虽然生了病。但当时，她很棒。我们家习惯在夏天去山里。我们去跳舞，我和她。多么美妙的舞蹈啊。我们有时候会一直跳到凌晨两点钟，人们都感到很惊讶。

我觉得那样不太好，她说，我不会和自己的儿子跳一整晚的舞。

那是自然的，毕竟你是一位母亲。但是说到"好"，谁知道什么是好的呢？或许医生知道。顺便提一嘴，我本可以成为医生，她的小叔子是个生意人，可以支持我。如此一来，接下来会怎样呢？你会没有一丁点时间。人们不分昼夜地找你，我一天治好的病人比一个医生一星期治好的都多。有个医学博士给我打了不知多少通电话，她说，扎格罗斯基……就是他们上个月才推出的派德药厂的药有用吗……还是那是假货？我就这样获得了最直接的经验，而且说实在的，我也不会因为过于自大而不直言相告。

哦，以色，你是，她说。她这样说仿佛是字面意思，但又让她很沮丧。我是怎么知道的呢？在商店里待了太多年。你观察。你看见。顾客总是对的，但很多很多时候你都知道他是错的，而且还是个该死的大傻瓜。

忽然间，我把她置于这样一种境地。然后我对自己说：以色，你为什么要和这个女人站在这里呢？我直勾勾地盯着她的脸，说：菲丝，对吧？听我说。你现在听我说，因为我有个问题。无论何时，只要你打电话，即便已经关店了，我过后还是会拿着盘尼西林或者四环素到你家里去，这是不是真的？你住在没有电梯的公寓楼的四楼。你的朋友，叫什么来着，苏珊，带着三个孩子住在隔壁？我能很清楚地看见那场景。你的脸上挂满泪水，你的孩子烧到了四十摄氏度，或者更高，快要烧着了，你不想留他在婴儿床上尖叫，你站在走廊里，那里很黑。你自己一个人生活，我说的对吗？那么年轻。还有你的丈夫，我也想起了他来，是个神经兮兮的家伙，进进出出，整晚都在外面闲逛。他喝酒？对了！爱尔兰人？你们应该相处得不怎样，所以你离婚了。干脆利落。你们这些小家伙都知道怎样去生活。

她甚至都没有回答我。她说……你想知道她说了什么吗？她说：哦他妈的！然后她说：我当然记得。上帝啊，我的里奇在生病！谢谢你，她说，谢谢，上帝啊太感谢了。

而我已经在想别的事情了，大脑有自己的想法。她什么时候第一次出现在我面前的呢，我想不起来了。我很了解她，但是从哪里开始的呢？可能是因为某个词，也可能是因为她专横的脸庞，格外圆润，不太常见，她漆黑的公寓，四层楼，其他女孩儿——曾经那么生动，那么年轻……你能在阳光灿烂的日子里看见她们四处走动，拖着几个孩子，一辆拖车，一辆自行车，姑娘们如此美丽，却每天都很疲惫，大部分都离了婚，独自回家，对吧？男朋友？谁能了解那种生活呢？我特别能够理解她们。有时候，五点钟，我站在店里观察她们。她们大都像极了模特。我的意思是不那么干瘦——圆润，就好像她们是用大大小小的软垫做成的，至于是大是小那就要取决于你看什么部位了；她们都是年轻的妈妈。我尤其对她的朋友鲁西印象深刻——她有两个梳着长辫的女儿，长发及腰。我对她说：几年之内，鲁西，你的手下就会有几个美女。你最好多留意她们。在那些日子里，女人们总是愉快地回应你，无惧地向你微笑。像这样：她们说，你真这么想吗？谢谢你，以色。

但这些都只是过往，如今在那个地方，除了好的东西，还有坏的东西，而且就这个女人而言，最主要的事实是：我对她很好，但是她对我却并非总那么好。

所以我们又消磨了一会儿时间。以马内利说：外公，我们去荡秋千吧。你自己去——没那么远，那里有其他孩子，我看到了。不要，他说，又把手塞进我的口袋里。那就别去了——啊，这是怎样的一天啊，我说，花蕾还有这一切。她说：那边是梓树。别开玩笑！我说，你管那棵树叫什么，一片叶子也没有的那棵？洋槐，她说。两棵洋槐树，我说。

然后我深吸了一口气：好吧——你还在听吗？让我问你，如果我为你做了那么多事情，包括救了你孩子的命，你为什么还要那么做呢？你知道我在说什么。那原本是美好的一天。我从药店窗口看出去，看到了四个顾客，我至少见过其中两个人身穿浴袍，深更半夜向我哭喊，救命，救命！她们就在门口，举着标语。"扎格罗斯基是个种族主义者。罗莎·帕克斯事件多年以后，扎格罗斯基拒绝为黑人提供服务。"就像刻在这里一样。我指了指自己的心脏。我确切地知道伤口在哪里。

当我对她说这些时,她显然不大自在。听着,她说,我们说的没错。

我紧紧抓住以马内利。你们?

没错,我们先是写了一封信,你回应了吗?我们说,扎格罗斯基,克制一点。是鲁西写的。我们说了愿意同你谈谈。我们测试了你,至少四次。格林太太和乔西,我们的朋友乔西,她是西班牙裔黑人……就住在我们那栋楼的一楼……你让她们等了很长时间,直到你照顾完前面的每一个人才搭理她们。然后你非常粗鲁,我的意思是,态度极其恶劣,你真能做到态度那么恶劣,以色,真的。然后乔西就离开了药店,她给你起了很多难听的外号。还记得吗?

不记得,我恰好不记得了。药店里每天都有数不清的大吵大闹。人们真的很痛苦,叫喊着进来要可待因[1],要么就是他们的妈妈快死了该怎么办。我记得的就是这些,而不是什么疯狂的西班牙女人大喊大叫。

但是听着,她说——就好像所有这一切都不是在我眼前发生,好像所有过往都不过是院子里的一张纸——你还没有说完茜茜的事情。

---

[1] 可待因,是一种止咳药,可用于中等程度疼痛的镇痛。也是局部麻醉或全身麻醉时的辅助用药,具有镇静作用。

说完？你差点让我的生意完蛋，别以为茜茜就没有受影响。然后我想，我为什么要和这个女人说话呢。我看见我自己：许多年前的那一天，我是怎样站在那里？像个白痴一样在柜台后面等待客人。每个人路过罢工警戒线的时候都会往里瞟上一眼。那个街区就是那样，如果他们看到了一条罢工警戒线，那么有一半人就不会来店里了。警察说他们有权这样做。有权毁掉一个人的生意。我真的很不爽，但还是走到街上去。总之，我认识这些女士。我试着解释，菲丝、鲁西、克拉特太太——一个陌生人来到店里，你自然会先照顾一下老主顾。人人都会这样做。还有，他们有黑皮肤的、棕色皮肤的，什么肤色都有，说实话，我不希望自己的药店成了个低价卖药给他们的店，我不喜欢这种名声。他们搬到一个街区来……我做了人人都会做的事情。并不是多想冒犯人家，只是稍微反对他们一下，他们不应该自我感觉良好，觉得多受欢迎似的。他们可以安安静静地搬进来，因为这地方不错。

好吧。有个人看着以马内利说：嘿！他不完全是个白种人，那会怎么样？我要告诉你的是：生活总会继续。你有自己的观点。我也有我自己的看法。生活总有自己的立场。

我从这位名叫菲丝的女士身边走开。我不喜欢待在她身旁。我在长椅上坐下来。我可不是刚刚破壳的雏鸡。喔喔喔，我偶尔才会叫一下。我累了，我是照顾以马内利最多的人。扎格罗斯基太太待在家里，腿肿得厉害。太遗憾了。

有一次，在地铁里，到站以后她下不了车。还有一次，车厢开着门，但她上不去。她试了又试（她有点胖），而后对一个拿着笔记本的大块头说：麻烦帮我上去。那是个大块头的有色人种。他对她说：你们已经把我挤下去三百年了，你可以在下面再待上十分钟。我问她：内蒂，你没告诉他我们正在养育一个像咖啡豆一样黑的孩子吗？但他是对的，内蒂说，那就是我们做过的事情。我们把他们挤下去了。

我们？我们？我的两个姐姐还有我爸爸在一九四四年的时候全都被煎炸成希特勒的晚餐，你说我们？

内蒂坐了下来。拜托给我来点茶。是的，以色，我说，我们。

我都没有办法给她倒水，我实在太震怒了。你知道的，我的太太，你就像你的三个姨妈一样疯狂，像我们的茜茜一样疯癫。你的整个家族把这种基因植入她体内，确保她的人生没有任何机会。内蒂看着我，她说：哎哎。如今她不再说哦了。她完全沉迷于哎……就是因为这样，她才会说出是"我们"干的。别以为这样就能让你成为一个美国人，我对她说，你把自己也包括进去，和罗伯特·爱德华·李[1]一起。这自然是个笑话,但是有什么好笑的呢?

我现在很累了。这位菲丝甚至能看出来我有点发抖。她应该怎么做呢,她正在思考。但她下定决心不去结束这场对话,所以她干脆在我旁边坐了下来。长椅微微潮湿,而此时才刚刚四月。

茜茜到底发生了什么?她还好吗?

她怎么样不关你的事。

好吧,她准备离开了。

等等,等等!自从我看见过几次穿睡袍的你,那时你还是个年轻漂亮的女人……这一次她当真站起来了。我猜想她肯定是个妇女解放运动的支持者,她们不喜欢谈论睡袍。浴衣,她不在乎。让她走!去他妈的……但她又回来了。她说:我们就此停战吧,以色。我是真的想知道,茜茜还好吗?

你想知道。她很好。她跟我和内蒂一起住。她负责照料植物。是全日制工作。

但我为什么要跟你说她的事情呢?哦天哪,菲丝,我

---

[1] 罗伯特·爱德华·李,美国军事家。他在美墨战争中表现卓越,并在1859年镇压了约翰·布朗的武装起义。在美国南北战争中,他是美国南方联盟的总司令。战后,他积极从事教育事业,曾任华盛顿大学校长。由于南方邦联州支持蓄奴,因此一些社会活动人士拆除遍布美国各地的李将军雕像,他们认为这些雕像是奴隶制和白人至上主义的象征。

必须得说，你们这些人都对我做了什么！而你竟然还想知道茜茜怎么样了。你们！为什么？当然了。你肯定记得，一两周之后，你们撤掉了罢工警戒线。我也不知道为什么。累了？也可能因为是夏天，你们必须得离开，去海滩上勾三搭四。但我却困在原地。那会儿我有空调了吗？忽然间我看到茜茜站在门口。她手里也举着标语。她肯定是被你们这些女人给洗脑了。一块巨大的三合板，她就那么举着走来走去。如果有人同她说话，她就紧紧闭上嘴巴。

这我不记得了，菲丝说。

当然了，你们那会儿已经在长岛、柯德角或者别的什么地方了——比如泽西海岸。

不是的，她说，我没去。我没去那些地方（我看得出来，说她去度夏了对她来说是巨大的羞辱）。

然后我就想，冷静下来，扎格罗斯基。因为事实上，我并不想让她离开，因为，既然已经开了个头，我就得把整个故事讲完。我不是那种藏得住话的人。说吧！淤塞稍微疏通了一点点——肺部是用来呼吸的，不是藏秘密的。我的妻子从不倾诉，她咳嗽，咳嗽。整晚。醒来。哎，以色，打开窗户，太憋闷了。你这可怜的女人，要是你想呼吸，你就得倾诉。

所以我对菲丝说：我会告诉你茜茜怎么样了，但你必须听完整个故事，听听我们都经受了怎样的痛苦。我心想，好的，谁在乎啊！就让她过后拿起电话打给那些闺蜜吧。她们应当知道自己起了个什么样的头。

我们是怎样带着我们的茜茜东奔西跑，四处求访最高明的医生——因为开药店，所以我和医生们关系良好。弗朗西斯·欧康奈尔医生是个重量级的爱尔兰人，就在那边的医院工作，他跟我还有我妻子一起坐了两个小时，他可是个大忙人。他解释说这是最伟大的奥秘之一。他们都是无知的人，最具智慧的医生在这个领域都是白痴。但是，在我这里，我听过治好的案例。所以我们从头到脚给她做了五十次按摩，别人怎么建议我们就怎么做。我们给她填满了维他命还有矿物质——确实有医生支持这个点子。

如果她能吃维他命那还算好——有时候她会闭嘴不愿意吃。她对她妈妈说脏话。我们无法习惯。与此同时，每天早上，她都会在我的店门口走来走去。她完全可以拿个最低工资，因为她来得太有规律了。而她下午的工作呢，就是跟着我的妻子从一个角落到另一个角落，不断告诉我妻子，在她还是个孩子时，我妻子都对她做错了什么。几个月之后，忽然之间，她就开始唱歌。她有一副好嗓子，跟着一个很有名气的人学过唱歌。圣诞周期间，她就在药店门前唱了半首亨德尔的《弥赛亚》。你知道这歌吗？你肯定会想，这样很不错啊。哦，多美啊。但是，你们没注意到的是她没有穿外套。你们没有看到她走来走去的，连袜子都掉了吗？她的脸和手冻得通红，就好像她是个地窖管理员。她唱啊！唱啊！有两首歌她唱得最多：一首歌讲述的是非犹太人能够看到光亮；另一首是，看哪！处女将会孕育出儿子。我妻子说，当然了，这也很自然，她肯定是希望自己也能像别人一样结婚。胡说什么。她当然能结婚啊。她有的是时间。大把时间。她兀自歌唱，蠢蛋们跟着鼓掌，还有一些臭小子高喊：继续，茜茜，继续。什么？继续到什么程度？有些天里她只是大喊大叫。

喊什么？

哦我都忘记你了。什么都喊。喊叫，种族主义！喊叫，他卖有毒的化学品！喊叫，他跳舞特别差劲，他有三条左腿！（当然这不是真的，只是为了公然羞辱我，太傻了。）人们大笑。她刚刚说什么？有些人没太听清楚。她喊：你去找妓女。这也不是真的。有一次，她看见我和一个以色列女人在一起，事实上那人是我的远亲。所有事情都烙印在她的脑海里。她的脑袋就是个垃圾桶。

有一天，她妈妈对她说：茜茜，梳梳头吧，看在上帝的分儿上，亲爱的。因为这句话，她给了她妈妈一耳光。我回到家时，看到一个已然不再年轻的女人，两眼漆黑，鼻子流血。医生说：你们可能还没等到女儿稍微好转，就先等到自己的情况急转直下了。对此他再清楚不过。所以他送我们去了一个美丽的地方，是城市边界线上的一家医院——我不太确定是韦斯切斯特还是布朗克斯,但是感谢上帝,可以搭地铁过去。我就这样发现了自己存钱究竟是为了什么。我原本想着退休后去佛罗里达,工作日的时候在棕榈树下散步。大错特错。我赚钱全都是为了我美丽的茜茜,她应当和其他疯子一起拥有一个美好的家园。

渐渐地,她一点点平静下来。我们可以去看她了。她带我们参观了糖果屋,我们给了她几美金;很快我们的生活就变成了这种模式:每周三次,我妻子去看她,带着美味的食物(无糖的,他们不让吃糖)坐上地铁;她也会带一些好东西去,一件衬衫或者一条头巾——一份礼物,你明白的,为了表达爱。我每周去一次,可是她压根儿不想见我。我们曾经是那么亲密,如情人一般——你完全能够想象我的感受。嗯,你有孩子,所以你懂,小孩子小麻烦,大孩子大麻烦——在意第绪语里有这种说法——可能中国人也这么说。

哦以色,怎么会发生这种事呢?太突然了。毫无征兆吗?

这个菲丝是怎么回事?她的眼里充满泪水。我猜是同情吧。我能看出她在想什么。她的孩子正值青春期。迄今为止他们看上去都还不错,但以后会发生什么呢?人们总能联想到自己。这就是人类的天性。至少她没有对我说这是我或者我妻子的过错。我做了一些很可怕的事情!我很爱我的孩子。我知道人们都在想什么。我很熟悉心理学。自从发生这件事,我就研读了所有这些理论。

哦,以色……

她将手放在我的膝头。我看着她。可能她就是个疯子吧。也可能她觉得我真是老了(确实也老了)。好吧,我之前说过,要为了自己的头脑感谢上帝。当身体其他部分全都老化磨损时,头脑就是我们唯一还能够保持年轻的地方。出于某些原因,她吻了吻我的脸颊。真是个怪人。

菲丝,我还是不明白,你们几个姑娘为什么要那样毁我。

但我们是正确的。

紧接着这位正确女王进行了一场小型演讲。她并不记得我的茜茜在街上游荡,叫喊难听的话语,但是她记得:肯德里克太太那肥胖壮硕的女仆,她挂着鼻涕,带着肯德里克太太的过敏药订单从药店出来时,我做了个鬼脸,还说,呵呵!这个大个子女人!这很糟糕吗?她说无论何时,我只要看见有黑人配白人的那种情侣从街上路过,就会说,呸——恶心!绝对不应该允许这种情况存在!她从我嘴里听到过好几次这种评论。所以呢?不过就是个人的品位问题。然后她又跟我说了一次乔西,很可能是波多黎各人——我没有及时服务她。然后她说,没错,真的,以色,以马内利是什么情况?

你敢看以马内利一眼试试，我说，你敢。他跟这件事没有任何关系。

她的眼珠转了又转。她在组织更多语言。她也不喜欢我和女人说话的方式。她说我有好几次都管扎格罗斯基太太叫灰熊。那是我的妻子好吗？还说我冲女孩子们抛媚眼，眨眼，还捏过人家几次。绝对是谎言……我可能轻轻拍过她们，但绝对没有捏她们。再说了，就我所知，有几个人很喜欢我那么做。她说，不是的，没人喜欢。一个都没有。她们之所以忍下来，是因为在历史长河中，还没有到呐喊的时刻（一个出生在美国的女孩儿竟然有勇气谈及历史）。

但是，她说，以色，忘了所有这些吧。如今你麻烦缠身，我很难过。她确实很难过。但是不出一秒钟，她就转变了想法，看上去并没有那么难过了。她收回了手，嘴巴变成了一个小小的 O 形。

以马内利爬到了我的腿上。他拍打我的脸颊。别难过，外公，他说。在别人脸上看到眼泪会让他不好受。哪怕是个陌生人也不行。如果看到妈妈脸色阴沉，他很聪明，绝不会靠近她，而是会去找我妻子，也就是他的外婆，他会说：我可怜的妈妈非常低落。我妻子就会一跃而起，跑进屋去。担心。害怕。茜茜有没有好好吃药？发生了什么？有一次，他走到茜茜面前，说：妈妈，你为什么哭了？而她是这样回答这个小男孩的：她径直站起来，开始拿她的脑袋去撞墙。非常用力。

我妈妈！他尖叫道。幸好我在家。从那以后，他只要有问题就会去找他外婆。会发生什么呢？我们已经没那么年轻了。我的大儿子做得很好——只有他住在洛克兰县的高档社区。我们的另一个儿子——好吧，他在过属于自己的人生，他们那代人就是那样。他逃走了。

这位菲丝，她看着我，一个字也说不出来。她坐在那里，张大嘴巴。我知道她想知道什么。以马内利是怎么出现在这个故事里的，什么时候的事？

然后她就问出了上述的每一个字。好吧，以马内利是从哪里插进来的呢？

他插进来，插进来。就像是来自纳赛尔的金色礼物。

纳赛尔？

好吧，埃及，不是纳赛尔——他是来自以撒的另一个儿子，明白了吗？一个近亲。有一天，我坐在那里想：为什么呢？为什么呢？答案是：为了提醒我们。那是大多数事情发生的目的。

是亚伯拉罕，她打断我。他有两个儿子，以撒和以实玛利。上帝向他保证，他会是人类世世代代的父亲。他也确实是。但是你知道，她说，对那些小男孩来说，他算不上什么好爸爸。也没什么特别的，她补充。

你看到了！那就是她们对《圣经》的理解，那些女人；

因为她们就是用它来对付男人的。我当然说的是亚伯拉罕。亚伯拉罕。我说了以撒吗？偶尔我不得不承认，她说的一些东西确实是真的。你还记得吗？他把一个儿子彻底赶出家门，并且准备好将另一个儿子剁碎，就因为他脑海中一直有一个声音在说，去啊！剁碎他！

但问题是，以马内利是从哪里插进来的？我并不介意讲一讲。我很愿意讲。我已经解释过了。

我便讲述起来。有一天，我妻子闯进了茜茜所在医院的管理部门，说：你们究竟在这里经营了一个怎样的地方。我刚刚才看过我女儿。连瞎子都能看出来，我女儿怀孕了。晚上这里究竟是什么情况？谁是管理人？她现在人呢？

怀孕？他们说得好像刚刚才知道一样。于是他们便四下奔走起来，日常负责的医生过来说，没错，是怀孕了。确定。你知道多少？我妻子问。然后，她见了这周负责的精神病医生，见了日常负责的精神病医生，见了神经科医生，见了社工，见了主管护士，也见了助理护士。我妻子说，茜茜什么都知道。她又不是白痴，她只是混乱而绝望。她知道自己像正常女人一样，子宫里有了一个宝宝。她喜欢这个宝宝，我妻子说。她甚至对我妻子说：妈妈，我就要有宝宝了。她还亲了我妻子。这么多年来的第一个吻。你觉得怎么样？

与此同时，他们进行了一番彻查。结果是，让她怀孕的男人是个有色人种，是一个园丁。但他在几个月前离开了，去了海滨。我完全可以想象发生了什么。茜茜一直都很喜欢花。还是个小女孩时，她恨不能每分钟都在播种，在花盆前一坐就是一整天，等着看小小的花朵破土而出。所以她肯定会不停地看他看他。他翻土。他播种。她就那么看着。

医院道了歉。道歉？纯属意外。那个星期主管正好去度假了。我完全可以控告他们，获得一百万美金的赔偿。别以为我没有跟律师谈过。当时，就在我听说这件事的时候，我给侦探事务所打了电话，让他们去找那个家伙。我想杀了他。我要把他大卸八块。侦探事务所是怎么做的呢？他们又给所有人打了电话，精神病医生、心理医生，唯独漏掉了助理护士。

这是她能够过上半正常生活的唯一指望——离开这个机构：她必须生下孩子，她可以足月妊娠。不行，我说，我受不了。我拒绝。我的茜茜就像闪闪发光的金子，而她竟然要生出一个黑孩子。然后心理学家说，别这么偏执。好吧，好吧，我们会把孩子送去找人领养。茜茜甚至连孩子的面都不用见。

你这是在做无用功，医院的老板说。他们那种人都那样说话。他的意思是，我们应当把那个孩子带回家，如果我们爱茜茜的话……然后关于这个孩子，他对我们进行了好一通说教：这是茜茜与生命本身的连接；她恰好就是对那个园丁深深着迷，那个狗娘养的家伙，那个黑黢黢的园艺高手。

你看，我也能稍微开开玩笑，因为从这件事里我也看到了好的一面。我在这里交到了一个小小的好朋友。我去哪里，以马内利就去哪里，哪怕我去公园，到意大利人那边，和那些老家伙稍微玩玩地滚球，他也要跟着去。要是在超市看见我，他们就会邀请我加入。嘿，以色！托尼生病了。你过来玩，没问题吧？我妻子说，带以马内利去，他应该看看男人是怎么玩游戏的。于是我就带着他去，那些老家伙这辈子什么都见过，他们觉得我玩得不错。当然了，他们当中很多人都很无知。他们觉得犹太人也算是有色人种，所以并不会多看一眼以马内利。他会去荡秋千，而他们呢，则假装从没见过他。

我并不是要跑题。主题是什么呢？是我们怎么就抚养了这个孩子。我的妻子，扎格罗斯基太太，内蒂，她打定主意强迫我接受。她说：我们得自己抚养这个孩子。我会从这里搬出去，和茜茜一起找个房子住，领取政府福利金。以色，你最好下定决心。她的哥哥，是顶尖的社区工作者，他鼓励她，以他过去二三十年的讲话方式来看，我觉得他同时也是个共产主义者。

他说：你又不会死，以色。只是个小宝宝而已。它身上有你的血脉。除非你一心希望茜茜在那个地方烂掉，直到你身上分文不剩，他们不再管她。那样的话，他们就会把她塞进贝尔维尤医院、中伊斯利普或者别的什么地方。最开始，她会变成行尸走肉，然后成为一棵烂菜。那就是你希望的吗，以色？

这次谈话后，我就生病了。我没办法工作。与此同时，内蒂每天晚上都哭个不停。早上她也不穿衣服。她手里拿个扫把满屋子徘徊，却并不扫地。一旦开始扫地，她便马上泪流不止。她把一锅汤放在炉子上，人却跑进卧室躺下来。很快我就觉得应该把她也送走才对。

我妥协了。

我的聆听者对我说：做得对，以色，你做了正确的决定。不然你还能怎么做呢？

我真想扇她一巴掌。但我并不是个暴力分子，只是容易激动，毕竟谁问她意见了？——做得对，以色。她坐在这里，看着我，站在正确的制高点冲我点头。以马内利终于去了操场。我看到他一直在荡秋千。他可以连续荡上两个小时。他很喜欢荡秋千。他是个秋千高手。

好了，故事糟糕的部分结束了。现在该是好的部分了。给宝宝起名字。我们该叫他什么好呢？这个棕色的小家伙。是一种中间色。一个彻头彻尾的陌生人。

在产科病房里，你知道，就是妈妈们和新生儿一起躺着的地方，内蒂正在说：茜茜，亲爱的茜茜，我的甜心（我妻子就是这么同她说话的，好像她是个金子做的——或者是蛋壳），我亲爱的姑娘，我们应该叫这孩子什么好呢？

茜茜正怀抱着孩子。在她雪白的肉体上依附着一颗小小的黑色脑袋，头发卷卷的。茜茜当即说：以马内利。没有丝毫犹豫。我一听到这个名字，便说荒唐。太荒唐了，给一个小家伙起这么长的犹太名字。我有几个年纪很大的叔父叫这个，然后大家全都叫他们曼尼。曼尼叔叔。结果她又说——以马内利！

大卫很不错，我软言提议，是你爷爷的名字，他泉下有知，肯定能安宁长眠。迈克尔也不错，我妻子说，约书亚也很好听。他们都是很好听的现代名字。人们喊出这个名字也会很开心。

不行，她说，以马内利。然后她就尖叫起来：以马内利以马内利。我们差点就要额外给她吃药了。但我们用药很谨慎，因为奶水。奶水可能会受药物影响。

好了，每个人都提高了声音，好了。冷静下来，茜茜。好了。就以马内利。把出生证明拿来。写下来。确定下来。让她看到。以马内利……几天之内，拉比就来了。他翻了好几次白眼。然后他履行了自己的职责，进行了洗礼。换句话说，就是施行了包皮手术。割礼之后，这孩子才是真正的以色列男人。这就是他们的表达方式。他并不是第一个黑人孩子。他们告诉我，很久之前我们大部分人都很黑。还有，我现在会去想，我并不介意到以色列去。他们说那里有许多黑皮肤的犹太人。在以色列，黑皮肤没什么与众不同。他们应当对此多做宣传才对。因为我不得不去思考，他应当在哪里生活。或许生活在这里并不太好。因为我的儿子，他有五花八门的想法……哎呀，不提了。

那你们的房子呢，你们的邻里怎么样，我是说你们现在住在哪里？社区里有其他黑人吗？

哦是的，但他们非常势利眼。别问我他们这么势利眼能有什么好处。

因为，她说，他应当有和自己一样肤色的朋友，他不应当成为学校里唯一的黑皮肤孩子，因此承受压力。

听着，这里是纽约，不是奥什科什，不是威斯康星。但是她非要继续说，你无法阻止她。

总而言之，她说，他最终要了解自己的同胞。那是属于他们这个族群的人生，他必定要参与其中。我知道这对你来说是个问题，以色，我知道的，但事情就是这样。我有一个朋友，也是这样的情况，她搬去了一个更加综合性的街区。

是真的吗？我问，在哪里？

哦，有……

我想告诉她，等一下，我们在这个公寓里生活了三十五年。但是我说不出口。我沉默地坐了片刻。我想啊想。我自言自语：要像个印度人，以色，冷静。但情绪已经超负荷。听着，女士，菲丝女士——帮我一个忙，别教育我。

我并不是在教育你，以色……

不要每次我说点什么你就回答，说啊说的。确实如此。目的何在？对谁？为什么？内蒂是对的。这明明是我们自己的事。可她这个外人却在告诉我以马内利的人生。

你根本一无所知，我冲她嚷嚷道，去搞一个罢工警戒线。别在这儿对我说教。

她站了起来，有点恐惧地看着我。放松点，以色。

以马内利正朝这边走来。他听见了我的声音。他小小的脸上流露出担忧的神色。她忽然探出手去轻拍他，因为他的外公吼得太大声了。

但是我受不了。把手拿开，我喊道，这可不是你的孩子。不要把手放在他身上。说着我便抓住他的肩膀，推着他穿过公园，经过操场，穿过有名的大拱门。她追在我身后跑了一分钟。然后她就看到了几个朋友。现在她可算有了谈资。三四个女人。她们围成一团，聊了起来。她们转过身，在看什么。其中有个人挥舞手臂。喂你好啊，以色。

公园里人声鼎沸。每个人都有话要跟旁边的人说。有人弹奏乐器，有人倒立，有人玩杂耍——甚至有人把钢琴搬来，你敢相信吗，这么大个儿的东西。

四年前我就卖掉了店铺。我再也无法投入到工作中去。但是我想给以马内利看看我的药店，那里曾是多么美妙的所在，是它将三个孩子送进大学，救了一些人的性命——想想看：一家商店！

我试着为了这孩子保持平静。你想吃冰激凌吗，以马内利？我这儿有一美元，孩子。去给自己买一根"好心情"雪糕。卖雪糕的人就在那边。别忘了让他找零。我弯下腰来，亲了他一口。我并不愿意让他听到我冲一个女人大吼大叫，我的手还在颤抖。他跑了几步，然后回过头，确定我没有挪动一步。

我也目不转睛地盯着他，他正挥舞着一根巧克力雪糕。雪糕的颜色比他的肤色稍稍深一点。从聒噪的人群里走出一个年轻的小伙子，他朝我这边走来，身后绑着一个小宝宝。那就是当今年轻人的风格。他指着以马内利说：上帝啊，这孩子多可爱啊，他是谁？就好像这是个普通的友好的问题。我并没有回答。他又说了一遍，真是个可爱的孩子。

我只是盯着他的脸。他想干什么？我应当对他说我这一生的故事吗？可我根本没有说的必要。我已经说过一遍又一遍了。所以我放声说——没人有权利打扰我——这和你有什么关系呢，先生？你觉得他是谁？再说了，你背上又是谁的孩子?他看起来和你一点都不像。

他说:嘿,伙计,冷静点,冷静点。我没有别的意思。(你最近遇到的任何人都是只要一开口就别有深意吗?)就在我冲他嚷嚷的时候,他开始向后退去。女人们在雕像边围成一圈,同这边有一段距离,幸运的是她们个个都有雷达。她们像鸟一样迅速转身,并朝那个男人飞扑过去。她们言辞温柔。你为什么要打扰这位老人呢?要知道他已经麻烦缠身了。你为什么不让他一个人静静?

这家伙说:我并不是要打扰他,只是问了他两句话而已。

好吧,可他觉得你打扰到他了,菲丝说。

接着她的朋友,一个四十岁左右的女人,气鼓鼓的,开始叫喊:你怎么能一点都不照顾自己的孩子呢?她尖叫道:你聋了吗?第三个女人自然而然要做出评论,不甘被排除在外。她用手轻轻拍了拍他的夹克外套:我之前在这附近见过你,小鬼,你最好小心点。他向后退去,远离她们。她们开始握手。

而后菲丝挂着灿烂的笑容回到我身边。她说:说实在的,有些人就是很讨厌,是不是,以色?我们保证让他罪有应得,对不对?然后她又亲了我一下,向茜茜问好——好吗?说着她伸出手臂搂住自己的伙伴。她们相互之间说了几句话,就像启动了一辆摩托,然后爆发出一阵大笑。

她们和以马内利说再见。哈哈大笑。笑个不停。这么久了,以色……再见啊……

于是我说:到底怎么了,以马内利,你能不能对我解释一下刚刚究竟发生了什么?你注意到有什么地方好笑了吗?这是他头一次没有回答我。他正在人行道上写自己的名字。以马内利。一笔一画。

女人们从我们身边走开。不停地聊啊聊。聊啊聊。

倾听

我正抱着满满一怀小册子从教堂地下室上来。有一次，或许只是二十五或者三十年前，年轻的男男女女挤在地下室里，玩乒乓球，喝热巧克力，疑惑在上帝划分好的世界里，他们如何遇见了彼此。如今，我们是在保龄球场校对、打印我们的政治宣传册。每当想起我抱着这些小册子高喊"美国兑现日内瓦协定"时，我都觉得我是对的。（杰克不相信美国真能兑现日内瓦协定。好吧，那么，真可悲啊，东南亚真可悲，美国真可悲，所有国家都很可悲。）

然后我想：咖啡。你还记得艺术熟食店吗？老板是苏达尔斯基，给我们做饭，为我们服务。他为了欧洲以色列俄罗斯伊斯兰教与人争论，深夜的时候在厨房边的桌子上下棋，为了让我们所有人都满怀同情心和正义感，他挖掘出自己年轻时生活过的可怕地方——达豪[1]。

为了配咖啡，我要了一份三明治，三明治用了一个邻

---

1 达豪因达豪集中营而闻名。1933年3月，纳粹于德国巴伐利亚的达豪市附近建立集中营，系纳粹德国最早建立的集中营，也是纳粹德国三大中心集中营之一。

居的名字，人就住在几个街区之外（所有三明治都有这样的名字）。我特别喜欢我点的这一种——玛丽·安妮·布鲁尔——但我必须说我还是更喜欢赛琳娜和麦克斯·瑞特罗夫，虽然价钱也更贵。虾切得不算太好，里面加了蛋，还有一点甜甜的红椒。赛琳娜和麦克斯才刚刚离婚，但是以他们命名的三明治可能还会再卖上几年。

邻桌坐了个男人，身体前倾。他在同一个年纪稍长的男人说话。年轻人穿了制服，是个军人。我暗自思忖，等他离开或者我先离开的时候，要给他一本宣传册。我并不想那么做，但我会那么做。然后我又想，可怜的年轻人，上帝知道他都经历过怎样的事情；他的心灵如果有知觉，肯定会尊重日内瓦协定，但是，哪怕多听到一个字在讲美国又错了，说他不过是恶魔的工具，也一定会伤害他的感情。他可能会生气，尽管我们是一群母亲，也都是情人——我们所有人都知道"军人"是一百代人以来，上百万男孩被迫拥有的身份。

斯坦叔叔，当兵的男孩子说，我得告诉你，当时我们被迫举办了一场盛大的婚礼，爸爸妈妈，每个人都在那里。然后轮到我值班。我给她写信，别以为我没写。现在她有了一个漂亮的小女儿。我要是回去的话，肯定就能看见她了。但是，斯坦，基本上我是很想安定下来的。我已经重新参军了一次。要是成为一名建筑工人应该很不错。要是你认识托米的一个朋友。要是你们有联系的话。飞机场或者港口——类似这样的地方。这一两年，我可以时不时地过去。她肯定不会想回到这里来。这是照片，看到没？她和她祖母在一块，人人都笑容满面，对吧？我并不是要甩掉她，但我很愿意找一个好看的美国女孩，性格也好的那种，我的意思是，我们彼此相爱，然后安定下来，因为，你知道的，我已经二十四岁了。

斯坦叔叔说：二十四岁，呃？然后他就喊人买单。两杯咖啡，两份海伦谁谁的三明治。服务生写写画画时，我勇敢地将小册子递给了那个年轻人，违背了自己并不想给过去的意愿。他站起来，看看这个小册子，然后看向我。而后他看着墙壁，叹了口气。哦狗屎。他说，哦，很抱歉。说罢他将小册子放在桌子上，将它捋得平平整整。

我们走吧，斯坦叔叔说。

我已经吃完午餐，但是艺术熟食店认为，任何吃饭时间都属于一个人的庆典，一定不能匆忙。在我身后的卡座里，有两个男人正在聊天。

第一个男人说：我有一个孩子了。至少在他二十或者二十二岁之前，我是不会做出自杀这种事的。所以当罗斯玛丽说"哦戴夫，孩子？"时，我不得不说：罗斯玛丽，你值得拥有一个孩子。真的，你是个年轻女人，但是不行。我儿子（和露西生的）现在已经十二岁了。因此，如果事情不解决,如果人生依然没有什么意义,我是说上帝赋予的那种意义,如果我不能戒酒,如果我成了一个可怕的酒鬼,知道我得戒酒但做不到,那我就得自杀。我觉得我还能坚持个八九年,但如果我有了另一个孩子,那我还得再坚持二十年。我做不到。我是不会让自己落到那步田地的。

另一个男人说:我也想要这样的机会,想要在我想自杀的时候就能自杀的那种自由。我也假设自己在十年二十年之内会自杀。然而,我得对商店负责,得对在那里工作的人负责。我还有自己真正的工作要完成。唯一真正能让我自杀的事情就是我的健康,我觉得我的健康状况肯定会恶化——癌症、心脏病,什么都好。我拒绝长期卧床,失去自主能力,因此我有权在我愿意的时候及时离开地球。

两个男人相互恭维,恭维对方一点都不多愁善感,还头脑冷静。他们几乎都说:你说得对,你说得对。我扭过头去看他们。他们的嘴角恰好浮现出一抹微笑。我从卡座背后递给其中一个人一份宣传册。他们头都没抬就看了起来。

我把这两个小插曲告诉杰克的时候,我们正在吃早饭,很早很早。杰克,我说,其中一个男人就是你。

好吧,他说,我知道是我。你不需要提醒我。我看见你在看我们了。我也看见你在听。你不需要跟我讲一个我就是其中角色的故事，你知道的。还有，所有这些故事都是关于男人的，他说，你知道我还是对女人更感兴趣。为什么你不跟我讲讲由女人讲述的女人的故事呢？

那些事情太私密了。

你为什么不能跟我讲讲呢？他沮丧地说。

好吧，杰克，你也有你自己的女性故事。你知道的。你的那些爱情故事，你在朝鲜战争期间的法国女人的故事，你的女强人故事，你年轻漂亮的新妻子的故事，你异常美丽的某个政治同僚的故事……

沉默——不近人情会带来一定的空间，那正是一点点真相的扎根之处。

杰克说：菲丝，你已经决定不要孩子了吗？

没有，我只是刚刚决定考虑一下，但我还没有放弃。

所以，怀着我们持久而宽容的友谊的甜蜜，他握住我的手。我亲爱的，他说，或许你只是希望再年轻一次，我也一样。在商店里，年轻人进门，招摇着年轻的舒展开来的横幅，上面写着"希望"两个字，那意味着他们的口袋里装着某个人的信用卡。每当这时，我就心想：新的烤面包机！全新的窗帘！沙发敞篷车！丹麦玻璃！

我一点都没有想到折扣店里的家具，那家店的店名是"杰克，杰克之子"，特别像一首歌的开头。但我猜事实就是这样——都是用来搭建春日鸟巢的稻草。

现在，听我说，他说。我们开始慢声细语并且很正式地同对方说话，每当严重的事情阻断了安逸的生活，人们就会这样谈话；需要一些缓慢优雅的舞步。听着。听着，他说，我们那些大一点的孩子差不多都长大了。你为什么还想要一个新的孩子呢？我们不是向来观点一致吗？我们之前不是都说越来越能体会到，生命短暂而苦痛吗？我们难道不曾说过"离开"和"哪里"吗？过去几年里，难道我们没有偶尔使用"可怕"这个词吗？我们将"恐惧"也囊括在这个词里。每个人都知道人生就是如此。当然了，难免有些傻瓜从未停止高唱赞歌。

可他们是对的，轮到我说话时，我这样说。没错，总而言之呢，就是为了鼓励那些我们带到这世上来的年轻人——他们绝不能被放弃。我说，我们必须不断指出简单而有价值的风景，比如——在乡村——山丘起伏连绵，重重叠叠，在绿意盎然的春日或者洁白的冬日，总是令人震惊的天空也呈现出独一无二的蓝色，或者云卷云舒——气流推动它们最为柔软的部分，促使它们变换形状、方向和密度。更不用说我们所钟爱的城市，日日夜夜被工人、顾客、散步的人所环绕，还有地铁，很多人害怕地铁，但地铁是如此慷慨，车厢内满载从粉红到深棕色的面孔，还零散夹杂着金棕色和黄色的皮肤。强调什么是好的美的非常重要，同样，在面对一些孩子的时候，不要满面愁容，他们会暗自揣测。

好吧，杰克说。

而后他说：你知道的，我更喜欢你的段落而非句子。这种评论并非（我知道）要将两种形式置于对立面。它仍旧是一场共舞，是尴尬的一对，是从理论到实践的关键步骤。

或许，他继续说，如果我们开始在早晨做爱，那我体内的变化就能让你的身体印象深刻，并且让你更有活力，那么你的身体会再次开始进行过去的激素分泌工作，清洁子宫，制造卵子。

我很怀疑，我说，另外，我很忙，你知道的。我有一大堆事情要做。

此刻，我的意思是，我们的清早通常都用来读前一天晚上的报纸，然后意见分歧，彼此争执，叫醒孩子们，这些孩子真是不小了，闹钟响的时候，没有妈妈给他们翻译，他们也绝不会听不懂。还有，我们曾经有过一次道德或实用的想法，认为脑力劳动应当早早开始；必须要放在做爱之前，不然就会被所有那些潮湿的现实所残剩的重量压垮。

但是杰克说，哦，来吧。他开始解衬衫扣子。我的脸颊特别喜欢他棕灰色的胸毛。谢谢，我说，但是没用的，你很清楚。奇迹不会发生，如果真有奇迹，那也都是完全可以被解释的。他的脸色红润起来，这对男人的脸来说是好事。这并不是脸红。脸红表示害羞,同时也是女人兴奋的表现。在男人身上,面色红润被认为是精力旺盛、血液循环良好的表现。

想啊想,说啊说,那就是你,停下!来吧,孩子,他说着抚摸我的膝盖,我的大腿,我的胸口,抚摸所有爱的外部。于是我们躺在彼此身边,去造一个孩子。我们怀着晚年的谦逊,这种生活里饱含历史和有关情爱的知识,却不常被用到。

一个人还能怎样从什么都拒绝的宙斯和嫉妒的赫拉那里弄到一个新的人呢?我的上帝啊,杰克说,你以前从来没有在床上提到过希腊的神。没机会啊,我说。

之后他往店里打了电话,告诉店员自己不在的时候不要卖太多厨房用品,他可受不了损失那么多回扣。你不觉得这样会让男店员生气吗?杰克说,我不太懂男人与男人之间说话的艺术。

高大英俊的大儿子理查德出现时,我刚煮上咖啡。他是出了名的爱管闲事。你怎么还穿着睡裤?我问。他回答:这是什么屁话,妈妈,人生短暂而苦痛。这都是什么形而上的狗屎,你们这些知识分子究竟有什么毛病,天天说这些。

起初我们说:知识分子!我们?哦,语言已经这样躺倒几十年了,然后从纯粹的失眠里走出来的"无休挖掘工联合会"把它们拉了起来：匕首是为年轻人准备的，但在我们眼中，他们看上去如同怀旧的花朵，在我们妈妈有异国情调的花园里生长。我妈妈说过什么？亲爱的，昨天晚上你应该来市政厅的，所有的知识分子都在那里。我叔叔一口咬定：知识分子是永远不会允许自己被称为知识分子的！

说完我就笑起来。但是杰克说：理查德，你怎么敢和自己的妈妈那么说话！你怎么敢！妈，理查德说，把他的脑子从泡菜坛子里拿出来，这根本算不上什么冒犯。人人都知道，知识分子点燃星星之火，这样他们才能在很长一段时间内具有价值，到处点燃星星之火。

当然了，他解释说，革命之火只会蔓延、继续，被工人阶级拿来投入生产。让我告诉你，杰克，知识分子对此有更清晰的认知。还有一件事，你是从哪儿找来"你怎么敢和自己的妈妈那么说话"这种话的……我认识她比你久。我已经跟她说了十八年的话，而你顶多才围着我家房子转悠了三年而已。

抱歉，理查德，昨天晚上，我恰好听到电视节目里有个角色说"你怎么敢和自己的妈妈那么说话"。我有些事情去找安。我进门的时候她刚好打开电视。

哇哦！真的吗？听啊，同样的事情居然也发生在我身上了。我去看凯特琳，你们知道凯特琳吧，她就住在街角，是医生的女儿。几年前她的小弟弟企图拿火烧修女。所以，你们知道吗，我一进门的时候她也做了同样的事情，打开电视。

哈！两个人都很惊讶，彼此并不相识的女孩和女人，居然对他们做了一模一样的事情。理查德递给杰克一支烟，一屁股坐在了厨房桌子上。咖啡，妈，他说。

而后杰克问道：理查德，告诉我，你有没有原谅多年以前你的爸爸从你们身边逃开？

我没有原谅他，也没有不原谅他。我不可能在个人的怨恨上浪费生命。帝国主义对第三世界的压榨太过分了……

杰克说：啊……他眨了几次眼，一个哭不出来的人也总是这样眨眼。理查德，你知道吗，我爸爸是个垃圾贩子。他有一个手推车。他高喊（用意第绪语），收旧衣服，收旧衣服。我必须得跟着他一起，走上五楼，去拿那些破破烂烂的旧衣服；我猜我们走遍了布朗克斯的每一条街。收旧衣服……旧衣服。

理查德说：哦！

你怎么想，杰克问，里奇，你觉得我的女儿，我是说基米，你觉得她会给我打来电话说，一切都好吗，爸爸？

这个嘛，理查德点点头，耸了耸肩。

我现在得去工作了，我说，我可不要碰巧拥有属于自己的生意。还有,今天晚上,我有人要见。没问题吧?

两个男人点了点头。他们静静坐在一起,通过烟将自己的肺部扩张向最微小的细胞组织。深深呼吸,危险地,一进一出。

——

然后呢,就像故事里常常发生的那样,一晃几年过去了。杰克去了亚利桑那州,要去一年时间,清洁自己的肺部和鼻窦,同时也很有希望拥有最后一段爱情,充满了强烈渴望、致命吸引力之类的那种爱情。我并不是要取笑他,但总要对此有所反应才算人之常情啊。也太幸运了,杰克,我说,但是别回家以后发牢骚。孩子们都住在不同的区,努力为自己的人生找到正确的旋律。他们已经在好几个女人身边打过转,所以很少会回来吃晚饭。他们都很担心我的独居生活,建议我弄些不一样的发型。

当然了,因为这个星球已经怀着恶毒的厌恶离我们远去,我几乎不怎么在家待着了。有一天,开完一个长会之后,我沿西区向百老汇大道开去。红灯时我停下来。一个正值盛年的男人穿街而过。可能是因为内心积累的孤独,他走路的样子竟然搅动了我的内心。他的裸体肯定面对过几个轻浮的十几岁少女;他那体面却无足轻重的衣服似乎只是为了遮蔽这具赤裸的男性身体。

我心想：哦，男人，处在你人生的正中间，仍旧将你的皮囊包裹得如此完美，你的双臂很可能包裹在柔软的棉质衬衫里，衬衫穿在老式的粗呢花夹克下面，你的鸡鸡斜斜地耷拉在大腿处，不是在右边的裤腿里，就是在左边的裤腿里，很难说到底是哪一边，你为何要从我多愁善感而肉欲的抓捕中逃脱？

他很不错，是不是？我对朋友凯西说。

大概是吧，她说，可是菲丝，他是什么人呢？不过就是一个回家路上的中产而已。

对日常生活而言，我说，带着轻微的乡愁叹了口气。

对谁的日常生活而言？她问，该死的，谁的？

她转向我，当你被安全带束缚在汽车座椅上时，要转过身其实很困难。听着，菲丝，你为什么不讲讲我的故事呢？你讲了每一个人的故事，除了我。我甚至不要求你说出我全部的故事，那是我的工作，你可能做不到。但我的意思是，你正好把我从这些故事中遗漏了，可我人就在那里啊。在餐厅里，在火车上，就在那里。凯西在哪里？我的人生在哪里？来来回回，都是女人和男人，女人和男人，这个上了那个，那个上了这个。该死的，我的女人到底他妈的在哪儿呢？在所有这些故事里，女人，女人的爱情生活在哪里呢？而且这也太不合理了，我们是朋友，我们一起工作，至少你对我的关心超过你对鲁西、路易斯和安的关心。你让她们无时无刻不出现在故事里；真的太奇怪了，为什么你将我排除在了每一个人的人生之外？

我深吸一口气，把车开到路边。我开不下去了。我们在那里坐了有二十分钟。我不时说上一句：我的上帝啊！或者：哦，全能的主啊！无论是上帝还是全能的主，我平常都不怎么呼唤，但她太严肃了，而且不说话。凯西，最终我说，我也不明白；是真的，我明白你的意思，但我也不知道为什么。你肯定觉得那是你的重大缺席。我怎么能允许这种事情发生。但那不是我一个人说了算的，还有他们。我等着她说点什么。哦，但那是我的错。哦，但你为什么等了这么久才说？你要怎样才能原谅我？

原谅你？她哈哈大笑。但她将手伸过了离合器，用手将我的脸转向她，和我四目相对。你是我的朋友，我知道的，菲丝，但是我向你保证，我是不会原谅你的，她说，从现在开始，我会像鹰一样盯着你不放。我绝不原谅你。

图书在版编目（CIP）数据

最后一刻的巨变 /（美）格蕾丝·佩雷（Grace Paley）著；姚瑶译. — 长沙：湖南文艺出版社，2023.1
书名原文：The Collected Stories
ISBN 978-7-5726-0796-7

Ⅰ.①最… Ⅱ.①格… ②姚… Ⅲ.①短篇小说-小说集-美国-现代 Ⅳ.①I712.45

中国版本图书馆CIP数据核字（2022）第150748号

著作权合同登记号：18-2018-208
Text Copyright © 1994 Grace Paley
This edition arranged with Union Literary
through Andrew Nurnberg Associates International Limited
Simplified Chinese edition copyright © 2023 Shanghai Insight Media Co.
All rights reserved

最后一刻的巨变
ZUIHOU YIKE DE JUBIAN
[美]格蕾丝·佩雷 著 姚瑶 译

出 版 人	陈新文
出 品 人	陈 垦
出 品 方	中南出版传媒集团股份有限公司
	上海浦睿文化传播有限公司
	上海市巨鹿路417号705室（200020）
责任编辑	刘雪琳
美术编辑	凌 瑛
责任印制	王 磊
出版发行	湖南文艺出版社
	长沙市雨花区东二环一段508号 邮编：410014
网 址	www.hnwy.net
经 销	湖南省新华书店
印 刷	河北鹏润印刷有限公司

开本：787mm×1092mm 1/32　　印张：17.25　字数：300千字
版次：2023年1月第1版　　　　　印次：2023年1月第1次印刷
书号：ISBN 978-7-5726-0796-7　　定价：88.00元

版权专有，未经本社许可，不得翻印。
如有倒装、破损、少页等印装质量问题，请联系电话：021-60455819

浦睿文化
INSIGHT MEDIA

出品人：陈垦
策划人：仲召明
监　制：余　西
出版统筹：胡　萍
编　辑：鲁佳音　徐海凌
封面设计：凌　瑛

投稿邮箱 insight@prshanghai.com
新浪微博 @浦睿文化